La rebelle
du clan MacRae

Shana ABÉ

La rebelle du clan MacRae

Traduit de l'anglais (États-Unis) par Lionel Évrard

Si vous souhaitez être informée en avant-première
de nos parutions et tout savoir sur vos auteures préférées,
retrouvez-nous ici :

www.jailupourelle.com

Abonnez-vous à notre newsletter
et rejoignez-nous sur Facebook !

Titre original
INTIMATE ENEMIES

Éditeur original
A Bantam book, published by Bantam Books,
a division of Random House

© Shana Abé, 2000

Pour la traduction française
© Éditions J'ai lu, 2010

*Pour Stacey et Bob et Ted et Jenafer et Julie
et Kayla et Jackie et Braeden et Nathan,
et tous ceux à venir, et tous sont qui ont été.
Je vous aime.
J'exprime également ma gratitude
la plus sincère à Darren, Wendy McCurdy,
Stephanie Kip, P'pa et M'man,
et tout spécialement à Ruth Kagle qui n'a cessé
de m'encourager. Ils ont rendu ce livre possible.*

Prologue

Île de Shot, 1177

La hache manqua de peu Arion, effleurant les mailles de sa cotte avec suffisamment de force pour le faire tituber en arrière dans le sable et la bruyère. Il brandit son épée pour se défendre et parvint à parer le coup suivant. Puis, son équilibre rétabli, il esquiva à temps un autre assaut qui aurait pu lui trancher le bras.

Le Viking avait des cheveux d'un blond sale et un sourire ensanglanté. Arion nota que ses yeux étaient d'un gris pâle et éteint rappelant celui d'une eau croupie. L'envahisseur brandit de nouveau l'énorme hache à deux mains, laissant sa poitrine exposée.

Arion en profita. Le Viking méritait de mourir. Après tout, lui ne ménageait pas sa peine pour le tuer. Mais tandis qu'Ari levait le bras pour lui planter son épée dans le cœur, quelque chose vint le percuter par le côté avec une violence inouïe, l'envoyant bouler à terre et projetant du sable dans ses yeux, sa bouche, son nez. Une brûlure lancinante lui poignardait l'épaule.

Le Viking se mit à rire à gorge déployée et lança quelques mots dans sa langue gutturale. Ari secoua la tête et fit de son mieux pour se remettre sur son séant. Il lui fallait se relever pour continuer à se battre, afin de se défendre, afin de ne pas mourir. Du moins, pas ce jour-là.

Derrière le Viking, l'océan lançait à l'assaut de la plage ses vagues d'un bleu métallique ourlées d'écume blanche. Ari secoua la tête pour en chasser ce bruit qui sapait sa concentration. Le monde se mit à tourner et il dut fermer brièvement les yeux pour qu'il cesse de tanguer autour de lui.

Où étaient passés ses hommes ? Au moins, qu'étaient devenus Hammond et Trevin ? Avaient-ils été blessés ? Étaient-ils déjà morts ?

Ari tourna la tête sur le côté et découvrit la pointe d'une flèche qui lui transperçait l'épaule et dégouttait de son propre sang. Il lutta pour se remettre debout et n'y parvint pas, pour une raison qui lui échappait. Peut-être le sable était-il trop meuble sous ses pieds, ses jambes trop faibles, ou le monde trop instable pour pouvoir le porter. La présence incongrue de cette flèche qui bougeait au gré de ses mouvements le rendait également perplexe. Le vacarme de l'océan se fit plus assourdissant encore. S'y mêlaient les bruits de la bataille qui faisait rage autour de lui : fracas des armes entrechoquées, cris de douleur des hommes blessés ou mourants, hurlements de victoire des vainqueurs...

Il tomba sur le côté – celui où pointait la flèche – et la douleur qui en résulta lui parut lointaine, presque douce.

Soudain, d'énormes pieds bottés surgirent devant son nez, surmontés d'une tunique sale, empestant la sueur, la mort et le poisson. Une grande ombre noire – celle d'un géant – se posa sur lui.

Le Viking riait toujours. Le sable autour de lui était constellé de sang, semis de taches écarlates sur fond doré. Ari se demanda si telle serait la dernière image qu'enregistreraient ses yeux et si telles seraient les couleurs de son trépas : noir comme l'ombre de son ennemi, rouge comme le sang qui s'écoulait de lui, jaune comme la plage et bleu comme l'océan indifférent qui venait s'y jeter. Cela semblait logique. Il devait y avoir quelque décret de la providence caché derrière tout cela mais, à cet instant, il n'aurait su dire lequel. Il était même incapable de se rappeler ce qu'il était venu faire, en ce jour glacial, sur cette plage ensanglantée.

L'ombre du géant se fit mouvante au-dessus de lui. Comme dans un rêve, Ari vit les deux bras énormes du Viking s'élever lentement. La tête légère, il songea que ce barbare prenait des risques à exposer sa poitrine ainsi. Puis, la lame de la hache entama sa mortelle descente vers lui. Ari comprit sans pouvoir l'accepter que sa dernière heure était venue.

Un cri retentit soudain – « *MacRae !* » –, si puissant et si proche que le Viking en fut surpris et retint son arme. Arion vit la lame s'immobiliser avant de l'avoir atteint.

Le sable commença à gicler autour de lui, l'obligeant à fermer les yeux. Suffoquant, il tourna la tête sur le côté. « *MacRae !* » Le cri jaillissait de partout, surpassant même le bruit de l'océan. Lorsqu'il parvint de nouveau à ouvrir les yeux, Arion vit que la situation avait changé. D'autres paires de jambes que celles du Viking se démenaient autour de lui : celles de nouveaux venus qui venaient combattre les envahisseurs. Des ombres, de plus en plus nombreuses, surgissaient des dunes situées derrière lui et rejoignaient la plage. Des ombres vêtues de tartans. « *MacRae !* » Aux cris de guerre se mêlaient ceux des hommes s'affrontant sans merci et le fracas métallique de leurs armes. La bataille reprit avec plus de vigueur encore.

Toujours étendu sur son flanc blessé, Arion parvint à rouler sur le ventre et à se dresser sur les coudes pour tenter de mieux voir ce qui se passait. Le Viking aux yeux couleur d'eau croupie s'écartait pour fondre d'un pas pesant sur un adversaire bien plus chétif que lui. Vêtue d'un tartan, cette créature se déplaçait et bondissait aussi vite que le vent, brandissant un sabre impressionnant sans doute trop lourd pour elle. Ari songea tristement qu'en dépit de son agilité, l'homme au tartan allait sans doute lui aussi mourir ce jour-là. Bien que massif et stupide, le Viking – il était bien placé pour le savoir – avait l'endurance d'un bœuf et fatiguerait son adversaire sans avoir faibli.

Des corps jonchaient la plage. Ari en prit conscience en voyant Tartan faire de brusques pas de côté pour les éviter, alors que le géant se contentait de les enjamber. La plupart des morts et des agonisants arboraient les fourrures et les armures argentées des envahisseurs, mais il y en avait également qui comme lui portaient la cotte de mailles, ou de moins nombreux habillés du tartan du nouveau venu.

Tartan était en train de s'épuiser, comme Ari l'avait prévu. Il trébucha sur un obstacle et perdit l'équilibre. Le géant laissa fuser ce rire énorme qu'il avait déjà entendu lorsqu'il avait été sur le point de le tuer. *Mon Dieu...* songea tristement Ari. *Quel jour glacial pour mourir !* Ses bras le trahirent et il retomba face la première dans le sable.

Le Viking lança à Tartan un cri incompréhensible. Arion cligna des yeux pour chasser le mélange de sang, de sueur et de sable et observer l'issue prévisible du combat.

Le géant leva les bras, brandissant sa hache meurtrière au-dessus de lui. *Le cœur !* songea Ari. *Vise le cœur !* Il aurait voulu crier ce conseil mais ne parvint qu'à émettre une quinte de toux.

C'est alors que Tartan réalisa l'impossible. D'une feinte vive et habile, il évita la hache et immédiatement après plongea son sabre dans la poitrine trop exposée de son adversaire. Puis, il le retira et se mit en retrait.

Le Viking se figea. Les yeux écarquillés, il ne riait plus à la face de Dieu. Les mains plaquées sur sa poitrine d'où jaillissaient des flots de sang, il réussit à effectuer un pas titubant, puis un autre, avant de tomber à genoux et de s'effondrer sur le dos.

Ce fut l'une des dernières choses que vit Ari avant de céder aux ténèbres qui commençaient à l'engloutir : son ennemi abattu, et la lame qui avait eu raison de lui, rougie de son sang, brandie contre le bleu du ciel et le blanc de l'écume.

Tartan venait vers lui, à grands pas dans le sable, le soleil dans son dos. Mais Arion De Morgan dut céder aux ténèbres qui assiégeaient son esprit avant d'être rejoint.

Extase de ne plus rien sentir... ni douleur, ni sable irritant, ni odeur de sang mêlée à celle de l'océan.

Quelque chose lui heurta violemment le menton. Ari émit un grognement de protestation et ouvrit les yeux.

Tartan, penché sur lui, se détachait en ombre chinoise sur un fond de lumière éclatante. De longs cheveux de la couleur du cuivre poli s'étaient échappés d'un catogan et retombaient de chaque côté de son visage. Glissant une main sous la joue d'Ari, il lui souleva la tête tandis que l'autre lui maintenait le menton.

Arion cligna des yeux, ébloui par cette vision. Était-ce possible ? Tartan n'était pas un homme mais... un ange. Non : *une femme*, aux cheveux semblables à une coulée de cuivre et aux yeux...

L'ange qui était une femme se pencha et lui cracha au visage.

— Voilà pour m'avoir obligée à sauver ta triste vie ! lança-t-elle d'un ton rageur.

Sur ce, elle s'en fut à grands pas, comme elle était venue.

1

Angleterre, 1165

Lauren ne savait comment l'appeler autrement : cet endroit était l'antre de la peur. Entre ses épais murs de pierre dépourvus de fenêtres flottait l'odeur de la mort.

Elle ignorait également où elle se trouvait. Les gens, ici, portaient des vêtements bizarres et leurs yeux brillaient étrangement. Il n'y avait que des hommes – des hommes en colère, aux carrures impressionnantes. Ils la regardaient et la considéraient comme si elle n'était pas vraiment là, comme si elle n'avait été que ce fantôme qu'elle se sentait être parfois ; un spectre qu'ils auraient réussi à acculer dans un sombre recoin de ce cachot.

Elle regrettait que cela n'ait pas été vraiment le cas, car ils la haïssaient. Cela ne faisait pas l'ombre d'un doute. Ils ne prononçaient son nom qu'en criant, sur un ton sarcastique. Ils lui jetaient de la nourriture qui atterrissait près d'elle, à même le sol. Ils lui donnaient à boire une eau qui lui retournait l'estomac et qui avait le goût de la sueur.

Lauren n'avait pas de paillasse où se reposer. Sur l'un des murs, de longues et sinistres chaînes pendaient à des crochets de fer scellés dans la pierre.

À part cela, il n'y avait qu'une couverture puante et déchirée. Plutôt que de s'enrouler dans cette horreur pour résister au froid, elle préférait la laisser roulée en boule dans un coin, près des chaînes.

Depuis combien de temps l'avait-on enfermée ici ? Des jours ? Des semaines ? Elle en venait même à ne plus se rappeler comment elle y était arrivée. Ce dont elle se souvenait en revanche, c'était du voyage avec son père. Pour la première fois de sa courte vie, il l'avait emmenée avec lui loin de l'île de Shot. Il lui avait fait la surprise, pour son huitième anniversaire. Avec un groupe d'hommes du clan, ils avaient embarqué sur le plus grand bateau dont ils disposaient pour rendre visite à des amis, de l'autre côté de l'eau : le clan MacBain, allié au clan Baird, lui-même allié au clan Ramsay, lui-même allié au clan Murdoch, lui-même allié au clan Colquhoun...

Un allié était un ami : cela, elle le savait. Et son père avait beaucoup d'amis.

Lauren s'était bien comportée, durant la traversée. Son père avait été si fier d'elle... Elle s'était tenue éloignée de la mâture et avait évité tous les pièges du gréement. Elle n'avait causé aucun problème d'aucune sorte, certaine que c'était ce qu'il avait attendu d'elle sans le lui dire. Ce jour-là, le ciel parfaitement dégagé avait eu la couleur des jacinthes et un chaud soleil y avait brillé. Le vent de l'océan avait balayé son visage. Et comme chaque fois, en se livrant à sa caresse, elle s'était sentie fraîche, propre, vivante comme jamais. Elle avait adoré ce voyage. Elle s'était délectée à regarder l'eau d'une couleur vibrante filer sous la coque dans un bruit joyeux. Tant et si bien qu'elle avait presque été triste de devoir débarquer au port, mais l'excitation des découvertes qui l'attendaient avait vite chassé cette déception.

C'était son père qui l'avait aidée à descendre du bateau. En lui tenant la main, il l'avait conduite jusqu'à ce pays vert qui s'étendait à perte de vue devant eux. Sur le quai, des embrassades avaient succédé aux cris de bienvenue. Des gens exubérants s'étaient extasiés en la découvrant. Ils avaient admiré la couleur de ses cheveux – si semblables à ceux de sa mère, disaient-ils –, et son sourire – l'exacte réplique de celui du laird, avaient-ils ajouté. Son père avait eu l'air si fier et si heureux... Des mains s'étaient tendues pour les décharger de leurs bagages et on les avait emmenés jusqu'au village, derrière les docks.

Puisqu'il s'agissait d'amis de son propre clan, Lauren n'avait pas été intimidée de devoir leur parler. Elle les examinait avec la même curiosité et la même admiration que celle qu'ils lui témoignaient. En marchant à côté d'elle, son père parlait de sa voix grave. À cet instant, Lauren MacRae s'était sentie parfaitement à l'aise dans un monde parfait. Elle avait son père près d'elle, ces nouveaux amis pour les entourer, un magnifique ciel bleu au-dessus de la tête et derrière elle son île natale, Shot, où l'attendaient son clan et son foyer. Qu'aurait-elle pu souhaiter de plus ?

Puis, trop vite pour qu'elle ait pu comprendre ce qui se passait, son monde s'était écroulé. Alors qu'ils étaient encore en chemin, avant même d'avoir atteint le cœur du village, les méchants leur étaient tombés dessus, grimpés sur de rapides montures, brandissant des masses d'armes et des épées. Son père et les autres s'étaient éparpillés, en courant et en criant. Des mains s'étaient emparées d'elle, la tirant de tous côtés, dans la confusion la plus complète. Lauren, petite comme elle l'était, s'était retrouvée perdue au milieu de tous ces hommes et de tous ces chevaux.

Soudain, elle avait entendu son père hurler son nom. Elle avait crié pour lui répondre et tenté de s'élancer vers lui. C'est alors qu'un des méchants l'avait saisie à bras-le-corps. Il avait plaqué sa main sur sa bouche pour la réduire au silence et l'avait hissée sur son cheval avec lui.

Juchée sur la monture, elle avait enfin pu voir le chaos de la bataille qui faisait rage, la danse mortelle des épées et des masses brandies par les hommes autour d'elle. Elle avait même pu apercevoir son père qui se battait comme un beau diable contre trois adversaires à la fois, sans cesser de tourner la tête en tous sens pour la chercher des yeux. Elle avait crié pour attirer son attention, mais la main qui la muselait avait étouffé son cri.

Son ravisseur avait lancé son cheval au galop et, en dépit de tous ses efforts pour se libérer, elle n'y était pas parvenue. Elle avait mordu l'homme qui la retenait. Elle s'était débattue et cabrée, tout en sachant que tomber d'une telle hauteur et à une telle vitesse pourrait lui faire très mal.

Finalement, après avoir proféré un juron entre ses dents, le cavalier lui avait donné un coup sur la tête, qui lui avait fait voir trente-six chandelles et l'avait fait sombrer dans le néant.

Ensuite...

Lauren avait repris conscience entre ces murs où tout était froid, humide et sombre, et où personne ne répondait à ses questions. Cela ne faisait aucune différence si elle les posait poliment, comme Hannah lui avait appris à le faire, ou si elle s'emportait en déversant tous les jurons qu'elle avait emmagasinés dans un coin de sa tête en espionnant les lads à l'écurie. Les hommes qui l'entouraient refusaient de lui répondre. Ils ne prenaient même pas la peine de lui jeter un coup d'œil dans le coin de son cachot où elle se tenait tapie.

À l'exception d'un seul, qui n'était encore qu'un garçon.

Il était venu lui rendre visite en compagnie du laird – du moins, de celui qu'elle imaginait être le laird, même si nul ne s'était adressé à lui en ces termes. Ce laird étrange était vêtu de manière encore plus bizarre que tous les autres. Il ne portait pas de tartan mais une sorte de tunique très colorée, couverte de festons et de broderies compliquées. Lauren n'était pas dupe de cette débauche de raffinement. Cet homme, malgré les grands airs qu'il se donnait, était à la source de l'odeur de mort qui imprégnait les lieux.

Quand il pénétra dans la cellule où elle croupissait, un garde s'inclina devant lui en murmurant respectueusement : « Milord De Morgan... » Dès qu'elle entendit ce nom honni, elle sut qu'elle allait mourir.

Les De Morgan étaient le clan du diable, tout le monde savait cela...

Le diable en personne vint donc la narguer dans son cachot, avec un rictus méprisant sur le visage et d'ignobles paroles dans la bouche, répandant sa puanteur de mort autour de lui. À l'image de tous ceux qui lui obéissaient, il ne regardait pas directement Lauren, mais plutôt *autour* d'elle, préférant observer ses cheveux, ses vêtements, ses mains. Le garçon entra lentement derrière lui, masqué par cette pénombre épaisse qui baignait toute la pièce.

Lauren se leva d'un bond et s'efforça de ne pas trembler, car son père n'aurait pas voulu qu'elle montre le moindre signe de frayeur devant le diable. « Tête haute ! lui aurait-il recommandé s'il avait été là. Regarde-le droit dans les yeux, Lauren. Tu es une MacRae ! Tu ne plies devant personne. »

Aussi se redressa-t-elle et fixa-t-elle le diable sans ciller.

Et le diable se dressa devant elle, parlant d'elle – et non pas à elle – au garçon qui se tenait derrière lui, silencieux et manifestement mécontent de se trouver là.

— Pathétique ! railla-t-il. Remarque bien, Arion, son allure disgracieuse et revêche. Note bien la couleur de ses cheveux de païenne, la pâleur de sa peau. En somme, elle a tout d'une créature inférieure. J'en viens à me demander si cela valait vraiment la peine de s'emparer de *ça*.

Lauren réalisa qu'elle était le « ça » dont il parlait. Elle redoubla d'efforts pour garder la tête haute et le regard fier, exactement comme son père l'aurait voulu.

— *MacRae !* reprit le diable, faisant sonner le nom de son clan comme une insulte. Cette pitoyable femelle est donc tout ce qu'ils ont trouvé pour s'unir à leurs alliés. Regarde comme elle tremble, Arion. Observe bien comme elle semble faible et prête à s'écrouler. Notre ennemi en est réduit à de bien piètres extrémités pour faire reposer tous ses espoirs sur une aussi misérable enfant.

— Je ne tremble pas ! protesta Lauren.

C'était la première fois qu'elle osait s'adresser au diable, mais celui-ci l'ignora tout autant que ses sbires l'avaient fait. Dans son habit élégant, il éleva le bras pour se pincer le nez, comme pour se protéger d'une puanteur que Lauren aurait répandue autour d'elle.

— Simplette ! lança-t-il d'un air dégoûté. Faible ! Quelconque ! Retiens bien la leçon, mon neveu : n'oublie pas comme il est facile de contrôler notre ennemi.

Depuis qu'il était entré, le garçon n'avait pas cessé de la regarder. Renonçant à ses futiles tentatives pour impressionner le diable, Lauren fixa celui qu'il avait appelé son neveu. Lui, au moins, paraissait décidé à ne pas éviter de croiser son regard.

Lauren put alors constater qu'il n'était plus un enfant. Grand et efflanqué, il avait la même stature que son cousin Quinn, de cinq ans plus âgé qu'elle. Ce garçon devait avoir le même âge que lui, si l'on vieillissait dans la famille du diable de la même façon que chez les mortels. Il avait des cheveux noirs et des yeux sombres où se lisait un certain trouble.

— Notre roi pensait nous avoir pacifiés en divisant en deux notre île de Shot, poursuivit le démon de cette voix plus glaciale encore que la température qui régnait dans la pièce. Il s'était lassé de nos guerres îliennes, disait-il. Ainsi a-t-il préféré plier devant le roi écossais, trinquer avec lui et se réjouir en sa compagnie du traité de paix qu'ils pensaient avoir signé. Mais sache bien ceci, Arion : leurs cartes, leurs frontières et leurs traités n'y changeront rien. L'île de Shot est située plus près de la côte anglaise que de celle de l'Écosse. Nos ancêtres s'y sont établis avant ces damnés Écossais. Peu importe qui nous ordonne de faire la paix : les De Morgan revendiquent *tout* le territoire de l'île et rien ne nous empêchera de faire en sorte que soient satisfaites nos légitimes revendications. En tout cas, sûrement pas cette insignifiante créature...

— Je n'ai pas peur de vous ! lança Lauren avec mépris.

Le diable traversa alors tranquillement le cachot et la frappa en plein visage, si fort qu'elle alla valser contre le mur. Elle crut entendre le garçon émettre un cri de protestation, mais sa tête avait heurté la pierre et elle ne put en être sûre. Sonnée, elle demeura plaquée à la muraille, espérant que le vertige qui s'était emparé d'elle allait cesser.

— Un tout petit rien du tout ! reprit le diable. Et si facile à éliminer... Souviens-toi, Arion : un jour, toute l'île de Shot et la puissance qu'elle représente seront nôtres. Cette chose pitoyable que tu vois là constitue le seul obstacle à écarter pour qu'il en soit ainsi. Hélas, rien ne peut être fait aujourd'hui. Mais un jour, très bientôt...

De Morgan était sorti sur ces paroles menaçantes. Le garçon l'avait suivi, lui jetant un dernier coup d'œil par-dessus son épaule avant de sortir.

L'œil rivé à la porte close, Lauren aurait été incapable de dire si elle venait d'assister à cette scène ou si celle-ci s'était produite plus tôt dans la journée. Le temps lui jouait des tours dans cette effrayante forteresse. L'absence de repères et de lumière l'empêchait d'en mesurer le passage. Pourtant, elle aurait juré que cette visite avait eu lieu le jour même.

La flamme de la lampe qu'ils avaient laissée derrière eux s'amenuisait et vacillait, pâle lueur bleue dans le noir. Bientôt, elle s'éteindrait et les ténèbres engloutiraient tout. L'odeur de la mort reprendrait alors ses droits. La mort redoutait la lumière.

Ses bras enserrant ses jambes repliées contre elle, Lauren se tassa contre le mur, tremblant de peur autant que sous l'effet du froid humide qui régnait. Elle avait relevé un pli de son tartan contre son visage, s'immergeant dans le peu d'odeur de Shot dont il était encore imprégné pour trouver le courage d'affronter ce qui l'attendait.

Elle allait mourir ici. Quelle chose affreuse que de devoir quitter la vie sans avoir revu le ciel, sans avoir plongé ses doigts dans le sable chaud, ni nagé dans la fraîcheur de l'océan. Plus jamais elle ne dormirait dans sa chambre située à l'un des angles de Keir

Castle. Plus jamais elle ne tiendrait entre ses doigts une étoile de mer, ne regarderait les dauphins danser au-dessus des vagues, ne grimperait à un arbre, ne reverrait son père, ou Hannah, ou aucun autre membre de sa famille…

La seule qu'elle reverrait, c'était sa maman, dans le ciel. Elle y était déjà et l'y attendait.

Lauren dut s'assoupir car, lorsqu'elle releva la tête, la flamme de la lampe s'était éteinte. La seule lumière qui éclairait à présent le cachot, c'était celle qui filtrait sous la porte.

Lauren baissa de nouveau la tête, ferma les yeux et remonta le tartan sur son visage. Plus que jamais, il lui fallait se raccrocher à ses souvenirs.

Des voix lui vinrent en rêve.

L'une d'elles, grave et étouffée, semblait celle d'un homme. Mais l'autre, plus douce et chantante, était sans nul doute féminine. Le rythme sur lequel elle s'exprimait parut si familier à Lauren qu'elle ouvrit les yeux, éveillée par un sentiment de manque lancinant.

— Maman ?

La serrure du cachot émit ce grincement qu'elle avait appris à reconnaître comme étant celui du tour de clé donné à l'ouverture de la porte. Lauren tourna la tête dans cette direction, le cœur battant. Cela n'avait rien d'un rêve. Le cauchemar éveillé dans lequel elle se trouvait plongée depuis des jours continuait. La geôle était aussi sombre qu'à l'accoutumée et si froide qu'elle avait les membres engourdis et raides.

Si la mort venait déjà la chercher, elle ne se sentait pas prête. Pourtant, elle était trop transie pour se lever et chercher à se défendre.

La porte s'ouvrit lentement. Un flot de lumière inonda sa prison, l'aveuglant et soulignant d'un halo radieux la silhouette qui se découpait dans l'ouverture. Lauren cligna des yeux et trouva enfin la force de se lever. Le dos au mur, elle dressa les poings, en position de défense.

— Oh ! Petite fille...

C'était la femme de son rêve qui venait de s'exprimer. Elle reconnaissait sa voix, douce et chantante, qu'elle avait prise pour celle de sa mère. La nouvelle venue s'avança et la silhouette nimbée de lumière se transforma en une lady habillée d'une robe élégante, portant précautionneusement quelque chose devant elle.

— Qui êtes-vous ? demanda Lauren.

— Ne t'inquiète pas... répondit-elle en chantonnant presque. Tu n'as rien à craindre de moi, petite fille...

Quand elle fut suffisamment proche, Lauren lut sur son visage la grâce inquiète d'une fée égarée dans la fange d'un cul-de-basse-fosse. Ses grands yeux paraissaient vagues. Sa chevelure noire tombait jusqu'à ses reins en vagues ondoyantes.

— Ne t'inquiète pas, roucoula de nouveau cette étrange femme.

Elle portait un plateau sur lequel se trouvait un bol fumant d'où émanait une odeur de nourriture.

L'estomac de Lauren la trahit.

La femme sourit et reprit :

— Tu vois ? Je savais que tu serais heureuse de me voir.

Elle regarda autour d'elle, comme si elle s'attendait à trouver une belle table de banquet. Puis, son regard revint se fixer sur Lauren, passant en un instant de l'étonnement à l'amusement. Lentement, elle s'accroupit et déposa son plateau sur le sol.

— Qui es-tu ? s'enquit-elle en la dévisageant de nouveau curieusement.

Lauren secoua la tête d'un air buté et s'efforça de faire abstraction de l'odeur alléchante de pot-au-feu qui montait à ses narines.

— T'es-tu perdue, petite fille ? insista-t-elle.

Elle se redressa et fit le tour du plateau, sans quitter Lauren des yeux, pour se rapprocher d'elle. Son élégante robe, de la couleur des nuages d'été et bordée d'un galon argenté, formait une traîne derrière elle.

— Comment es-tu arrivée ici ? demanda-t-elle encore.

Lauren ne lui répondit pas. Méfiante, elle se contentait d'observer cette belle dame étrange et raffinée. Celle-ci tendit vers elle une longue main frêle et enroula autour d'un de ses doigts une mèche de ses cheveux.

— Oh ! s'exclama-t-elle dans un souffle, en se penchant pour l'examiner. On dirait... le rouge des roses... mélangé à celui du soleil couchant. J'adore les roses ! Toi aussi, petite fille ?

Elle ne semblait pas étonnée de ne pas obtenir de réponse. La tête penchée sur le côté, elle ne la quittait pas de ses grands yeux graves et sérieux. Lauren soutenait son regard, captivée, intriguée et... affamée.

Après un long silence, la dame lui confia de sa voix lente et mélodieuse :

— J'ai une souris dans ma chambre. Une petite souris brune, que j'ai appelée Simon. Un joli nom, tu ne trouves pas ?

Puisqu'elle paraissait à présent attendre une réponse, Lauren acquiesça d'un hochement de tête, les yeux écarquillés. La dame fronça les sourcils et secoua la tête, comme si elle s'éveillait d'un songe.

Elle recula d'un pas, redressa les épaules et déclara d'une voix plus ferme :

— Je m'appelle Nora. Je t'ai apporté de la nourriture, mais tu ne dois surtout pas le dire à oncle Ryder !

Lauren jeta un bref coup d'œil au bol fumant.

— Promets-moi ! insista gravement Nora. Promets-moi que tu ne le lui diras pas.

— Je ne dirai rien, répondit Lauren en s'humectant les lèvres. Promis.

Loin de la rassurer, cette promesse la plongea dans l'émoi.

— Mais... je ne te... je ne te connais pas ! protesta-t-elle. Comment puis-je te faire confiance ? Tu pourrais me tendre un piège et alors...

Sa voix faiblit jusqu'à devenir un gémissement apeuré. Ses yeux roulèrent dans leurs orbites et elle les ferma.

— Non... non... mon oncle ! gémit-elle en commençant à se balancer d'avant en arrière.

Son filet de voix monta en intensité et grimpa dans les aigus. Elle entonna une sorte de chant plaintif qui donna la chair de poule à Lauren.

— Sang, mer, sable, épées et chant... *tralela, lela...*

Effrayée, Lauren se poussa contre le mur pour s'éloigner d'elle sans la quitter des yeux.

— Non ! s'écria la dame.

Un garde passa la tête par la porte restée ouverte et s'inquiéta :

— Milady ?

Nora ouvrit grands les yeux.

— Va-t'en ! ordonna-t-elle sèchement, sans même se tourner vers lui. Je suis en train de parler à cette petite fille de ma souris Simon. Tu dois rester dehors : tu as promis !

Le garde haussa les épaules.

— Dépêchez-vous, maugréa-t-il avant de se retirer.

— Oncle Ryder ne sait pas que je suis là, naturellement, reprit Nora en souriant. Il serait tellement en colère... Mais j'ai entendu parler de toi par Arion et je me suis dit que tu aimerais manger quelque chose de bon.

Torturée par la faim, Lauren ne se débattit pas lorsque la dame l'attira par l'épaule. Elle avait le ventre vide depuis si longtemps... Et l'odeur qui s'élevait de ce bol la faisait abondamment saliver. Elle avait l'impression de n'avoir plus rien avalé depuis des années, et encore ne s'agissait-il que d'un morceau de pain et d'une croûte de fromage desséchée.

Nora souleva lentement le bol et murmura :

— Ça n'a pas l'air bon ? Je l'ai fait moi-même. Spécialement pour toi.

De la vapeur montait du brouet en volutes tentatrices. Le fumet qui s'en dégageait était un supplice pour les sens exacerbés de Lauren. Lentement, sans pouvoir s'en empêcher, elle tendit les mains pour prendre le bol.

— N'oublie pas... chantonna Nora. N'oublie pas ta promesse, petite fille. Tu ne dois rien dire.

— D'accord, répondit-elle.

Entre ses doigts, le bol était délicieusement chaud.

Nora souriait, magnifique et généreuse. Lauren se sentait éperdue de reconnaissance pour cette femme à l'allure de bonne fée, si inquiétantes fussent ses manières. Soudain, elle eut envie de l'abreuver de remerciements, mais la faim qui lui poignardait les entrailles fut la plus forte et elle se contenta de porter le bol à ses lèvres. Lentement, de ses mains tremblantes, elle l'inclina. Le délicieux et chaud breuvage passa entre ses lèvres, glissa sur sa langue et...

— *Nora !*

Tétanisée par le cri qui venait de retentir, Lauren lâcha le bol. Il rebondit sur le sol où il répandit son délicieux contenu, après avoir projeté en l'air un arc de liquide fumant.

— Nora...

La même voix, jeune et angoissée, précéda l'irruption dans la cellule du garçon dont Lauren avait reçu la visite précédemment. En toute hâte, il vint se placer entre elle et Nora et repoussa celle-ci à deux mains. Sans résister, elle se laissa faire et recula de quelques pas. Le nouveau venu donna un violent coup de pied dans le bol, qui alla se fracasser contre un mur, avant de s'en prendre de nouveau à la belle dame aux cheveux noirs.

— Mais qu'est-ce qui te prend ? demanda-t-il, furieux, en s'efforçant d'étouffer le son de sa voix. Comment oses-tu ?

— Elle avait faim, répliqua Nora sans se troubler.

— L'un des chiens est déjà...

Le garçon ne put achever sa phrase. Il secoua la tête d'un air désespéré avant d'ajouter :

— Si Ryder finit par l'apprendre... Nora, elle n'est qu'une enfant !

— Qu'est-ce qui se passe, ici ? s'inquiéta le garde qui venait d'apparaître de nouveau sur le seuil. Vous avez besoin d'aide, milord ?

Malgré son jeune âge, le garçon lui répondit avec une assurance et une autorité qui ne laissaient aucune place au doute.

— Ce n'est rien. J'avais un message à transmettre à ma sœur. Laisse-nous maintenant.

Le garde plissa les yeux, scruta le trio qu'ils formaient dans l'ombre, puis hocha la tête et disparut.

Le garçon s'avança vers Nora et lui expliqua :

— La marmite que tu as préparée a été renversée sur le sol de la cuisine. Les chiens sont venus y goûter. L'un d'eux est déjà mort ! Les deux autres, apparemment, ne tarderont pas à le suivre. Qu'est-ce que tu as mis là-dedans ?

— De la sarriette ! répondit fièrement sa sœur.

— Tu veux dire du poison ! répliqua sèchement le garçon. Quand oncle Ryder le découvrira, il te tuera de ses propres mains ! Elle est retenue en otage, elle ne doit pas mourir !

Saisie par un haut-le-cœur, Lauren porta les mains à sa gorge. Puis, se détournant de ses visiteurs, elle tomba à genoux et commença à hoqueter pour recracher le peu qu'elle avait bu. Soudain, elle sentit le bras du garçon lui entourer fermement les épaules.

— Combien en avez-vous bu ? s'enquit-il d'un ton pressant.

Lauren tenta de lui échapper, mais il ne la laissa pas faire et il insista :

— Combien ?

— Une gorgée !

Haletante, elle parvint à s'arracher à son bras et ajouta :

— Ce n'est pas encore aujourd'hui que tu me tueras, De Morgan !

Curieusement, à ces mots le neveu du diable lui adressa un véritable sourire, rapide et joyeux, bien différent de ceux qui s'attardaient sur les lèvres de sa sœur.

— Non, pas aujourd'hui... répondit-il d'une voix qui elle aussi exprimait son contentement.

— Ari ? s'inquiéta Nora, affolée. Que... que s'est-il passé ? Je ne comprends pas, je...

— Tout va bien !

Le garçon la rejoignit et s'empressa d'ajouter :

— Je vais arranger ça, Nora. Tu dois retourner dans ta chambre. Maintenant.

— Dans ma chambre ? s'étonna-t-elle. Mais... la petite... elle est perdue. Tu vois... c'est pour cela que je lui ai apporté un peu de soupe et...

Il était presque aussi grand qu'elle. Ce fut sans difficulté qu'il la prit par les épaules et la fixa droit dans les yeux avant de poursuivre d'un ton persuasif :

— Tu dois l'oublier. Tu m'entends ? *Tu dois oublier cette petite fille...* Elle n'est pas perdue. En fait, je vais faire en sorte qu'elle puisse rentrer chez elle.

D'une voix radoucie, il conclut :

— Tout va bien, Nora. Tout va bien... Retourne dans ta chambre.

Nora cligna rapidement des yeux et fixa peu à peu son attention sur lui. Le garçon ne cessait de s'adresser à elle d'une voix apaisante et sans craindre de se répéter.

— Retourne dans ta chambre aussi vite que tu le pourras mais sans courir. Tu m'entends ? Si quelqu'un t'arrête en chemin, dis-lui que tu dois absolument aller à confesse, que le prêtre t'attend. Mais tu ne dois pas y aller véritablement. Tu dois aller m'attendre dans ta chambre. Tu m'as compris, Nora ?

— Marcher... répéta la belle dame, comme soulagée. Retourner dans ma chambre.

— C'est bien, approuva le garçon en la poussant doucement vers la porte.

Nora quitta la pièce d'un pas raide, en se parlant tout bas, comme une somnambule.

— Oui... À confesse, vous comprenez... Je dois aller me confesser.

Quand elle fut sortie, le garçon se tourna vers Lauren et ordonna :

— Toi ! Viens avec moi...

Aussitôt, elle se mit en position de défense et répliqua :

— Maudit démon ! Si tu me touches, je t'expédie tout droit dans l'enfer que tu n'aurais jamais dû quitter !

Le visage grave, le garçon se figea et la dévisagea.

— Je ne te veux aucun mal, assura-t-il.

Lauren laissa fuser un rire grinçant et manœuvra aussi discrètement que possible pour atteindre la porte restée ouverte.

— Tu dois me croire, insista-t-il. Et me faire confiance.

— Pourquoi le ferais-je ?

— MacRae ! s'exclama-t-il, agacé. Tu veux sortir d'ici, oui ou non ?

— Sans toi !

Aussi vite qu'elle le put, Lauren détala en direction de la porte. Mais alors qu'elle avait déjà un pied dehors et qu'elle était sur le point de réussir à s'enfuir, elle se sentit happée et tirée en arrière. Une main posée sur sa poitrine, l'autre sur sa bouche, le neveu du diable la maintenait fermement contre lui. Elle se débattit et rua autant qu'elle le put, mais il était plus grand et plus fort. Elle ne put rien contre lui.

— Stop ! lui murmura-t-il d'un ton pressant au creux de l'oreille. Stupide fille ! J'essaie de te sauver...

Lauren lutta de plus belle pour lui échapper, avant de se résoudre à lui écraser un pied. Cette fois, elle eut la satisfaction de l'entendre pousser un gémissement de douleur.

— Lauren MacRae ! s'emporta-t-il à mi-voix. Si tu veux revoir ton père, tu as intérêt à faire ce que je te dis !

Surprise, Lauren se figea. L'entendre évoquer son père et de possibles retrouvailles avait suffi à canaliser sa colère.

Progressivement, celui que le diable avait appelé Arion relâcha la pression de son bras autour d'elle et de sa main sur sa bouche. Quand il fut certain qu'elle ne tenterait plus de s'enfuir ou de crier, il la lâcha. Lauren pivota sur ses talons pour lui faire face.

— Je sais où il se trouve, reprit le garçon avec le plus grand sérieux. Je te montrerai comment faire pour aller le rejoindre. Mais tu dois m'obéir, faire exactement ce que je te dirai !

Lauren ne décela aucune trace de duplicité ou de mensonge dans ces paroles. Sur ce visage sur le point de devenir celui d'un jeune homme, elle ne lisait qu'une apparente sincérité. Elle constatait que ses yeux n'étaient pas bruns, comme elle l'avait cru, mais plutôt d'un vert sombre – la couleur de l'océan au large –, qui leur conférait une étrange beauté. Alors, en s'efforçant de soutenir ce regard intense, elle sentit un drôle de phénomène se produire en elle, au fond de son cœur. Elle n'aurait su dire de quoi il s'agissait – un brusque accès de chaleur, un emballement de son pouls –, mais ce sentiment inconnu se mua bientôt en un autre qui ressemblait presque à... de la confiance.

— Suis-moi, reprit Arion en tendant le bras pour lui prendre la main. Tu dois me croire, MacRae. Je peux te sauver.

Lauren comprit alors qu'une chance unique s'offrait à elle. Ce garçon – bien que de la famille du diable – était le seul à l'aider à retrouver son père. Et ils le savaient tous deux.

Aussi le laissa-t-elle l'entraîner le long d'un étroit couloir bordé de cachots. Ils passèrent devant de nombreuses portes basses, éclairées par de rares torches souffreteuses. Lauren prit garde de ne pas marcher dans les flaques qui couvraient le sol et d'éviter tout contact avec les pierres suintantes et rongées par l'humidité. Ici, l'odeur de la mort imprégnait toute chose.

En la voyant jeter pour la troisième fois un coup d'œil inquiet par-dessus son épaule, Arion se pencha vers elle pour lui expliquer tout bas :

— Le garde a quitté son poste. Nora a dû lui donner une pièce. Il ne va pas tarder à revenir. Nous devons faire vite.

Ils grimpèrent une volée de marches particulièrement raide et se glissèrent dans un dédale de couloirs et de halls obscurs et vides. À un moment donné, quand un bruit de voix se fit entendre devant eux, il leur fallut entrer dans une pièce et se cacher derrière une table entourée de chaises. Une fois l'alerte passée, ils reprirent leur périple. Enfin, Arion pénétra dans une autre pièce et attira Lauren à l'intérieur. Elle fut saisie par la vue splendide qu'offrait une fenêtre ouverte sur un ciel d'un bleu-nuit argenté piqueté d'étoiles.

Son guide marcha jusqu'à un mur contre lequel il plaqua fortement ses deux mains. Et d'un coup, le pan de muraille céda et s'ouvrit comme une porte !

Bouche bée, Lauren se demandait encore par quelle sorcellerie il était parvenu à accomplir ce miracle quand il vint de nouveau la prendre par la main. En comprenant qu'il comptait l'entraîner dans les ténèbres qui s'étendaient au-delà du passage secret, elle hésita. Il faisait si noir, là-dedans... Plus noir encore que dans son cachot. Dans de telles ténèbres n'importe quel danger pouvait la guetter : gardes en faction, chausse-trapes, voire même... le diable en personne.

— MacRae ! se moqua le garçon d'un ton railleur. Serais-tu donc une froussarde, comme le reste de ta famille ?

Piquée au vif, Lauren passa devant lui et fit résolument un pas en avant dans le noir. Un instant plus tard, elle le sentit tirer sur son tartan et lui souffler :
— Pas par là. Suis-moi...

Ils marchèrent durant ce qui lui parut durer une éternité. Lauren avait la sensation d'étouffer tant l'obscurité était complète. Si elle l'avait pu, elle aurait pris ses jambes à son cou, mais Arion occupait tout l'espace devant elle et pour rien au monde elle ne lui donnerait l'occasion de se railler d'elle. Elle se força donc à marcher d'un pas ferme et régulier.

Enfin, une autre issue semblable à la précédente s'ouvrit, révélant cette fois le ciel nocturne et leur offrant un grand bol d'air frais. Ils quittèrent le tunnel et débouchèrent dans une clairière, au milieu des bois. Au-delà, sur une hauteur, se dressait un impressionnant château.

— Suis ce chemin, ordonna Arion. Et ne quitte pas des yeux cette étoile. Tu la vois ?

Du doigt, il désignait un astre plus lumineux que les autres.

— Tu devras marcher pendant des lieues, reprit-il. Et prendre garde à ne pas te montrer tant que tu n'auras pas passé le deuxième village. Tu arriveras dans celui où se trouve ton père au lever du jour, si tu ne tardes pas trop.

Dans la pénombre, Lauren le dévisagea un instant avant de demander :
— Pourquoi fais-tu ça ?

Une expression amère passa sur son visage soudain empreint de la maturité de l'âge adulte.

— Contente-toi de m'écouter.
— Pourquoi ? insista Lauren.

Un long silence retomba entre eux. Les yeux plissés, la bouche pincée, Arion paraissait décidé à ne pas répondre. Aussi fut-elle surprise de l'entendre finalement maugréer :

— Ne va pas t'imaginer que c'est pour tes beaux yeux, MacRae ! Je l'ai fait pour Nora. Elle doit penser que tu représentes un danger, Dieu seul sait pourquoi ! Tu n'étais que l'otage de notre oncle. Nous aurions pu t'échanger contre quelques-uns des nôtres. Mais morte, tu ne nous serais d'aucune utilité.

L'amertume qui durcissait ses traits se fit plus marquée encore. L'espace d'un instant, Lauren crut discerner le visage de l'homme qu'il deviendrait bientôt : un visage dur, inflexible, et éminemment masculin. La silhouette guerrière du château qui se profilait en arrière-plan derrière lui n'aurait pu mieux lui convenir.

— Je ne peux pas la surveiller tout le temps, reprit-il d'un ton las. Je préfère prendre le risque de te libérer que celui de voir ma sœur punie pour avoir pris ta vie, même si tu es une MacRae. À présent, va-t'en. Et ne reviens jamais, ou c'est moi qui te tuerai de mes propres mains !

Lauren se détourna de lui et s'engagea sur le chemin qu'il lui avait désigné. S'armant de courage, elle s'enfonça dans la nuit noire.

2

Île de Shot, 1177

Lauren MacRae s'adossa à son siège et roula des épaules pour en chasser les courbatures dues au combat.

— Il survivra, maugréa-t-elle. Dommage, il aurait mérité d'y rester !

— Montre-toi plus charitable... protesta celle qui lui tenait compagnie, sans quitter des yeux sa broderie. Après tout, il aurait pu tout aussi bien te sauver la vie, lui aussi.

Incapable de tenir en place, Lauren repoussa sa chaise et se leva, préférant faire les cent pas dans la pièce.

— Absolument pas, répondit-elle. Et je vais t'expliquer pourquoi. S'il nous avait trouvés hier matin en train de nous faire étriper par un plein bateau de Vikings, De Morgan n'aurait pas levé le petit doigt et les aurait laissés faire son sale boulot à sa place.

— Tu es trop dure.

Lauren haussa les épaules. Hannah était sa meilleure amie, sa confidente et une conseillère avisée. Pour rien au monde elle n'aurait voulu la blesser.

Plutôt que de lui répondre, elle préféra se camper devant l'une des fenêtres du cabinet de travail de son père pour y admirer l'un de ses panoramas préférés sur l'île de Shot : les bois, épais et profonds, emplis de pénombre et de mystères ; le doux moutonnement des collines, cédant peu à peu au surgissement de montagnes aux flancs hérissés de granit et de quartz ; le rivage, d'une platitude et d'un calme trompeurs ; l'océan, glacé et sans fin, mariant toutes les teintes de l'indigo, du vert et de l'argent.

Et tout cela était à elle. Enfin... à elle et aux siens. Shot appartenait au clan MacRae depuis la nuit des temps. Aucun édit royal, aucune diabolique famille anglaise n'y pourrait rien changer. Les MacRae avaient occupé l'île les premiers, même si les Anglais prétendaient les avoir précédés. C'était ce qui fondait leur droit à revendiquer cette terre. Cette certitude était aussi immuable que la vie elle-même : parfois plus forte, parfois plus faible, mais toujours là.

Certes, pour l'heure, la menace que faisait planer un puissant ennemi venu de l'extérieur semblait plus que jamais remettre en cause cette souveraineté du clan sur son île. Mais Lauren n'était pas prête à capituler, ni maintenant ni jamais.

La voix d'Hannah, aussi douce et posée qu'à l'accoutumée, vint la tirer de ses pensées.

— Comment va-t-il ? s'enquit-elle.

Lauren fit volte-face et la dévisagea sans comprendre de qui elle parlait.

— Notre visiteur, précisa Hannah en levant les yeux de son ouvrage. Notre invité : le comte Arion De Morgan.

Lauren se retourna vers la fenêtre et s'exclama :

— Oh, lui ! Je suis sûre qu'il va aussi bien que possible. Elias m'a dit qu'il s'en sortirait. Cela me suffit.

— Peut-être, répliqua Hannah. Mais tu devrais tout de même aller t'en assurer par toi-même.

Lauren grimaça. Avec sa sagacité habituelle, son amie ne craignait pas de mettre les pieds dans le plat. Elle savait parfaitement qu'elle ne souhaitait pas rester en compagnie de l'Anglais. À l'heure qu'il était, il devait être éveillé et pressé d'obtenir des réponses à ses questions.

Du bout du doigt, elle entreprit de suivre la résille de plomb qui maintenait les vitres en place. Pour sa part, elle était décidée à faire mijoter De Morgan. Qu'il s'inquiète et se tourmente encore un peu...

— Après tout, reprit Hannah au terme d'une longue pause, il a été blessé en défendant notre terre. Et il a failli en mourir.

— Tu sais très bien qu'il s'imaginait défendre *sa* terre.

— Et toi, tu sais que ce n'est pas la sienne. Alors quelle importance qu'il le croie ? Il a versé son sang pour protéger Shot de l'invasion. Et les siens ont fait de même.

— N'oublie pas que *les nôtres* ont aussi versé le leur !

Lauren tourna le dos à la fenêtre et reprit son errance sans but dans la pièce.

— Oh, Lauren... se lamenta Hannah d'une voix peinée. La mort de ton père a été une terrible perte pour nous tous. Mais ne penses-tu pas qu'il est temps de mettre sous le boisseau ta haine de cette famille ennemie ? Nous avons un nouveau danger à prendre en compte, un nouvel ennemi à chasser de notre territoire. Ce ne sont pas les De Morgan qui ont assassiné ton père et qui ont blessé Quinn. Ce sont les Vikings.

Lauren baissa la tête sans parvenir à chasser les pénibles souvenirs que les paroles d'Hannah réveillaient en elle. Cela faisait une semaine que son père avait été tué par ces envahisseurs. Quinn, cousin de

Lauren et successeur désigné pour diriger le clan, avait été si grièvement blessé au cours de la même bataille que l'on ne savait pas encore s'il allait survivre.

Lauren n'avait jamais été comme tant d'autres filles qu'elle connaissait. Fille de Shot, elle était aussi fille de Hebron MacRae, le meilleur laird que le clan ait jamais eu. La mère de Lauren ayant succombé à une fièvre alors qu'elle était encore petite, elle avait grandi avec son père, jouant dans les bois sauvages, apprenant à chasser, à pêcher et même à se battre avec les garçons. Pas de broderie, ni de métier à tisser ni de tâches en cuisine, à l'abri des sûres murailles de Keir Castle. Elle était capable de tirer une flèche aussi bien que n'importe quel guerrier et, de tout le clan, elle était l'archère la plus rapide et la plus intrépide, selon son père.

Pour quelque raison qui lui échappait, elle s'était même imaginée à l'abri de la mort. Durant tout ce temps, elle s'était crue endurcie et prête à supporter n'importe quoi. Pourtant, la semaine précédente, Lauren avait fini par se rendre compte à quel point sa vie avait été protégée et insouciante jusque-là. Et le monde rassurant qu'elle connaissait si bien était devenu un enfer.

Quand la nouvelle lui était parvenue et, quand on avait fini par ramener le corps ensanglanté du laird au château, Lauren avait tout d'abord été paralysée par la terreur. Pourtant, il lui avait bien fallu accepter finalement la terrible réalité : son père était parti. Pour toujours.

Comme si elle avait été capable de lire dans ses pensées, Hannah reprit son monologue fataliste.

— La guerre ne fait pas de détail et peu lui importe le sang qu'elle verse, ma chérie... Ton père l'avait compris. Tu sais qu'il aurait fait n'importe quoi pour te protéger et pour défendre notre île. Il n'en demeure pas moins que ce nouveau comte De Morgan et ses hommes ont empêché hier un débarquement qui nous menaçait tous. Tu ne peux que le reconnaître.

Lauren s'abstint de lui répondre. Repoussant une mèche de cheveux qui lui barrait les yeux, elle fixa son regard sur le pavage d'ardoise bleue.

— Et grâce à ce chevalier anglais et à ses hommes, poursuivit Hannah, Shot peut continuer à vivre dans une certaine sécurité. Dois-je te rappeler que nous n'avions pas posté de sentinelle, à ce point de la côte ?

— Jusque-là, il n'y en avait pas eu besoin ! s'insurgea Lauren. Personne n'est jamais parvenu à passer les forts courants qui bordent cette plage pour y débarquer.

Hannah avait abandonné son ouvrage dans son giron. Calme et sereine, elle la dévisageait avec bienveillance. La lumière du soleil accrochait des reflets à ses fins cheveux argentés et ses yeux marron ne luisaient que de l'affection qu'elle lui portait.

— Et pourtant, les Vikings y sont parvenus, répondit-elle tranquillement. Et nous pouvons remercier De Morgan de les avoir contenus pour nous permettre finalement de les repousser.

Les poings sur les hanches, Lauren contempla la vue qui s'offrait à elle. Elle rechignait à admettre la vérité. Elle aurait voulu n'avoir à reconnaître aucun mérite aux Anglais, cet autre ennemi de l'intérieur qui constituait pour sa famille et pour son clan déjà si éprouvés une menace tout aussi sérieuse que celle représentée par les Vikings.

— Lauren...

Hannah n'eut pas besoin d'ajouter autre chose. Il s'agissait d'un ordre et elle ne pouvait l'ignorer.

— J'irai le voir... répondit-elle vaguement.

— Tu sais que nous ne pouvons le garder beaucoup plus longtemps ici. Les siens ont déjà dépêché des émissaires pour réclamer son retour. Il vaudrait mieux aller lui rendre visite tout de suite, tu ne crois pas ?

Après avoir attendu en vain une réponse, Hannah insista :

— C'est ce que ton père aurait voulu que tu fasses.

Le soleil couchant disparut derrière un banc de nuages de la couleur de l'acier. Toutes les couleurs virèrent aussitôt pour prendre des teintes d'une séduction automnale. Mais les splendeurs du paysage ne suffisaient pas à faire oublier à Lauren le silence patient dans lequel se cantonnait son amie.

— Très bien, lâcha-t-elle dans un soupir. J'y vais.

— Sois aimable avec lui, recommanda Hannah tandis qu'elle quittait la pièce.

— Tu peux y compter, répondit-elle à mi-voix.

Arion De Morgan reposait sur une paillasse, passant de l'éveil à l'inconscience au gré des fluctuations des battements de son cœur qui retrouvait progressivement un rythme normal.

Où se trouvait-il ? Sa mémoire embrumée lui faisait défaut. Il y surgissait par instants des visages, l'écho de certaines voix. Il se rappelait confusément les potions brûlantes qu'on lui faisait régulièrement avaler, et la douleur lancinante qui lui poignardait l'épaule.

Le sang. Le sable.

Sa mémoire en lambeaux lui revenait peu à peu.

Il était parti en patrouille, à la tête d'un petit groupe d'hommes. Oui, de cela il était sûr... À un moment donné, ils avaient mis pied à terre. Pour plus de discrétion, mais également parce que Hammond affirmait qu'il était préférable de longer la plage sur laquelle ils venaient de déboucher à pied plutôt qu'à cheval. Il avait suivi son conseil sans hésiter. Hammond connaissait bien mieux l'île de Shot que lui. Il y était né alors qu'Ari était resté presque toute sa vie durant en terre anglaise. Depuis que son oncle était mort, quatre mois plus tôt, faisant de lui le nouveau comte, c'était sa première visite sur l'île.

C'était donc à pied qu'ils avaient contourné un bois épais et un massif de dunes. Et c'était sur la plage qui se trouvait au-delà qu'ils étaient tombés sur les Vikings, en train de débarquer sans chercher à se cacher, leurs longs vaisseaux à proues ornées bien visibles de la côte.

Le piège s'était alors refermé sur eux. Lui et ses hommes ayant immédiatement été repérés, il ne leur était resté d'autre issue que combattre ou mourir. Encore que combattre ne constituait pas une garantie de ne pas mourir... Ils n'étaient que huit, face à d'innombrables envahisseurs vikings.

Ensuite, tout était devenu flou. La seule certitude que gardait Arion, c'était qu'il n'était pas mort. Il ne pouvait l'être : son épaule lui faisait bien trop mal. Il devait donc être vivant, ou alors... aux portes de l'enfer ?

Mais les bandages nombreux qui lui immobilisaient l'épaule démentaient cette hypothèse. Prend-on la peine de faire des bandages à un mort ?

D'autres bribes de souvenirs lui revenaient. Il se rappelait avoir tenté de se lever pour se lancer à la recherche de ses hommes. Mais ceux qui peuplaient cet endroit – anges ou démons, quels qu'ils aient pu être – l'en avaient empêché. Après qu'ils le lui eurent répété maintes fois, il avait fini par comprendre que tous ses hommes, sans exception, étaient saufs. Aussi s'était-il résigné à boire les potions qu'on lui présentait.

Arion fit une nouvelle tentative pour s'asseoir. La nausée lui retourna aussitôt l'estomac, et un voile noir passa devant ses yeux. Il reprit ses esprits pantelant et affalé dans une position inconfortable sur sa paillasse. Lentement, avec un luxe de précautions, il entreprit une nouvelle fois de se redresser.

La pièce dans laquelle il se trouvait n'était pas très grande. Une fenêtre ouverte laissait pénétrer un souffle d'air chargé des senteurs de l'océan. Une brise décidément trop douce, songea-t-il, pour pouvoir souffler en enfer… Au-dessus de lui, un haut plafond en arche soutenu par une charpente en bois se perdait dans les hauteurs. Il régnait là-haut une pénombre mouvante, paisible et mystérieuse, qui aurait pu être le séjour d'esprits silencieux et attentifs ou d'anges gardiens. Après tout, conclut-il pour lui-même, si ce n'était pas l'enfer, peut-être avait-il gagné le paradis ?

L'unique porte de la chambre s'ouvrit soudain. Encore étourdi, Ari tourna la tête et vit un de ces anges qu'il venait d'évoquer s'incarner devant lui. Telle une vision céleste, une jeune beauté aux cheveux couleur de cuivre et habillée d'un tartan s'avança vers lui.

Arion fronça les sourcils, perplexe, certain que ce tartan devait avoir une signification. Ses plis intriqués se rejoignaient sur l'épaule de l'ange, où une broche en argent les retenait. Il enveloppait sa silhouette presque jusqu'aux pieds, masquant en grande partie la robe qu'il recouvrait. Sur un fond d'un bleu à la fois soutenu et subtil se croisaient des lignes et des bandes couleur émeraude, bleu canard et violet. Sans doute devait-il s'agir d'un tartan de chasse, destiné à passer inaperçu au plus profond des bois.

Ce qui signifiait qu'il ne recevait pas la visite d'un ange, mais celle d'une femme et d'une guerrière.

— Éveillé ? demanda-t-elle.

Arion se dressa sur son séant en dépit de la douleur fulgurante qui en résulta et du voile noir qui, de nouveau, menaça de l'engloutir. Par un effort de concentration, il parvint à le dissiper, petite victoire qui lui redonna espoir. Au-dessus d'une couverture enroulée autour de sa taille, il était torse nu. Celle qu'il avait prise pour un ange et qui le dévisageait d'un air impassible ne paraissait pas l'avoir remarqué.

La réalité s'imposa alors à lui sans fard : il sut où il était et qui elle était. Simultanément, Arion prit conscience qu'il était nu et désarmé alors que son ennemie portait une dague à la ceinture. Il ne faisait pas l'ombre d'un doute qu'elle savait s'en servir. Elle le regardait fixement, parfaitement immobile. En voyant ses lèvres s'étirer en un sourire sans joie, il comprit qu'elle devait avoir perçu son inquiétude.

Sans cesser de sourire, elle fit un pas vers lui. Ses cheveux, libérés de la queue de cheval qui les avait retenus lors de la bataille, cascadaient sur ses épaules. La brise venue de la fenêtre les agitait doucement, révélant l'incroyable richesse de leur coloris et des reflets satinés qu'un rayon de soleil faisait naître à leur surface. La lumière du jour mettait également en valeur ses yeux, d'une couleur qui parut étrangement familière à Ari : celle du...

— Whisky...

Il s'était exprimé à haute voix, suscitant chez elle un mouvement de surprise vite réprimé.

— En avez-vous, Lauren MacRae ? insista-t-il en prenant appui contre le mur.

La couverture avait glissé, exposant sa nudité jusqu'au bas-ventre. En butte à son silence, il ajouta :

— Vous êtes bien Lauren MacRae, n'est-ce pas ? À moins qu'il ne faille vous appeler à présent Lauren Murdoch ?

Après lui avoir jeté un regard glacial, elle marcha jusqu'à une petite table, près de la porte, qu'il n'avait pas remarquée jusqu'alors. Elle prit une flasque qu'elle déboucha et elle la lui tendit.

— Grand bien vous fasse !

Au ton de sa voix, il paraissait évident qu'elle aurait préféré qu'il s'étouffe en buvant.

Le whisky était bon – et même excellent – mais Ari prit garde de n'en boire que deux gorgées. En présence d'un tel adversaire, il était préférable de garder toute sa lucidité.

Lauren MacRae était... époustouflante. Il ne pouvait trouver de meilleur terme pour la décrire. Son visage d'une beauté exquise avait des traits délicats mis en valeur par toutes ces couleurs qu'il arborait : l'or pâle de ses prunelles, le cuivre flamboyant de sa chevelure, l'albâtre sans défaut de sa carnation, sur lequel tranchaient le marron foncé des sourcils et le rouge sang des lèvres pleines et sensuelles. Il n'arrivait pas à croire qu'en l'espace de quelques années la maigre fillette qu'il avait connue ait pu se métamorphoser en une... déesse.

Pourtant, c'était bien elle, il l'aurait juré. À présent qu'il avait recouvré toute sa lucidité, il reconnaissait cette petite flamme rebelle et indomptable qu'il avait découverte dans les yeux de l'otage de son oncle, et que trahissait bien plus intensément le regard de la femme qu'elle était devenue. Arion De Morgan se retrouvait face à Lauren MacRae, du clan MacRae, et par conséquent face à l'ennemi le plus haï de sa propre famille. Il lui fallut se retenir pour ne pas en rire, autant sous l'effet de la colère que du désespoir. Qui aurait pu deviner que celle qu'il devait combattre deviendrait d'une beauté aussi redoutable ?

Pour masquer le trouble qu'elle suscitait en lui, Arion dut faire semblant d'avaler une autre gorgée de whisky. Une onde de désir irrépressible le traversait. Il la convoitait avec une telle force qu'il ne pouvait se permettre d'observer son visage plus de quelques secondes d'affilée. Cette réaction irrationnelle et folle le prit par surprise. Jamais auparavant il n'avait imaginé qu'une femme puisse allumer au premier regard dans le sang d'un homme un tel incendie. Il en vint à se demander s'il avait bien toute sa tête et si cette bataille n'avait pas eu raison de son esprit. Si Lauren MacRae le perçait à jour, elle n'hésiterait pas à utiliser cette faiblesse contre lui. Et pour ne rien arranger, il réalisa qu'il ne pourrait rien faire pour l'en empêcher. Le simple fait d'imaginer pouvoir la toucher un instant – même juste sa main, son poignet, ou la peau satinée de son avant-bras – faisait naître en lui des fantasmes débridés. La tentation était si forte et irrésistible qu'il dut fermer les yeux pour y résister.

Une voix trouble, veloutée, éminemment féminine, flotta à travers la pièce.

— Que faisiez-vous sur mes terres, De Morgan ?

Arion rouvrit les paupières. Le visage de Lauren MacRae demeurait de marbre, mais quelque chose d'hostile et de glacé dans l'ambre délicieux de ses yeux trahissait la réalité de ses sentiments. Elle le haïssait. C'était manifeste et si peu inattendu qu'il faillit une fois encore laisser fuser un rire amer.

— Vos terres ? murmura-t-il. Pardonnez-moi, mais j'ai la nette impression qu'il s'agit des miennes.

— Vous devriez réviser votre géographie... plaisanta-t-elle sur un ton badin que démentait la froideur de son regard. L'île de Shot appartient aux MacRae.

— Curieux... Il me semble me rappeler que ma famille s'est installée ici avant la vôtre.

— Manifestement, vous délirez. Je ferais peut-être mieux de vous garder confiné ici, pour votre propre bien. Nous n'avons pas de cachots à Keir Castle – nous ne sommes pas aussi barbares que les Anglais –, mais je suis sûre de pouvoir trouver quelque endroit aussi déplaisant où vous enfermer.

À présent parfaitement dégrisé, Arion soutint son regard sans ciller et demanda d'une voix égale :

— Serait-ce une menace ?

Lauren haussa gracieusement les épaules.

— Je n'ai pas besoin de vous menacer, répliqua-t-elle. Vous vous trouvez à présent *chez moi*, De Morgan.

— « Chez vous » ? répéta-t-il, amusé. Pardonnez-moi, je dois avoir encore l'esprit embrumé... Depuis quand êtes-vous le chef de votre clan ?

Arion n'avait cherché qu'à poursuivre leur joute verbale, mais il réalisa que son coup avait fait mouche et la blessait d'une manière qu'il n'aurait pas imaginée. Le savoir éveilla en lui une peine proportionnelle à celle qu'il venait d'infliger à Lauren. L'intensité de sa réaction le laissa pantois. Pour rien au monde il ne devait la laisser exercer un tel contrôle sur lui.

— Mon cousin est notre nouveau laird, répondit-elle enfin sans rien trahir de sa détresse. Je suis ici... sa porte-parole.

Arion ne put masquer sa surprise.

— Votre père ? demanda-t-il.

— Mort, répondit-elle platement.

Ari hocha la tête lentement. Il comprenait mieux à présent en quoi ses paroles l'avaient blessée.

— Désolé, maugréa-t-il.

— Je n'en doute pas, rétorqua-t-elle d'un ton railleur.

Arion n'insista pas et haussa les épaules. Il ne pouvait la blâmer de ne pas croire en sa sincérité.

— Je veux voir mes hommes, reprit-il fermement.

— Vos hommes vont bien.

— Conduisez-moi à eux.

Elle avait retrouvé toute sa superbe et son mince sourire dissimulait mal la colère qui bouillait en elle.

— Impossible, De Morgan. Vous allez devoir me croire sur parole, car vous ne bougerez pas d'ici.

Arion se redressa autant qu'il le put.

— Suis-je votre prisonnier ?

— Pourquoi pas ? répliqua-t-elle. Votre tour est peut-être venu de jouer les otages...

Il prit soin de la fixer au fond des yeux et de délivrer sa propre menace avec lenteur et détermination.

— Ce serait une très mauvaise idée. Une très, très mauvaise idée...

— Vous croyez ?

Elle ne souriait plus et ne prenait même plus la peine de dissimuler son hostilité.

— J'en suis convaincu ! assura Arion, les yeux plissés. Retenez-moi ici contre mon gré et vous aurez une guerre sur les bras. Non seulement avec les miens, de l'autre côté de cette île, mais avec mon souverain. Vous savez comme moi que Henry et William ont promulgué un édit interdisant à chacune de nos familles de prendre des otages dans le camp adverse. Une trêve a été signée.

— Une *trêve* ! se récria Lauren. C'est comme ça que vous l'appelez ?

— Vous avez un autre terme ? s'étonna Arion.

— Une injustice ! Voilà comment j'appelle ça. Cette trêve a été conclue *après* mon enlèvement par votre famille alors que je n'étais qu'une enfant.

— Un enlèvement suivi d'une libération. Auriez-vous oublié ce détail ?

Elle se figea et lui jeta un regard indéchiffrable.

— Non, admit-elle. Je ne l'ai pas oublié.

Ari avait encore du mal à se faire à l'idée que la petite fille qu'il avait libérée autrefois ait pu se métamorphoser en cette jeune femme à la beauté renversante. Ils ne s'étaient que brièvement croisés dans les geôles de Ryder, mais il se souvenait parfaitement de sa bravoure et de son intelligence. Au fond de ses yeux d'ambre, il retrouva ces mêmes qualités, inchangées. Puis, le sourire crâne reparut sur son visage et il ne vit plus, de nouveau, que la femme qu'elle était devenue.

— Mais vous admettrez, reprit-elle, que notre tour pourrait être venu de vous rendre la monnaie de votre pièce. Ce ne serait que justice.

— Le roi Henry ne tolérerait pas une telle vindicte.

— Votre roi est bien loin d'ici, répondit-elle doucement. Il ne pourra vous venir en aide. Aucune force anglaise ne viendra à votre secours. Quant à votre famille, voilà des siècles que la mienne la surpasse.

— Je me suis pourtant laissé dire que l'inverse était vrai, et que ma famille avait défait la vôtre à de nombreuses reprises.

Arion n'avait pu s'empêcher de la provoquer. Peut-être s'était-il laissé gagner par la passion dont elle faisait preuve pour entretenir ces vieilles querelles territoriales.

— Vous parlez comme un Anglais !

Difficile, pour Arion, d'ignorer le mépris que recélaient ces quelques mots.

Elle se détourna de lui pour gagner la fenêtre, devant laquelle elle se campa. L'une de ses mains décrivit un arc de cercle gracieux pour englober le paysage.

— Tout ce qui se trouve sous vos yeux appartient à mon clan, expliqua-t-elle fièrement. D'ici au rivage et de ces bois aux lointaines montagnes, tout est à nous.

En tournant la tête pour le regarder par-dessus son épaule, elle ajouta :

— Vous ne connaissez pas Shot. Vous avez grandi auprès de votre oncle, en Angleterre. Je suppose donc que je ne dois pas m'étonner de votre ignorance des réalités de cette île. Mais regardez autour de vous, De Morgan. Voyez la puissance de notre forteresse, la solidité de ses défenses. C'est ma famille qui a bâti tout cela. Mes parents, leurs parents avant eux, et tous nos aïeux. Nous contrôlons la plus grande partie de cette île, par décret de votre roi lui-même. Votre place forte sur Shot est faible et exposée. Sa construction n'est même pas achevée et ne le sera jamais.

Elle s'était retournée pour lui faire face, les bras croisés, fermement campée sur ses jambes. Sa voix demeurait aussi douce et caressante, mais Arion n'était pas dupe. Il l'avait vue combattre un homme deux fois plus imposant qu'elle et en venir à bout. Il savait également que cela n'avait rien d'un accident et qu'elle était apte à renouveler cet exploit à la première occasion.

— La forteresse De Morgan, de l'autre côté de l'île, est à l'image de votre implantation ici : insignifiante, reprit ce séduisant ennemi. À présent, essayez donc de trouver le courage de me répondre. Que faisiez-vous sur mes terres ?

Arion se surprit à sourire. Elle était si dévotement haineuse à son égard, et pourtant si irrésistiblement attirante, avec ses longs cheveux de feu, sa franche beauté et sa voix tentatrice, qu'il n'avait pu s'en empêcher. Seigneur ! songea-t-il en se renfrognant. Était-elle en train de le rendre fou ?

— Je crois que cette plage marque exactement la frontière entre votre partie de l'île et la mienne, répondit-il. Aussi, je ne pense pas que vous puissiez la revendiquer comme vôtre. Si elle doit être à quelqu'un, qu'elle soit à nous.

— À vous ! se récria-t-elle. Seriez-vous donc totalement idiot ? Vous venez de me dire que cette plage marque la frontière, et pourtant vous osez la revendiquer comme…

— Non ! l'interrompit-il. Vous m'avez mal compris. Je voulais dire : que cette plage soit à vous comme à moi.

Cela suffit à réduire au silence Lauren MacRae. Ses yeux s'arrondirent. Ses lèvres s'entrouvrirent. Elle paraissait abasourdie et Ari vit ses joues s'empourpraient sous le coup de l'indignation. Voyant qu'elle s'apprêtait à protester, il se hâta d'ajouter :

— J'ai répondu à votre question. À vous maintenant de répondre à la mienne : pourquoi m'avez-vous sauvé la vie ?

Lauren dévisagea cet étranger que l'on avait installé dans son propre lit, sa propre chambre, son propre château, et qui avait le culot de la défier. Elle eut beau s'y essayer, il lui fut impossible de lui dire sa façon de penser.

Son arrogance était sidérante. Sûr de lui, il n'avait cessé de sourire crânement pendant qu'elle l'interrogeait, s'imaginant sans doute désamorcer par une attitude nonchalante la juste indignation qu'elle ressentait.

Sa duplicité ne faisait pas de doute non plus. N'avait-il pas cherché à lui embrouiller les idées, avec cette histoire abracadabrante de plage appartenant aux deux familles, pour mieux échapper à son interrogatoire ?

Sournois, mauvais, vile, odieux, méprisable : il était également tout cela, mais aussi... séduisant.

Lauren ne pouvait nier une évidence qui sautait aux yeux. Cela aurait été pour elle un aveu de faiblesse et elle ne voulait en aucun cas se montrer faible devant lui, quand bien même il la troublait.

Arion De Morgan, donc, ne manquait ni de charme ni d'aplomb. Assis à demi nu dans le lit de Lauren, il demeurait aussi tranquille que l'eau d'un lac, avec ses cheveux aile-de-corbeau tombant sur ses épaules, ses yeux verts rieurs et ses lèvres sensuelles retroussées en un petit sourire mystérieux. Son torse puissant se découpait de manière saisissante sur le fond plus pâle du mur de pierre.

Bien que large d'épaules, il était finement musclé et n'avait rien d'une brute épaisse. Autant que de robustesse, il se dégageait de sa silhouette bien proportionnée une impression d'agilité et de souplesse. Lauren ne l'en détestait que davantage. Elle ne supportait pas l'idée que le jeune De Morgan qui l'avait libérée ait pu devenir un homme si beau. Alors qu'elle aurait voulu pouvoir le regarder avec mépris et dégoût, elle ne voyait en posant les yeux sur lui qu'une mâchoire puissante, d'impressionnantes épaules, des bras musclés et un ventre plat et sculpté.

La veille au matin, lorsqu'elle l'avait vu de loin combattre les Vikings, Lauren avait tout de suite compris que lui et ses hommes allaient succomber sous le nombre. Sans même y réfléchir, elle s'était précipitée à la tête de sa troupe à leur secours. Dans le feu de l'action, le fait de venir en aide à leurs ennemis héréditaires ne leur avait posé aucun problème de conscience. Tout ce qui avait compté, c'était la présence d'étrangers abhorrés sur le sol de Shot, ces mêmes envahisseurs qui avaient si cruellement tué son père. Lauren avait su que ses hommes allaient faire en sorte de venger sa mémoire et s'était élancée sur la plage où ils débarquaient dans le même état d'esprit.

Ce chevalier anglais aux cheveux noirs flottant au vent qui se battait contre un géant avait immédiatement attiré son attention. Instinctivement, elle avait aussitôt compris qu'il devait s'agir d'Arion, nouveau comte De Morgan. Elle s'était doutée, en apprenant la mort de son oncle, que leurs retrouvailles étaient proches.

À distance, elle avait pu constater quel guerrier aguerri était devenu celui à qui elle devait d'avoir été libérée bien des années auparavant. Lauren avait déjà pu constater que les Vikings ne rechignaient pas aux coups bas, aussi n'avait-elle pas été surprise de voir une flèche faucher Arion alors qu'il s'apprêtait à terrasser son adversaire. Avec ses hommes, elle s'était alors jetée à corps perdu dans la bataille, mue par une fureur sauvage qui n'avait rien eu de sacré.

Lauren ne tirait aucune gloire ni aucune fierté d'avoir donné la mort. En fait, un voile pudique, couleur de sang, semblait avoir recouvert le souvenir de la bataille dans sa mémoire. Lorsqu'elle s'efforçait de se remémorer ces terribles instants, il ne lui revenait à l'esprit qu'un mélange confus d'émotions fortes : la colère, la fatigue, la souffrance, l'ivresse d'un pouvoir nouvellement acquis. Et si elle s'obstinait à se rappeler, la nausée l'obligeait à lâcher prise.

Quelque chose devait donc avoir soutenu et armé son bras pour venir à bout des Vikings. Une force qui la transcendait avait guidé ses jambes jusqu'au géant aux cheveux filasse, pour le défier et l'éloigner du chevalier anglais tombé à terre. Le soleil, la mer et même le sable avaient été ses alliés, pour lui montrer ses faiblesses et lui donner la volonté et le courage de mettre un terme à son existence. Mais tout cela ne demeurait que conjectures, et elle vivait comme une trahison le flou dans lequel baignait sa mémoire.

Lorsque le voile rouge s'était dissipé, elle avait vu autour d'elle ce qui restait des envahisseurs vikings se lancer dans les vagues et faire retraite en toute hâte vers le refuge de leurs navires. Pour cette fois encore, la résistance des îliens avait payé, mais nul doute qu'après avoir léché leurs plaies ces adversaires opiniâtres méditeraient leur vengeance et ourdiraient de nouveaux plans d'invasion.

— Vous refusez de me répondre ? insista Arion De Morgan, le visage de marbre. Je sais que c'est vous qui m'avez sauvé de la hache de ce Viking qui allait m'achever. Pourquoi avez-vous fait ça ?

Lauren baissa les yeux un instant. Honteuse de sa réaction, elle se força à redresser la tête pour affronter les profondeurs marines de ses yeux fixés sur elle.

— Vous n'avez qu'à considérer que c'est pour solde de tout compte, répondit-elle. Une vie en échange d'une vie.

Elle le vit arquer un sourcil, pour lui manifester une fois de plus son arrogance, sans doute, mais également son scepticisme.

— Même si cette nuit-là vous n'aviez d'autre idée en tête que sauver votre sœur, précisa-t-elle. Moi, au moins, j'ai le sens de l'honneur. Vous m'avez sauvé la vie et je ne l'ai pas oublié. Hier, j'ai eu l'occasion de sauver la vôtre. Nous sommes quittes.

Le rire qui salua cette réplique déstabilisa Lauren, même si elle parvint à faire en sorte de n'en rien montrer.

— Oh ! Vraiment ? s'étonna-t-il d'un air joyeux. C'est réellement ce que vous croyez ?

Lauren ne savait ce qui en lui l'irritait le plus : sa propension à la rendre furieuse rien qu'en prononçant quelques mots, ou l'attraction qu'exerçait sur elle son sourire. Les dents serrées, elle fit en sorte de le lui rendre. Pour rien au monde elle ne lui donnerait la satisfaction de constater quel effet ses petites piques avaient sur elle.

Lentement, très lentement, elle vit le visage d'Arion De Morgan changer d'expression. Sa morgue arrogante sembla se dissoudre, ses traits s'adoucirent pour ne plus refléter qu'un sentiment indéfinissable mais plus chaleureux et plus doux. Avec méfiance, elle assista à cette transformation en se demandant ce qu'elle pouvait cacher.

Tout en lui semblait extrême. Ses yeux étaient si verts, ses cils si noirs et si longs... Soudain, un souvenir remonta à sa mémoire, qui la frappa par sa vivacité : le garçon qu'il avait été lui prenait la main, dans les cachots de son oncle empuantis par l'odeur de la mort, et lui disait qu'il allait la sauver. Elle n'avait pas oublié la façon dont son cœur s'était emballé lorsqu'elle avait levé les yeux sur lui, ni cette étrange chaleur qui s'était emparée d'elle.

La force de ce souvenir la submergeait, la ramenant dans le passé sans lui faire perdre conscience de l'ici et maintenant. Il émanait de ce chevauchement de deux époques si éloignées une magie particulière, une énergie étrange semblable à celle, crépitante, que produit le frottement d'un tissu de laine en plein hiver. Elle eut alors l'impression de prendre conscience d'un élément fondamental qu'elle avait jusqu'alors inconsciemment placé sous le boisseau. Quelque chose qui la liait intimement à ce De Morgan, tel qu'il avait été et tel qu'il était devenu.

La bouche sèche, l'esprit en déroute, Lauren détourna le regard avant d'avoir pu tout à fait reconnaître de quoi il s'agissait. Une seule chose comptait désormais : sortir de cette chambre au plus vite pour ne pas lui fournir l'occasion de la percer à jour. L'ennemi qu'il restait pour elle et pour son clan ne devait pas avoir la satisfaction de constater qu'il était parvenu, par quelque sorcellerie qui la dépassait, à percer une brèche dans ses défenses.

En prenant garde de ne pas se précipiter, Lauren marcha jusqu'à la porte. Elle dut faire l'effort, également, de ne pas serrer les poings contre ses flancs. Juste avant de sortir de la pièce, elle se figea sur le seuil et conclut sans se retourner :

— Je vous ai sauvé la vie, De Morgan, et celle de vos hommes. C'est un fait. Mais ne vous attendez pas à ce que cela se reproduise. La prochaine fois, je serai la première à pousser des cris de victoire quand on vous tuera.

Sur ce, Lauren s'éclipsa en s'assurant de faire claquer la porte derrière elle.

Lauren n'alla pas rendre visite au comte le lendemain. Elle se convainquit que c'était parce qu'elle était trop occupée. Il lui fallait évaluer les dégâts de la dernière bataille, surveiller la mise en place des patrouilles, l'approvisionnement du clan, le travail dans les champs, la réparation des filets de pêche – et tant d'autres choses encore.

Elle envoya un messager assurer les Anglais que leur chef serait bientôt en état de leur être rendu. Elle savait que le camp adverse devenait de plus en plus nerveux, et en dépit de ce qu'elle avait essayé de faire croire au comte, elle n'avait certainement pas besoin d'une autre guerre en plus de celle contre les Vikings. La situation était déjà suffisamment préoccupante pour son clan comme cela. Nul n'était mieux placé qu'elle pour le savoir.

Depuis la mort de son père, Lauren avait prié chaque jour d'avoir la force de suivre sa trace et de s'inspirer dans son action du grand laird qu'il avait été. C'était lui qui l'avait élevée, formée, éduquée, avec autant d'exigence et de fierté que si elle avait été son fils. Sans les hasards de la naissance qui avaient fait d'elle une femme, elle aurait été en mesure de prendre la succession promise à son cousin. Manifestement, cela ne se ferait jamais. Pourtant, à présent que son père n'était plus là et que Quinn n'était pas en état de lui succéder, elle s'était tout naturellement retrouvée mise en avant, à prendre toutes les décisions qui s'imposaient.

Au milieu des bouleversements qu'il avait connus au cours des dernières semaines, le clan avait accepté cet état de fait. Du moins, dans sa grande majorité. Lauren était ici-bas ce qui demeurait de Hebron MacRae. Elle le savait aussi bien que tous les autres.

Le nouveau laird gisait mourant dans le lit laissé vacant par le père de Lauren, soigné par les meilleures médecines et les meilleurs guérisseurs que le clan avait à offrir. Pourtant, cela ne suffirait peut-être pas à le sauver, même si personne n'osait hasarder cette hypothèse. Quinn avait perdu énormément de sang et n'avait plus repris conscience après le coup à la tête qui avait eu raison de lui.

En l'absence de son père et de son cousin, Lauren, par la force des choses, s'était retrouvée aux commandes de son clan. Cela lui avait semblé aussi naturel que le rythme des marées. Et la transition s'était effectuée de manière si douce qu'elle s'était réveillée, quelques jours auparavant, tout étonnée de réaliser ce qui s'était passé. Elle avait ces soucis chevillés au corps : guider la famille, protéger Shot, veiller à la protection de tous.

Chaque jour, elle passait de la résolution d'un problème à l'évitement d'un autre, en s'efforçant de faire preuve d'intelligence et de réfléchir comme l'aurait fait son père. « Que faire à propos des Vikings ? » *Fais doubler les patrouilles !* ordonnait une voix au fond de son crâne. *Ouvrez l'œil la nuit. Ils profitent du noir pour attaquer. Soyez prêts à les accueillir.* « Que faire pour les blessés ? » *Guide-les, réconforte-les, galvanise-les si tu le peux.* « Et pour Quinn ? » *Prie pour lui.* « Et les Anglais, le comte De Morgan et ses hommes ? »

À cette question, la voix n'apportait aucune réponse. Elle était incapable d'imaginer quelle décision son père aurait prise.

Aussi Lauren se concentra-t-elle sur ce qu'elle savait devoir faire. Elle se consacra entièrement aux siens, souriant avec confiance et parlant sèchement, écartant du ton de sa voix toute trace de frayeur qui aurait pu s'y trouver. Elle alla rendre visite aux femmes dans les cuisines, aux enfants dans la nursery. Elle alla s'asseoir avec les hommes de son père qui mettaient sur pied des patrouilles de nuit. Et quand le jour commença à décliner, elle alla se mêler aux blessés dans la vaste salle qui servait d'infirmerie.

Personne n'avait été tué au cours du dernier combat contre les Vikings. Cela paraissait un miracle que tous aient survécu – même les Anglais – car les deux batailles précédentes avaient fait des ravages. La première avait coûté la vie à huit membres du clan, la deuxième à dix – dont le laird lui-même.

Lauren marcha lentement entre les rangées d'hommes allongés sur des paillasses, leur parlant sobrement pour leur montrer qu'elle n'était pas blessée et plus déterminée que jamais à repousser les envahisseurs. Malgré leur état, ils lui adressaient des regards qui trahissaient le courage, la confiance et même l'espoir. Pour finir, elle s'entretint avec Elias, leur meilleur guérisseur, de l'état de santé de chacun d'eux.

Quant à Quinn, apprit-elle de sa bouche, aucun changement notable n'avait été relevé dans son état. Et sur ce, Elias se tut, la laissant aux prises avec sa propre peur.

À la nuit tombée, Lauren en eut terminé avec tous ses devoirs. Il lui fallut se débrouiller seule, à l'office, pour se préparer dans les restes du dîner qui avait été servi à tous un repas qu'elle alla manger au sommet de l'une des tourelles, les yeux posés sur l'enchantement des paysages de l'île baignés par la seule lueur nocturne. Le murmure de l'océan, en arrière-plan, semblait aussi tentateur qu'un chant de sirène. Loin au-dessus de sa tête, la voûte céleste se constellait jusqu'à l'horizon des milliers de petits points brillants des étoiles.

Une sentinelle passa près d'elle et la salua d'un hochement de tête. Lauren lui rendit son salut.

Elle le savait, elle ne pouvait plus reculer à présent. Le temps était venu de s'acquitter de sa dernière tâche de la journée.

Des gardes en faction étaient régulièrement relevés, autant devant la porte de De Morgan que devant celle de la pièce où étaient cantonnés ses hommes. Elle laissa la sentinelle fraîchement postée lui ouvrir celle du comte et se chargea elle-même de la refermer doucement.

La chambre était plongée dans le noir. Seule la faible lueur venue de la fenêtre l'éclairait. Lauren marcha jusqu'à la paillasse, s'attendant à y trouver Arion De Morgan endormi, mais il ne dormait pas. Elle ne trouva personne dans le désordre de la literie défaite.

— On m'espionne ?

Lauren fit volte-face et discerna dans la pénombre, contre le mur le plus éloigné, une forme plus pâle. Les bandages que De Morgan portait à l'épaule formaient une tache claire dans le noir.

— Que faites-vous debout ? demanda-t-elle.
— Je prépare mon évasion, naturellement.

Il faisait trop noir pour en avoir la certitude, mais il lui semblait l'avoir vu lui adresser ce sourire qui n'appartenait qu'à lui.

Lauren préféra ignorer sa provocation. Elle quitta la flaque de lumière blafarde déposée sur le sol dans laquelle elle se trouvait pour se réfugier comme lui dans le noir.

— Vous ne devriez pas être debout, protesta-t-elle. Vous ne vous remettrez pas sur pied si vous ne vous reposez pas davantage.
— Et alors ?

Il paraissait se complaire dans une attitude de défi systématique, mais pour l'heure Lauren se sentait trop fatiguée pour croiser le fer. Rester près de lui, feindre l'indifférence, ne pas céder à l'étrange attraction qu'il exerçait sur elle lui réclamait déjà suffisamment d'énergie.

— Alors allez-y, si c'est ce que vous voulez ! répliqua-t-elle. Mourez si ça vous chante. Rouvrez vos plaies et saignez à mort. Ainsi, je ne gaspillerai plus inutilement mon meilleur linge pour vous faire des bandages.

Toujours tapi dans le noir, il se mit à rire doucement.

— Je suis sûr que vous seriez ravie de ne plus m'avoir sur les bras, dit-il.
— Je ferai donner une grande fête pour célébrer votre décès. Ne tardez pas, surtout ! La danse n'attend pas.

Cette fois, il ne rit pas. Elle le vit s'avancer vers elle et venir s'arrêter dans la flaque de lumière qu'elle avait quittée précédemment. La lueur des étoiles vint se perdre dans l'ébène de ses cheveux et alluma au fond de ses yeux des reflets semblables à ceux du mercure. Il ne souriait plus. Manifestement, il avait retrouvé toute sa dignité de grand chevalier anglais. Même avec une simple couverture pour lui ceindre les reins, il émanait de lui une aura de noblesse et de puissance qu'elle n'avait jamais pu observer chez aucun autre homme.

— Dites-moi, reprit-il d'une voix calme, seriez-vous venue ici avec l'idée de m'assassiner dans mon sommeil ?

Lauren se sentit offensée.

— Je vous l'ai déjà dit, De Morgan. Nous ne sommes pas aussi barbares que les Anglais. Votre vie ne représente rien pour moi au-delà de la dette dont je me suis acquittée. Mais cela n'aurait aucun sens de vous sauver au combat un jour uniquement pour pouvoir vous assassiner le lendemain.

Arion De Morgan inclina la tête sur le côté. Les yeux plissés, il la dévisageait avec attention. De nouveau, Lauren sentit s'établir cet étrange courant, presque douloureux, qui semblait faire des étincelles entre eux. Sans l'avoir voulu, elle recula dans le noir. Il lui fallut prendre sur elle pour s'immobiliser.

— Je suis venue vous faire une offre, dit-elle quand il lui parut évident qu'il ne briserait pas le silence.

Ses paroles allumèrent une lueur d'intérêt dans ses yeux, qui s'éteignit aussitôt. Sans lui répondre, il se contenta de soutenir son regard en silence, presque trop séduisant pour être vrai.

— Êtes-vous prêt à l'entendre ? insista-t-elle, le cœur battant.

Un sourcil arqué, il acquiesça d'un hochement de tête.

Lauren recula d'un nouveau pas et s'efforça de rassembler ses idées.

— Quoi que vous puissiez en penser, dit-elle enfin, je ne veux pas prendre votre vie, De Morgan... J'ai bien d'autres chats à fouetter pour l'instant. Mais j'attends néanmoins quelque chose de vous, et je suis prête à vous relâcher en échange, vous et vos hommes.

Craignant d'avoir trahi sa nervosité en s'exprimant trop vite, elle se tut.

— Que désirez-vous de moi ? s'enquit-il, parfaitement immobile.

— Des informations, répondit-elle. Tout ce que vous et votre famille pourrez nous apprendre sur ce qui se passe de l'autre côté de l'île. Je veux savoir tout ce que vous savez à propos de ces Vikings qui ont tué mon père. Combien de bateaux vous avez observés. Combien d'hommes vous avez combattus à terre. Leurs armes. Leurs stratégies. Tout !

— Où se trouve votre fiancé, Lauren ? Que fait Murdoch ?

Cette question lui parut tellement hors de propos, si éloignée de ses sujets de préoccupation, que Lauren ne comprit pas tout d'abord où il voulait en venir. Puis, la réalité reprit ses droits et elle en éprouva un dépit qui la surprit.

— Nous avons envoyé un émissaire pour réclamer son aide, expliqua-t-elle en détournant le regard. Mais son château se trouve à l'intérieur des terres, loin de la côte. Il faut du temps pour effectuer la traversée depuis Shot, et plus de temps encore pour parvenir jusque-là. Attendre son aide sans rien faire est un luxe que je ne peux me permettre.

— Depuis quand cet émissaire est-il parti ?

Sans lui répondre, Lauren laissa fuser un soupir d'agacement.

— Depuis quand, Lauren ? insista-t-il.

— Un mois ! lança-t-elle sèchement.

— Ah... dit-il en hochant lentement la tête. Je vois.

— Vous ne voyez rien du tout ! s'offusqua-t-elle. Payton Murdoch va arriver, vous n'avez pas à en douter. Il a fait le serment à mon père de m'épouser et il a tout intérêt à venir ici protéger sa future épouse et sa dote. Pour votre gouverne, sachez que nous serons mariés dans deux mois. Son clan et le mien sont alliés depuis des générations et il est aussi conscient que chacun d'entre nous que ce mariage renforcera nos deux familles. Mais une armée, ça ne se lève pas en un jour. Tout le monde peut le comprendre, même vous. Il ne va sûrement pas tarder...

— Sûrement, répéta le comte.

Lauren ne put deviner s'il avait dit cela avec son ironie habituelle ou avec le plus profond ennui. D'un coup, il pivota sur ses talons, lui offrant un aperçu d'un dos parfaitement musclé aux reliefs mis en valeur par un jeu d'ombre et de lumière.

— Et une fois qu'il sera là, tous vos soucis prendront fin, poursuivit-il sur le même ton, n'est-ce pas ? Vous aurez à vos côtés votre futur époux pour prendre en charge tous vos problèmes et mener vos batailles pour vous. Son clan se rangera aux côtés du vôtre pour repousser l'invasion.

Il lui fit face de nouveau et ajouta :

— Mais que ferez-vous d'ici là, Lauren ? Combien de temps pouvez-vous encore accorder à ce faiseur de miracles ?

— Je n'ai pas besoin que l'on mène mes batailles à ma place ! protesta-t-elle, piquée au vif. Je suis parfaitement apte à me défendre toute seule, contrairement à vous !

— Oh ! Pardonnez-moi... J'avais oublié que je m'adressais à la grande Lauren MacRae, vaillante guerrière écossaise !

— Suffisamment vaillante pour avoir sauvé votre petite vie...

Il la fixa d'un air satisfait et Lauren comprit qu'elle venait une fois de plus de foncer tête baissée dans un de ses pièges en réagissant au quart de tour à une pique savamment distillée. Il paraissait prendre grand plaisir à la tourmenter. Les lèvres pincées, elle le fixa droit dans les yeux et se retint de l'insulter. Elle était décidée à ne pas le laisser jouer à sa guise avec ses nerfs.

— Vous avez raison, admit-il avec le plus grand sérieux. Vous m'avez sauvé. Je vous ai vue le faire, et ce serait un mensonge de ne pas reconnaître que vous vous êtes battue de manière héroïque sur cette plage.

Incapable d'en croire ses oreilles, Lauren se trouva réduite au silence. S'agissait-il de sa part d'un nouveau tour ?

— Merci, reprit le comte De Morgan avec toutes les apparences de la sincérité. Merci de m'avoir sauvé la vie.

Lauren se raidit, dans l'attente d'une nouvelle pirouette verbale, d'une autre réplique vicieuse, mais rien ne vint. Arion De Morgan laissa ses dernières paroles flotter entre eux, pas le moins du monde moqueur, ni même ironique. Comme si elle était devenue un fascinant sujet d'étude pour lui, une énigme dont il ne parvenait pas à percer le mystère, il se contentait de scruter son visage avec la plus grande attention.

— Pas de quoi... maugréa-t-elle enfin à contre-cœur.
— Cependant, je ne peux accepter votre offre.
Lauren faillit s'en étrangler d'indignation.
— *Quoi ?* s'exclama-t-elle. Espèce de stupide âne bâté d'Anglais pompeux et...
— Je ne le peux pas parce que j'ai une meilleure offre à vous faire, l'interrompit-il tranquillement.

Arion vit Lauren MacRae ouvrir la bouche, s'apprêtant sans doute à lui asséner quelque réplique cinglante, puis la refermer brusquement.
— Ces Vikings sont tenaces, expliqua-t-il en admirant la courbe gracieuse et volontaire de sa mâchoire. Et ils sont nombreux. Ils semblent déterminés à envahir Shot coûte que coûte. Croyez-moi, ces petites escarmouches que nous avons eues avec eux ne sont qu'un commencement. J'en suis convaincu. Mettre en commun nos informations ne suffira pas à les contenir. Nous devons faire plus.
Il marqua une pause, laissant ses paroles faire leur chemin en elle, pendant que son visage passait par différentes expressions : dédain, colère, méfiance. Il attendit que flambe une lueur de curiosité dans son regard pour conclure son propos, en dépit de l'hostilité manifeste de son interlocutrice.
— Ce dont nous avons besoin, c'est de former un groupe suffisamment puissant pour les rejeter à la mer chaque fois que cela sera nécessaire.
Tout en parlant, il s'était approché d'elle lentement. Ils étaient à présent si proches qu'elle devait lever la tête pour le regarder.
— Ce dont nous avons besoin, poursuivit-il, c'est de pouvoir monter la garde simultanément sur tous les rivages de l'île, d'en surveiller tous les points de faiblesse, selon un seul plan préétabli.

Les yeux levés vers lui, elle l'écoutait en silence, adorable et provocatrice à la fois. Arion lui sourit, et ce fut d'une voix douce, presque intime, qu'il lui fit son offre.

— Ce dont nous avons besoin, Lauren MacRae, c'est de combiner les forces de nos deux familles. Ce dont nous avons besoin, c'est de faire alliance.

3

— Faire alliance *avec vous* !

Lauren se mit à rire, autant sous le coup de la surprise que de l'indignation, et poursuivit :

— Pourquoi devrais-je faire une chose pareille ?

Arion se détourna d'elle et regagna son lit.

— Parce que c'est la chose la plus intelligente à faire, répondit-il. Et parce que je pense que vous êtes suffisamment intelligente pour le comprendre. Naturellement, je peux me tromper.

Lentement, Arion s'assit au bord du matelas de paille. Il ne put s'empêcher d'admirer l'éclat argenté déposé par la lueur diffuse venue de la fenêtre sur sa silhouette et sur ses cheveux. Le regard de Lauren, dédaigneux et méfiant mais attentif, pesait lourdement sur lui. Il la vit se mordiller la lèvre inférieure, ce qui suffit à éveiller son désir. Il en était sûr à présent : elle n'avait aucune idée de l'effet qu'elle lui faisait.

Plus rien n'avait d'importance pour lui que ce soudain emballement de ses sens, ni la proposition qu'il venait de lui faire, ni la nécessité dans laquelle il se trouvait de la convaincre. Il aurait pu demeurer ainsi toute la nuit à la contempler, à imaginer goûter la tendre succulence de ses lèvres sous les siennes, à observer ses dents mordiller la chair tendre et rouge comme un fruit mûr...

— Vous plaisantez, dit-elle, brisant le charme.
— Pas du tout.

La concentration avait creusé une petite fossette entre ses deux sourcils.

— Vous plaisantez ! répéta-t-elle d'un air buté. Et ce n'est pas drôle.

— Cela n'a rien d'une blague, Lauren. C'est un sacré bon plan. Le seul dont nous disposons.

Lauren se dirigea jusqu'à la porte, contre laquelle elle cogna sèchement du poing. Arion crut qu'elle s'apprêtait à partir et bondit pour tenter de la retenir. Un flot de sang lui monta à la tête, obscurcissant sa vision. C'était bien la preuve, s'il en était encore besoin, qu'il n'était pas totalement remis de sa blessure. Il parvint cependant à rester debout, et quand le vertige cessa, il vit que Lauren n'était pas partie mais qu'elle s'adressait au garde en faction à l'extérieur. Celui-ci lui tendit une lampe en cuivre dont elle s'empara avant de refermer la porte.

À la faveur de la lumière revenue, il put la voir dans tout l'éclat des couleurs qui la rendaient si unique : le roux flamboyant de sa chevelure, le rose de ses joues, le carmin de ses lèvres qui lui rappelaient si cruellement les fantaisies qu'il venait de nourrir à leur sujet, et qu'il lui fallait à toute force oublier. Arion dut détourner le regard, une fois de plus, pour échapper à l'emprise sensuelle qu'elle exerçait sur lui.

Elle le rejoignit près du lit, élevant la lampe pour éclairer son visage. Aveuglé, Arion cligna des yeux et repoussa sa main.

— Que faites-vous ? protesta-t-il.

Sans tenir compte de ses protestations, Lauren éleva de nouveau la lampe, un peu moins près de son visage que précédemment. Arion la laissa faire. Pour l'éclairer ainsi, elle devait se tenir très près de lui et il était trop troublé par cette proximité pour la repousser une seconde fois. Son parfum flottait jusqu'à ses narines. Une senteur fleurie mais sans excès, éminemment féminine.

— Redites-la, De Morgan.

— Quoi donc ? s'étonna-t-il en s'efforçant de respirer normalement.

— Votre offre, répondit-elle sèchement. Répétez ce que vous venez de me dire. Et je veux que vous me regardiez dans les yeux.

Arion s'exécuta.

— Nous devrions unir nos forces, pour repousser l'invasion des Vikings. Vos hommes et les miens. Vous... et moi.

La lumière approfondissait l'ambre de ses yeux, mais le visage de Lauren ne trahit rien de sa réaction. Sa main était ferme et la lampe ne tremblait pas.

— À présent, reprit-elle, vous allez me dire pour quelle raison je devrais aider la famille du diable. Dites-moi pourquoi je devrais une fois de plus vous sauver la mise.

— Vous avez besoin de moi, Lauren, répondit Arion d'une voix calme et assurée. Et vous le savez. Nous ne pourrons défendre efficacement notre île qu'en nous unissant. Pourquoi perdre notre énergie à nous battre l'un contre l'autre alors que nous avons un nouvel ennemi commun qui nous menace ? En nous battant ensemble, nous pouvons vaincre les Vikings. Nous patrouillerons ensemble, établirons un plan de défense ensemble... combattrons ensemble, si nécessaire.

Lauren résistait de toutes ses forces à ses arguments. Arion le lisait sur ses traits. Pourtant, elle l'écoutait sans broncher, la main levée haut pour éclairer son visage. Il redoubla d'éloquence pour la convaincre.

— Comportez-vous en véritable chef ! lui intima-t-il d'une voix urgente, presque dans un murmure. Ne pensez qu'au bien de votre peuple. Joignez-vous à moi.

Saisi par un léger vertige, Arion comprit que c'était Lauren cette fois, et non sa blessure, qui lui faisait tourner la tête. Tout près de lui, jeune, fraîche, adorable et délicate, elle constituait une tentation à laquelle il lui était difficile de résister. Mais elle était également forte et avisée, se rappela-t-il. Et on ne peut plus méfiante à son égard. Il lui aurait fallu trouver quelque chose de plus personnel pour la convaincre. Faire appel à son sens du devoir et de la justice. Mais à sa grande consternation, il se sentit incapable d'ajouter le moindre mot. Plus rien ne comptait à ses yeux que Lauren, debout devant lui, calme et sauvage à la fois, offrande impossible et promesse de tempête au sein de l'extase.

— Comment pourrais-je vous faire confiance ? demanda-t-elle enfin, d'une voix si faible qu'il l'entendit à peine.

Arion sentit son bras s'enrouler autour de la taille de Lauren avant même d'avoir songé à le faire. Il y trouva sa place en douceur et de manière si naturelle qu'il n'eut qu'à exercer une faible traction pour l'attirer contre lui. Il vit ses yeux s'arrondir sous l'effet de la surprise. De sa main libre posée sur sa poitrine nue, elle tenta de le repousser.

— Si je l'avais voulu, lui dit-il dans un souffle, j'aurais déjà pu vous tuer trois fois.

Lauren demeura figée contre lui, incapable de se soustraire à son étreinte sans combattre. La lampe qu'elle tenait à présent dans son dos ne lui permettait pas de distinguer clairement son visage, mais il n'en avait pas besoin pour avoir la confirmation de ce qu'il savait déjà : elle aussi ressentait cette attirance, ce désir lancinant qui ne le laissait pas en paix. Son corps qui se lovait avec complaisance contre le sien, sa main brûlante sur sa peau le lui faisaient comprendre. Il n'en fallut pas davantage pour attiser le feu de la passion qui courait dans ses veines.

Une telle situation était aussi désastreuse que potentiellement dangereuse. Arion le savait, il ne pouvait se permettre de telles fantaisies. Lauren était une MacRae, et elle était déjà promise à un autre homme. Choisir de l'ignorer ne constituerait pas seulement un manquement à l'honneur, ce serait une preuve d'inconscience et de stupidité. Bientôt, elle serait l'épouse d'un puissant laird qui n'aurait sans doute pas été ravi de la savoir en tête à tête avec son ennemi, et d'autant moins ravi de la découvrir dans ses bras.

Pourtant, le désir impérieux ne s'embarrassait d'aucune de ces considérations. Au mépris de toutes les conséquences possibles, il le poussait à prendre tout ce que cette femme aux yeux d'ambre, aux lèvres purpurines et au parfum tentateur avait à lui offrir.

Arion dut faire appel à toute la force de sa volonté pour laisser retomber son bras contre son flanc. Aussitôt, Lauren recula, le souffle court. Le constater fit éclore un sourire amer sur ses lèvres. Il comprenait pourquoi elle avait la respiration hachée. Oui, nul n'aurait pu le comprendre mieux que lui...

— Je vais réfléchir à votre proposition, annonça-t-elle.

La vitesse à laquelle elle avait recouvré ses esprits forçait l'admiration d'Arion. Il la vit se diriger à reculons vers la porte, tenant le lumignon tel un bouclier devant elle, comme si elle redoutait de lui tourner le dos.

— Ne tardez pas trop, Lauren... la prévint-il en la suivant du regard. Hâtez-vous de vous décider. Je n'attendrai pas éternellement.

Elle parut hésiter à lui répondre, puis cogna contre la porte pour appeler le garde. Sans attendre son départ, Arion gagna la fenêtre, dont il ouvrit un battant pour laisser l'air vif et automnal lui fouetter le visage. En entendant la porte se refermer dans son dos, il sut qu'il était de nouveau seul.

— Aurais-tu perdu la tête ?

Dans la grande salle, Ranulf laissa son poing s'abattre sur la longue table en bois pour donner plus de force à ses propos. Abasourdi, il dévisageait Lauren tandis que s'élevaient des murmures d'approbation autour d'eux.

— Joindre nos forces à celles de l'ennemi ! éructa-t-il, sa barbe grisonnante tremblant d'indignation. On ne peut pas collaborer avec le diable... Il nous trahira à la première occasion.

— Oui ! grommelèrent plusieurs des anciens, le regard sévère et outragé.

Lauren s'abstint de répliquer, laissant à son auditoire le temps nécessaire pour assimiler sa surprenante proposition. Les bras croisés, elle s'adossa au fauteuil de son père situé à l'extrémité de la longue table. C'était en l'observant qu'elle avait assimilé cette posture d'attente qu'il adoptait lorsqu'il se trouvait confronté à une forte opposition. Parfois, la meilleure chose à faire était encore de ne rien faire...

Depuis une semaine, Lauren occupait ce fauteuil, et c'était la première fois depuis qu'elle s'y asseyait qu'elle rencontrait quelque résistance. Jusqu'à présent, les réunions du petit matin avec les conseillers du laird s'étaient déroulées aussi bien que possible. Au point qu'elle en était presque arrivée à penser que tous ces hommes lui étaient secrètement reconnaissants d'être là, à la place de celui qui manquait à tous, pour les écouter et faire part au conseil de son propre avis. Jusqu'à cette minute, lorsqu'elle avait osé leur faire part du pacte que lui avait proposé le comte De Morgan la veille, tard dans la nuit.

Elle s'était glissée hors de sa chambre et le long des corridors du château sans se faire voir de quiconque, ne sachant que penser de ce qui venait de se passer et incapable de laisser son instinct habituellement de si bon conseil la guider. Arion De Morgan était le maudit chef d'une famille maudite. Impossible de lui faire confiance. Et pourtant... il avait raison, selon toute vraisemblance, en affirmant que les deux parties qui se disputaient l'île seraient plus fortes unies pour repousser l'envahisseur.

Des émotions contradictoires avaient encore accentué son désarroi. Elle s'était retrouvée aussi désorientée et flottante que lorsqu'une mauvaise fièvre, dans son enfance, avait transformé le monde autour d'elle en un désert de glace et de flammes.

Arion De Morgan l'avait attirée contre lui, et elle s'était instantanément figée, n'élevant pour toute protestation que cette main qui était venue s'écraser faiblement contre son torse nu. Une bien maigre défense, en réalité... Il n'avait même pas semblé remarquer qu'elle le repoussait, lui prouvant qu'il lui était possible de la maintenir prisonnière en glissant simplement un bras derrière son dos et en posant sa main sur sa hanche.

Non content de l'avoir réduite à l'impuissance, il avait fait en sorte qu'elle se retrouve plongée dans les profondeurs océanes de ses yeux mi-clos, perdue dans tout ce vert profond qui l'ensorcelait.

Ainsi son plan pour savoir s'il mentait avait-il échoué lamentablement. À la faveur de la lampe dressée devant son visage, elle avait cru pouvoir lire la vérité sur ses traits, comme elle l'avait fait autrefois dans ces horribles geôles, alors qu'il n'était encore qu'un garçon.

Quelle terrible erreur elle avait commise ! Elle l'avait compris dès l'instant où il avait fait mouvement vers elle. Tous deux, ils n'étaient plus des enfants. Devant elle s'était dressé un homme fait, au torse nu, n'offrant pour seul gage à la pudeur qu'une ridicule couverture autour des reins. À son contact, elle avait perdu la faculté de penser, avant de se perdre elle-même. Submergée par des sensations grisantes, il lui avait murmuré qu'il aurait pu la tuer.

Naturellement, qu'il aurait pu la tuer s'il l'avait voulu. A posteriori, Lauren ne pouvait que s'en vouloir de s'être ainsi exposée à lui, aussi vulnérable et sans défense qu'un nouveau-né. Cette faiblesse qui lui faisait perdre tous ses moyens en sa présence constituait un danger qu'il lui fallait combattre au plus profond d'elle-même avant que quiconque ait pu la remarquer. Et surtout, il lui fallait la cacher au comte De Morgan lui-même, à supposer qu'il ne l'ait pas déjà notée.

Elle avait l'impression de n'avoir pas dormi de la nuit. Elle ne se rappelait pas l'avoir fait. Mais, lorsqu'une aube glaciale avait commencé à éclairer sa fenêtre, elle avait fini par prendre une décision. Elle allait conclure un pacte avec le diable. Elle ne s'y résoudrait que pour le bien de Shot. Ni plus ni moins.

— C'est de la folie ! s'écria Carlin, dans la grande salle où les hommes de son père étaient rassemblés autour d'elle. Je n'arrive pas à croire que tu aies pu te fourvoyer à ce point, Lauren.

— Réfléchissez-y un peu, conseilla-t-elle. Songez à ce qu'une telle alliance pourrait nous apporter. Nous serions beaucoup plus forts. Nous aurions des yeux, des oreilles, des épées prêtes à combattre sur tout le territoire de l'île. Les envahisseurs n'auraient aucun endroit où se cacher. Et, si nous faisons alliance avec les Anglais, nous aurons un ennemi de moins à combattre – du moins pour l'instant. Ils ont tout autant intérêt que nous à bouter les Vikings hors de notre territoire.

Ses paroles firent naître une nouvelle salve de murmures excités, plusieurs des conseillers se détournant d'elle pour discuter entre eux. Autour de la table du conseil, la grande salle commençait à s'animer et à se remplir. Des femmes allaient et venaient, s'affairant à préparer le breakfast en faisant mine de ne pas écouter. De jeunes hommes du clan, eux, ne se donnaient pas cette peine. Ils s'installaient non loin des conseillers réunis et, accoudés à leur table, ils ne perdaient pas une miette de ce qui se disait.

— C'est bien trop dangereux !

C'était James, à l'autre bout de la table, qui venait de s'exprimer ainsi. Lauren tourna la tête pour le regarder et répliqua :

— Ne serait-il pas plus dangereux de laisser la chance et le destin décider de notre sort à la prochaine attaque ? Selon moi, tel est le véritable danger ! Avec De Morgan de notre côté, nous serions plus nombreux pour combattre et augmenterions nos chances de succès.

— Nous ferions mieux d'attendre Murdoch et son clan ! s'entêta James. Il ne devrait pas tarder. Il aura à cœur de venir défendre sa promise. Nous n'avons pas besoin d'autre renfort.

— Il va arriver, mais quand ? intervint Ranulf d'un ton empreint de scepticisme.

Lauren se retourna vers lui en prenant soin de ne pas laisser son visage trahir l'espoir que ses paroles faisaient naître en elle. Il dévisagea l'un après l'autre chacun des conseillers tout en ajoutant gravement :

— Nous ne savons pas quand Murdoch arrivera. Nous ne savons même pas si le message que nous lui avons envoyé lui est arrivé. Notre bateau a très bien pu être intercepté par les Vikings. Ils ont peut-être tué tout l'équipage.

L'une des femmes présentes – Vanora, la mère du messager – étouffa sous sa main un cri angoissé. Son voisin, délaissant son breakfast, tenta de la réconforter en passant un bras autour de ses épaules.

— Si le message n'a pas pu accomplir sa mission, poursuivit Ranulf, Murdoch ne sera pas là avant deux mois, pour les noces.

— Payton Murdoch va venir à notre secours, assura Lauren à voix haute et claire pour rassurer Vanora. Je suis sûre que nos hommes sont parvenus jusqu'à lui. Il lui faut simplement le temps de rassembler ses forces.

— Oui, approuva James. Il va venir, et c'est pourquoi nous n'avons pas besoin de nous abaisser à accepter l'aide de l'Anglais. Le sang écossais est assez vigoureux pour défendre l'île de Shot !

Dans la salle, les plus jeunes hochaient la tête et les femmes se taisaient, soucieuses. Lauren décroisa les bras et les reposa sur les accoudoirs sculptés du fauteuil, contre lequel elle s'adossa.

Hannah fit à cet instant son entrée dans la salle, à la tête d'un petit groupe qui s'installa à une table voisine de celle du conseil. Au passage, elle lui adressa un petit sourire d'encouragement. Lauren était allée lui rendre visite à la première heure pour lui demander son opinion quant à la conduite à tenir. En l'écoutant lui faire part de l'offre d'alliance du comte, son amie s'était montrée inhabituellement enthousiaste, ce qui avait fini de décider Lauren.

— Très bien ! reprit-elle, attirant de nouveau l'attention de tous. Dans ce cas que diriez-vous d'une alliance à l'essai ? Inutile de précipiter les choses. Ne pourrions-nous pas conclure un accord provisoire avec les Anglais, pour un laps de temps déterminé ? Nous travaillerions ensemble disons... pour les quinze prochains jours. Ainsi, nous pourrions mieux cerner leurs intentions et peser le pour et le contre. Si c'est un piège – ce qui pourrait être le cas, je vous l'accorde, même si je n'y crois pas –, nous serions ainsi à même de le déjouer.

Le souvenir des yeux d'Arion flotta dans la mémoire de Lauren. Elle s'empressa de l'écarter et poursuivit :

— Nous n'aurons qu'à conclure un accord limité, basé sur quelques patrouilles communes, sans trop nous éloigner de la frontière qui sépare nos terres. Nous nous assurerons qu'ils ne seront jamais plus nombreux que nous. Et nous resterons vigilants en leur présence, comme toujours. Qu'en dites-vous ?

Le conseil n'était plus seul à débattre. Dans toute la grande salle, on discutait de la proposition anglaise, en un affrontement bruyant. Lauren attendit.

Une voix s'éleva soudain au-dessus de toutes les autres, les faisant taire aussitôt.

— Je pense que c'est une excellente idée.

Dans le silence revenu, tous les regards convergèrent sur Hannah.

— Et je pense que vous seriez une bande d'idiots de tourner le dos à cette formidable opportunité, reprit-elle. C'est un cadeau de Dieu : voilà ce que c'est. Hebron MacRae aurait tout de suite vu la sagesse de cette proposition, même s'il lui avait fallu s'opposer à chacun de vous. Ne laissez pas Shot souffrir à cause de votre arrogance !

En bénissant Hannah, Lauren dut pencher la tête pour masquer son sourire.

James se leva d'un bond et protesta vivement :

— Hannah, je crois que tu...

— Que je quoi ? l'interrompit-elle sèchement. Tu es mon frère, James, que j'aime et que je respecte. Mais tu as en toi une dose d'orgueil qui ferait frémir un saint ! Je te demande d'essayer pour une fois de la dépasser. Regarde tous ces visages autour de toi. Regarde notre peuple rassemblé. Ta chance est venue de nous aider !

Le voisin de Lauren se pencha vers l'homme qui se trouvait à sa gauche. Elle l'entendit chuchoter quelque chose sous le couvert de sa main en riant, ce que Hannah ne manqua pas de remarquer non plus.

— Et toi, Dougall ! s'emporta-t-elle. Tu veux rire, c'est ça ? Riras-tu encore quand tu devras expliquer à tes petits-enfants comment par ta faute ils sont devenus les esclaves des Vikings ?

Personne ne riait plus.

Hannah laissa son regard courir sur l'assemblée avant de reprendre la parole, d'un ton plus modéré et d'une voix plus sereine.

— La perte irremplaçable d'un laird noble et bon ne vous suffit-elle pas ? Souhaitez-vous vraiment faire en sorte que tous ces morts n'aient eu aucun sens, aucune utilité ?

Les membres du conseil, les uns après les autres, détournèrent le regard. Un lourd silence retomba dans la grande salle. Lauren en profita pour se lever et pour demander à tous les membres de l'assemblée autant qu'à ceux du conseil :

— Le ferez-vous ? Aurez-vous le courage de vous unir aux Anglais pour nous défendre des Vikings et sauver notre île ?

Au terme d'un long silence, Carlin s'écria d'un ton de défi :

— Oui !

Quelques autres se joignirent à lui et, les uns après les autres, tous acquiescèrent à la proposition, jusqu'à ce que James demeure le seul à ne s'être pas exprimé.

— Et toi, que dis-tu ? lui demanda Lauren, inflexible, en soutenant son regard sans ciller.

Les lèvres pincées, James cligna ses paupières fatiguées et baissa le regard, vers la table d'abord, puis vers sa sœur.

— Un essai, grommela-t-il finalement en acquiesçant d'un signe de tête. Accordons-leur un essai.

Lauren dut se rasseoir pour ne pas laisser transparaître sa satisfaction. Elle était parvenue à les persuader – du moins pour l'instant.

À la table voisine, Hannah capta son regard et hocha brièvement la tête. Lauren lui rendit son signe de gratitude.

Il lui restait à prier Dieu que le comte De Morgan se soit montré sincère avec elle la nuit précédente. Désormais, tous ses espoirs – et ceux des siens – reposaient sur lui. Mais, s'il s'était risqué à leur jouer un mauvais tour, alors elle était prête à risquer sa vie pour abréger la sienne et éviter qu'il ne ruine son clan.

Quelqu'un était venu apporter ses vêtements au comte, ce qui pour Lauren était un soulagement. C'était elle qui en avait donné l'ordre ce matin-là, mais elle avait depuis oublié l'avoir fait. Lorsqu'elle entra dans sa chambre, elle le trouva habillé de sa tunique anglaise et occupé à faire les cent pas, aussi agité et dangereux qu'un fauve en cage. Les trois jours qu'il avait passés à Keir Castle avaient déposé un chaume de barbe sur son visage qui ne faisait qu'ajouter à son charme. Elle n'avait pas osé laisser à sa disposition quoi que ce soit de suffisamment affûté pour pouvoir se raser.

— Lauren MacRae ! salua-t-il brusquement en la découvrant sur le seuil. Où sont mon épée et mon haubert ?

— Vous les aurez, répondit-elle d'un ton égal. Quand vous serez hors de nos terres.

Son regard se fit plus menaçant encore. Fermement campé sur ses jambes au beau milieu de la pièce, il déclara fermement :

— Je ne pars pas sans mes hommes.

— Naturellement.

D'un geste du bras, Lauren désigna la porte ouverte.

— Qu'est-ce que ça signifie ? demanda-t-il sans bouger d'un pouce.

— Vous partez, répondit-elle.

Fut-ce du cynisme ou du désappointement qu'elle lut sur son visage ? Lauren n'aurait su le dire. Sa réplique fusa, cinglante.

— Trop lâche pour relever le défi, n'est-ce pas ?

— Votre offre d'alliance a été acceptée, répondit-elle simplement. On a fait savoir chez vous que vous rentriez. Vous et vos hommes êtes libres de partir. Je vais vous conduire à eux.

Arion De Morgan ne bougea pas d'un pouce. Sans doute s'attendait-il à quelques explications supplémentaires. Avec une sombre jubilation, elle se tut et attendit.

— Une ruse ? demanda-t-il enfin.

— Nous n'avons nullement besoin d'avoir recours à des ruses ! s'impatienta-t-elle. Si ruse il y a, en l'occurrence il doit s'agir de la vôtre.

— Comment ? railla-t-il gentiment. Vous ne me faites pas confiance ?
— Non.

Il se mit à rire, s'arrangeant une fois encore pour la déstabiliser. Lauren dut se mordre la langue pour ne pas trahir son mouvement d'humeur. Elle devait absolument garder son calme. Pour ce qui était de son clan, elle était la cheville ouvrière de cet étrange marché qu'ils avaient conclu. Et, si elle laissait cet homme lui faire perdre ses moyens, il risquait d'en profiter pour causer du tort aux MacRae.

Même son sourire éveillait en elle d'étranges sensations qui lui nouaient l'estomac et lui faisaient perdre le fil de ses pensées. Lauren se raidit et ne se risqua à le regarder que lorsqu'elle fut certaine d'avoir récupéré ses esprits.

— Très bien, conclut De Morgan sans cesser de sourire. Je vous crois. Il ne s'agit pas d'une ruse. Donc, je vous suis. Montrez-moi le chemin jusqu'à mes hommes.

Lauren hocha brièvement la tête et tourna les talons. Arion lui emboîta le pas, remarquant au passage le garde solitaire, à côté de la porte, qui lui décocha un regard noir et le suivit de près. Il fallait croire, songea-t-il avec amusement, qu'on ne lui faisait pas suffisamment confiance pour le laisser arpenter les couloirs avec la fille du château pour seule compagnie.

De dos, nota-t-il non sans un certain trouble, sa silhouette paraissait encore plus mince, plus athlétique sous le tartan. De nouveau, elle portait une robe dessous. Le jour de la bataille, c'était une tunique d'homme qu'elle avait passée sous le costume de son clan. Elle avait été également chaussée de bottes d'homme, et c'était avec une arme d'homme à la main qu'elle avait combattu.

Rétrospectivement, il lui semblait extraordinaire qu'une femme ait pu se tirer d'une situation aussi critique en maniant si remarquablement le sabre. Elle s'était battue aussi vaillamment que le plus endurci des guerriers, ce qui était d'autant plus étonnant de la part d'une femme aussi jolie et délicate.

Arion réprima un petit rire amusé. À n'en pas douter, si elle avait pu lire dans ses pensées, elle n'aurait pas été ravie du tour pris par celles-ci. Lauren MacRae aurait pris pour une insulte qu'il la trouve « délicate », même si dans son esprit l'alliance de la beauté, de la bravoure et de la loyauté qui la caractérisait relevait du miracle.

Devant lui, ses cheveux oscillaient en une longue tresse parfaitement nattée. Ils étaient ainsi beaucoup mieux coiffés que la nuit précédente, mais il les préférait quant à lui dénoués et cascadant librement sur ses épaules, en une invitation permanente à les toucher, à les sentir. En une invitation à mieux la connaître...

Arrête !

Dans un sursaut, Arion obéit à l'injonction de sa conscience et détourna les yeux. Autour d'eux, tout n'était que murs de pierre froide, hauts plafonds où stagnait une pénombre bleutée, corridors et halls sinueux bordés de portes closes. Lauren avait eu raison en proclamant, l'autre jour, que la position de sa famille sur Shot était bien plus établie que la sienne. Elguire, la place forte des De Morgan sur l'île, beaucoup plus petite que celle des MacRae et toujours en construction, ne supportait pas la comparaison. Il fallait certes tenir compte du fait que d'habiles saboteurs du clan ennemi en retardaient indéfiniment l'achèvement chaque fois que les travaux semblaient sur le point d'avancer. La muraille extérieure était quasiment achevée, à présent, ce qui n'empêchait pas de sporadiques attaques de se produire. Arion savait que les MacRae n'étaient rien sans leur haine séculaire des Anglais. Ce qui lui fit se demander jusqu'à quel point il pouvait faire confiance à son adorable ennemie. Sa famille avait-elle réellement accepté l'offre d'alliance, comme elle le prétendait ?

Cela paraissait peu probable. C'était lors de sa dernière visite qu'il avait eu l'idée de cette alliance de circonstance. Peut-être n'avait-il été inspiré que par les sentiments inattendus qu'elle éveillait en lui, par sa fascination pour la couleur de ses yeux, ou pour son timbre de velours. Comment diable aurait-il pu le savoir ? Mais il n'en était pas moins vrai que le meilleur moyen pour que deux coqs de combat s'entre-tuent consistait à les placer dans la même arène. Cette acceptation de façade de la part de Lauren constituait sans doute une stratégie. Une fois de plus, Arion tendit en vain la main vers la poignée de son épée absente à son côté.

Elle venait de s'arrêter devant une porte très bien gardée qu'elle ouvrit à son intention. Arion constata en pénétrant dans la pièce que ses hommes s'y trouvaient effectivement, tous les sept. Habillés et portant divers pansements, ils paraissaient aussi nerveux et sur leurs gardes que lui.

— Milord !

Le premier moment de surprise passé, Hammond se précipita vers lui, bientôt suivi de tous les autres. Pendant quelques instants, Arion se laissa aller à la joie sincère de les revoir tous en vie. Le petit groupe l'entourait et le soulagement se lisait sur tous les visages.

— Êtes-vous remis ? lui demandait-on.

Lui-même prit des nouvelles de chacun à tour de rôle, jusqu'à ce qu'il fût établi que tous allaient bien et que personne n'avait été grièvement blessé.

— Ils ne voulaient pas nous laisser vous voir, raconta Hammond d'une voix suffisamment basse pour ne pas être entendue au-delà de leur petit groupe. Nous avons pu établir qu'il y a au moins quatre gardes en permanence à notre porte, et sans doute beaucoup plus au-delà. La fenêtre de cette pièce ne s'ouvre pas.

— Et même si elle s'ouvrait, ajouta Trevin, elle est trop en hauteur pour qu'on puisse se risquer à sauter.

Arion hocha la tête et reporta son attention sur la porte ouverte.

Lauren MacRae et six hommes habillés de tartans s'y trouvaient, arborant tous un visage de marbre. Les six hommes, comme il avait déjà pu le noter, étaient lourdement armés. Lauren elle-même gardait son poignard à portée de main à sa ceinture.

— Êtes-vous tous en état de voyager ? demanda-t-il en se retournant vers ses hommes.

— Vous avez un plan pour nous permettre de nous échapper ? s'enquit Trevin dans un murmure angoissé. Ils sont trop nombreux et nous ne pourrons pas escalader le...

— Nous ne partirons pas de cette façon-là, l'interrompit Arion. Nous allons quitter Keir par la porte principale. Nous rentrons chez nous.

Il éleva légèrement la voix et ajouta sans regarder Lauren :

— N'est-ce pas, Lauren MacRae ?

— Oui, répondit-elle.

Arion vit dans un bel ensemble tous ses hommes tourner leur regard vers elle pour la première fois.

— Mais il vous faudra marcher, précisa-t-elle.

Quelque chose, dans le ton de sa voix, le mit mal à l'aise. Il lui lança un regard soupçonneux auquel elle répondit d'un petit sourire empreint d'innocence. Arion réalisa alors qu'il devait être bien plus en manque de compagnie féminine qu'il se l'était imaginé. Car, à l'instant même, alors qu'il avait toutes les raisons de se méfier d'elle et de rester sur ses gardes, il n'avait envie de rien d'autre que de l'embrasser sur la bouche. Avec suffisamment de fougue pour qu'elle arrête de lui sourire ainsi, et suffisamment de passion pour qu'elle le supplie de recommencer.

Seigneur Dieu ! songea-t-il. Il allait réellement lui falloir, en sa présence, apprendre à se maîtriser.

— Un piège ! s'exclama Trevin d'une voix grondante.

— En est-ce un ? demanda Arion à voix haute mais calme.

— Non, répondit-elle simplement.

— Mais... nous ne pouvons pas leur faire confiance ! s'emporta Hammond en le dévisageant d'un air ébahi. Vous n'allez tout de même pas la croire ?

— Pourquoi pas ? fit-il mine de s'étonner.

— C'est une MacRae !

Hammond avait quasiment craché ce nom.

Derrière Lauren, les hommes de son clan tressaillirent et portèrent la main à la poignée de leur sabre en échangeant des regards vindicatifs. Sans leur prêter attention, elle s'avança dans la pièce, impressionnante de force et de beauté, chacun de ses pas trahissant une indomptable fierté.

— Oui, je suis une MacRae ! répondit-elle. Cette même MacRae qui est venue à votre secours, messieurs les Anglais, alors que vous décoriez notre plage de votre sang ! Cette même MacRae qui après vous avoir sauvés des Vikings vous a ramenés ici pour que vous puissiez y être soignés et ne pas mourir comme vous le méritiez. Ce sont les MacRae que vous devriez remercier d'être encore en vie. Et ce sont les MacRae qui vous rendent votre liberté, même si ce n'est pas la gratitude qui vous étouffe !

— Nous nous débrouillions très bien sans vous sur cette plage ! rétorqua Trevin d'un ton méprisant. Nous n'avions pas besoin de votre aide.

En le foudroyant du regard, Lauren répliqua du tac au tac :

— Pour dire cela, vous êtes soit un menteur soit un fou.

Sans laisser à son lieutenant le temps de franchir le pas qui aurait pu mettre en péril la paix fragile qu'il avait réussi à établir, Arion posa la main sur son avant-bras.

— Assez, dit-il posément.

— Vous ne l'avez pas entendue ? s'écria Trevin. Elle a...

— J'ai dit : assez !

Cette fois, Arion avait laissé la colère transparaître dans le ton de sa voix.

— Je l'ai parfaitement entendue, reprit-il. Gardez votre calme, lieutenant.

— Bien, milord.

Trevin se le tint pour dit mais ravala difficilement sa colère. Ses camarades, silencieux, toisaient le groupe d'Écossais. Arion avait conscience de la tension qui était en train de monter. S'il ne parvenait pas à calmer les esprits, la situation pouvait devenir à tout instant explosive.

— À présent, nous allons rentrer chez nous ! annonça-t-il à ses hommes d'une voix ferme. Montrez-nous le chemin, Lauren MacRae.

Elle demeura figée. L'espace d'un instant, Arion put croire qu'elle avait changé d'avis, qu'elle allait les garder prisonniers. Finalement, à son grand soulagement, elle tourna les talons et se dirigea vers la porte. Au passage, sans même leur adresser la parole, elle passa quelques consignes aux gardes qui se scindèrent en deux groupes. Deux lui emboîtèrent le pas, les quatre autres restèrent sur place. Parmi ceux-ci, celui qui avait gardé la porte d'Arion lui intima d'un signe de tête l'ordre de sortir.

Arion laissa derrière lui le groupe de ses hommes et emboîta le pas à Lauren. Il ne prit pas la peine de vérifier s'ils le suivaient. S'ils décidaient de ne pas lui obéir, plus rien n'avait d'importance : jamais il ne parviendrait à les convaincre de participer au plan qu'il avait conçu.

L'oreille aux aguets, il s'engagea donc dans le corridor et ne tarda pas à entendre des bruits de pas s'élever derrière lui. Il n'en fut que momentanément soulagé. Il y avait encore bien trop à perdre, et il était trop tôt pour se réjouir.

Ils traversèrent donc le château, longeant un dédale de corridors et traversant des halls où des Écossais habillés de tartans les regardaient passer d'un œil méfiant, la mine sombre. Certains saluèrent Lauren au passage, mais la plupart se cantonnèrent dans un silence hostile.

Ils atteignirent ce qui devait être leur grande salle, énorme pièce d'aspect caverneux, plus impressionnante encore par ses proportions que celle du château des De Morgan en Angleterre, même si elle semblait moins richement meublée. Avant qu'Arion ait eu le temps d'en voir plus, ils se retrouvèrent à l'extérieur, éblouis par la pleine lumière du jour. Une quinzaine d'hommes à cheval les attendaient dans la cour intérieure, qui les toisèrent du haut de leurs montures. Sur celles-ci, Arion remarqua qu'avaient été chargées ses armes ainsi que celles de ses hommes.

Arion fit halte tandis que Lauren se dirigeait vers la seule monture disponible. Elle se mit en selle à califourchon et avec autant d'agilité qu'un homme. Elle s'adressa à lui, sans se départir de son sourire d'innocence angélique.

— Je vous ai dit que vous devriez marcher pour partir d'ici. Je tiens parole. Suivez-moi.

Elle ordonna à son cheval de se mettre en route. Lentement, celui-ci prit la direction de la porte et du pont-levis. Occupés à surveiller le groupe des Anglais d'un œil attentif, les cavaliers ne bougèrent pas.

Arion, suivi de ses hommes, se mit en route. Alors, les Écossais firent manœuvrer leurs montures pour les encercler. En les voyant chevaucher fièrement, vigilants et armés, Arion songea amèrement que l'humiliation qu'ils faisaient subir à ces Anglais honnis devait fort les divertir.

Mais dès qu'ils furent sortis de l'enceinte du château, il oublia sa rancœur pour ne plus s'intéresser qu'à ce qui l'entourait. Blessé et inconscient lorsqu'on l'avait amené à Keir Castle, il n'avait pas eu l'occasion d'admirer les alentours. Jamais auparavant il ne s'était rendu dans cette partie plus accidentée de Shot. Elle paraissait plus sauvage que la partie de l'île occupée par sa famille, plus boisée et moins accueillante aussi. Il comprenait pour quelle raison la forteresse des MacRae était bâtie au faîte d'une colline dominant les vallées environnantes. De ce sommet, on avait une vue imprenable sur les bois, les pâtures et même sur un bout de plage dans le lointain. Il ne pouvait qu'admirer la beauté du paysage, le rude attrait qu'il exerçait sur les hommes et la clairvoyance et l'habileté de ceux qui avaient choisi de s'y établir.

Elguire souffrait cruellement de la comparaison, même si la campagne qui l'entourait était plus riante et fertile. Arion comprenait à présent un peu mieux ce qui fondait l'orgueil des MacRae et pourquoi ils s'y accrochaient bec et ongles. Certes, Elguire ne manquait pas d'atouts. Lorsque la place forte serait terminée, songea-t-il, elle aurait autant d'allure et offrirait autant de confort que n'importe quelle autre. De plus, elle bénéficiait de la proximité de vastes étendues de terre fertile et de longues plages bordées par des eaux tranquilles et faciles d'accès.

Lauren chevauchait au pas, ce qui lui convenait parfaitement, car il n'avait aucune intention d'ajouter le ridicule à l'humiliation en courant derrière elle pour la suivre. Elle s'amusait à ses dépens et il n'y pouvait rien, mais pour rien au monde il ne se prêterait à la plaisanterie en perdant toute dignité. Conscient de la pente dangereuse sur laquelle il s'engageait, Arion s'efforça de juguler sa colère. Elle ne lui apporterait pas grand-chose et pouvait même lui coûter beaucoup. Il avait besoin de rester maître de lui et prêt à faire face à toute situation, car il n'était pas entièrement convaincu qu'elle les libérerait comme elle le prétendait.

Il pensait l'avoir jaugée correctement, la veille et ce matin-là, en estimant qu'elle ne manquait pas de réalisme et ne se laissait pas aveugler comme tous les siens par la haine atavique de son clan. Son intelligence ne faisait aucun doute pour lui. Arion espérait qu'elle ne tirerait pas parti de l'avantage décisif qu'elle pouvait prendre sur eux dans la position délicate qui était la leur.

En effet, rien n'aurait été plus facile pour les Écossais que de les tuer tous, sans que ses hommes et lui aient pu opposer la moindre résistance. Même si cela aurait été particulièrement stupide, rien n'aurait été plus simple.

Lauren chevauchait avec une aisance remarquable devant lui, sans jamais se retourner. Sa chevelure brillait comme un fanal dans la semi-pénombre du sous-bois qu'ils traversaient.

L'épaule d'Arion le faisait souffrir. Il imaginait que ses hommes devaient avoir leur lot de petits ou gros bobos, eux aussi. Après tout, la bataille était encore récente. Mais même s'il leur fallait souffrir le martyre, il savait qu'aucun d'eux ne se plaindrait. Comment aurait-il pu faire moins ? La longue marche jusqu'à Elguire promettait d'être longue et difficile. Serrant les dents, en alignant un pas devant l'autre, il s'efforça d'ignorer la douleur cuisante que lui causait sa blessure.

Ils marchaient principalement sous le couvert des bois, où le sol était plus égal, mais également plus traître avec ses enchevêtrements de racines masqués par des feuilles mortes. Le murmure de l'océan se faisait entendre de manière continue à leur gauche. Parfois, il avait un aperçu du grand bleu entre les branches. Personne ne parlait. Seuls se faisaient entendre les sabots des chevaux martelant la terre, les oiseaux pépiant entre les branches et le bruit des vagues venant mourir sur la plage, de plus en plus proche.

Alors que la souffrance qui irradiait de son épaule semblait sur le point de le consumer tout entier, Arion vit le cheval de tête ralentir devant lui, puis s'arrêter. Il fit de même et vit Lauren se tourner vers lui sur sa selle pour lui faire signe de la rejoindre. Oubliant aussitôt sa douleur, il contourna sa monture pour venir se placer à côté d'elle.

Ils étaient parvenus au bord d'une plage : celle-là même où ils avaient failli périr sous les coups des

Vikings quelques jours plus tôt. Cette fois, ce n'était pas une troupe d'envahisseurs qui se trouvait massée à l'autre extrémité mais un groupe de ses hommes, en grand nombre et montés à cheval. Une certaine agitation se fit sentir dans leurs rangs dès qu'il eut été repéré. Bientôt, l'un d'eux mit pied à terre et se mit en marche vers eux. À ses cheveux gris et à sa courte barbe, il reconnut Fuller, son intendant et homme de confiance.

Lauren descendit de cheval et atterrit gracieusement à côté de lui. Arion tourna la tête vers elle.

— J'ai tenu parole, dit-elle.

D'un coup de menton, elle désigna le groupe qui attendait Arion à l'autre bout de la plage.

— Oui, reconnut-il de bonne grâce. Vous avez tenu parole.

— Et vous ? demanda-t-elle en le fixant de son regard clair et direct. Tiendrez-vous la vôtre ?

— Je la tiendrai.

Fuller approchait. De là où il était, Arion vit que son visage reflétait autant l'inquiétude que la prudence et le soulagement.

— Dans ce cas, j'enverrai cette nuit quelqu'un sur cette plage, reprit-elle sans cesser de le dévisager. Allez expliquer votre plan aux vôtres. Si tout se passe bien et qu'ils se montrent aussi raisonnables que nous, envoyez vous aussi un émissaire ici, quand la lune sera à son apogée. Entendu ?

— Entendu.

Il la vit froncer les sourcils, une façon pour elle de mettre sa parole en doute.

— Je n'enverrai ici cette nuit qu'un seul homme, De Morgan, insista-t-elle, si vous me décevez – si tout ceci n'est qu'une comédie destinée à nous nuire –, alors vous ne pourrez tuer qu'un seul des nôtres.

Du moins, cette nuit. Car, dès demain, nous vous livrerions une guerre sans merci.

— Ne craignez rien, assura-t-il. Je ne souhaite pas plus que vous avoir une autre guerre sur les bras.

— Je l'espère, conclut-elle.

Tournant la tête sur le côté, elle fit un geste discret de la main. Arion vit aussitôt son haubert, son épée et le fourreau de celle-ci atterrir à ses pieds. Après s'être penché pour ramasser l'arme, il en vérifia l'état et la trouva telle qu'il l'avait laissée. Puis, il entreprit de boucler le fourreau à sa ceinture. Un coup d'œil vers l'arrière lui permit de vérifier que ses hommes faisaient de même. De nouveau, il se pencha pour saisir sa lourde cotte de mailles, préférant ignorer la douleur que ce geste réveilla dans son épaule.

Fuller les avait presque rejoints, à présent. Lauren MacRae le regardait approcher avec une feinte indifférence, mais Arion l'avait vue discrètement porter la main à sa dague. Un rayon de soleil perçant la ramure la faisait resplendir telle une icône enluminée offrant au regard toutes les nuances de rouge, d'ivoire et d'or. À cette minute, elle avait tout de l'ange pour lequel il l'avait prise lorsqu'elle s'était portée à son secours sur ce même rivage, alors qu'une flèche traîtresse le vidait peu à peu de son sang.

Arion se retourna et vit que Hammond et le reste de ses hommes l'attendaient, attentifs à ses paroles et à ses moindres gestes. Il leur fit signe d'avancer et conclut à l'intention de Lauren :

— Vous aurez de mes nouvelles cette nuit.

Sur ce, il s'avança à la rencontre de Fuller, sur cette plage au-delà de laquelle s'étendait la partie de cette île farouche et sauvage qui était devenue son nouveau foyer.

4

Moins de six mois plus tôt, Arion avait baigné dans une parfaite inconscience des bouleversements qu'était sur le point de connaître son existence.

Il vivait alors à Londres, profitant des fruits de sa charge de chevalier, occupé à se ménager une place rien qu'à lui à la cour, en tant que conseiller influent du roi Henry. Et même si les fastes et les bassesses de la vie au palais n'avaient aucun attrait à ses yeux, il les préférait aux rigueurs du domaine familial où son oncle demeurait le comte De Morgan en titre.

Morgan Castle s'élevait dans le croissant fertile d'un des meilleurs coins de terres vallonnées de l'Angleterre. Pourtant, le domaine en lui-même n'était pas très grand et comportait principalement quelques fermes, de taille moyenne mais d'un bon profit. Cela aurait suffi à combler les besoins d'un homme ordinaire jusqu'au superflu mais Ryder De Morgan n'avait rien d'un homme ordinaire.

Arion avait coutume d'imaginer son oncle tapi dans la splendeur des pièces de son manoir, ourdissant des plans pour détruire tous ses ennemis, son âme devenant plus noire à chaque nouveau complot.

C'était Ryder qui, au temps de sa jeunesse, avait découvert les richesses inexploitées de l'île de Shot, possession des De Morgan depuis longtemps négligée. C'était lui, également, qui avait commencé à exploiter systématiquement les bonnes et vastes étendues de terres arables qui s'y trouvaient. Tous les profits générés par l'île lui permettaient de mener grand train, transformant en or le grain et la paille des îliens, tel quelque troll maléfique de conte de fées.

L'île en elle-même n'avait jamais intéressé Ryder De Morgan. Seul le luxe auquel elle lui permettait d'accéder comptait pour lui. Ainsi, au fil du temps, le domaine familial avait embelli jusqu'à l'extravagance, sans jamais contenter le comte, dont la rapacité ne faisait que croître. Il régnait en despote absolu, entretenant autour de lui un climat perpétuel de violence, de terreur et de cruauté. Arion ne se rappelait pas avoir croisé quiconque qui se soit risqué à soutenir son regard plus de quelques secondes d'affilée.

C'était dans ce monde implacable et sans joie qu'avaient débarqué Arion et sa sœur après être devenus orphelins. Bien qu'ayant passé sa jeunesse à Morgan Castle, Arion ne s'y était jamais senti chez lui. Il n'aimait pas l'atmosphère glaciale qui y régnait, due selon lui bien plus à l'influence néfaste du maître des lieux qu'à une quelconque insalubrité de la construction. Ryder n'avait jamais témoigné la moindre pitié à qui que ce soit. Arion et Nora avaient vécu dans la crainte de cet homme dès le premier jour de leur arrivée chez lui, après avoir perdu en quelques jours leurs deux parents par la faute d'une épidémie qui avait ravagé le pays.

Pauvre Nora... Tendre et fragile Nora. Bien que l'aînée, elle n'avait jamais été capable de grandir et de devenir adulte. Arion, de six ans son cadet, s'était retrouvé bien démuni pour la protéger de la méchanceté et de la mesquinerie de Ryder. Leur oncle n'avait jamais accepté sa lenteur d'esprit ni supporté sa manière unique d'évoluer dans l'existence. À ses yeux, elle ne représentait qu'une tare pour la famille, preuve que leur mère avait été de condition inférieure et que le mariage de son plus jeune frère avait été maudit dès l'origine.

Ryder lui-même n'était jamais parvenu à avoir d'enfant, bien qu'il eût épuisé trois malheureuses femmes à essayer. Arion supposait que c'était ce qui l'avait poussé à accepter d'avoir son neveu pour héritier. Quand il avait pris cette décision, la vie d'Arion avait véritablement viré au cauchemar.

Son oncle ne voulait rien d'autre qu'une copie conforme de lui-même pour hériter de son titre et régner sur ses domaines après lui. Il s'était focalisé sur Arion et n'avait jamais renoncé à le modeler à son image, à tenter d'en faire un nouveau tyran. Il était sans arrêt sur son dos, le forçant à assimiler ses leçons et à suivre son exemple. Comment infliger la souffrance, l'humiliation, le déshonneur ? Comment tromper et comment mentir ? Comment se comporter d'une manière violente et imprévisible qui inspirerait la crainte à tous, du serf au noble ?

— Ne cède jamais ! lui enseignait-il. Tu dois les briser, Arion. Les briser jusqu'à ce qu'ils implorent ta clémence. C'est la seule façon de leur apprendre à te respecter.

Craignant pour sa vie, il avait passé ses journées à dissimuler ses véritables sentiments, à barricader son cœur et son esprit aux terribles leçons de son oncle. Mais il avait tout de même fini par apprendre quelque chose : jamais il ne serait le monstre que Ryder voulait modeler à son image.

Après la mort de Nora, il avait assimilé une autre leçon. Il avait compris qu'il lui fallait mettre sa rage en sourdine et patienter jusqu'à ce qu'il ait l'âge de quitter Morgan en devenant écuyer. Une chance remarquable s'offrit à lui lorsque l'on commença à la cour à s'intéresser au jeune neveu de Ryder. Celui-ci fut tellement ravi de cette opportunité qui lui était offerte de se rapprocher du roi qu'il envoya sans rechigner Arion à Londres avec pour instruction de se conformer en tout point aux ordres que lui donneraient ses aînés. Quand il avait fini par deviner le plan secret de son neveu, il était déjà trop tard. Arion lui avait échappé, bien décidé à ne jamais revenir se fourrer entre ses griffes.

Londres, capitale aussi brillante que crasseuse et puante, avait constitué un véritable joyau pour Arion. Cette ville lui avait apporté la seule chose à laquelle il ait jamais aspiré : échapper à l'emprise de son oncle. Il était donc devenu écuyer, puis chevalier, et enfin conseiller. Et, au fil des ans, Arion avait fini par accepter cette vie où la grandeur était de pacotille, où la richesse côtoyait la misère, où les intrigues et les ragots fleurissaient, où les mots d'esprit et les lames vengeresses jaillissaient, où les amours secrètes étaient de notoriété publique.

À Londres, il était libre de penser et d'agir par lui-même, sans avoir de comptes à rendre à quiconque. Il avait gagné le respect de ses pairs, il avait l'oreille du roi, et suffisamment de femmes prêtes à se distraire en sa compagnie tant qu'il ne serait pas devenu un vague souvenir dans la mémoire de Dieu.

Cela lui suffisait, avait-il coutume de se répéter lorsque, la nuit, il ne parvenait pas à trouver le sommeil dans son lit ou dans celui de sa dernière conquête en date. Oui, elle lui convenait, cette vie étrange et éphémère. Du moins... il lui faudrait bien s'en contenter.

Pourtant, il ne pouvait s'empêcher parfois de se sentir... étrangement seul, comme devait l'être son oncle. Même entouré de courtisans prompts à l'aduler, Arion savait qu'il ne pouvait se confier à personne. Aucun de ceux qui se pressaient autour de lui ne comptait véritablement à ses yeux. Il ne se sentait proche de personne.

De cet isolement avait résulté un vide que chaque sourire flatteur, chaque compliment ne faisait que rendre plus béant. Ce néant intérieur était à la fois un piège et une bénédiction. Aucune émotion véritable ne pouvait s'y fixer : ni la peur, ni la colère, ni la joie. Cinq mois plus tôt, Arion avait cru que ce vide finirait par l'engloutir, et il avait fini par comprendre que même cela lui importait peu.

Puis, la nouvelle de la mort de Ryder lui était parvenue. Tout d'abord, il n'avait pas voulu y croire, certain qu'il devait s'agir d'une tentative détournée de son oncle pour le ramener à Morgan. Celui-ci n'avait en effet jamais renoncé à comploter pour le récupérer après avoir compris qu'Arion ne reviendrait pas de son plein gré. Mais bientôt, il lui avait fallu se rendre à l'évidence. C'était bien vrai : le vieux démon était mort.

Alors, Arion avait réalisé qu'il était devenu de fait le nouveau comte De Morgan en titre. Il était attendu de lui qu'il retourne chez lui pour assumer ses devoirs. Le roi lui-même lui avait accordé une audience privée pour le libérer de ses obligations à son égard et lui souhaiter un bon voyage de retour.

Il n'y avait rien d'autre à faire. Si Henry lui-même lui ordonnait de partir, il ne pouvait rester. Peu importait qu'il n'ait aucune envie de revenir un jour dans ce maudit château où il avait grandi. Peu importait que la seule idée de revoir Ryder sous la forme du gisant de marbre allongé sur sa tombe lui retournait l'estomac.

Aussi Arion se résigna-t-il à quitter Londres. La première chose qu'il fit, en arrivant à Morgan, fut d'aller s'agenouiller dans la chapelle et de prier pour le repos de l'âme de sa sœur. Puis, il pria pour que la damnation de celle de Ryder soit damnée pour l'éternité. Il ne prit pas la peine de prier pour lui-même. De toute façon, il ne pensait pas que Dieu l'écoutait.

Lentement, il commença à réaliser que, même s'il n'avait pas la sensation d'avoir changé, aux yeux de tous il était le nouveau comte. On s'adressait à lui avec déférence, on s'écartait sur son passage, on murmurait dans son dos et on le surveillait du coin de l'œil, comme s'il pouvait lui prendre l'envie à tout moment de cracher des flammes. Chaque couloir qu'il traversait éveillait en lui des souvenirs désagréables. Chaque pièce dans laquelle il entrait lui remettait en mémoire un détail qu'il aurait préféré oublier. Les gens sursautaient au plus anodin de ses ordres. Les femmes frémissaient dès qu'il s'approchait trop à leur goût, cachant subrepticement leurs enfants derrière leurs jupons. Arion faisait semblant de ne rien remarquer.

Il s'efforça de dire et de faire ce qui permettait de comprendre qu'il n'était pas son oncle. Ce fut auprès de Fuller, son intendant, qu'il rencontra ses premiers succès. Il fallut un mois pour que celui-ci se détende suffisamment et puisse s'asseoir en sa présence, et un autre encore pour qu'il s'autorise à rire de ses plaisanteries. Pendant qu'Arion luttait jour après jour pour endosser son nouveau rôle et repousser les mauvais souvenirs qui le hantaient, ceux qui l'entouraient commencèrent à changer eux aussi. Peu à peu, les gens se montrèrent moins empruntés en sa présence, plus chaleureux aussi. Cela allait prendre du temps, mais il espérait leur faire comprendre qu'il était possible d'être comte De

Morgan sans répandre la terreur comme son oncle l'avait fait toute sa vie.

Arion travaillait, discutait, étudiait la situation du domaine et envisageait de nouvelles façons de faire plus conformes à ses idées. Il s'absorbait corps et âme dans cette tâche, au point qu'il put croire un moment avoir trouvé un sens à sa vie. Au fond de lui-même, pourtant, il était bien conscient qu'il s'agissait d'une illusion. Sa solitude demeurait. Il restait chaque nuit éveillé dans son lit. Un nouveau lit, où plus aucune femme ne venait le rejoindre, mais ce n'était pas le manque de compagnie qui le tourmentait. Ce qui continuait de le dévorer peu à peu, c'était ce sentiment de vide immense, de vacuité de l'existence, qui ne l'avait pas quitté. Tel était le démon personnel, puissant et vindicatif, qui ne lui laissait pas de répit. Il était conscient qu'à moins de parvenir à le terrasser, c'était ce monstre vorace qui allait finir par avoir raison de lui. Ryder devait bien rire, au fond de son enfer...

Tout cela, c'était avant qu'*elle* réapparaisse.

Sur cette plage où la vie d'Arion avait failli prendre fin, Lauren MacRae avait semblé naître du sable, du sang et d'une lumière aveuglante. L'enfant qu'il avait connue et dont il avait pris pitié bien des années auparavant s'était soudain métamorphosée en une jeune femme indomptable, magnifique, qui n'avait cessé de le provoquer, de le tenter, de le mettre au défi, jusqu'à le rendre fou de colère et de désir... Et cela ne faisait pourtant que trois jours qu'il l'avait retrouvée.

Avant de laisser Lauren derrière lui pour regagner Elguire, cet après-midi-là, Arion n'avait pas réalisé que tout le temps qu'il avait séjourné à Keir cette sensation de vacuité qui l'accablait avait disparu. Peut-être la présence lumineuse de Lauren MacRae avait-elle suffi à combler ce vide en lui, en lui faisant vivre des émotions si fortes, si puissantes, qu'il ne se serait jamais cru capable de les ressentir.

À présent, il ne savait plus où il en était. Qui était cet homme dont le cœur et l'esprit s'enflammaient pour une guerrière aux cheveux semblables à une coulée de cuivre ? Ne comprenait-il pas qu'elle lui vouait une haine tenace et qu'elle était capable, sans la moindre hésitation, de le rayer du nombre des vivants ? Qui était cet homme qui ne rêvait que de posséder une telle Amazone, de sentir sur sa peau ses caresses, de s'immerger dans son parfum, d'enfouir son visage dans sa chevelure, de la conquérir pour lui seul et de se noyer en elle, encore et encore ? Qui était-il donc, cet étranger au cœur blessé, sensible à la douleur et tenaillé par le désir, éperdu d'admiration pour un ennemi prêt à jurer sa perte ? Sans ce vide en lui qui le dévorait depuis tant d'années, qu'était devenu Arion De Morgan ? Une énigme, sans doute. Un nœud de contradictions bien plus inextricable encore que celui qu'il était parvenu à faire de son existence jusqu'alors.

Il avait vogué vers l'île de Shot, à la tête d'une petite armée, prêt à livrer bataille pour défendre ses sujets qui avaient requis son aide. Arion n'avait rien à voir avec son oncle. Il défendrait cette terre – ou il mourrait en tentant de le faire –, pour protéger ceux qui y habitaient – son peuple – bien plus que les richesses qu'elle recélait. Il avait même eu hâte d'y être. La perspective d'une bonne bataille était l'une des rares choses que la vacuité de son existence n'était pas encore parvenue à rendre insipide. Et, dans cette bataille, il avait failli perdre la vie. Jusqu'à ce qu'*elle* vienne le sauver.

En plongeant dans l'ambre de ses yeux, Arion avait compris qu'un autre espoir sans lendemain s'offrait à lui : non seulement Lauren MacRae était censée être sa pire ennemie, mais elle était aussi la future femme d'un autre homme. Et pourtant, à son contact, il se sentait de nouveau pleinement vivant. Il aurait voulu pouvoir en rire... La seule femme au monde qui avait su le toucher lui resterait à jamais inaccessible.

De retour à Elguire, Arion parvint à maintenir la façade de calme responsable et d'assurance tranquille qu'en tant que chef il se devait d'afficher, même si le souvenir de Lauren continuait à occuper ses pensées. Il savait trouver les mots pour apaiser les craintes de ceux qui l'entouraient. Il savait comment se comporter pour ne pas les faire douter de la confiance qu'ils lui témoignaient. Sans doute parce que Ryder n'avait pas jugé utile de leur infliger son régime de terreur, ces îliens n'avaient jamais manifesté la moindre crainte à son égard. Ils l'avaient accueilli à bras ouverts, reconnaissants de l'aide qu'il leur apportait.

Il n'avait fallu que quelques jours à Arion pour réaliser qu'en dépit de toute sa bonne volonté, cette aide ne suffirait pas. Shot était condamnée.

Les Vikings avaient jeté leur dévolu sur cette île sans doute parce qu'elle était la plus grande, mais également la plus fertile et la plus au large. Chacune de ces raisons aurait été suffisante pour justifier leurs raids ; la combinaison des trois facteurs rendait l'attrait de la conquête irrésistible. Arion savait qu'au fil des siècles quelques accrochages sporadiques avec ces hommes du Nord s'étaient déjà produits sur Shot. Mais cette fois, ils paraissaient décidés à passer sérieusement à l'attaque... et à ne pas relâcher leur effort tant qu'ils n'auraient pas fait la conquête de l'île. Hélas, l'un des attraits principaux de cette terre – son immensité – faisait également sa vulnérabilité.

Les De Morgan étaient incapables de surveiller en permanence tout leur territoire. D'autant plus qu'ils ne pouvaient faire fi de la menace représentée par les Écossais.

On lui avait expliqué à son arrivée que les MacRae, de l'autre côté de l'île, avaient eux aussi fort à faire avec les Vikings. Quelqu'un avait suggéré – en ne plaisantant qu'à moitié – que peut-être ils finiraient par tous s'entre-tuer et qu'ainsi le problème serait réglé. Arion avait alors pu prendre toute la mesure de l'antagonisme viscéral qui opposait les deux groupes.

Elguire serait une place forte apte à résister à tous les assauts... dès que sa construction serait achevée. Sur trois de ses flancs, c'était quasiment le cas, et les remparts dressaient leurs parois de pierre imprenables. Le flanc de l'Est, en revanche, chaos de pierres de construction et de bois de charpente brisé, offrait un spectacle de désolation. La guerre incessante contre l'autre famille qui revendiquait la possession de Shot n'arrangeait rien. Cette portion de la muraille était non seulement la plus longue, mais également celle qui se trouvait aux environs immédiats de la forêt – et au-delà du territoire des MacRae.

Dieu merci, le château en lui-même était achevé, de telle sorte que les efforts des bâtisseurs pouvaient se concentrer sur cet unique point noir. Des gardes patrouillaient en permanence pour assurer la sécurité du chantier, ce qui n'était pas suffisant. En arrivant sur Shot, Arion avait ordonné que l'on triple les patrouilles et que les maçons constituent des équipes pour travailler jour et nuit. Cette brèche dans leurs défenses était une faiblesse qui pouvait leur être fatale.

Dans la lumière déclinante de la fin d'après-midi, Arion était venu inspecter l'avancement des travaux.

Sur le terre-plein qui deviendrait à terme une cour intérieure, il louvoyait entre des tas de pierres taillées prêtes à être mises en place de manière définitive. Des hommes le saluaient, quittant leur tâche un instant pour venir lui parler et constater par eux-mêmes que le comte avait survécu. Ils s'inquiétaient de savoir comment l'ennemi s'était comporté avec lui durant ces trois jours. Arion les rassurait en souriant, attentif à ne rien dire des MacRae qui pourrait renforcer leurs préjugés à leur égard. Il ne voulait pas compromettre ses chances de faire accepter son plan, et il n'avait pas encore déterminé le meilleur moyen d'en faire part aux siens.

Il poursuivit sa ronde en discutant avec Fuller, qui avait remarqué les bandages à son épaule mais n'avait pas fait de commentaires. Arion aimait bien cet homme tranquille et réfléchi. D'une certaine manière, il était reconnaissant à son oncle de ne pas être parvenu à corrompre tous ceux qu'il avait côtoyés.

— Cela avance bien, commenta-t-il en regardant les maçons relever leurs défenses pierre par pierre.

— Oui, répondit Fuller. Depuis que les MacRae se sont trouvé un nouvel ennemi.

Sans quitter des yeux les hommes au travail, Arion précisa doucement :

— Ce nouvel ennemi qu'ils se sont trouvé est également le nôtre, mon ami...

— Certes, milord.

La réponse prudente de Fuller ne trahissait aucune émotion.

— Heureux de te l'entendre dire, approuva Arion.

Il se remit en marche en prenant garde de ne pas allonger le pas, afin que son compagnon, plus âgé, n'ait pas de mal à le suivre.

— Dis-moi, reprit-il au terme d'un silence songeur, comment décrirais-tu l'état d'esprit des nôtres ? À ton avis, qui haïssent-ils le plus ? Les MacRae ou les Vikings ?

Fuller ne répondit pas immédiatement. La tête basse, les yeux rivés sur les hautes herbes qu'ils foulaient, il pesa longuement ses mots.

— Je ne saurais le dire, milord, dit-il enfin.

— Ah, bon ! s'étonna Arion. Pour quelle raison ? Parce que tu ignores la réponse, ou parce que tu préfères ne pas me la donner ?

L'ébauche d'un sourire, vite réprimé, apparut sur les lèvres du vieil homme. Ce fut pourtant d'une voix dépourvue de toute trace d'humour qu'il répondit :

— Je ne saurais le dire parce qu'il n'y a aucun moyen de le savoir.

Redressant la tête, il laissa courir ses yeux d'un bleu délavé sur les alentours avant d'ajouter :

— Les MacRae sont notre ennemi depuis si longtemps que plus personne ne se pose la question. Ils sont nos ennemis parce qu'ils l'ont toujours été. Bien sûr, il y a toujours ces escarmouches le long de la frontière qui nous sépare, des injures criées d'un groupe à un autre – voire même ces sabotages qui nous retardent tant dans nos travaux. Mais nos deux rois ont fait en sorte qu'il n'y ait plus de véritable effusion de sang entre nous. Pourtant, la haine demeure.

Arion approuva d'un hochement de tête mais ne dit rien. Fuller poursuivit :

— Avec les Vikings, en revanche, la menace est palpable et facile à appréhender. Ils veulent nous prendre nos maisons, nos terres, nos richesses ; non seulement cela mais également nos vies et celles de ceux qui nous sont chers. Ils n'ont aucun respect pour notre île ou notre manière de vivre, ce qui est un reproche que l'on ne peut faire aux MacRae. En fait, s'il est une chose que partagent nos deux familles, c'est l'amour de cette île et de la vie qu'on y mène.

Comme stupéfait par ses propres paroles, Fuller se figea. Arion en profita pour annoncer :

— Une idée m'est venue.

— Cela ne marchera pas, milord.

Ils avaient fait halte devant les massives portes en bois donnant l'accès au château.

— Pourquoi ? s'étonna Arion.

Il ne prit pas la peine de s'étonner que Fuller ait pu anticiper ce qu'il comptait lui annoncer. Parfois, il avait l'impression que son intendant lisait au fond de ses pensées.

— Je suis né sur Shot, milord, répondit-il. J'ai grandi sur cette île. Je m'y suis marié et j'y ai enterré une femme et notre enfant. Il n'y a que quelques années que j'ai gagné l'Angleterre pour devenir l'intendant de votre oncle. Ce que j'essaie de vous dire, c'est que je connais parfaitement l'état d'esprit de ceux qui vivent ici. Même s'il n'y a plus d'effusion de sang, le passé reste vivace dans toutes les mémoires. Il n'y a aucune chance pour que vos sujets s'associent à une cause qui pourrait bénéficier aux MacRae.

— Même si elle est également à notre bénéfice ? insista tranquillement Arion. En unissant nos forces, nous serons plus puissants pour résister à l'envahisseur : nous nous sauverons nous-mêmes, autant que nous sauverons les MacRae.

Une fois encore, Fuller détourna le regard. Un moment plus tard, il secoua négativement la tête, et Arion sentit son cœur se serrer. S'il ne parvenait pas à convaincre cet homme, qui était devenu son plus fidèle soutien, il n'avait aucune chance de convaincre tous les autres.

— Essaie quand même d'y réfléchir, le pressa-t-il. Tu sais que j'ai raison. Sans leur aide, Shot est une cause perdue.

Fuller poussa un long soupir. Comme en écho, une petite brise vint jouer entre leurs pieds, couchant les herbes sur le sol. Enfin, l'intendant consentit à soutenir son regard. Au fond de ses yeux, Arion découvrit une certaine forme de résignation bien plus qu'un acquiescement enthousiaste.

— Je ne dis pas que votre analyse n'est pas juste, milord. Ce que je dis, c'est qu'ils ne se laisseront pas convaincre… à moins que quelque chose de terrible ne les y oblige.

— Très bien, conclut Arion en poussant la porte du château. Dans ce cas, il me reste à trouver quelque chose de terrible pour les convaincre.

Arion attendit la fin du repas du soir, quand le soleil déclinant eut laissé sur l'horizon une pâle lueur lavande et que chacun se fut suffisamment rassasié. La faim est mauvaise conseillère, mais l'ivresse peut l'être également… Il patienta donc jusqu'à ce que suffisamment de nourritures et de bière aient été consommées, mais sans prendre le risque que l'alcool finisse par échauffer les esprits.

Lui-même n'avait quasiment rien avalé et n'avait pas touché à sa chope. Assis au milieu des siens, il retournait sans cesse les mêmes pensées dans sa tête. De temps à autre, il jetait un coup d'œil à la grande fenêtre, à l'autre extrémité de la grande salle, derrière laquelle de longs chapelets de nuages passaient par toutes les nuances du rose, du pourpre et du bleu foncé.

En attendant son heure, il songeait aux devoirs qu'entraîne pour celui qui le détient un droit de propriété. Cette île sauvage, vaste et riche était censée lui appartenir – du moins en partie – de même que tout ce qui s'y trouvait : la terre, le bétail, les animaux. Ceux qui y habitaient lui devaient obéissance. La responsabilité qui en découlait était énorme et pouvait même être écrasante s'il n'y prenait garde. En observant le ciel, au-delà de la fenêtre en plein cintre, il se demanda vaguement si l'on pouvait considérer que les nuages colorés par la magie du crépuscule lui appartenaient, eux aussi. Cette pensée lui arracha un petit sourire amusé.

Arion était suzerain de cette île, pour le meilleur comme pour le pire. Il avait déjà eu l'occasion d'affronter le danger et la mort. Devoir se sacrifier ne lui faisait pas peur. Il connaissait la souffrance occasionnée par la perte d'êtres chers et savait que parfois il n'y a pas d'autre choix que la victoire. Il avait acquis une position suffisamment élevée à la cour royale pour comprendre qu'un homme pouvait déchoir en un instant ou convaincre une assemblée hostile par quelques paroles soigneusement choisies. Il avait appris qu'un seul regard, même, suffit parfois à changer le cours du destin.

Il avait vu trop de courtisans s'attirer la faveur du roi par traîtrise, mensonge et déloyauté. Il avait fréquenté trop d'hommes de haut lignage et de basses besognes. Il n'avait jamais voulu devenir comme eux. Il avait au contraire déployé énormément d'énergie pour réussir par de tout autres moyens que les leurs. Mais il n'était pas certain d'y être parvenu. Était-il réellement possible de concilier puissance et intégrité, d'exercer le pouvoir sans perdre son honneur ?

Selon Ryder, ça ne l'était pas. Tous ces courtisans indélicats qu'il avait observés semblaient lui donner raison. Mais lui, il ne s'appelait pas Ryder mais Arion. Et il n'était pas de ces arrivistes dont il s'était efforcé de ne pas suivre l'exemple. Il était le nouveau comte De Morgan, et le moment était sans doute venu pour lui de le prouver en mettant en pratique les leçons qu'il avait apprises.

L'ambiance autour de lui mêlait les hourras au bruit mouvant comme une mer houleuse des conversations. Chacun était à présent au courant de ce qui s'était passé sur la plage avec les Vikings. Le soulagement était général qu'il n'y ait eu à déplorer aucun mort ni blessé grave, mais une certaine tension, à laquelle se mêlaient la peur et le ressentiment, se faisait sentir. Il se répétait avec colère que les MacRae étaient intervenus. Ils avaient gâché le combat des braves héros anglais. Les MacRae avaient retenu le comte prisonnier à Keir. Ce nom volait sur toutes les lèvres, avec toutes les nuances du mépris et de la rancœur, jusqu'à former une litanie : *MacRae, MacRae, MacRae...*

Assis non loin d'Arion, Fuller lui jetait de temps à autre un regard inquiet mais se taisait, se contentant d'avaler son repas.

Pensif, Arion caressait du bout des doigts la paroi glacée de la chope d'étain devant lui, à laquelle il n'avait pas touché. Il gardait le silence, guettant ce moment suspendu qui survenait immanquablement au cours de tout repas, quand subitement plus personne n'a plus rien à dire. Et quand il survint, il redressa la tête et lança d'une voix forte :

— Benedict Morgan ! J'ai cru comprendre que je devais te féliciter pour ton récent mariage.

Un jeune homme assis à une table voisine parut d'abord embarrassé, puis réjoui. La fort belle jeune fille assise à côté de lui s'empourpra violemment, baissa la tête et s'abîma dans la contemplation de ses mains jointes dans son giron. Elle paraissait n'avoir pas plus de quinze ans.

— Je... vous remercie... milord ! articula difficilement le jeune marié.

Dans la grande salle, un chœur de voix joyeuses et de rires s'éleva pour congratuler les tourtereaux.

Arion se leva, brandissant haut sa chope devant lui.

— À ce bienheureux jeune couple ! s'écria-t-il. Puissent-ils toujours prospérer en paix sur notre île.

Avant que quiconque ait pu faire écho à son toast, Arion baissa brusquement sa chope. Les voix qui avaient commencé à s'élever autour de lui se turent d'un coup. Tout le monde le regardait, ébahi.

— Hélas, je ne peux boire à cela... conclut-il d'une voix lugubre. Et j'en suis désolé.

Des cris de stupeur jaillirent de toute part. Le visage du jeune Benedict vira au rouge, sous le coup de l'incompréhension et de l'humiliation.

— Milord ? parvint-il à protester d'une voix étranglée.

— Je serais ravi de pouvoir porter un toast à votre futur bonheur, lui expliqua gravement Arion, mais ce serait un mensonge, et je ne mens jamais.

Benedict se leva d'un bond. Le silence était si parfait qu'Arion entendait son souffle oppressé par la colère.

— Mon seigneur ne souhaite pas donner sa bénédiction à mon aimée ? demanda-t-il d'un ton incrédule, en pesant chaque parole.

— Ta femme est adorable, répondit Arion. En d'autres circonstances, je t'aurais félicité pour ta bonne fortune. Mais j'ai bien peur que les Vikings apprécient sa beauté plus que toi encore, quand ils viendront te la prendre. M'est avis que tu la perdras bientôt.

Ces paroles provoquèrent une salve de cris de colère et d'indignation.

Sur sa droite, Arion vit Fuller s'adosser à son siège et observer avec lui le chaos qu'il avait provoqué.

Plusieurs hommes s'étaient levés et criaient en agitant le poing dans sa direction. Ils vociféraient tant que leurs voix se couvraient et qu'il ne distinguait rien de ce qu'ils lui disaient. Les soldats qui l'avaient accompagné depuis Morgan paraissaient tendus. Ils murmuraient entre eux et s'agitaient sur leurs bancs.

Arion reposa sa chope et éleva les mains devant lui. Le vacarme cessa peu à peu. Tous le regardaient comme s'il avait perdu l'esprit. Dès qu'il le put, il reprit la parole, calmement, fermement, comme il avait appris à le faire, à Londres, face à des adversaires déterminés.

— Vous êtes venus me demander mon aide. Vous avez fait savoir à votre suzerain que vous étiez soumis à des attaques et que nombre des vôtres mouraient. Vous avez eu raison de le faire et, en tant que votre suzerain, je me devais de venir vous défendre. Je suis prêt à mourir au combat pour cela. Mais c'est tout ce que je peux faire. Les Vikings ne renonceront pas. Et dans l'état actuel de nos forces, nous ne pourrons les vaincre.

Il y eut une nouvelle explosion de protestations indignées, mais l'hostilité dont elles témoignaient avait baissé.

Un grand costaud doté d'une abondante tignasse blonde parvint à crier plus fort que les autres.

— Milord, que voulez-vous dire, exactement ? Que les Vikings vont gagner ? Qu'ils vont réussir à nous prendre Shot ?

— Oui, c'est exactement ce que je dis.

Il fit taire d'un regard les commentaires qui s'élevaient de nouveau et ajouta :

— J'essaie de me montrer aussi honnête que possible avec vous. Vous êtes mes sujets et, en tant que comte De Morgan, je suis tenu de vous protéger du mieux possible. Je me suis battu aux côtés du roi. J'ai gagné mon titre de chevalier sur les champs de bataille avec lui et j'en ai appris suffisamment sur la guerre pour savoir quand une cause est perdue d'avance. Notre lutte contre les Vikings, ici sur Shot, est vouée à l'échec. Nous n'avons pas assez de temps. Et nous n'avons pas assez d'hommes.

— Pas assez d'hommes ! répétèrent en chœur quelques voix incrédules.

— Exactement ! insista Arion. L'île de Shot est trop grande – même la moitié qui nous revient – pour que nous puissions y patrouiller en permanence de manière efficace. Vous le savez aussi bien que moi. C'est comme cela que les Vikings parviennent à tromper notre vigilance. C'est pour cela qu'ils reviennent sans arrêt nous attaquer.

Une femme se leva et lança :

— Mais, milord, de là à dire que nous allons perdre, il y a...

— Nous *allons* perdre, l'interrompit-il sèchement. Ce n'est qu'une question de temps.

— Le roi ! s'écria le géant blond. Le roi pourrait nous envoyer des troupes, n'est-ce pas ? Nous sommes ses vassaux, et il a promis lui aussi de nous défendre en cas de besoin.

— Le roi ne peut se le permettre, je vous l'assure. Il a ses propres guerres, ses propres batailles à mener, qui vident ses coffres et déciment ses troupes. Nous avons déjà de la chance qu'il n'ait pas fait appel à nous pour regarnir les rangs de ses armées. Croyez-moi : le roi ne peut rien pour nous.

Cette fois, il n'eut pas à faire quoi que ce soit pour réclamer le calme. Tous les assistants s'étaient figés dans un silence pesant. Arion reconnut le noir désespoir qui se lisait sur leurs traits. C'était celui qui, dans le secret de ses pensées, le hantait depuis son arrivée sur cette île. Il était d'autant plus soulagé d'avoir peut-être à leur offrir une issue à cette situation désespérée.

— Non, nous ne vaincrons pas les Vikings, résuma-t-il en laissant son regard courir sur l'assemblée. Pas comme cela. Et pas seuls. Mais il reste peut-être un moyen… d'obtenir l'aide dont nous avons besoin.

Il avait conclu sa phrase d'un ton dubitatif, comme s'il n'était pas certain de devoir poursuivre.

— Mais, protesta l'un des hommes, vous venez de dire que le roi ne pourrait rien pour nous.

— C'est exact. Seuls, nous sommes sûrs d'être vaincus. Nos femmes seront forcées de servir ces envahisseurs. Nos enfants seront massacrés ou réduits en esclavage. Mais au moins…

Avec un haussement d'épaules fataliste, Arion conclut :

— Au moins nous aurons combattu honorablement avant cette issue fatale.

Un grognement collectif de protestation et de refus s'éleva dans la grande salle, émaillé de quelques cris de révolte. Le dénommé Benedict dut crier pour se faire entendre.

— Quelle était cette aide dont vous parliez, milord ?

— La seule qui s'offre à nous, répondit Arion. L'aide des seuls hommes au monde à se soucier de cette île autant que nous. L'aide du clan MacRae.

L'espace d'un instant, le temps parut suspendre son cours dans la pièce. Arion n'avait jamais rien vécu de tel : plus aucun bruit, plus aucun souffle ni aucun mouvement autour de lui. Juste la stupeur. Un hurlement de colère relayé par des dizaines de bouches vint y mettre un terme :

— Les *MacRae* !

Arion laissa passer le tollé qu'il avait provoqué sans chercher à s'y opposer. Les bras croisés et le regard fier, il se fit roc inébranlable subissant les assauts de leur océan de rancœur.

— Jamais ! vociférait l'un.

— Scandaleux ! éructait l'autre.

— Plutôt mourir ! s'emportait un troisième.

— Vraiment ? cria Arion d'une voix puissante, qui couvrit le brouhaha. Vous préféreriez mourir plutôt que vous allier avec les MacRae ? Tant mieux ! Parce que c'est ce qui va vous arriver.

Le calme revint progressivement dans la pièce.

— Seriez-vous tous fous ? reprit-il. Êtes-vous si pressés de sacrifier vos femmes, vos enfants et tous ceux qui vous sont chers ? Les Vikings ont déjà fait des ravages dans vos rangs. Combien d'hommes avez-vous dû porter en terre ?

Tous ceux qui étaient là avaient pleuré des maris, des frères, des fils. Il voulait faire en sorte qu'ils ne l'oublient pas.

Pointant du doigt le jeune marié, Arion reprit d'une voix plus tranquille :

— Préférerais-tu mourir, Benedict Morgan ? Voudrais-tu condamner ta jeune épouse à mourir avec toi ?

Le jeune homme ne répondit pas. Arion, impitoyable, n'en avait pas terminé avec lui.

— Mais comme je te le disais, ajouta-t-il, il est peu probable qu'elle mourrait à tes côtés. Belle comme elle est, sans doute deviendrait-elle la favorite d'un chef viking. Et si elle refuse de se soumettre, tu peux être sûr qu'ils la tueront, et qu'ils ne prendront pas de gants pour le faire. Pendant ce temps, si brave et fier guerrier puisses-tu être, il ne resterait de toi qu'un tas de chairs mortes, qui ne lui serait d'aucune utilité.

Benedict entoura d'un bras l'épaule de sa femme, qui tourna la tête contre son épaule et commença à pleurer doucement.

— Combien ? poursuivit Arion en s'adressant à la foule. Combien d'entre vous préféreraient un tel sort pour vos femmes, vos sœurs, vos filles, vos mères ? *Combien ?* Montrez-vous, que je puisse voir le visage des fous qui sont prêts à sacrifier leur famille pour que survive leur orgueil !

Un silence lourd retomba dans la grande salle, troublé seulement pas les pleurs étouffés de la femme de Benedict.

Arion soutint le regard de ceux qui se risquaient encore à croiser le sien et conclut à voix haute et claire :

— Je suis venu ici pour vous guider ! Je suis venu me battre à vos côtés pour sauver vos foyers ! Mais dois-je me résoudre à mener une bande de fous à leur perte ? À vous de me le dire.

Les murmures reprirent autour des tables. Les convives s'agitaient sur leurs bancs, échangeant des paroles dubitatives. Arion entendit murmurer le nom de l'ennemi ancestral, mais sur un ton moins emphatique.

— Comment serait-ce possible ? s'étonnait-on.

— On ne peut pas leur faire confiance ! protestait un réfractaire.

— Combattre avec eux ? s'interrogeait le guerrier blond. À leurs côtés ? *Les MacRae ?*

— Les *MacRae*, insista Arion, constituent notre seule véritable chance de sauver Shot. Les *MacRae* ont tout autant de raisons que nous de défendre cette terre. Si les Vikings finissent par s'emparer de leur côté de l'île, nous sommes perdus. Il n'y aura plus aucun espoir, pour aucun de nous. Mais si nous acceptons de joindre nos forces aux leurs – volontairement, sincèrement –, nous pourrons conjurer ce sinistre sort.

Fuller choisit cet instant pour se dresser à côté d'Arion.

— Le comte De Morgan a raison, assura-t-il. Nous devons le faire. Nous devons nous joindre aux MacRae, pour le bien de Shot et pour notre bien à tous.

Arion vit un sentiment d'acceptation apparaître sur les visages qui l'entouraient, lentement, difficilement, la logique et la raison prenant peu à peu le pas sur la passion. Les hommes les plus véhéments baissèrent la tête, les sourcils froncés. Des femmes échangeaient des regards satisfaits en battant discrètement des mains.

— Nous *devons* le faire, insista Fuller avec urgence.

Arion vit ses sujets commencer à donner avec réticence leur acquiescement d'un hochement de tête.

— Très bien !

Il éleva de nouveau sa chope et chercha le regard de la jeune mariée au visage sillonné de larmes avant d'ajouter :

— Je lève mon verre en votre honneur, jeune dame, en vous adressant de tout mon cœur des vœux de santé et de bonheur. Que Dieu bénisse votre union !

Quelques-uns, dans l'assemblée, lui firent écho sans entrain, mais tous burent à la santé de la mariée.

La nuit sur Shot avait au goût d'Arion une saveur unique : suffisamment fraîche pour être vivifiante, elle ne l'était pas assez pour évoquer l'hiver à venir. Il chevauchait dans un paysage nocturne souligné par un jeu d'ombres et de lumière enchanteur, même si la lune n'était guère plus qu'un maigre croissant argenté dans le ciel. Les étoiles paraissaient plus brillantes. Ici, le ciel de minuit paraissait bien plus cristallin et d'un bleu plus profond qu'il ne l'était en Angleterre. Encore un exemple, songea-t-il, de la beauté inattendue de cette île qui devenait de jour en jour plus chère à son cœur.

Afin de mieux se fondre dans les ténèbres, Arion avait choisi un cheval noir, qu'il menait au pas. Rien ne pressait. La lune n'était pas encore à son apogée.

Arion savait qu'il prenait un grand risque, pas uniquement pour lui, mais surtout pour tous ceux dont il avait la charge. Il avait eu beau y réfléchir et retourner le problème en tous sens, cette alliance avec les MacRae constituait leur seul espoir d'opposer une résistance efficace à la sauvagerie des Vikings.

Ce n'était cependant pas une garantie de succès. Même unis, ils pouvaient ne pas être de taille à arrêter une armée d'envahisseurs aguerris et acharnés. Mais il persistait à penser que c'était la meilleure chance qui s'offrait à eux.

De plus, il ne pouvait se cacher que la perspective d'avoir à travailler avec Lauren MacRae – et non plus contre elle – était excitante. En fait, c'était un défi qu'il lui tardait de relever.

Cette idée le fit grimacer. Il ne devait pas se laisser aveugler par un joli minois et oublier où allait la loyauté de celle à qui il appartenait. Le sang qui coulait dans les veines de Lauren la poussait à ne prendre en compte que l'intérêt de sa propre famille.

Certes. Mais quel passe-temps agréable c'était de chevaucher seul, à la rencontre de l'émissaire qu'elle lui envoyait ! Il ne coûtait rien de rêvasser à ce que cela pouvait être d'embrasser ses lèvres pleines, de plonger les mains dans ses cheveux, de laisser leur couleur et leur texture uniques filer entre ses doigts...

La plage apparut enfin, bordée par l'immense étendue de l'océan. Pas de drakkars vikings, cette nuit, songea-t-il en la contemplant. Du moins, pas à cet endroit. Arion leva la tête et vit que la lune n'avait pas encore atteint le zénith. Aussi conduisit-il sa monture derrière un bouquet de pins et se redressa-t-il sur sa selle pour attendre.

Le bruit des vagues déferlant régulièrement sur le sable était assez puissant pour masquer tous les autres. Aux aguets, Arion se figea et tendit l'oreille. Une chouette, à trente pas environ derrière lui, appelait avec ferveur son âme sœur. Une saute de vent, de temps à autre, venait faire frissonner la ramure au-dessus de sa tête. Ceux-là mis à part, aucun autre bruit ne troublait la quiétude nocturne.

Soudain, Arion vit son cheval dresser la tête et orienter ses oreilles vers la lisière du bois qui se trouvait droit devant eux, à l'autre extrémité de la plage. Plissant les yeux pour scruter les ténèbres, Arion ne vit tout d'abord rien d'anormal. Puis, il distingua entre deux arbres une ombre plus dense, qui bougeait à peine. Un autre cheval monté par un cavalier encapuchonné. Tout comme lui, il s'était mis en faction à la lisière du bois, à l'endroit où celui-ci rencontrait le sable.

Arion tira sur ses rênes et fit avancer sa monture. Un instant plus tard, le mystérieux émissaire fit de même. La capuche qui recouvrait sa tête était ample, de même que la cape qui masquait tout son corps. Mais quand la distance qui les séparait le lui permit, Arion n'eut pas besoin de voir le visage du cavalier pour savoir de qui il s'agissait.

Elle était donc venue elle-même, songea-t-il non sans une certaine admiration. Elle avait rechigné à confier cette tâche – et le risque qui selon elle devait en découler – à qui que ce soit. Son attitude le surprenait bien moins que la joie suscitée en lui par la surprise de la revoir si vite.

La robe de sa monture était à la couleur de la lune. Cela lui ressemblait bien, de dédaigner tout danger au point de ne pas chercher à se dissimuler. Arrivée à son niveau, Lauren stoppa son cheval et repoussa sa capuche.

— De Morgan... salua-t-elle en hochant brièvement la tête.

Amusé par cet accueil glacial, Arion n'en montra rien et répondit sur le même ton :

— MacRae... Vous pariez gros, pour quelqu'un qui ne me fait pas confiance.

Elle préféra ne pas lui répondre. Un souffle de vent jouait avec des mèches de ses cheveux échappées à sa coiffe. D'une main impatiente, Lauren les repoussa.

— Eh bien ? demanda-t-elle. Quelles nouvelles avez-vous à me donner ?

— Ils sont d'accord, répondit sobrement Arion. Nous allons faire alliance avec vous.

Manifestement, ce n'était pas la réponse à laquelle elle s'était attendue. Une expression de surprise joua un instant sur ses traits, qu'elle masqua bien vite en détournant le regard pour observer l'océan. S'il ne l'avait pas examinée si attentivement, il n'aurait pas noté sa réaction.

— Parfait ! lança-t-elle en reportant son attention sur lui, de nouveau maîtresse de ses émotions.

Les mèches rebelles s'étaient libérées de nouveau et caressaient à présent ses lèvres. Incapable de ne pas y prêter attention, Arion les observa avec fascination. Lauren, qui ne semblait pas avoir remarqué sa distraction, ajouta au bout d'un moment :

— Je dois cependant vous informer que mon clan ne consent à cet accord que pour une période limitée. Une quinzaine de jours, pas plus.

— Pourquoi ne pas me l'avoir dit avant ?

Cela la fit sourire.

— J'imaginais que les vôtres allaient rejeter ce plan, avoua-t-elle. Cela n'avait donc pas d'importance.

La monture d'Arion s'agita et fit un pas de côté. Malgré l'irritation qu'il sentait monter en lui, il parvint à la calmer.

— Quelle confiance ! railla-t-il. Et que se passera-t-il au terme de ces quinze jours ? Deux semaines de coopération et de buts partagés, suivis d'un regain d'animosité entre nous ?

Lauren baissa les yeux sur la crinière de son cheval.

— Je ne sais pas, reconnut-elle tout bas.

Arion garda les yeux fixés sur Lauren, qui finit par relever la tête. Ils demeurèrent ainsi, figés l'un et l'autre, entièrement absorbés dans cet échange de regards et oublieux du vent, de la mer et des étoiles. Sa beauté agissait sur lui comme un chiffon rouge, attisant sa colère. Qu'elle puisse être si proche mais destinée à n'être jamais sienne, qu'elle puisse consentir à ce qu'une trêve entre leurs deux camps puisse n'être que provisoire le mettaient hors de lui. Bien qu'absurde et indésirable, cette réaction épidermique dominait en lui toute autre considération.

— Il semble donc que nous ayons un accord, parvint-il à conclure.

Sans trop savoir comment, il était parvenu à ne rien laisser transparaître dans sa réponse du tumulte d'émotions qui l'agitait.

— Il semble bien, répondit-elle simplement.

Arion fit manœuvrer sa monture de manière à ce qu'elle vienne se placer à côté de celle de Lauren, leurs flancs se touchant presque. Puis, il tendit une main vers elle, paume en l'air.

— En Angleterre, c'est de cette façon que nous scellons un pacte, mentit-il.

Lauren hésita un instant avant d'imiter son geste. Arion s'empara de sa main mais, au lieu de poser les lèvres au dos de celle-ci, il la retourna et embrassa la paume. Il sentit les doigts de Lauren épouser la courbe de sa joue, leur chaleur se communiquer à sa peau. La fraîche odeur féminine et fleurie qui titilla ses narines le tourmenta au-delà de toute mesure.

Sans décoller ses lèvres de la paume de Lauren, Arion releva les yeux pour observer sa réaction. Immobile sur son cheval, elle le regardait, interloquée. Il en profita pour pousser plus loin son avantage et laissa sa bouche remonter jusqu'à son poignet. Sentir le pouls qui y battait très fort le fit sourire et l'emplit d'une sombre jubilation. Peut-être *cela* l'aiderait-elle à réfléchir, songea-t-il, lorsque les quinze jours de répit qu'elle leur accordait seraient terminés.

Vivement, Lauren lui retira sa main.

— Une étrange coutume, dit-elle d'une voix légèrement tremblante.

— Pas tant que ça, répliqua-t-il. Vous seriez surprise du nombre d'unions solides qui se sont bâties ainsi.

Lauren donna un coup de talon pour éloigner sa monture de la sienne. Simultanément, elle remit sa capuche en place. Soudain, il n'eut plus devant lui qu'une femme à cheval, le souffle un peu court, qui lui lança d'un ton déterminé :

— Demain matin, De Morgan, nous irons patrouiller dans les pâturages à l'est de l'île, près du chêne de pierre. Voyez-vous de quoi il s'agit ?

— Oui, je l'ai aperçu.

— Emmenez-y vos hommes au lever du soleil – ou envoyez-les, peu m'importe – pour que nous puissions concrétiser cette... union.

— Fort bien.

Sans rien ajouter, elle fit faire demi-tour à sa monture et partit au galop.

Seul sur la plage, Arion eut en la regardant s'éloigner un sourire amer. Il savait, lui, ce que Lauren MacRae ignorait ou ne voulait pas admettre : par ce baisemain intime, leur union avait déjà commencé. Restait à espérer que Lauren n'aurait pas sa peau avant que les Vikings y soient parvenus.

5

Le chêne de pierre était le seul de son genre sur toute l'île. Une curiosité de la nature bien mal nommée selon Lauren, car il ne s'agissait pas du tout d'un chêne mais bien d'une énorme roche adoptant la forme d'un tronc d'arbre. Il se distinguait également par sa hauteur, qui en faisait un point de repère. Lauren l'avait toujours trouvé magnifique.

Elle était de ces gens pour qui l'aspect poétique des choses prime sur le côté pratique. À ses yeux, une rivière devenait un ruban d'or liquide avant d'être un obstacle à franchir. Une tempête manifestait la splendeur de la nature plutôt que son aveuglement destructeur. L'éclair était bien plus fascinant qu'effrayant. Le goût salé de l'océan, l'intérieur nacré d'une coquille, les cris des oiseaux de mer constituaient autant de sujets d'émerveillement.

Et le chêne de pierre devait être la plus grande merveille de toutes. Il jaillissait du moutonnement sans fin des prairies, tache sombre et déplacée sur le paysage vert et jaune, plus grand que Lauren et même plus grand que n'importe quel membre du clan. La surface de la pierre – lisse par endroits, rugueuse à d'autres – imitait parfaitement l'écorce d'un chêne. Mais aucune branche ne jaillissait de ce simulacre de tronc, tranché net en son sommet comme par la hache d'un géant.

Petite fille, Lauren adorait escalader la roche. Elle y avait découvert, fascinée, les cercles concentriques de différentes couleurs qui allaient en s'agrandissant, du centre à la périphérie. Ce qui n'était aux yeux de tous qu'un point de repère commode et un lieu de rendez-vous restait pour elle un fabuleux caprice de la nature.

La petite troupe qu'elle conduisait s'était rassemblée autour du chêne de pierre. Les guerriers qui l'entouraient, jeunes pour la plupart, mêlés à quelques autres plus aguerris, regardaient en silence le soleil se lever sur la mer. Leurs montures encore fraîches, impatientes de galoper, s'agitaient dans l'herbe haute.

Lauren, qui avait préféré mettre pied à terre, s'adossa au rocher et étouffa un bâillement. Elle aurait été incapable de dire à quand remontait sa dernière bonne nuit de sommeil.

— Ils ne viendront peut-être pas... hasarda Rhodric.

La veille, il avait fait partie de ceux qui s'étaient opposés avec le plus de véhémence à ce plan. C'était le fils cadet de James, et apparemment il était encore moins enclin à passer un accord avec l'ennemi que son père.

— Ils viendront, assura Lauren. Ils ont tout intérêt à le faire.

À cela, nul ne répliqua et l'attente reprit, les uns et les autres scrutant l'horizon.

Une légère agitation, au sud de la prairie, attira soudain l'attention de tous. Un bruit de sabots commença à se faire entendre. Une vague ligne en mouvement se fit bientôt plus précise et l'on put distinguer des têtes, des torses, les pattes des chevaux.

Il y avait là au moins une quarantaine de cavaliers qui se dirigeaient vers le groupe rassemblé autour du chêne de pierre.

— Ils nous surpassent en nombre ! s'exclama quelqu'un.

— Tout va bien, assura Lauren, espérant ne pas se tromper.

L'un des cavaliers se détacha du reste du groupe et prit la tête. Lauren ne se donna pas la peine de se remettre en selle pour aller l'accueillir. Foulant à grandes enjambées l'herbe jaune et vert, elle se porta sans crainte à la rencontre du grand étalon noir.

— Vous êtes en retard, constata-t-elle.

Le comte De Morgan lui lança un regard maussade.

— Ce chêne de pierre est plus proche de Keir que d'Elguire, maugréa-t-il.

— C'est la seule raison de ce retard, De Morgan ? Pas d'hésitations de dernière minute ?

Il se jeta au bas de sa selle et vint atterrir juste devant elle mais Lauren refusa de reculer.

— De dernière et même d'avant-dernière minute, MacRae, répondit-il avec un de ces sourires caustiques dont il avait le secret. Et pourtant nous voilà.

— C'est ce que je vois.

Il allait bien falloir que l'un d'eux se décide à bouger. Lauren était obligée de lever la tête pour le regarder dans les yeux, mais cela ne paraissait pas le déranger. Il se contentait de rester planté là, bien trop proche d'elle, avec ce sourire insupportable sur les lèvres. Il était si près qu'elle distinguait parfaitement le motif de broderie au col de sa tunique. Chaque point en était d'une exécution parfaite. Elle ne put s'empêcher de se demander qui avait exécuté cet ouvrage pour lui. Une bonne amie ? Une fiancée ?

Quelque ravageuse beauté anglaise, sans doute, aux longs cheveux blonds et aux yeux d'azur...

Troublée par cette pensée déplacée, Lauren céda et recula la première, prenant prétexte d'appeler ses hommes.

— Nous sommes prêts à partir en patrouille avec vous, annonça-t-elle. D'autant plus que la patrouille de ce matin nous a donné de nouvelles informations.

— Lesquelles ?

— Un drakkar a été repéré au nord-est de l'île. Mais il peut y en avoir d'autres. Mes hommes l'ont observé un moment, mais les Vikings paraissaient décidés à rester au large.

— Ils y sont toujours ?

— Pour autant que je sache.

— Dans ce cas allons-y...

Il ne leur fallut pas longtemps pour atteindre l'endroit de la côte à partir duquel le drakkar avait été repéré. Un promontoire rocheux, planté de rares arbres et de maigres buissons, se jetait à pic dans l'océan après s'être élancé vers le ciel en une pente escarpée.

Ils trouvèrent les montures des sentinelles attachées à un arbre au bas de la pente raide. Celle-ci était trop prononcée pour qu'un cheval puisse s'y aventurer. Plaçant sa main en visière, Lauren aperçut au sommet ses deux hommes qui ne relâchaient pas leur garde. À leur approche, l'un d'eux se retourna et entreprit de dévaler la déclivité pour les rejoindre.

Lauren mit pied à terre, attacha sa monture à un arbre et s'avança à sa rencontre.

— Le drakkar est toujours là, annonça-t-il.

Sans rien ajouter, il tourna les talons et gravit la pente pour rejoindre son poste. Lauren le suivit sur quelques mètres, avant de se retourner vers le comte De Morgan, qui était resté en selle.

— Alors ! Vous venez ?

Après avoir regardé autour de lui un instant, Arion sauta souplement à terre et tendit ses rênes et son bouclier à l'un de ses hommes. Sans l'attendre, Lauren avait repris son ascension.

Au bord du promontoire battu par les vents, le point de vue sur l'océan était époustouflant. Mais ce qui retint surtout l'attention de Lauren, ce fut dans le lointain la silhouette reconnaissable entre toutes d'un drakkar, son impressionnante proue sculptée nettement visible même à cette distance. Toutes les rames avaient été tirées de l'eau. Un alignement de boucliers arrondis soulignait le bord de la coque et réfléchissait la lumière du soleil.

Les deux plages les plus accessibles de Shot étaient déjà placées sous bonne surveillance : Keir dominait l'une d'elles et Elguire la seconde. Partout ailleurs, la côte se révélait au mieux impraticable, au pire meurtrière. Pourtant, songea Lauren, ces Vikings ne faisaient pas mine de se diriger vers une plage. Cela n'avait aucun sens.

— Qu'est-ce qu'ils fabriquent ? s'interrogea-t-elle tout haut.

— Ils attendent, répondit une voix ferme et autoritaire près d'elle.

— Qu'est-ce qu'ils attendent ? s'étonna l'une des vigies.

— Je n'en sais rien, avoua le comte. Là est le problème.

Le vent ayant malmené sa natte, Lauren rassembla ses cheveux entre ses mains pour les empêcher de voler en tous sens. Elle ne quittait pas des yeux le bateau viking, presque immobile au large.

— Il n'y a aucun moyen d'aborder ici, murmura-t-elle. Dans cette partie de l'île, la côte n'est constituée que de falaises. Il faudrait être fou pour choisir de passer par là.

— Ils ne sont pas fous, assura Arion. Il n'y a qu'un seul navire. Nous leur avons déjà montré que nous pouvions mettre en échec l'équipage d'un drakkar. Ils doivent attendre des renforts.

— Pourquoi ici ? s'étonna Lauren.

— Cet endroit est presque à mi-distance de Keir et d'Elguire, répondit-il. C'est peut-être pour cela qu'ils l'ont choisi.

— Mais il n'y a aucun moyen de…

Laissant sa phrase en suspens, Lauren échangea un long regard avec les deux vigies.

— Qu'est-ce qu'il y a ? s'impatienta Arion.

— Aucun moyen d'aborder de ce côté-ci, poursuivit-elle. Sauf en passant par les grottes…

— Les grottes ? Quelles grottes ?

— Les falaises, de ce côté-ci, en sont truffées. La plupart sont très petites et inondées à marée haute. Elles sont dangereuses à visiter et il est encore plus hasardeux de s'y amarrer. C'est pourquoi nous concentrons surtout notre surveillance sur les plages.

Lauren alla s'allonger juste au bord de la falaise, de manière à laisser dans le vide sa tête et ses épaules. Il fallait avoir le cœur bien accroché. Il n'y avait plus qu'un vertigineux à-pic entre elle et l'océan qui se jetait rageusement à l'assaut de la falaise. Elle tourna la tête vers la gauche et ne vit qu'un chaos d'écume et de vagues. Aucune trace de quoi que ce soit d'inquiétant. Puis, tournant les yeux de l'autre côté, elle vit qu'Arion était venu s'allonger à côté d'elle, dans la même position. Un vent violent et chargé d'embruns, butant contre la paroi rocheuse, leur fouettait le visage.

— Rafraîchissant… commenta-t-il en lui rendant son regard.

Lauren choisit d'ignorer la plaisanterie et se pencha un peu plus, plaquant ses coudes contre la roche et laissant sa tête pendre dans le vide.

— Faites attention ! prévint sèchement le comte.

Elle sentit sa main, puis son bras, se glisser dans son dos pour la retenir.

— Je ne risque rien, assura-t-elle d'un ton agacé.

Mais elle ne fit rien pour se libérer, préférant scruter l'océan en contrebas. Pour autant qu'elle pouvait en juger, il n'y avait aucun Viking, ni aucun bateau. Il lui fallait cligner des yeux pour lutter contre le miroitement aveuglant du soleil à la surface des vagues. Éblouie, elle reporta son attention au pied de la falaise où venait battre le ressac. L'ombre y était dense et masquait l'accès des grottes.

— Je pense qu'il vaudrait mieux en rester là, intervint Arion en la tirant par le bras. Vous allez finir par tomber !

Elle se libéra et pointa du doigt le pied de la falaise.

— Regardez ! lança-t-elle vivement.

Cette fois, sous le coup de l'enthousiasme, Lauren faillit glisser dans le vide. Heureusement, d'une main ferme, Arion la tira en arrière. Elle l'entendit jurer tout bas et s'exclamer :

— Maintenant ça suffit ! Redressez-vous !

— Pas tout de suite ! protesta-t-elle. Regardez ! Vous ne voyez rien ? Ouvrez donc les yeux...

Lauren désignait obstinément l'ombre traîtresse. De mauvaise grâce, Arion suivit la direction indiquée par son doigt. Il la tenait toujours fermement pour l'empêcher de tomber. Ils étaient si proches l'un de l'autre que ses longs cheveux noirs, jouets du vent, fouettaient leurs deux têtes.

— Cette ombre, là... expliqua-t-elle tout contre son oreille. Sous ce rocher qui ressemble à un phoque... Elle bouge ! Vous ne la voyez pas bouger ? C'est l'extrémité d'une embarcation. Une chaloupe, selon moi, venue tout droit de ce drakkar... Ils ont trouvé le moyen de s'introduire dans les grottes, mais la marée monte et pousse leur barque vers la sortie. C'est pour cela que nous pouvons en voir l'arrière !

Le vent avait forci et poussait à présent de longs gémissements autour d'eux. Il faisait écho au vacarme de l'océan venant battre la falaise. Figé contre elle, les yeux plissés, Arion scrutait l'endroit qu'elle lui indiquait. Une fois que le regard s'était accoutumé à la pénombre, il ne faisait aucun doute que cette tache plus colorée s'agitant au gré du ressac ne pouvait être que ce qu'elle décrivait.

— Vous avez raison : ce doit être une chaloupe, dit-il enfin.

Il tourna la tête pour la regarder. Elle fit de même. Leurs visages étaient si proches qu'ils auraient pu se toucher. Un frisson d'enthousiasme passa entre eux. Les cheveux d'Arion volant au vent se mêlèrent à ceux de Lauren, ébène et cuivre mêlés, créant l'illusion d'un cocon autour d'eux.

Soudain, Lauren sentit l'excitation due à la découverte de la chaloupe céder le pas en elle à une émotion bien plus intime. Elle crut en discerner un écho dans les yeux du comte, puis elle vit son regard descendre jusqu'à sa bouche.

En hâte, elle détourna la tête, brisant l'illusion d'être coupés du monde qui les avait rapprochés. En rampant sur le sol, elle s'éloigna du bord de la falaise et se remit sur pied, secouant la tête pour échapper à cet étrange pouvoir que le regard d'Arion avait sur elle. Quand elle se retourna, il était debout à côté d'elle et leurs hommes les cernaient pour les abreuver de questions.

— Il y a des Vikings là en bas, expliqua-t-elle à la cantonade. Ils ont trouvé l'une des grottes, au pied de cette falaise, et ils y ont amarré leur chaloupe.

— Tu en es sûre ? demanda Rhodric.

— Je l'ai vue moi aussi, intervint le comte.

Sans même le regarder, Rhodric insista :

— Tu en es certaine, lass ?

À côté d'elle, Arion ne réagit à l'affront qu'en se raidissant imperceptiblement. Elle vit ses hommes, en revanche, le prendre moins bien et échanger des regards indignés.

— Nous l'avons vue *tous les deux*, répondit-elle sèchement. Elle se trouve presque en dessous de nous. La poupe dépasse à peine de l'entrée de la grotte. Si la mer n'était pas si agitée à cet endroit, nous ne l'aurions pas vue bouger. Ils ont dû l'y amarrer ce matin très tôt, avant l'arrivée de notre patrouille.

— Nous avons besoin d'aller voir ce qui se passe, ajouta Arion en s'adressant à Lauren.

— Et comment comptes-tu t'y prendre, De Morgan ?

Cette fois, c'était bien à lui que Rhodric s'était adressé, sans faire mystère du mépris qu'il lui inspirait.

Lauren fit un pas pour s'interposer entre le comte et lui. Puisqu'elle se trouvait un peu plus près du sommet de la falaise, ils avaient les yeux quasiment au même niveau. Dans ceux de Rhodric, elle lut un mépris et une colère insurmontables à l'égard de l'Anglais.

— Chercherais-tu à te dresser contre la volonté de ton propre père, Rhodric ? demanda-t-elle d'un ton égal.

— Ne fais pas l'idiote ! murmura-t-il en jetant un rapide coup d'œil au comte derrière elle.

Consciente de l'enjeu, Lauren ne se laissa pas intimider.

— Chercherais-tu à te dresser contre la volonté de ton propre clan ?

— Lauren ! Tu n'as pas idée de ce que ces hommes...

— C'est cela que tu cherches ? l'interrompit-elle en élevant la voix. Veux-tu aller contre la volonté de ton propre laird, mon cousin ? C'est ça que tu veux ?

— Tu sais que Quinn n'approuverait jamais une telle...

— Je sais qu'il l'approuverait ! le coupa-t-elle vivement. Et il me semble le connaître mieux que toi, non ? Je sais également que notre conseil, dépositaire de son autorité, a approuvé ce plan. Alors si tu comptes réellement mettre en péril notre trêve, Rhodric, j'aimerais que tu le fasses en une autre occasion. J'ai d'autres soucis pour le moment. À l'instant même, il y a des Vikings sous nos pieds !

Sans attendre de réponse, elle le contourna et dévala la pente un peu trop vite. Rhodric était l'une des plus fines lames de toute l'île de Shot et nul ne le savait mieux que lui. S'il s'obstinait à mettre le feu aux poudres, il pouvait infliger des dégâts irréparables à cette fragile alliance. Il lui restait à espérer qu'elle s'était fait clairement comprendre et qu'au milieu de sa colère Rhodric n'oublierait pas que pour l'heure les Anglais les surpassaient en nombre.

Elle rejoignit son cheval, l'oreille aux aguets, mais n'entendit rien d'autre derrière elle que le bruit du vent. Aussi finit-elle par jeter par-dessus son épaule un coup d'œil à ce qui se passait dans son dos. Rhodric et le comte s'affrontaient du regard. Ni l'un ni l'autre ne paraissait sur le point de céder. Tous ceux qui les entouraient, Anglais comme Écossais, avaient porté la main à la poignée de leur épée.

Lauren s'abîma en une futile prière intérieure pour que l'irréparable ne soit pas commis.

Enfin, Rhodric fit un pas de côté – juste un seul – pour céder le passage au comte De Morgan. Celui-ci s'exécuta le plus naturellement du monde, en apparence totalement indifférent à la crise qui venait de se dénouer. Quand il l'eut dépassé, Rhodric se retourna et le regarda s'éloigner. Un seul regard à son visage suffisait pour comprendre que, s'il avait cédé cette fois, il comptait prendre sa revanche.

— Nous avons besoin d'aller voir ce qui se passe, répéta Arion à Lauren.

Elle avait à ce point concentré son attention sur Rhodric qu'elle n'avait pas vu le comte la rejoindre.

— Comment pourrait-on s'y prendre ? insista-t-il. Nous sommes ici sur votre partie de l'île...

— Oui.

Lauren porta la main à ses yeux en s'efforçant de rassembler ses idées.

— Les tunnels... suggéra l'un de ses hommes, plus vif qu'elle. Nous pourrions les utiliser pour rejoindre les grottes.

Après avoir porté son regard sur lui, Arion considéra Lauren d'un œil interrogateur.

— Ces grottes forment un vaste réseau assez confus, expliqua-t-elle en élevant la voix pour que tous l'entendent. Et puisqu'elles ne nous sont d'aucune utilité, nous ne les avons pas totalement explorées. Elles sont difficiles d'accès, de tailles très diverses, et la plupart sont inondées à marée haute.

Un soldat anglais demanda :

— Les Vikings pourraient-ils déboucher sur l'île, en les empruntant ?

— Oui, admit Lauren. C'est possible. Les falaises, nous le savons, sont trop hautes et impraticables pour être escaladées. Mais quelques tunnels naturels se sont formés. Ils partent de ce plateau et conduisent dans certaines de ces grottes au pied de la falaise.

— Où débouchent-ils, ces tunnels ? s'enquit Arion.

D'un grand geste du bras, Lauren engloba le paysage.

— Presque partout, répondit-elle. Nous avons découvert nombre de failles qui y conduisent, dans ces prairies. Mais une seule est assez grande pour que l'on puisse s'y introduire.

D'un regard, elle fit le tour des hommes qui l'écoutaient, concentrés.

— Je vais vous y emmener, conclut-elle. Ce n'est pas très loin d'ici.

Le passage se révéla bien plus discret que ce à quoi Arion s'était attendu. Et s'il n'avait pas vu Lauren MacRae s'arrêter près d'une profonde crevasse rocheuse entaillant la terre grasse de la prairie, il serait passé à côté sans y prêter attention.

La ravine servait manifestement de voie d'écoulement aux eaux de ruissellement du plateau, comme la végétation plus luxuriante aux alentours en témoignait. Arion suivit Lauren quand elle se laissa descendre au bas de la paroi escarpée de la tranchée. Quelques guerriers choisis dans les deux camps s'y engagèrent à sa suite. Arion avait déjà envoyé quelques-uns de ses hommes surveiller les alentours. Les deux vigies étaient restées au bord de la falaise avec pour mission de surveiller le drakkar.

Arion ne manqua pas de remarquer avec quelle agilité Lauren parcourait le fond inégal de la ravine. Sur ce sol tapissé de cailloux, ses pas étaient assurés et silencieux. Elle fit halte près de ce qui ressemblait à un simple repli de la roche. Mais quand Arion la rejoignit, il y découvrit l'ouverture ovale emplie de ténèbres opaques et presque menaçantes qui s'y découpait.

— C'est ici... dit-elle, appuyée d'une main contre la paroi rocheuse. Seuls les plus minces pourront suivre et vous ne pourrez emporter ceci...

D'un regard, elle désigna le bouclier d'Arion et poursuivit :

— Le sol est traître et sur presque toute sa longueur le tunnel est trop étroit pour que l'on puisse s'y tenir côte à côte. Il va falloir laisser quelques gardes en faction ici.

— D'accord, approuva Arion.

Il se retourna pour donner ses instructions à celui de ses hommes qui se tenait le plus proche de lui. Lauren fit de même, s'adressant en quelques phrases courtes à l'un des Écossais qui alla rejoindre sa monture et en ramena un épais rouleau de corde. De retour dans la tranchée, il le tendit à Lauren.

— Certains passages sont assez raides, expliqua-t-elle en remarquant le regard intrigué qu'Arion lui lançait. Et cette corde nous aidera à ne pas nous perdre. Nous allons devoir faire vite pour ne pas nous laisser prendre de vitesse par la marée.

Sur ce, elle prit l'une des extrémités de la corde, lui tendit le reste du rouleau et se retourna pour s'engager dans l'ouverture du tunnel.

— Attendez une minute ! protesta-t-il en lui saisissant le poignet avant qu'elle ait pu se fondre dans ces inquiétantes ténèbres. Vous ne pouvez pas passer la première. Désignez quelqu'un d'autre.

— Je suis la plus mince d'entre nous, expliqua-t-elle en le foudroyant du regard. Et je suis celle qui connaît le mieux ces tunnels et les grottes auxquelles ils conduisent. J'ai passé tout un été à les explorer et à en dresser le plan avec mon père. Personne ici n'est plus qualifié que moi pour prendre la tête de cette expédition.

Arion n'aimait pas cela, même si la logique des arguments qu'elle lui opposait était imparable. Formuler de vive voix l'inquiétude qu'il se faisait pour elle n'aurait fait que souligner l'incongruité de celle-ci. À juste titre, elle lui aurait ri au nez. Lui-même était irrité de sa propre réaction. Il n'avait pas conclu cette trêve avec elle pour devenir son ange gardien... Manifestement, elle connaissait les risques qu'elle encourait. Ne lui avait-elle pas jeté à la figure qu'elle connaissait mieux l'île que lui dès leur première rencontre ?

Résigné à la laisser passer devant, Arion n'en objecta pas moins :

— Nous n'avons pas de lumière. Ne nous faudrait-il pas au moins une torche pour nous engager là-dedans ?

Avec un sourire ironique, elle lui répondit :

— Contentez-vous de me suivre.

Cette fois, Lauren s'engouffra sans hésiter dans le tunnel. La corde se tendit. Arion la sentit filer entre ses doigts et resserra machinalement sa prise. Derrière lui, ses hommes attendaient leurs ordres. Il confia le rouleau de corde au plus proche d'entre eux et lui dit :

— Que chacun de vous s'y agrippe l'un après l'autre à quelques mètres de distance et nous suive. Surtout, ne la lâchez sous aucun prétexte !

— Oui, milord, répondit-il.

Sans plus attendre, Arion s'engouffra à son tour dans les ténèbres, utilisant la corde pour se guider. Il fut surpris, une fois dans le noir, de la découvrir si fine et presque usée sous ses doigts. L'absence de lumière était si totale qu'elle en devenait suffocante. Impossible de savoir où se trouvaient les parois du tunnel, sauf quand elles lui effleuraient occasionnellement les épaules.

Il entendait devant lui le bruit du pas agile et sûr de Lauren. Laissant filer la corde sous ses doigts, il pressa l'allure pour la rejoindre. Quand il sentit qu'il était suffisamment proche pour la toucher, il tendit le bras et lui posa la main sur l'épaule.

— Qu'est-ce que vous faites ?

Sa voix flotta jusqu'à lui, étrangement désincarnée mais clairement contrariée.

— Pardonnez-moi, fit-il mine de s'excuser. Je n'y vois goutte.

Sa réponse parut l'amuser au plus haut point, et même lui faire plaisir.

— Vraiment ?

— Vraiment ! Contrairement à vous, je n'ai pas les yeux d'un chat.

Arion entendit un petit rire si feutré qu'il lui aurait échappé s'ils n'avaient été aussi proches l'un de l'autre.

Derrière lui, les hommes qui les suivaient se montraient moins discrets. Apparemment, aucun n'était aussi agile que la femme qui les guidait. Des jurons étouffés et de petits gémissements s'élevaient, qui le faisaient sourire. Au moins, il n'était pas le seul à se retrouver handicapé par l'absence de lumière.

— Nous y sommes presque, assura Lauren.

Même s'il ignorait ce qu'elle entendait par cette phrase énigmatique, Arion fut soulagé de l'apprendre.

Ils marchèrent un moment encore, et il sentit que le tunnel s'inclinait en pente douce. Puisqu'il n'y voyait rien, il ferma les yeux et fit appel à ses autres sens pour mieux appréhender l'endroit dans lequel il évoluait. Un espace resserré, allant en s'étrécissant encore... Une odeur étrange, mêlant des relents de moisissure à la senteur plus tonique du sel marin.

Derrière lui, le vacarme orchestré par ses hommes. Et devant...

La beauté. L'aventure. De douces courbes, une chair ferme. Une épaule parfaitement ronde et chaude sous ses doigts. Le chuchotis régulier du tartan de Lauren frottant contre la tunique d'homme trop grande qu'elle portait dessous. Un pas aérien et confiant. De longues jambes chaussées de bottes en cuir lacées sur le côté, jusqu'aux genoux, peut-être, et au-delà... il aurait suffi de glisser la main pour découvrir entre ses cuisses la chair la plus tendre et la plus crémeuse, sans doute, à laquelle un homme ait jamais pu goûter.

— Halte ! lança Lauren en ralentissant l'allure.

Arion sortit en sursautant de son rêve éveillé. Il répéta le mot d'ordre et l'entendit faire écho derrière lui jusqu'à ce que tous y aient obéi. Après avoir enlevé sans ménagement sa main de son épaule, il l'entendit faire un pas de côté et s'accroupir. Un instant plus tard, le jaillissement d'une étincelle le prit par surprise, révélant brièvement la configuration du tunnel. La seconde suivante, un deuxième éclat vint percuter une torche qui s'enflamma dans un bruit réjouissant de feu qui pétille.

Lauren se redressa, la torche brandie à bout de bras.

— Nous conservons de quoi produire de la lumière si loin de l'entrée pour que personne ne soit tenté de s'amuser à explorer ces tunnels. Nous y avons déjà perdu plusieurs enfants au fil des ans.

Arion manifesta son approbation d'un hochement de tête et explora les lieux du regard.

— À partir d'ici cela devient plus dangereux, poursuivit-elle. La descente va s'accentuer. La marée inonde la plupart des tunnels situés sous ce niveau. Alors soyez prudent : le sol sera glissant.

— Vous vous inquiétez pour moi ? plaisanta Arion.

Elle lui répondit d'un sourire forcé et expliqua :

— Si vous vous blessez en tombant, il faudra faire sortir tous ceux qui vous suivent pour vous évacuer. Je préfère éviter cette perte de temps.

Le tunnel qu'ils avaient suivi jusqu'alors les avait menés dans une petite caverne. Trois passages trouaient les parois, d'aspect aussi peu accueillant les uns que les autres aux yeux d'Arion. Le premier formait un cercle de pierre irrégulier mais il était situé trop en hauteur pour pouvoir être atteint sans aide. Le deuxième s'ouvrait plus bas, mais il avait une forme si singulière qu'il paraissait impossible de s'y glisser. Quant au troisième, il débouchait au ras du sol et semblait si petit qu'on ne devait pouvoir s'y engager qu'en rampant.

Levant haut sa torche, Lauren se baissa et ramassa l'extrémité de la corde qu'elle avait lâchée.

— Par ici, dit-elle.

Elle choisit le passage qui présentait l'aspect le plus singulier et elle dut s'y introduire en se contorsionnant pour s'y glisser sur le côté. L'espace d'un instant, la torche tenue à l'extérieur par la main de Lauren continua de produire dans la caverne sa flamme semblable à la queue d'un dragon ourlée de fumée noire. Puis, l'inquiétante bouche d'ombre parut l'avaler. L'obscurité revint d'un coup. Entre les doigts d'Arion, la corde se remit à filer.

Avec un soupir résigné, il s'approcha du passage et se fit un devoir d'imiter Lauren. Il eut l'impression que la pierre froide se refermait sur lui. Il lui fallut tourner la tête sur le côté et s'aider de ses mains contre la paroi pour progresser. La sensation d'être emmuré vivant était tellement insupportable qu'il dut faire appel à toutes les ressources de sa volonté pour ne pas paniquer. Quelques instants plus tard, les exclamations étouffées qui retentirent à sa suite lui firent comprendre qu'il n'était pas le seul à éprouver quelques difficultés.

Après ce qui lui parut durer une éternité, la gangue de pierre le libéra peu à peu. Mais si le tunnel devenait plus praticable, il paraissait également plonger à présent vers les profondeurs de la terre... Arion respirait plus librement, et bientôt il put se remettre à progresser de front, même s'il lui fallait baisser la tête pour ne pas se cogner au plafond bas. L'odeur de la mer se fit plus présente. Parfois, ses doigts effleuraient sur les parois des bouquets de plantes visqueuses qui ne pouvaient être que des algues.

En chemin, ils passèrent à plusieurs reprises devant d'autres passages que Lauren dédaigna. Seule cette veine tortueuse et interminable qui plongeait toujours plus bas vers les entrailles de la terre l'intéressait. Elle-même devait progresser plus lentement et veiller à ne pas glisser sur le sol inégal et humide.

Arion vit enfin le plafond s'élever progressivement, mais sa joie fut de courte durée. Quelques mètres plus loin, il s'abaissa plus bas encore. Il dut presque se plier en deux pour continuer à avancer. Puisque Lauren avait ralenti l'allure, il se trouvait à présent juste derrière elle et s'attendait à tout instant à la voir chuter dans quelque puits sans fond où il ne pourrait que la suivre.

— Lauren... plaida-t-il d'une voix raisonnable.

Elle fit volte-face et plaqua vivement sa main libre sur sa bouche, lui intimant le silence en fronçant les sourcils. Derrière lui, Arion entendit les hommes surpris par ce brusque arrêt entrer en collision. D'un geste, il leur ordonna de faire halte.

En mimant les mots sur ses lèvres, elle lui enjoignit de rester où il se trouvait et lui tendit la torche.

Arion ne comprit où elle voulait en venir qu'en la voyant enrouler la corde autour de son avant-bras, jusqu'au poignet. Rapidement, il passa la torche à l'homme qui le suivait et s'empara du bras de Lauren en secouant négativement la tête.

Elle tenta de se libérer mais il ne la laissa pas faire. Il n'était pas question qu'elle parte seule en avant-garde. Il était évident qu'elle pensait être arrivée assez près de la grotte où s'étaient amarrés les Vikings pour que la lumière de la torche puisse attirer leur attention, et pour que le moindre bruit puisse leur donner l'alerte. Il lui dit tout bas :

— C'est moi qui prends la tête.

Elle laissa fuser un soupir exaspéré, puis se hissa sur la pointe des pieds et lui murmura elle aussi sa réponse à l'oreille, ce qui fit passer un souffle chaud sur sa peau.

— Vous ne connaissez pas le chemin. Vous ne savez pas où se trouve l'ouverture vers la grotte. Et vous ne pourriez la trouver.

Arion ne relâcha pas pour autant son poignet.

— Soyez raisonnable, De Morgan ! Lâchez-moi tout de suite !

Même prononcées dans un murmure, il y avait dans ces paroles une menace sous-jacente qu'il ne pouvait ignorer.

— Je viens avec vous ! chuchota-t-il en guise de compromis.

Lauren avait une tache de boue sur le menton. Ses cheveux libérés encadraient son visage. La lumière de la torche les transformait en coulées de feu et fonçait ses yeux couleur d'ambre, qui paraissaient plus bruns, et plus sérieux. Même dans ces conditions, même à cet instant, elle était plus belle qu'aucune des femmes qu'il avait jamais rencontrées.

— Alors restez loin derrière moi ! glissa-t-elle dans un souffle à peine audible. Et n'intervenez pas.

Arion lui lâcha le bras. Elle fit demi-tour et s'enfonça aussitôt dans le noir.

Il se retourna et indiqua par gestes à l'homme qui le suivait qu'il devait attendre, ouvrir grandes ses oreilles et laisser filer la corde. D'un hochement de tête, le soldat lui indiqua qu'il avait compris.

Le passage qu'il lui fallut alors emprunter à la suite de Lauren se fit encore plus étroit que ceux par lesquels ils étaient passés. Finalement, Arion dut se résoudre à renoncer à marcher pour ramper dans le noir, ajoutant à ses bleus occasionnés précédemment des écorchures que l'eau salée déposée sur les roches rendait plus cuisantes encore. Au fond de son crâne défilaient les jurons les plus sentis qu'il lui avait été donné d'apprendre jusque-là. Ce tunnel n'en finissait pas.

Toutes les fantaisies qu'il avait pu entretenir à propos de Lauren MacRae s'étaient envolées. Elle ne représentait plus désormais pour lui qu'une source de souffrances, de contusions, de courbatures, de paumes ensanglantées, ainsi que la probabilité de plus en plus certaine d'une mort prématurée. Dans ces ténèbres, il ne pouvait la deviner devant lui, mais il aurait voulu avoir encore la force de la rattraper rien que pour refermer ses mains autour de son joli cou et l'étrangler.

Soudain, les ténèbres lui parurent moins denses. Il battit des paupières pour s'assurer qu'il ne rêvait pas et perçut bientôt une vague source de lumière, au loin, qui ne ressemblait pas à celle d'une torche. Quelques mètres plus loin, la sensation se confirma et une lueur bleutée commença à éclairer les parois du tunnel. Après avoir passé un coude, Arion trouva l'objet de son ressentiment allongé à plat ventre, la tête penchée sur ce qui ressemblait à un grand trou rond dans le sol. La lumière irréelle qui en émanait la transfigurait, lui donnant plus que jamais l'air d'une apparition surnaturelle. Lentement, elle tournait la tête pour couvrir d'un regard panoramique ce qu'elle découvrait au fond de ce mystérieux puits de lumière.

Lauren s'étant arrangée pour s'installer de l'autre côté de l'ouverture pratiquée dans le sol, Arion put la rejoindre et s'allonger face à elle. Un courant d'air frais lui fouetta le visage dès que sa tête se trouva au-dessus du vide sur lequel béait le trou, promesse de la proximité du monde extérieur.

Juste sous eux, à une distance raisonnable, une grotte s'ouvrait sur l'océan. L'eau qui montait avait déjà tout submergé, sauf une petite saillie rocheuse, sur la gauche. Et la chaloupe dont ils avaient repéré la présence du haut de la falaise s'agitait à la surface. Elle semblait si proche qu'Arion était capable de distinguer les lignes sinueuses de l'animal fabuleux sculpté sur sa proue.

Il pencha davantage la tête, afin de pouvoir mieux observer toute l'étendue de la grotte. Puis, il releva les yeux et regarda Lauren. Dans son regard, il lut la consternation qu'elle devait lire à cet instant également dans le sien.

Le bateau était vide, de même que la grotte.

Ce qui signifiait que des Vikings se promenaient en liberté sur l'île de Shot.

6

Lauren tira sur la corde jusqu'à ce qu'elle en récupère une bonne longueur, puis elle rassembla celle-ci en rouleau en se préparant à se laisser glisser dans le trou.

De manière prévisible, le comte De Morgan l'empêcha de le faire en la tirant vers l'arrière.

Coupant court à ses objections, elle argumenta, aussi bas que possible pour que d'éventuels occupants de la grotte ne puissent l'entendre :

— C'est la seule chose à faire ! L'un de nous deux doit descendre et vous êtes trop lourd pour la corde.

Son visage figé en une moue désapprobatrice était penché sur le sien. Il la dominait de toute sa hauteur et peu à peu il l'accula contre la paroi rocheuse.

— Je ne pense pas, répondit-il. Il est temps de battre en retraite.

— Ne soyez pas stupide ! Nous devons nous assurer qu'ils sont partis.

— Imaginez qu'ils ne soient pas partis ! répliqua-t-il. Imaginez qu'ils se soient placés en embuscade, pour attendre le combat, et qu'ils tombent tout à coup sur vous.

Il avait raison, et elle le savait, mais elle n'avait pas tout à fait tort non plus… Elle ne pouvait quitter cet endroit sans être certaine de ce qui s'y tramait.

En fait, *elle aurait préféré* que ce soit réellement une embuscade, ou que les Vikings n'aient pas trouvé le moyen de quitter cette grotte. C'était l'autre hypothèse qui suffisait à l'épouvanter.

— Nous avons besoin de savoir.

Elle avait dit cela en désespoir de cause, ne sachant que répliquer.

Arion plissait les lèvres. Sa bouche ne formait plus qu'une ligne sévère au bas de son visage. Le vert de ses yeux, déjà inhabituel, était rendu plus saisissant encore par la lumière irréelle reflétée par le fond de la grotte.

— Je ne peux pas vous laisser faire ça, dit-il enfin.

— Je dois le faire, insista-t-elle d'une voix plus douce, presque implorante. Vous le savez bien.

Il ne bougea pas d'un pouce, et il laissa son regard inflexible peser sur elle. Au fond de ses yeux, elle vit néanmoins un changement s'amorcer, comme si les paroles qu'elle venait de prononcer avaient éveillé en lui une certaine souffrance qui fissurait son assurance.

— Laissez-moi y aller, Arion...

Cette fois, elle avait prononcé son nom presque dans un murmure.

L'attitude du comte à son égard changea effectivement, mais pas comme elle l'avait imaginé. Sans qu'elle ait rien vu venir, il l'embrassa. Avidement, ses lèvres prirent possession des siennes et ses mains encadrèrent son visage pour le maintenir en place.

Lauren se sentit submergée par la surprise, puis se laissa emporter par le plaisir. Ses lèvres, fermes et douces à la fois, avaient contre les siennes un goût de sel et de détresse. Ses doigts tremblaient contre ses joues. Mue par un désir plus fort que sa volonté, elle passa son bras libre dans son dos et l'attira plus près d'elle.

Arion émit un petit gémissement étranglé. Elle sentit son corps se presser contre le sien avec une ardeur et une urgence nouvelles. C'était un mur de muscles bandés qui la maintenait à présent captive, ce qui lui procurait une curieuse ivresse. Mais ce n'était pas encore assez : de lui, elle voulait davantage encore.

La langue d'Arion caressait les lèvres de Lauren, l'incitant à entrouvrir la bouche. Elle s'exécuta sans résister et elle l'entendit pousser un nouveau gémissement qui ne fit qu'exacerber la folie sensuelle qui s'était emparée d'elle. Le désir la consumait, oblitérant tout ce qui n'était pas lui et le plaisir qu'il était en train de lui donner.

La bouche d'Arion abandonna la sienne pour aller s'aventurer sur ses joues et le long de sa gorge. Elle sentait son souffle brûlant, haletant, lui caresser la peau, ce qui la rendait plus faible encore. Fermant les yeux, elle inclina la tête en arrière pour mieux s'offrir à ses baisers. Entre ses bras, elle se sentait prête à tout – prête pour tout ce qu'il avait à lui offrir.

Elle entendit Arion inspirer longuement, puis il se figea tout contre elle, comme statufié sur place.

Aux yeux de Lauren, le monde reprit alors ses droits d'un coup, dans ses moindres détails – la pierre dure contre son dos, l'humidité qui en suintait et trempait son tartan et sa tunique, les clapotis de l'océan battant les parois de la caverne, la chaleur de ce corps d'homme.

Arion redressa lentement la tête. Elle leva les yeux sur son visage aux traits si masculins, que seule la coulée d'ébène de ses cheveux venait adoucir.

Elle lut sur ses lèvres, plus qu'elle ne l'entendit murmurer :

— Mon Dieu !

D'une main posée contre son épaule, elle le repoussa. Arion se le tint pour dit avec une rapidité presque insultante pour elle. Il recula vivement, lui laissant le champ libre, et s'éloigna de quelques pas. La pénombre masquait son expression, mais Lauren imaginait fort bien ce qu'il ressentait : sa stupeur devait être égale à la sienne.

Librement, de tout son cœur, Lauren MacRae venait d'embrasser l'ennemi héréditaire de son clan. Elle avait adoré cela, et s'il n'avait de lui-même mis un terme à cette étreinte, elle aurait été incapable de s'y soustraire. Son corps plaqué contre le sien l'avait maintenue contre la roche, mais c'était son propre désir qui l'avait poussée à se livrer à lui. C'était Arion qui avait pris l'initiative de ce baiser, mais c'était en elle que s'était éveillé le désir qu'elle éprouvait pour lui – *lui*, le comte De Morgan !

Lauren fixa longuement le puits de lumière bleutée et ondoyante qui se réfléchissait sur les parois du tunnel. Soudain, le besoin d'agir surpassa en elle l'effarement. Elle tendit à Arion le rouleau de corde dont l'extrémité était fixée à son avant-bras. Sans quitter les ténèbres où il s'était réfugié, il s'en saisit.

— Tenez ! lui ordonna-t-elle.

Puis, avant qu'il ait pu répliquer, elle se laissa tomber dans le trou qui s'ouvrait dans le sol, serrant fermement la corde entre ses deux mains. À peine eut-elle le temps de se sentir chuter. La corde, en se tendant brusquement, lui mordit cruellement la chair et lui écartela les bras. Les muscles bandés pour résister à la traction exercée sur son corps, Lauren se mordit la lèvre pour ne pas crier. Suspendue à quelques mètres au-dessus de l'eau, tournoyant en tous sens, elle s'efforça de fouiller la grotte du regard.

Au-dessus d'elle, elle entendit Arion pester tout bas :

— Bon sang ! Cette femme est folle...

Sans lui prêter attention, Lauren constata que la grotte paraissait réellement vide. L'un de ses pieds vint heurter la tête de l'animal fabuleux sculpté dans la proue de la chaloupe, ce qui de nouveau la fit tournoyer sur elle-même.

— Lauren ! s'impatienta Arion.

— Donnez-moi du mou ! ordonna-t-elle.

La corniche rocheuse qui n'était pas encore submergée se trouvait trop loin sur sa gauche pour qu'elle puisse s'y jeter sans prendre davantage d'élan. En s'y risquant avec cette longueur de corde, elle allait atterrir dans les rochers pointus qui en hérissaient le rebord. Sans lui répondre, Arion marmonnait quelque chose qu'elle ne pouvait comprendre. Enfin, la corde bougea mais, au lieu de descendre comme elle l'avait demandé, elle se sentit hissée vers le plafond.

— Non ! protesta-t-elle, levant la tête pour l'apercevoir au-dessus d'elle. Pas encore ! Je dois voir...

— Assez ! l'interrompit-il sans relâcher son effort pour la ramener vers lui. Qu'est-ce qui vous prend, de jouer les héros alors que...

— Arion, j'ai besoin de me projeter sur cette corniche pour voir comment ils ont réussi à sortir d'ici.

Plutôt que de lui répondre, il choisit de l'ignorer. Une fureur noire, autant que l'effort qu'il s'imposait, contractait son visage. Lauren reporta son attention sur la grotte, cherchant une issue que les envahisseurs auraient pu emprunter.

Une série de petits bruits inquiétants, au-dessus d'elle, lui fit relever la tête. Elle vit Arion fixer comme elle avec horreur la corde dont les brins usés, frottés contre le rebord de pierre de l'ouverture, venaient de se briser l'un après l'autre. Sur les quatre tressés par le cordier à l'origine, il n'en restait plus qu'un de solide, mince fil qui la maintenait au-dessus de l'eau – mais pour combien de temps encore ?

Lauren eut l'impression que le temps suspendait son cours. Son regard croisa celui du comte, immobile au-dessus d'elle. Sur son visage, elle vit la frayeur succéder à la stupeur. Puis, dans un ultime claquement sec, le dernier brin de la corde céda.

Lauren fut saisie par le contact de l'eau glacée qui se referma sur elle et lui emplit la bouche et le nez. Puis, elle eut la surprise de toucher le fond rocheux avec les pieds. Instinctivement elle se donna l'élan nécessaire pour remonter. Elle émergea à la surface, pantelante et aveuglée, et dut lutter pour retrouver son souffle. Quand elle parvint à distinguer ce qui l'entourait, elle comprit qu'un fort courant l'entraînait vers l'entrée de la grotte et l'océan au-delà. De toutes ses forces, elle se mit à nager dans la direction opposée. Elle avait vaguement conscience qu'une voix d'homme, au-dessus d'elle, criait son nom, mais seule comptait pour elle l'urgence de se tirer de l'eau.

Elle y parvint enfin, difficilement, en s'accrochant à l'un des rochers pointus qui bordaient la corniche. Quand elle eut suffisamment récupéré son souffle, elle leva la tête et vit le bout de corde qui s'était rompu sous son poids disparaître du trou pratiqué dans le plafond rocheux. Deux pieds bottés le remplacèrent bientôt, suivis par deux longues jambes musclées.

— Non ! cria-t-elle, comprenant ce que le comte s'apprêtait à faire. Ne descendez pas ! Nous n'avons plus le temps ! Nous ne pourrons pas...

Mais Arion venait de se laisser tomber, et le bruit de son plongeon l'empêcha de conclure sa phrase.

Elle eut beau le chercher à la surface de l'eau sombre et agitée, elle ne vit aucun signe de lui. Bien fait ! songea-t-elle dans un sursaut de colère. Ça lui apprendrait à faire quelque chose d'aussi stupide que risquer sa vie pour elle. Mais plus le temps passait sans qu'il réapparaisse, plus l'inquiétude la gagnait. Peut-être s'était-il assommé au fond, ou était-il resté coincé entre deux rochers ?

Finalement, n'y tenant plus, elle prit une ample inspiration et plongea pour se lancer à sa recherche. Sans doute parce que ses yeux s'étaient habitués, il lui était à présent plus facile de distinguer les détails du fond sous-marin. Elle aperçut les formes étranges et fantomatiques des rochers submergés, les algues qui s'y accrochaient, les bancs d'étoiles de mer, de bernaches ou de moules qui colonisaient les parois submergées de la grotte. Mais elle ne découvrit aucune trace d'Arion.

De nouveau, elle dut lutter contre le courant qui l'entraînait vers l'océan. Un vent de panique souffla en elle à l'idée que le comte en avait peut-être déjà été victime. Si ce courant vicieux l'avait emporté hors de la grotte, elle ne pourrait jamais le retrouver et il finirait écrasé par le ressac contre la falaise...

À bout de souffle, il lui fallut remonter pour reprendre sa respiration. Cette fois, elle s'accrocha à la coque du bateau viking. Ses mains et ses pieds étaient si engourdis par le froid qu'elle sentit à peine la texture du bois. Pourtant, elle ne pouvait renoncer. Après avoir empli ses poumons une dernière fois, elle plongea de nouveau.

Elle n'eut pas davantage de succès et allait se résoudre à remonter, la mort dans l'âme, quand elle sentit un bras se crocheter sans douceur sous son cou. Quelqu'un était en train de la remorquer en toute hâte vers la surface et elle ne tenta pas de résister en constatant avec soulagement qu'il s'agissait d'Arion.

Ils jaillirent de l'eau ensemble, le bras d'Arion toujours fermement arrimé au cou de Lauren, qui tentait en vain à deux mains d'en desserrer l'étau. Sans la lâcher, il se mit à nager avec une puissance impressionnante vers la corniche. Un instant plus tard, il y grimpa non sans efforts en la hissant derrière lui. Lauren essayait de trouver des prises là où il n'y en avait pas. Au terme d'une lutte titanesque, ils se retrouvèrent tous deux assis au fond de l'étroite plate-forme, le dos appuyé à la paroi de la grotte. Le niveau montait toujours et déjà l'océan venait lécher leurs pieds.

Lauren se sentait épuisée. Elle n'avait plus aucune sensibilité dans les mains ou dans les pieds. Ses cheveux pendaient de chaque côté de son visage. D'un coup d'œil, elle constata qu'Arion, à côté d'elle, ne valait guère mieux. Mais plus que par son allure pitoyable, elle fut frappée par la colère noire qui assombrissait son regard.

— Qu'est-ce qui cloche, chez vous ? demanda-t-il, laissant libre cours à sa fureur. Vous avez perdu la tête ? Quelle idée stupide de vous laisser...

— Moi ? l'interrompit-elle en manquant s'étrangler d'indignation. Espèce d'Anglais stupide ! Tout allait bien pour moi jusqu'à ce que vous décidiez de me suivre.

— Oh, oui ! C'est l'évidence... Vous n'auriez pu être mieux, suspendue dans le vide à une corde qui n'aurait pu supporter le poids d'un enfant ! Et quel plaisir de se noyer au fond de cette grotte !

— Je ne me noyais pas, espèce d'âne bâté ! Je vous cherchais !

— Vous me cherchiez ! répéta-t-il d'un ton narquois. C'est pour cela que je vous ai retrouvée flottant comme un vieux sac entre deux eaux...

Lauren se redressa d'un bond et lui fit face, les poings serrés. La rage lui faisait oublier le froid et l'épuisement.

— Je n'aurais pas dû perdre mon temps à essayer de vous sauver ! s'écria-t-elle. Vous n'êtes qu'un sans-cœur, un insolent, un…

En une fraction de seconde, il fut debout lui aussi, dégainant son épée d'un air si farouche que la diatribe de Lauren en fut stoppée net. Elle ne vit pas son bras partir et la repousser contre la paroi, qu'elle heurta violemment dans une déflagration de douleur à l'épaule. Puis, bondissant devant elle, il commença à croiser le fer avec un Viking jailli de nulle part, dans un grand bruit d'épées entrechoquées.

Plaquée contre la paroi, Lauren faisait de son mieux pour ne pas gêner Arion. Elle ne portait pas de sabre, aujourd'hui – pas même celui, allégé, que son père lui avait fait fabriquer –, car elle n'aurait jamais cru que les Vikings repasseraient à l'attaque aussi vite. Mais elle n'était pas décidée à laisser Arion faire les frais de son imprévoyance. Sa dague était pointue, affûtée, et elle était passée maître dans son maniement.

Le Viking avait les yeux écarquillés et injectés de sang. Chaque fois que les lames s'entrechoquaient, un cri lui échappait. Arion, lui, combattait en silence, grave et concentré, contrant chacun des coups de son adversaire, le faisant reculer pas à pas pour l'éloigner autant que possible de Lauren. Quant à elle, elle ne quittait pas le Viking des yeux, guettant la moindre opportunité qui s'offrirait à elle d'entrer dans le combat et de venir en aide à Arion.

Le niveau de l'eau ne cessait de monter. Quelques minutes encore et toute la plate-forme rocheuse serait submergée. Ensuite viendrait le tour de la grotte elle-même…

Le Viking donna un brusque coup de pied, prenant Arion au dépourvu et lui faisant mettre un genou en terre. Puis, Lauren le vit brandir son épée pour la plonger dans la poitrine du comte. La dague brandie devant elle, elle bondit en avant, un cri de rage aux lèvres. Mais sans lui laisser le temps d'intervenir, Arion se déporta violemment sur le côté. L'épée de son adversaire alla fendre l'eau et la roche qu'elle recouvrait dans un bruit terrible.

Arion en profita. Avec une rapidité confondante, il bondit dans l'eau, embrochant dans le même mouvement le Viking sur son épée.

Celui-ci baissa la tête pour regarder stupidement la lame qui lui transperçait la poitrine. Des flots de sang jaillirent de la blessure. L'homme redressa la tête pour regarder Lauren. Elle lui rendit son regard, figée sur place, communiant avec lui dans cet ultime moment d'horreur commune. Puis, le Viking fit un pas de côté chancelant et tomba tête la première dans l'eau. Son corps s'abîma peu à peu dans les profondeurs. Une volute écarlate s'éleva un instant à l'endroit où il avait disparu, avant de se dissoudre.

Le cœur au bord des lèvres, Lauren rengaina sa dague.

— Milord ! lança soudain une voix sonore au-dessus d'elle.

Elle prit sur elle pour surmonter son trouble et leva les yeux vers le plafond. Des visages curieux s'alignaient autour de l'ouverture donnant accès aux tunnels. Elle en connaissait certains, d'autres non, mais tous scrutaient attentivement l'intérieur de la grotte.

— Lauren ! cria l'un des Écossais en l'apercevant.
— Je vais bien, assura-t-elle.

Alors, seulement, elle eut la présence d'esprit de chercher autour d'elle où pouvait bien être passé Arion.

L'eau lui arrivait à présent au tibia, mais rien ne venait troubler sa surface et le fort courant se faisait de nouveau sentir.

— Où est le comte ? s'enquit quelqu'un.

Elle secoua la tête avec impuissance en guise de réponse et plissa les yeux pour rechercher sous l'eau toute forme plus sombre qui aurait pu ressembler à un homme.

Lauren entendit qu'au-dessus d'elle on réclamait la corde. En toute hâte, elle redressa la tête et cria, à l'intention de ses hommes autant que des Anglais :

— Ne cherchez pas à descendre ! La corde n'est pas assez solide pour soutenir aucun d'entre vous !

— Elle a raison, approuva une voix forte et familière derrière elle.

Lauren se retourna à temps pour voir le comte se hisser à la force des bras sur la corniche et venir se placer, ruisselant, à côté d'elle. D'un œil de connaisseur, il examina son arme avant de la rengainer.

— Je ne pouvais tout de même pas laisser ce Viking l'emmener avec lui, précisa-t-il.

Reprise par la nausée, Lauren hocha faiblement la tête.

Surpris de retrouver Lauren si pâle et défaite, Arion scruta son visage d'un œil inquiet.

— Avez-vous trouvé les envahisseurs, milord ? voulut savoir un de ses hommes.

— Non, répondit-il. Seulement leur bateau et un pauvre hère esseulé qui devait monter la garde, tapi dans un coin.

— Ils sont sortis de la grotte, annonça Lauren d'une voix trop calme au goût d'Arion. Ils sont peut-être déjà libres d'aller où ils veulent sur Shot. À moins qu'ils ne se trouvent encore dans les tunnels avec vous. Ils s'y sont peut-être perdus... Prenez garde !

Arion s'approcha d'elle et posa ses mains sur ses épaules. Elle tremblait comme une feuille, et il la vit déglutir péniblement, en évitant son regard.

— Dans les tunnels ? s'étonna un Anglais. C'est bien ce qu'elle a dit ?

— Qu'ils y viennent, ils seront bien reçus ! fanfaronna un membre du clan MacRae.

— Nous leur apprendrons à se battre ! renchérit un autre.

— Écoutez-moi ! lança Lauren en forçant la voix pour se faire entendre. Tous ! Il vous faut sortir de là, tout de suite !

Arion vit les hommes interloqués échanger des regards perplexes.

— La marée ! expliqua-t-elle avec véhémence. L'eau arrivera à hauteur de ce trou dans quelques minutes ! Si vous n'avez pas réussi à remonter suffisamment d'ici là, vous vous noierez, et les Vikings avec vous !

Arion pencha la tête sur le côté pour pouvoir scruter son visage plus attentivement.

— Lauren, vous êtes blessée à la tête, dit-il doucement. Regardez...

Du bout des doigts, il caressa son front et les ramena poissé de sang.

— Ils doivent sortir de là tout de suite ! insista-t-elle sans se préoccuper le moins du monde de sa blessure. La marée monte vite. Ils n'ont pas une seconde à perdre.

— Le choc a dû vous embrouiller l'esprit, protesta-t-il d'une voix égale. L'eau monte, certes, mais ils ont encore tout le temps nécessaire pour sortir d'ici.

D'un haussement d'épaules impatient, elle se libéra de sa main et s'emporta :

— Non, ils ne l'ont pas ! Écoutez-moi, et faites fonctionner votre cervelle pour comprendre. La plupart de ces hommes attendent dans des tunnels situés *en dessous* du niveau de cette grotte. Et ils se remplissent très très vite... Ils sont trop nombreux pour pouvoir battre en retraite rapidement. Ils doivent se tirer de là *maintenant* !

Lauren n'attendit pas sa réponse. Levant la tête, elle scruta les visages penchés autour de l'ouverture.

— Rhodric ! cria-t-elle. Tu sais que j'ai raison. Fais-les sortir de là ! Tout de suite !

— Lass... protesta l'intéressé d'une voix dubitative. L'Anglais a raison. Tu es blessée et...

— Ne discute pas ! l'interrompit-elle, les poings serrés. Nous trouverons un autre moyen pour sortir d'ici, le comte et moi. Mais vous mourrez tous si vous ne partez pas tout de suite !

Arion vint se placer derrière elle et renchérit d'une voix ferme :

— Elle a raison. Rebroussez chemin, aussi vite que possible.

— Mais, milord...

— Obéis à mon ordre, soldat ! Partez ! Nous nous retrouverons à la surface.

Quelques murmures approbateurs se firent entendre.

— Et faites attention aux Vikings ! ajouta Lauren. Ils peuvent se trouver n'importe où dans ces tunnels.

Une vague plus puissante la poussa en avant et lui fit perdre l'équilibre. Arion la rattrapa à temps par le coude pour l'empêcher de glisser dans l'eau. Quand ils relevèrent la tête vers l'ouverture dans le plafond, celle-ci était vide.

— Nous... n'avons pas... le choix, expliqua Lauren en claquant des dents. Nous allons devoir... sortir par là.

Son regard s'était posé sur l'entrée de la grotte donnant sur l'océan, qui s'amenuisait de minute en minute. Arion l'entoura de ses bras, autant pour la soutenir que dans le vain espoir de la réchauffer.

— Vous êtes gelée, constata-t-il d'un ton lugubre. Et vous n'avez pas cessé de saigner.

L'eau leur arrivait à la taille. Ils devaient fournir de gros efforts pour garder leur équilibre et lutter contre le courant qui cherchait à les entraîner.

D'un coup de menton, Lauren désigna la chaloupe viking et ajouta d'une voix tremblante :

— C'est notre... seule chance. Nous devons... sortir là-dedans.

Arion ne prit pas la peine de discuter avec elle. Il n'aurait servi à rien de lui expliquer que jamais il ne leur serait possible de faire passer l'embarcation par l'ouverture de la grotte qui se résumait à présent à une demi-lune. Elle avait le visage livide, les lèvres bleues. Elle gardait les dents si serrées pour les empêcher de claquer que tous les muscles de sa mâchoire étaient tendus comme des cordes. Au moins, songea-t-il, dans ce bateau elle serait au sec, et il lui serait peut-être possible de le manœuvrer de telle sorte qu'il se rapproche de l'ouverture donnant accès aux tunnels.

Mais à supposer qu'ils puissent regagner ceux-ci, aurait-elle la force de s'y déplacer suffisamment vite pour échapper à l'inondation des boyaux souterrains ? Rien n'était moins sûr. L'ambre de ses yeux était devenu vitreux, et sa blessure au front laissait couler un filet de sang. Après l'avoir connue si forte et déterminée, c'était un choc pour lui de la découvrir si faible et impuissante. Un choc qui le poussait à se surpasser.

Au bout de son amarre tendue à craquer, la chaloupe s'agitait à la surface de l'eau comme un bouchon malmené. Ils ne pourraient la rejoindre qu'à la nage, mais Arion savait que cela non plus Lauren ne pourrait le faire. Aussi plaça-t-il un bras sous son menton et l'entraîna-t-il en nageant sur le dos.

Le bateau n'était pas très éloigné, mais la mer de plus en plus agitée lui compliqua la tâche. Sa première tentative pour agripper d'une main le rebord de la chaloupe échoua. La seconde fut la bonne, mais une fois qu'il serra fermement le bois entre ses doigts, il ne fut pas tiré d'affaire pour autant.

— Lauren... gémit-il, les dents serrées. J'ai besoin de votre aide.

Il la sentit s'agiter contre lui et poursuivit :

— J'ai besoin que vous leviez les bras pour tenter de vous accrocher à cette chaloupe. Vous pouvez faire ça ?

Elle ne lui répondit pas mais se retourna pour tenter de faire ce qu'il lui demandait. Du mieux qu'il put, il tenta de l'aider en la soulevant par les hanches. En s'aidant de la vague suivante, ils jaillirent de l'eau et Arion vit les deux mains pâles de Lauren s'aplatir contre le bois sombre de la coque, à quelques centimètres seulement du rebord.

Sans se laisser décourager, il se laissa retomber dans l'eau et couler avec elle sur quelques mètres pour rejaillir une nouvelle fois avec plus d'élan encore. De toutes ses forces, il la propulsa vers le haut et retomba dans l'eau avant d'avoir pu vérifier si ses efforts avaient abouti. Quand il refit surface, il vit les deux jambes de Lauren achever de disparaître dans la coque de la chaloupe.

Elle y était donc parvenue, songea-t-il avec autant de soulagement que de lassitude. Mais lui ? Y parviendrait-il à présent ? Il commençait à fatiguer, ce qui n'était pas bon signe, et le froid engourdissait ses membres au point qu'il ne les sentait plus. Il lui fallait faire vite, comprit-il. Sans quoi il n'aurait même plus le courage d'effectuer la moindre tentative et il abandonnerait la partie.

Par un effort surhumain, il parvint à s'agripper au rebord en s'aidant d'une vague. Il lui fallut attendre la suivante pour parvenir difficilement à hisser une jambe et un bras à l'intérieur. Alors, il prit conscience que deux mains faibles tiraient sur ses vêtements, dans une tentative inefficace pour le hisser complètement. Ce fut ce qui lui donna le courage d'achever ce qu'il avait commencé. Sans trop savoir comment, il roula sur le fond, où il demeura un long moment sans bouger, à tenter de récupérer son souffle.

Pendant un moment, il ne vit que les reliefs inquiétants du plafond rocheux, qui paraissaient de manière étrange venir à lui. Puis, quelque chose d'autre passa dans son champ de vision : Lauren, pâle et ensanglantée, ses longs cheveux roux emmêlés sur son visage.

Arion trouva la force de se redresser pour évaluer la situation.

Ils avaient réussi à grimper tous deux dans la chaloupe, qui disposait d'une paire de rames tirées hors de l'eau. L'amarre était la seule chose qui les maintenait encore à peu près en place dans le chaos liquide qui les entourait. Au fond de la grotte, l'ouverture sur l'océan, leur seule issue possible, était désormais bien trop petite pour les laisser passer. Quant à Lauren, recroquevillée et frissonnante, elle le dévisageait avec crainte et espoir.

Ce regard auquel il ne pouvait demeurer insensible acheva de décider Arion. Après s'être remis sur pied, il se dirigea vers l'avant de l'embarcation, dégaina son épée et trancha l'amarre d'un seul coup bien appliqué. La chaloupe fit un bond en avant, puis se retrouva bien vite drossée par le courant contre les rochers avec un craquement inquiétant.

En hâte, Arion alla s'asseoir sur le banc de nage, tout en faisant signe à Lauren de s'aplatir contre le fond.

— Restez allongée et ne bougez pas ! lui ordonna-t-il en s'emparant des rames.

Naturellement, elle n'en fit qu'à sa tête. Au lieu de s'allonger sagement au fond – la meilleure chose à faire – elle décide de s'agenouiller derrière lui, les yeux rivés sur l'étroit passage par lequel il leur fallait à présent se faufiler pour espérer survivre. Arion ne prit pas le temps d'essayer de la raisonner, trop occupé qu'il était à essayer de diriger l'esquif. Il avait toutes les peines du monde à s'en rendre maître, car celui-ci n'était pas fait pour des conditions aussi extrêmes et ses mains engourdies l'empêchaient de manœuvrer efficacement les rames.

— Baissez-vous ! cria soudain Lauren.

Comme Arion ne s'exécutait pas suffisamment vite à son goût, elle le repoussa sur le côté à coups de poing, lui faisant lâcher une rame. Grâce à elle, il venait d'éviter de prendre de plein fouet un rocher de la taille d'un homme tombant du plafond. Celui-ci ne fit que lui frôler le torse mais lui érafla la cuisse au point de déchirer sa tunique et ses chausses, avant d'arracher un long gémissement au bois du banc de nage. Pourtant, le bateau continuait d'avancer.

— Il y en a d'autres ! prévint Lauren. Ne vous redressez pas !

Arion risqua un coup d'œil et constata qu'elle avait raison. S'il reprenait sa place pour ramer, cela pouvait lui être fatal. Ils flottaient à présent si près du plafond que chaque aspérité de celui-ci devenait une menace pour eux. Un autre gros rocher se présenta, auquel Arion dut échapper en se plaquant plus bas sur le fond. Heureusement, le courant les entraînait vers là où ils devaient aller : hors de cette grotte. Si jamais ils parvenaient à ne pas finir broyés par les rochers...

— Allez, allez, entendit-il Lauren murmurer.

Il tourna la tête et la vit allongée de l'autre côté du banc de nage, tenant la rame qu'il avait lâchée. Le regard fixe, elle ne quittait pas des yeux l'ouverture lumineuse qui se rapprochait d'eux, marmonnant tout bas des choses qu'elle seule pouvait comprendre.

Un autre rocher se présenta devant eux, bien plus gros que les précédents – suffisamment en tout cas pour masquer la lumière. Cette fois, Arion décida d'agir et de s'en servir pour améliorer leurs chances de passer. Allongé sur le fond, il prit appui de toutes ses forces contre le rocher quand celui-ci passa au-dessus de lui, de manière à baisser le niveau de leur embarcation et à lui donner de l'élan. Un instant plus tard, il eut le ciel immense au-dessus de lui et la lumière du soleil pour l'aveugler.

Il aurait voulu crier de joie, célébrer leur victoire en bondissant vers ce ciel qu'ils avaient failli ne jamais revoir. Mais, soudain, la chaloupe s'immobilisa dans un craquement sinistre tandis qu'un paquet de mer glacé lui fouettait le visage.

— Que se passe-t-il ? cria-t-il en repoussant les cheveux trempés qui lui masquaient les yeux.

Le cœur empli d'une terrible appréhension, il se retourna et constata que Lauren n'était plus là. Ou plus exactement, d'elle il ne restait que deux jambes bottées. Le reste de son corps disparaissait du sommet de l'ouverture de la grotte qui avait empêché la proue de leur embarcation de passer. L'espace d'un terrible instant, il crut qu'elle avait été écrasée. Puis, il vit ses jambes gigoter et peu à peu disparaître sous la roche.

La proue surélevée de la chaloupe n'avait pu passer l'obstacle et restait coincée dans la grotte, retenant le bateau prisonnier. L'océan, lui, n'avait pas cessé pour autant ses assauts. Encore quelques minutes, et c'était le naufrage assuré.

Arion s'aplatit de nouveau contre le fond et se faufila sous la roche comme Lauren l'avait fait. Il la découvrit chevauchant l'un des côtés de la proue, qu'elle serrait entre ses jambes, tout en attaquant à coups de dague le cou de la bête fabuleuse sculptée dans le bois. Elle lui occasionnait moins de dommage que la roche elle-même, qui martyrisait la structure à chaque coup de boutoir de l'océan.

Comme par un pied de nez du destin, c'était cette proue typiquement viking, cet animal hideux et grimaçant au cou épais, qui les condamnait à une mort certaine. Il ne leur restait que très peu d'espoir de pouvoir s'en tirer. Bientôt, la marée briserait le navire dans sa hâte à envahir la caverne. Mais si la proue entière finissait par céder, cela ne vaudrait pas mieux pour eux car l'embarcation sombrerait instantanément.

Arion adopta une position symétrique à celle de Lauren, de l'autre côté de la proue.

— Retournez à l'avant ! cria-t-il en dégainant son épée.

Elle le contempla sans rien dire un instant, puis se faufila de nouveau de l'autre côté de la paroi rocheuse, disparaissant à sa vue.

Arion leva haut son épée, autant que le lui permettaient l'espace confiné et sa posture précaire, et l'abattit avec force à la base de la figure de proue. Encore et encore, il renouvela ses coups, variant l'angle d'attaque. D'épais copeaux de bois commencèrent à voler autour de lui. Lentement – trop lentement à son goût –, la tête de la bête fabuleuse s'inclina, cédant sous ses coups d'épée autant que sous la pression exercée par l'obstacle de pierre qui la retenait. Aveuglé par l'eau de mer qui lui emplissait les yeux, Arion n'en continuait pas moins de frapper avec rage, comme s'il s'était agi pour lui de venir à bout d'un véritable monstre. Il ne s'arrêta que lorsqu'il fut certain que la tête allait tomber. Le bois céda dans un grincement sinistre, étrangement semblable à celui d'un monstre à l'agonie.

Arion plongea dans l'eau à l'instant où la figure de proue s'y engloutissait elle aussi. La chaloupe, libérée, fit un brusque bond en avant, hors de la grotte et vers le vaste océan.

Malmené par les flots, Arion parvint pourtant à rengainer son épée avant de prendre une ample inspiration et de plonger à nouveau pour se mettre à nager sous l'eau. Coûte que coûte, il lui fallait rattraper l'embarcation dans laquelle Lauren se trouvait seule à présent. Elle allait le rechercher, l'attendre, s'inquiéter pour lui. Il lui fallait faire surface pour la rejoindre, la rassurer. Il ne pouvait se laisser envahir par la lourdeur apaisante qui l'entraînait vers le fond, le froid, les ténèbres, les abîmes sans fin…

Bien plus que de regagner la surface, il eut l'impression que la surface, cette tache de lumière vive au-dessus de lui, l'attirait. Quand il émergea, la chaloupe était là, non loin de lui, avec Lauren à son bord. À moitié dressée dans l'embarcation, elle scrutait les alentours, le visage ravagé par l'angoisse.

Arion trouva la force de nager jusqu'à elle. Elle l'aida à monter à bord. Et même s'il était proche de l'épuisement, il parvint en un ultime réflexe à vérifier que plus rien ne menaçait leur sécurité. Les falaises, déjà, s'éloignaient. L'ouverture menant à la grotte n'était plus qu'une mince fente dans le rocher qui bientôt disparut elle aussi. Parallèlement à la côte, un courant fort entraînait leur embarcation en direction d'une plage, dont ils distinguaient déjà la tache pâle. À l'horizon, le drakkar n'était plus qu'un point noir qui disparaissait peu à peu. Apparemment, les Vikings avaient décidé d'abandonner à son sort l'équipage de la chaloupe.

Arion s'allongea sur le fond recouvert d'eau du bateau. Un bienfaisant soleil automnal dardait ses rayons sur lui et chassait progressivement le froid qui l'avait envahi et auquel il avait failli céder. Allongée sur le flanc à côté de lui, Lauren avait posé une main sur sa poitrine. Son souffle régulier au creux de son oreille le rassurait. À part quelques nuages laineux qui dérivaient lentement, le ciel semblait d'une pureté et d'une douceur infinies.

Arion tourna la tête sur le côté et ce qu'il découvrit suffit à chasser tout sentiment de quiétude. Alarmé, il se redressa sur son séant. Lauren paraissait évanouie dans une position inconfortable. Elle gardait les yeux clos et ses lèvres, moins bleues que dans la grotte, n'en demeuraient pas moins bien trop pâles. En fait, une pâleur mortelle émanait de tout son être. Penché sur elle, Arion déboucla la broche en argent qui retenait son tartan détrempé à l'épaule. Puis, il entreprit d'en défaire les plis emmêlés autour d'elle et de l'en débarrasser. Le lourd drap de laine tomba au fond de la barque dans un bruit humide. L'eau de mer avait fondu toutes ses couleurs en une seule, indistincte.

Arion souleva délicatement Lauren dans ses bras et la serra contre lui

Elle n'ouvrit pas les yeux mais laissa échapper un long murmure indistinct. Il n'aurait su dire si c'était pour se plaindre ou pour le rassurer. Sa tête inclinée reposait contre sa poitrine. Sur la courbe émouvante de son épaule, ses cheveux commençaient à sécher et à flotter au vent. Arion caressa son bras. Sous ses doigts, sa tunique trempée suscita de nouvelles alarmes en lui. Comment pourrait-elle se réchauffer avec ce linge humide sur le dos ? Il lui fallait absolument l'en débarrasser. Mais alors qu'il s'apprêtait à s'y employer, elle s'agita contre lui et tenta de repousser ses mains.

— Lauren... Il faut que vous vous réchauffiez, protesta-t-il. J'essaie seulement de vous aider.

— Non ! répondit-elle fermement.

Mais elle ne fit rien pour quitter ses bras.

Arion laissa échapper un soupir. À peine consciente, elle s'arrangeait encore pour s'opposer à lui...

— Votre tunique est trempée ! insista-t-il.

Un petit rire amusé monta des lèvres de Lauren.

— La vôtre ne vaut pas mieux...

Arion ne put s'empêcher de sourire. Elle n'avait pas tort.

Renonçant à lui ôter sa tunique, il s'adossa au banc de nage et se détendit, sans la lâcher pour autant. Il se sentait étonnamment bien, tout à coup, après l'enfer qu'en sa compagnie il venait de traverser. Oui... En fait, il se sentait même plus que bien. Avec Lauren, saine et sauve, serrée tout contre lui, il se sentait... merveilleusement vivant.

Un soleil plein de promesses brillait au-dessus d'eux. Un vent vivifiant charriait des senteurs marines et portait jusqu'à ses narines l'odeur de... Lauren.

Arion baissa les yeux sur elle et vit qu'elle le regardait. Un peu de couleur revenait enfin à ses lèvres et sur ses joues. En séchant, ses cils avaient formé de petites piques qui encadraient ses yeux de manière presque comique. Une mèche de ses cheveux vint caresser le visage d'Arion. Cela n'avait rien d'une invite, mais son corps répondit sur-le-champ comme si c'en était une, et le désir le submergea.

Lauren écarquilla les yeux, comme si elle avait deviné l'effet qu'elle produisait sur lui, ou comme si elle se consumait soudain elle aussi à la flamme de ce désir trop grand pour lui. Il la sentit s'amollir contre son corps et ses cheveux caressèrent son bras nu. Il avait l'impression de revivre cet instant de folie, dans la galerie, lorsqu'il l'avait embrassée sur un coup de tête et qu'elle lui avait répondu avec passion. Comme le souvenir de ce moment unique était doux, parfait !

Arion baissa lentement la tête. Leurs souffles se mêlèrent. Mais alors qu'il était sur le point de l'embrasser, Lauren détourna la tête et se redressa vivement pour lui échapper. Il ne tenta pas de la retenir. Manifestement, cet instant parfait dont il gardait un souvenir si vivace ne l'avait été que pour lui.

Elle s'éloigna autant qu'il lui était possible, refusant de croiser son regard. Au moins, songea-t-il avec amertume, il était parvenu à la ramener à la vie, s'il fallait en croire le rouge qui lui était monté aux joues.

— Lauren... plaida-t-il d'une voix suppliante.

Sans le regarder, elle se contenta de secouer la tête, la main posée sur sa bouche pour retenir les paroles qui auraient pu lui échapper. Les yeux plissés, elle scrutait la côte. Au bout d'un moment, elle pointa le doigt et cria, très excitée :

— Regardez !

Arion découvrit une minuscule plage sur laquelle était en train de se rassembler une petite foule. La plupart des gens criaient et agitaient les bras pour attirer leur attention. De loin, il reconnut le bleu et le vert du tartan des MacRae sur nombre d'entre eux. Et sur les autres, les tuniques de couleurs sombres et les hauberts de ses hommes.

Arion reporta son attention sur Lauren. Cette fois elle ne détourna pas le regard. Elle avait réussi à se reprendre. Son visage n'exprimait pas la moindre émotion mais, au fond de ses yeux, il lut la honte et le désir qui la bouleversaient.

Sans un mot, Arion alla prendre place sur le banc de nage et se mit à ramer pour ramener la chaloupe jusqu'à la terre ferme.

7

Lauren surprit quelques femmes occupées à médire d'elle dans l'atelier de tissage. Bien que trop éloignée pour saisir le détail de leur conversation, elle aurait difficilement pu l'ignorer. En se lançant à la recherche d'Hannah, elle était passée par hasard devant le confortable bâtiment de pierre et de chaume dans lequel on réalisait ces étoffes de laine pour lesquels les MacRae étaient réputés.

Lauren, elle aussi, savait tisser. Être la fille du laird ne lui avait pas épargné d'apprendre toutes les étapes du processus que les femmes du clan se passaient de génération en génération. Elle était donc à même de produire une couverture correcte, pour peu que le motif n'en soit pas trop compliqué. Une fois ces connaissances de base acquises, il avait été convenu que ses dons seraient mieux employés ailleurs.

Cela n'avait pas été pour lui déplaire. En fait, elle avait même connu un certain soulagement, à l'âge de douze ans, lorsque son père et Hannah s'étaient mis d'accord pour la dispenser de tissage. Libérée de cette tâche laborieuse, elle avait été ravie de pouvoir se concentrer sur toutes ces choses qu'en tant que future femme de laird elle était censée apprendre : superviser la vie d'un château, les repas, le ménage, l'approvisionnement et les comptes. Tout ce qu'elle avait besoin de connaître pour devenir la femme de Payton Murdoch. Et puisque Lauren tenait avant tout à faire la fierté de sa famille et de son clan, elle avait mis tout son cœur dans cet apprentissage. Mais même à cet âge, il n'y avait qu'une chose qu'elle avait réellement souhaitée.

Lauren aurait voulu être un garçon.

En fait, plutôt que *d'être* un garçon, elle aurait aimé pouvoir *vivre* comme ces garçons qu'elle avait vus grandir autour d'elle. Elle enviait leurs jeux bruyants, leurs courses endiablées dans les bois, leur liberté de ton, d'allure et de pensée. En tant que fille de Hebron, elle était consciente d'avoir bénéficié de privilèges qui lui avaient permis de vivre un tas d'expériences d'ordinaire réservées aux garçons. Elle s'était jointe à leurs parties de chasse. Elle avait pris l'habitude d'exprimer franchement sa pensée – un peu trop au goût de certains. Elle ne regrettait aucunement cette vie cachée et protégée que menaient les femmes de son clan, cantonnées à toutes ces tâches indispensables mais si peu appréciées.

En conséquence, Lauren s'était toujours sentie écartelée entre celle qu'elle était censée être pour satisfaire à une certaine tradition, et celle qu'elle aurait souhaité devenir pour se réaliser elle-même pleinement. Oui, elle était bien la promise de Murdoch, et elle ferait de son mieux pour remplir en tant que femme ses devoirs à son égard. Mais elle était également Lauren MacRae, la rebelle de son clan, dont l'âme avait soif de liberté, d'indépendance et d'aventure.

Elle était consciente qu'une de ces deux personnalités aurait finalement à s'effacer pour que l'autre puisse survivre. Et elle savait, tout au fond d'elle-même, que la promise de Murdoch ne pourrait que l'emporter. Agir autrement constituerait une insulte à la mémoire de son père, et jamais Lauren ne se résoudrait à un tel crime.

Après avoir été captive puis libérée par les De Morgan, son père s'était empressé d'arranger ses fiançailles avec le fils d'un de ses plus anciens et fidèles alliés. Le clan Murdoch occupait une bonne partie de la bande côtière située face à l'île de Shot. Au fil du temps, une poignée de mariages avaient été conclus entre les deux familles, mais aucun n'avait eu l'importance que revêtirait celui de la fille du laird d'un des deux clans avec le laird de l'autre.

Lauren le comprenait parfaitement. Son père et Hannah s'étaient chargés de lui faire comprendre l'importance de cette union. On lui avait fait valoir à quel point ce mariage serait bénéfique pour le clan. On lui avait expliqué maintes fois combien cela sécuriserait la position de l'île de Shot, en dressant entre les Anglais et les MacRae une solide armée écossaise alliée. Lauren avait fait confiance à son père comme à tous ceux qui aspiraient à cette alliance. Cela ne l'empêchait pas de se demander parfois avec appréhension ce que l'avenir lui réservait.

— Tu t'habitueras, lui disait autrefois son père avec un sourire triste. Tu es pleine de ressources et très courageuse, ma petite Lauren. Tu apprendras à aimer ton nouveau foyer. Et ton mari.

Jamais Lauren ne s'était permis d'exprimer sa plus grande crainte : celle qu'en dépit de tout son courage et de toute sa volonté elle ne puisse survivre loin de son île. Elle savait comment se comporter pour donner le change, pour effacer ces rides d'inquiétude qui creusaient parfois le visage de son père et qu'il ne parvenait pas à lui cacher.

Aussi fut-elle totalement prise au dépourvu, ce matin-là, d'entendre les tisseuses se répéter son nom d'un air indigné, et de surprendre les commérages qui allaient bon train.

Troublée, Lauren s'arrêta avant de passer devant la porte restée ouverte et s'accroupit pour faire mine d'ôter un caillou de sa chaussure.

— ... Murdoch arrivera bientôt, affirmait une voix courroucée. Et que découvrira-t-il ?

— Que Lauren est aussi sauvage et indomptable que le vent, maugréa une autre femme. Une sauvageonne : voilà ce qu'il aura en guise de promise !

— Bah... tempéra une troisième. Elle a hérité du goût de sa mère pour la vie, voilà tout.

— Mais Payton Murdoch, lui, n'en sait rien et n'en a rien à faire ! Il faudrait faire quelque chose avant qu'il soit trop tard. Voilà ce que je dis...

Cette réplique souleva quelques rires gênés.

— Et que veux-tu faire, Michal ? L'attacher à un poteau, pour l'empêcher de vagabonder dans toute l'île ?

— Ce n'est pas convenable ! insista Michal. Ce n'est pas son rôle d'aller patrouiller avec les hommes. Elle devrait rester ici, à Keir, à s'occuper du château avec nous. Elle devrait être en train de préparer son mariage.

Lauren reconnaissait chaque voix. Elle avait grandi en compagnie de ces jeunes femmes. Leurs mères s'étaient occupées d'elle. Elle n'aurait pas dû écouter ainsi aux portes. Rien de bon ne pouvait en sortir. Pourtant, elle se sentait incapable de bouger.

— Michal a raison ! approuva Clara, mère de trois enfants. Lauren ferait mieux de rester ici. Nous avons déjà suffisamment à faire pour préparer ses noces, et cela ne nous aide en rien qu'elle soit sans arrêt par monts et par vaux avec les hommes. Vous avez entendu ce qui lui est arrivé, la semaine dernière ? Comment elle est tombée dans cette grotte et comment elle a failli perdre la tête en se cognant ? C'est cet Anglais qui l'a sauvée. Et quelle réputation cela nous donne-t-il, je vous le demande ?

— La réputation d'un clan incapable d'offrir une promise digne de ce nom... conclut amèrement Michal.

— Vous faites un problème de trois fois rien ! protesta une voix qui ne s'était pas encore exprimée. Laissez-la tranquille. Elle n'en a toujours fait qu'à sa tête.

Lauren se consola légèrement en reconnaissant Vanora, l'une des anciennes amies de sa mère.

— Cela peut se comprendre pour une enfant ! tempêta Michal. Mais elle est une femme, à présent. Une femme promise ! Si elle ne change pas, la honte rejaillira sur nous tous.

Vanora protesta d'un claquement de langue agacé.

— Lauren ne fera jamais rien qui nous fasse honte, assura-t-elle.

— Comment le sais-tu ? s'enquit quelqu'un d'un ton provocant.

Un instant déstabilisée, Vanora répondit :

— Je le sais... je le sais parce que c'est Lauren, et qu'elle ne ferait jamais ça, voilà tout !

Lauren se redressa et tourna les talons, préférant rebrousser chemin plutôt que d'avoir à passer devant la porte ouverte de l'atelier de tissage.

Six jours s'étaient écoulés depuis le fiasco de la grotte. Elle avait recommencé à patrouiller trois jours plus tôt seulement. Trois jours de repos : elle était arrivée à se convaincre qu'elle n'avait pas besoin de davantage pour se remettre d'avoir failli se noyer, de s'être presque démis l'épaule et fendu le front, et d'avoir vu ce Viking embroché comme un poulet sur l'épée d'Arion.

Ces trois jours de repos avaient pourtant failli la rendre folle... Le premier, certes, lui avait été nécessaire et elle l'avait passé principalement à dormir. Le deuxième n'avait été qu'un luxe superflu. Son épaule avait quasiment cessé de lui faire mal et elle avait tellement dormi qu'elle avait eu du mal à trouver le sommeil. Pourtant, elle avait attendu. Pour se prouver qu'elle n'avait pas besoin de revoir tout de suite Arion De Morgan, et qu'elle n'avait même pas besoin de le revoir du tout.

La chasse aux Vikings de la chaloupe s'était révélée infructueuse. L'opinion générale était qu'ils avaient réussi à se noyer dans les grottes et les galeries des falaises sans parvenir à regagner la surface. Une sorte de morne résignation s'était abattue sur le clan tandis que s'éloignaient les inquiétudes de ces derniers temps et que la vie reprenait ses droits à l'abri de l'inviolable place forte.

Aussi Lauren s'était-elle résignée à passer le troisième jour à Keir. Elle y avait suffisamment de tâches à accomplir pour se maintenir occupée. Il y avait chaque matin les réunions du conseil, auxquelles elle s'obstinait à assister dans le fauteuil de son père, ce qui lui valait désormais quelques regards désapprobateurs. Il y avait les blessés à qui rendre visite et à encourager. Il y avait le cousin Quinn, toujours inconscient dans le lit de Hebron MacRae, même si les guérisseurs prenaient pour un signe encourageant le fait qu'il commençait à accepter d'avaler quelques gorgées de potage. Lui, au moins, n'avait aucune conscience des changements étranges et inquiétants survenus depuis la terrible bataille au cours de laquelle il était tombé.

Il y avait également à surveiller les repas, le ménage, l'approvisionnement et les comptes. Elle accomplissait chacune de ces tâches avec le plus grand sérieux, en y consacrant toute son attention même si cela l'ennuyait à mourir.

Et plus important que tout le reste encore, il y avait ce mariage à préparer.

L'échéance approchait. Loin de la réjouir, cette perspective assombrissait inexplicablement son horizon. Elle aurait dû être heureuse, impatiente. Elle aurait dû être fière et excitée d'épouser le laird des Murdoch, de rejoindre cette grande famille. Elle aurait dû... mais Arion De Morgan l'obsédait. Il s'attardait dans sa mémoire tel un fantôme indésirable, ne lui laissant aucun répit, même dans ses rêves.

Lauren voyait ses yeux dans le vert des forêts, ses cheveux sur l'aile du corbeau. Elle entendait son rire subtil dans le murmure de l'océan. Son sourire était semblable à l'éclat du soleil : un vif éclat pour écarter les ténèbres qui l'entouraient.

La nuit, quand elle se retournait dans son lit – ce lit dans lequel il avait dormi –, c'était pire encore. Elle avait beau fermer les yeux, tirer les couvertures sur sa tête, rien ne la délivrait du souvenir de ce baiser qui la tourmentait, terrible et honteux secret, et qui ravivait sans cesse le désir qu'elle éprouvait pour lui.

Ce n'était pas seulement indécent : c'était une calamité. Lauren savait qu'il lui fallait à tout prix se défaire de cet indésirable attrait. Même si en tant qu'alliés provisoires leur union semblait porter ses fruits, le comte De Morgan redeviendrait son pire ennemi bien assez tôt. Par la force des choses, elle se détournerait de lui pour s'offrir aux bras d'un autre homme – un laird qu'elle n'avait jamais rencontré, un fidèle allié qui renforcerait la puissance de son clan.

Elle ne pouvait se permettre le plaisir malsain de baisers volés. Il lui était impossible de risquer son avenir et celui des siens à cause de telles gamineries. Lauren avait des responsabilités. Et elle était prête à tous les sacrifices pour les assumer.

Elle avait donc attendu trois longs jours avant de chercher à le revoir, drapée dans son tartan et résignée à faire ce que lui dictait son sens du devoir. Et quand au quatrième jour elle avait repris sa place au sein des patrouilles, elle avait connu la déception de constater son absence dans les rangs des Anglais.

Le comte était en visite sur la côte la plus éloignée de l'île, lui avait appris l'un des siens quand elle s'était risquée d'un air dégagé à prendre de ses nouvelles. Il avait délégué à sa place un homme très calme du nom de Fuller. Lauren avait donc mené la patrouille à ses côtés, sans jamais mentionner Arion. Fuller avait fini par aborder le sujet en lui annonçant de manière nonchalante que le comte l'avait chargé de lui transmettre ses respectueuses salutations et ses souhaits de complet rétablissement. Avec la même nonchalance, elle l'avait prié de l'en remercier.

Aucun autre drakkar n'avait été aperçu. Personne n'avait signalé de Vikings écumant librement l'île de Shot. D'une manière ou d'une autre, cette absence d'ennemis à combattre sapait le moral des hommes qui participaient aux patrouilles. La nervosité gagnait les rangs des Écossais comme ceux des Anglais, et il n'aurait pas fallu grand-chose pour que la trêve vole en éclats.

Rhodric était celui qui posait le plus de problèmes. Le visage perpétuellement renfrogné, il participait aux patrouilles en jetant à la partie anglaise des regards qui constituaient autant de provocations et de défis. Lauren décida donc d'aller consulter Hannah au retour de la patrouille à Keir, en ce sixième jour après l'incident de la falaise. Hannah était la tante de Rhodric et le connaissait mieux que personne. De plus, elle avait toujours quelque encouragement à lui donner. Et après avoir entendu les femmes médire d'elle dans l'atelier de tissage, Lauren avait bien besoin d'être guidée et réconfortée...

Elle trouva Hannah dans la réserve, occupée à tresser des couronnes d'herbes aromatiques en compagnie de deux jeunes filles. Au bout d'une longue table chargée de branches sèches à tresser, elle leva la tête pour l'accueillir d'un sourire. Ses deux aides, de part et d'autre de la table, offrirent leurs timides salutations sans oser la regarder.

Cette scène familière fit remonter à la mémoire de Lauren de nombreux souvenirs d'enfance qui la firent sourire. La tâche ingrate à laquelle les deux gamines étaient occupées leur avait été imposée en punition pour de petites infractions. Elle-même avait passé de nombreuses heures à leur place, à tresser tout ce qui peut se tresser, du romarin à la lavande en passant par l'ail et les oignons. Brièvement, elle se demanda, non sans une certaine envie, ce qu'elles avaient pu faire pour mériter d'être là.

— Puis-je te parler en privé ? demanda-t-elle à Hannah.

Celle-ci hocha la tête et dit à ses assistantes :

— Ça suffit pour le moment.

Sans se faire prier, les deux jeunes filles posèrent leurs tresses sur la table et se redressèrent vivement. Après s'être brièvement inclinées en souriant entre elles de leur bonne fortune, elles quittèrent la pièce comme deux oiseaux découvrant subitement la porte de leur cage ouverte.

— Je crois qu'elles seront bientôt de retour... commenta Lauren.

— Oui, approuva Hannah. Elles me font beaucoup penser à toi quand tu avais leur âge.

Lauren s'approcha de la table, ramassa l'une des branches sèches garnies de feuilles et la porta à ses narines.

— Sauge ? demanda-t-elle.

— Exact, répondit Hannah.

Elle n'avait pas cessé son travail. Ses doigts s'activaient à un rythme lent mais régulier pour entrecroiser les branches souples jusqu'à obtenir une épaisse couronne d'un vert argenté. Lauren s'assit près d'elle pour l'accompagner dans son ouvrage. Sans difficulté, ses mains retrouvèrent les gestes adéquats pour faire plier à sa volonté les tiges souples et les feuilles sèches sans les malmener. Cette tâche familière avait quelque chose d'étrangement apaisant. Pendant un long moment, elle se laissa absorber par ce qu'elle faisait. Hannah la connaissait suffisamment pour attendre qu'elle se décide à parler quand elle serait prête.

Un grand silence se fit dans la réserve. L'odeur de la sauge se mêlait à de nombreuses autres senteurs plus discrètes. Un rayon du soleil couchant éclairait les réserves d'herbes et d'épices déjà stockées.

— Hannah, crois-tu que je me montre trop... téméraire ? demanda enfin Lauren.

— Dans quel domaine ?

Lauren haussa les épaules et répondit :

— Dans tous les domaines, j'imagine. Par exemple, en participant aux patrouilles. Penses-tu que je devrais rester au château, à attendre Murdoch et à préparer nos noces ?

— Et toi ? répliqua Hannah. Le penses-tu ?

— Je n'en sais rien. Je veux dire : non, je ne le pense pas.

Une feuille de sauge se brisa entre ses doigts. Elle l'écarta d'un geste agacé.

— Cela ne te satisfait pas, de participer aux patrouilles ? insista Hannah.
— Si ! En fait, tout se déroule plutôt bien. Nos hommes se sont habitués à devoir travailler en équipe avec les Anglais. Il ne fait aucun doute que nous sommes plus forts désormais pour défendre Shot.
— C'était une grande idée, approuva son amie.
— Oui.

Mais en acquiesçant, Lauren ne put s'empêcher de songer à l'homme qui avait eu cette idée. Une autre feuille se brisa entre ses doigts.

— Certains semblent penser le contraire, reprit-elle. Il se dit que je ferais mieux de rester à Keir. Et que cette alliance avec les Anglais est une folie.
— Il y aura toujours des dissensions dans un clan, Lauren. Tu dois t'y attendre et apprendre à y faire face. C'est ce que ton père faisait. N'écoute pas les ragots. Conforme-toi à ce que te dicte ton cœur et suis les principes que ton père t'a inculqués.

Lauren avait cru déceler une forme de mise en garde dans les paroles de son amie. Alarmée, elle redressa la tête, mais sur le visage de son amie, elle ne distingua rien d'autre qu'une attention bienveillante.

— Et si mon cœur me dicte quelque chose qui entre en conflit avec mes principes ? demanda-t-elle avec appréhension.

Pour la première fois depuis le début de leur conversation, les doigts d'Hanna s'immobilisèrent et son visage se rembrunit.

— Alors, tu as un gros problème qu'il te faut résoudre, répondit-elle. Mais tu sauras prendre la bonne décision.

Lauren hocha longuement la tête et reporta son attention sur ses doigts qui continuaient de tresser la sauge. Elle avait le cœur lourd, empli d'une étrange mélancolie, même si elle savait qu'Hannah parlait avec la voix de la sagesse et de la vérité.

— Rhodric ne m'inspire pas confiance, confia-t-elle sans relever la tête. Il fait tout pour faire échouer l'alliance avec les Anglais.

— Je vais parler à James, répondit Hannah d'une voix parfaitement calme. Une fois de plus. Il comprend ce qui est en jeu, même si ce n'est pas le cas de son fils. James lui fera entendre raison.

— Merci.

— Tu n'as pas à me remercier, je fais que ce que je *dois* faire. Chacun de nous a sa place dans le clan. Et ses obligations.

Lauren comprit le message que sous-entendaient ces paroles de sagesse. Elle cligna des yeux. Pourquoi les feuilles de sauge lui apparaissaient-elles si troubles, tout à coup ? Un moment plus tard, elle passa discrètement le dos de sa main sur ses paupières. Puis, elle s'abîma dans son ouvrage avec plus d'ardeur encore.

Lauren découvrit qu'une semaine pouvait passer très vite.

Elle s'efforça de se conformer aux conseils donnés par Hannah. Elle avait cessé de se mêler à toutes les patrouilles, ne se joignant occasionnellement qu'à celles qui ne s'éloignaient pas trop de Keir. L'absence persistante du comte, tentait-elle de se convaincre, n'était pour rien dans ce soudain désintérêt de sa part.

Chaque jour passé les rapprochait de la fin de la trêve conclue entre les deux camps. Lauren le savait et cela rendait d'autant plus précieux le peu de temps qui leur restait. Pourtant, le comte De Morgan ne paraissait pas en être aussi conscient qu'elle, puisqu'il ne prenait pas la peine de participer lui-même aux patrouilles. Que la trêve s'achève, concluait-elle rageusement pour elle-même. S'il s'en fichait, elle aussi !

Après tout, leurs recherches demeuraient infructueuses. Rien d'étrange ne leur était signalé et aucun drakkar ne se montrait plus au large. Certains commençaient à dire ouvertement que les Vikings ne reviendraient plus.

Peut-être avaient-ils raison. Peut-être tout le monde avait-il raison sauf Lauren, qui ne pouvait se défaire d'un mauvais pressentiment et de la crainte que cet apparent désintérêt des envahisseurs ne soit qu'un stratagème. Au sein du clan, de plus en plus nombreux étaient ceux qui ne cachaient plus leur soulagement que la trêve avec les De Morgan prenne bientôt fin, pour que puisse renaître leur antagonisme avec leur vieil ennemi.

Lauren demeura donc au cours de cette semaine la plupart du temps à Keir, à essayer de se préparer à l'avenir qui l'attendait, et à tenter de redevenir celle qu'elle avait été avant qu'Arion De Morgan ne vienne bouleverser son existence.

Ainsi le temps s'écoula-t-il rapidement, les heures s'ajoutant aux heures et les jours aux jours. Lauren finit par se faire à l'idée que selon toute vraisemblance elle ne le reverrait jamais. Et sans doute cela valait-il mieux.

Elle savait ce que son père aurait voulu qu'elle fasse, et c'était tout ce qui devait compter. C'était lui qui avait arrangé ce mariage, qui en avait fixé la date, négocié la dot, et qui l'avait embrassée sur les deux joues pour la féliciter. Il lui avait expliqué à de nombreuses reprises à quel point il était important qu'elle épouse le laird du clan Murdoch.

Les femmes de Keir se montrèrent enchantées de la voir de nouveau s'intéresser à ses noces. Elles l'accueillirent avec des hochements de tête satisfaits et des sourires éclatants. Lauren se prêta docilement à tous les préparatifs nécessaires à son union avec Payton Murdoch, même si toute cette agitation la laissait indifférente.

— Tourne-toi de l'autre côté, lui ordonna la couturière.

Lauren s'exécuta machinalement, les bras écartés, fixant le mur qui se trouvait devant elle d'un air absent.

— Cette robe est une merveille ! s'exclama une voix très excitée. Elle te va comme un gant, Lauren...

Elle entendit plusieurs autres femmes exprimer leur approbation. La lumière du soleil pénétrait à flots dans sa chambre. Elle se tenait au centre de la pièce, les bras levés pour mieux laisser la couturière piquer quelques épingles aux endroits où la robe devait être retouchée.

— Adorable ! renchérit Vanora, qui s'était mêlée aux autres.

— Oui ! approuva la couturière. Tu as de la chance que la mère de Murdoch ait eu à peu près la même taille que toi.

— Elle te va très bien, confirma Hannah, qui tournait lentement autour d'elle pour mieux l'admirer.

Lauren cessa de contempler le mur pour croiser le regard de son amie, qui lui sourit. Elle palpa le tissu de laine couleur sable de la manche et ajouta :

— Et tu feras une très belle mariée.

— Surtout avec les bijoux envoyés par Murdoch pour compléter la tenue ! renchérit Clara dans un soupir.

Lauren laissa fuser un petit rire caustique, qu'elle fit taire aussitôt. Nul ne s'en aperçut sauf Hannah.

Elle lut dans son regard que son amie comprenait ce qu'elle ressentait.

Deux mois plus tôt, Payton Murdoch lui avait fait parvenir une malle. Elle lui avait été remise en grande pompe, au son d'une fanfare et avec moult protocole, par le capitaine de la garde des Murdoch en personne. Celui-ci l'avait toisée d'un air dédaigneux avant de lui annoncer que le laird envoyait ses salutations et ses meilleurs vœux à sa future épouse, et qu'il lui faisait parvenir ce coffre en vue de préparer leurs noces.

La malle apportée par bateau contenait : la robe de mariée de la mère du laird soigneusement enveloppée ; le tartan des Murdoch que Lauren devrait porter par-dessus la robe après la cérémonie ; une broche en argent poli façonnée en forme de rameau de sorbier ; et enfin un anneau, lourd et épais, serti de trois gros rubis.

Lauren avait porté l'anneau uniquement quand elle ne pouvait faire autrement. Elle avait prétexté qu'elle ne voulait pas prendre le risque de perdre un si précieux bijou. Tout le monde avait paru accepter cette explication.

Elle n'avait cependant pu utiliser le même argument avec la broche. Au cours du dîner en l'honneur du capitaine de la garde qui avait suivi la remise de la malle, le père de Lauren avait cérémonieusement enlevé l'élégante broche en or du clan MacRae de son épaule pour la remplacer par celle des Murdoch. La couleur et la forme de ce nouveau bijou avaient troublé Lauren durant des semaines. Aujourd'hui encore, il lui arrivait de se demander ce que faisait cet éclat argenté, au bas de son épaule, là où elle n'avait connu que celui de l'or.

La robe de mariée et le tartan, heureusement, n'avaient pas constitué un souci pour elle jusqu'à récemment.

Désormais, la date du mariage approchait. À supposer, que Payton Murdoch ait toujours l'intention de venir réclamer sa promise. Il était capable d'envoyer une troupe de ses meilleurs hommes pour convoyer une simple malle, mais les appels à l'aide des MacRae demeuraient sans réponse un mois et demi après les premiers raids meurtriers.

Cependant, chacun gardait l'espoir qu'il finirait par arriver. Dans le secret de ses pensées, Lauren était de cet avis, mais pas pour les mêmes raisons. Selon elle, s'il ne voulait plus d'elle, Payton Murdoch viendrait au moins réclamer la broche de son clan et sa précieuse bague...

Debout au beau milieu de sa chambre, entourée de femmes ravies de lui faire essayer sa robe de mariée, Lauren s'efforçait donc de dissimuler sous un sourire de façade l'abattement et l'ironie grinçante qui l'accablaient.

Autant que possible, elle essayait de ne pas penser au jour des noces. Son père ne serait pas là pour y assister, et de ce fait cette cérémonie garderait pour elle un goût amer, si splendide et réussie puisse-t-elle être.

Comment aurait-il réagi, se demandait-elle, s'il avait été là pour l'admirer dans cette robe nuptiale ? Lui aurait-il souri ? L'aurait-il serrée dans ses bras pour lui murmurer à l'oreille à quel point il était fier d'elle ?

Elle ne pouvait que l'espérer. Elle *devait* croire que cela se serait passé ainsi. Si seulement il avait encore été là...

— Tu es un peu plus fine et plus grande que la mère de Murdoch, conclut la couturière en reculant d'un pas pour admirer son œuvre. Mais ça devrait aller.

— Ton père serait si content, murmura Vanora, émue.

Lauren baissa les yeux, s'accrochant à son sourire de façade avec détermination.

Enfin, les femmes rassemblèrent leurs affaires et la laissèrent seule, emportant même la robe qui devait être à présent l'objet de soins minutieux jusqu'à ce qu'elle soit tout à fait prête.

Lauren commença par se débarrasser de l'anneau de Murdoch qui pesait lourdement à son annulaire et alla le ranger dans le petit coffre doublé de velours où elle conservait ses quelques trésors. Elle le plaça soigneusement à côté de la vieille broche en or de son clan, aux élégants motifs intriqués, et referma le couvercle. Le rameau de sorbier en argent l'attendait sur son lit. Après avoir passé ses vêtements habituels, elle le remit en place, essayant de lui trouver un angle satisfaisant à ses yeux. Finalement, exaspérée, elle y renonça. Cette broche n'était pas pour elle. Et peut-être ne le serait-elle jamais.

Le dîner ne serait servi que quelques heures plus tard. Parce qu'elle était nerveuse et peu désireuse de rester seule à ruminer de sombres pensées, Lauren quitta sa chambre et déambula dans les corridors et les halls de Keir, avec la vague idée d'aller donner un coup de main en cuisine. Mais alors qu'elle approchait d'une porte qui n'avait pas été convenablement fermée, elle surprit une bribe de conversation qui la fit se figer sur place et retenir son souffle.

— ... ne tolérerons pas ces De Morgan plus longtemps ! Quand tout ceci sera fini, s'ils osent remettre un pied sur notre moitié de l'île, il faudra leur montrer comment nous aurions pu traiter ces Vikings !

Lauren repoussa lentement la porte. Rhodric lui tournait le dos. James et Ranulf lui faisaient face et l'écoutaient, les bras croisés.

— Plus que trois jours de cette... *alliance*, poursuivit-il en crachant ce mot comme une insulte.

Trois jours de trop ! Je ne suis pas le seul à avoir envie que ces Anglais rentrent chez eux et y restent.

— Je n'en doute pas, répondit James avec gravité. Mais il n'en demeure pas moins qu'un accord reste un accord, fils. Comme tout le monde, tu attendras que la quinzaine s'achève.

— Vous ne comprenez pas ? s'énerva Rhodric en tapant du poing dans le creux de sa main. Nous n'avons pas besoin d'eux ! Cette alliance contre nature n'aurait jamais dû être conclue.

— Ah oui ? Vraiment ! lança Lauren.

Les trois hommes tournèrent la tête et la découvrirent sur le seuil. Les visages des deux aînés trahirent leur embarras, et celui du plus jeune un défi triomphant.

— Cette conversation ne te concerne en rien, femme ! lança Rhodric d'un ton méprisant.

James se précipita immédiatement sur lui. L'agrippant par le col, il amena son visage tout près du sien.

— Ne parle plus jamais sur ce ton à Lauren ! C'est bien compris ?

Son fils fanfaronna un instant encore, puis hocha la tête de mauvaise grâce en reportant son attention sur le feu qui pétillait dans l'âtre.

— Oui, maugréa-t-il.

James le relâcha en le repoussant sèchement. Dans le silence tendu qui était retombé, Ranulf expliqua :

— Ce n'était qu'une simple conversation en l'air. N'y prête pas attention.

— Rhodric a au moins raison sur un point, répondit-elle en pénétrant dans la pièce. Selon l'accord conclu, cette alliance prendra bientôt fin. Il est temps de penser à ce qui se passera ensuite.

Rhodric refusait toujours de la regarder. Lauren en profita pour pousser ses pions.

— Je pense que nous devrions reconduire cet accord, conclut-elle d'un ton déterminé.

— Par le sang du Christ ! cria Rhodric dans un accès de colère. Tu es donc devenue folle ?

James fit la grimace. Ranulf secoua la tête d'un air désapprobateur.

— Écoutez-moi, plaida-t-elle avec conviction. Cet arrangement a jusqu'à aujourd'hui prouvé son efficacité. Vous ne pouvez nier que nous sommes plus en sécurité et plus informés de ce qui se passe sur l'île depuis que les De Morgan patrouillent avec nous. Nous sommes plus forts avec eux que sans eux pour repousser les Vikings !

— Il n'y a plus de Vikings, Lauren ! l'interrompit Rhodric en agitant les bras. Plus un seul ! Tu voudrais nous livrer pieds et poings liés à nos ennemis pour repousser des chimères ? La menace n'existe plus que dans ton imagination !

Décidée à faire valoir son point de vue, Lauren se campa devant lui, les poings sur les hanches, et répliqua :

— Il faut être bien inconscient ou bien léger pour affirmer une chose pareille ! Ce n'est pas parce que nous sommes parvenus à les repousser jusqu'à maintenant qu'ils ne reviendront plus.

— Tu te trompes d'ennemis ! Plutôt que de redouter les Vikings, tu devrais davantage te méfier des Anglais !

— Que veux-tu dire ? insista-t-elle.

— Aussitôt qu'ils seront libérés de cette trêve stupide, ils se retourneront contre nous ! répondit-il, s'adressant bien plus à ses aînés qu'à elle. Durant tout ce temps, ils n'ont cherché qu'à endormir notre méfiance. Au moment le plus favorable pour eux, ils nous attaqueront ! C'est *cela*, qu'ils complotent depuis le début...

L'espace d'un instant, Lauren le dévisagea, abasourdie. Enfin, elle parvint à murmurer :

— Je pense que c'est *toi* qui es fou, Rhodric MacRae ! Seul un dément pourrait croire à de telles fables.

Ces paroles décuplèrent sa fureur.

— Ce n'est pas moi qui ai volé au secours du chef de nos ennemis pour le sauver, Lauren MacRae ! Ce n'est pas moi qui me suis laissé embobiner par ses belles paroles et qui l'ai laissé me détourner de mon propre clan ! Et c'est toi qui permets au diable de te courtiser avec ses mensonges ! C'est bien toi qui trouves le moindre prétexte pour le rejoindre et rester près de lui ! Je vous ai vus, tous les deux ! J'ai vu...

— Assez ! hurla James.

Rhodric se tut. Lauren restait figée, muette de stupeur. Ainsi, Rhodric savait... D'une manière ou d'une autre, il était parvenu à deviner les sentiments coupables que lui inspirait Arion De Morgan.

Elle parvint pourtant sans trop savoir comment à soutenir son regard. Le visage empourpré, Rhodric la dévisageait avec colère mais aussi avec ce qui ressemblait à de l'orgueil blessé.

— Ce n'est pas vrai... glissa-t-elle dans un souffle.

Ranulf entoura ses épaules d'un bras secourable.

— Bien sûr, que ce n'est pas vrai, dit-il. Rhodric s'est laissé emporter, n'est-ce pas ?

Rhodric ne répondit pas. Il ne quittait pas Lauren des yeux. Elle était certaine que tout comme il avait réussi à découvrir son secret, il n'ignorait rien de la honte qu'elle éprouvait et que ses paroles accusatrices n'avaient fait que décupler.

— N'est-ce pas, fils ? insista James avec emphase.

Enfin, Rhodric hocha la tête – une seule fois –, ce qui suscita un soupir de soulagement chez ses aînés.

— Aussi tête brûlée que son père quand il avait son âge, commenta Ranulf avec un sourire forcé.
— On ne peut pas dire mieux, approuva James. Ne te laisse pas troubler par ce qu'il a dit, Lauren.

Déjà, Ranulf poussait gentiment Lauren vers la porte. Elle se laissa entraîner sans protester, encore sous le coup de ce qui venait de se passer.

— Et ne t'inquiète pas non plus pour ce qui est des suites à donner à cette trêve, reprit-il. J'ai tendance à penser comme toi que cet accord n'a pas été inutile. Quand la quinzaine sera écoulée, le conseil étudiera ta proposition de le renouveler.

— Oui, approuva James dans son dos. Nous l'étudierons.

Mais à son ton, Lauren comprit que Rhodric avait d'ores et déjà réussi à faire prévaloir son point de vue.

Le village – l'un des plus éloignés de Keir – se nichait au pied d'une montagne, entouré de vastes champs et de prairies dans lesquelles paissaient des moutons. Il s'appelait Dunmar et les MacRae qui y vivaient avaient pour importante mission d'élever les plus grands troupeaux ovins de toute l'île.

La patrouille partie de Keir mit une journée entière pour y parvenir, en empruntant une route sinueuse et non dénuée de dangers. En décomptant cette journée de voyage, il ne restait donc que deux jours avant la fin de la trêve. Lauren était décidée à en profiter jusqu'au bout, appréciant chaque seconde de la liberté qu'elle lui offrait. On avait signalé à Dunmar des disparitions inquiétantes de bêtes. De plus, aucune carcasse n'avait été retrouvée et Lauren savait ce que cela signifiait.

— Les Vikings... avait-elle conclu devant les membres du conseil ce matin-là.

— Ou les De Morgan ! s'était récrié Rhodric à l'autre bout de la pièce.

Lauren n'avait pas pris la peine de tourner la tête vers lui. Depuis l'incident, elle avait pris le parti de l'ignorer.

Les De Morgan ne pouvaient être accusés de ces disparitions. Dans le passé, sans doute ne s'étaient-ils pas privés de rançonner le village. Et les MacRae s'étaient toujours arrangés, d'une manière ou d'une autre, pour leur rendre la monnaie de leur pièce.

Cette fois, cependant, Lauren était convaincue que les responsables devaient être ces envahisseurs abandonnés sur l'île par le dernier drakkar à s'être montré. Sans doute ceux-ci survivaient-ils comme ils pouvaient sur Shot. Apparemment, ils ne s'étaient pas tous noyés dans les tunnels.

Il fallait résoudre rapidement ce problème. Aussi s'était-elle mise en route juste après le conseil, à la tête d'un groupe composé à parts égales d'Anglais et d'Écossais. Fuller avait insisté pour participer à cette mission. Toute menace sur l'île de Shot concernait les deux familles, lui avait-il rappelé, ce à quoi elle n'avait rien trouvé à redire.

Rhodric comptait au nombre des Écossais qui devaient se rendre à Dunmar. Lauren n'avait pu s'y opposer sans risquer une scène qu'elle avait préféré éviter. Lorsqu'il avait insisté pour faire partie du voyage, elle avait haussé les épaules, comme si sa présence lui était indifférente. S'il avait décidé de continuer à l'espionner, elle ne pouvait rien y faire. Mais s'il avait l'intention de mettre à mal ce qui restait de l'alliance, elle se chargerait de l'en empêcher. Pour la première fois depuis l'incident de la grotte, Lauren fut soulagée de savoir le comte de Morgan trop occupé pour se joindre aux patrouilles...

Une palissade en bois rudimentaire entourait la plupart des constructions du village de Dunmar. De grands pieux épointés profondément ancrés dans le sol en interdisaient l'accès. Dans cette enceinte, plusieurs enclos avaient été ménagés pour y faire entrer les troupeaux la nuit. Ces défenses avaient été installées assez récemment pour faire cesser les raids des De Morgan, Lauren se demanda si l'intendant du comte ne le prendrait pas mal en les découvrant.

Elle espérait que non. Elle commençait à apprécier ce Fuller à l'esprit vif, sous des dehors calmes et policés. Lorsqu'il offrait son avis ou faisait quelque suggestion, c'était toujours à bon escient. S'il se sentait insulté par la présence de ces piques défensives, Fuller n'en montra rien et se contenta de laisser Lauren conduire leur petit groupe jusqu'à la porte, qui s'ouvrit devant eux dès qu'ils eurent été aperçus.

À l'intérieur, on se précipita pour les accueillir, non sans surveiller d'un œil méfiant les étrangers, même si chacun avait été mis au courant de la trêve. Lauren mit pied à terre et se trouva aussitôt embrassée avec effusion par sa cousine Kenna, fille de la sœur de sa mère, qui avait épousé l'un des bergers de Dunmar et vivait à demeure dans cet avant-poste.

— Je suis tellement heureuse de te voir ! s'exclama-t-elle.

Lauren se mit à rire joyeusement et se pencha en arrière pour admirer le gros ventre rond de Kenna.

— Je constate que tu n'as pas changé ! répondit-elle. Lequel est celui-ci ? Le cinquième ?

— *La* sixième ! corrigea-t-elle fièrement. Une fille, cette fois. J'en suis sûre.

— Il est vrai que cinq garçons, c'est déjà pas mal...

Lauren glissa son bras sous celui de sa cousine et scruta les visages autour d'elle jusqu'à avoir trouvé celui qu'elle cherchait.

— Un autre mouton manquant aujourd'hui, Cormic ?

— Aucun, répondit le vieil homme très digne qui faisait office de chef du village. Du moins, pas pour l'instant.

C'était lui qui avait envoyé un messager à Keir pour prévenir de ce qui se passait. Il s'avança vers Lauren d'un pas lent et digne. Le soleil couchant nimbait sa barbe blanche de rose et d'or, lui donnant un faux air de jeunesse. Mais quand il fut suffisamment proche, elle retrouva l'aîné qu'elle connaissait depuis toujours, au visage couturé dans lequel brillaient deux yeux bruns, aux lèvres fines perpétuellement retroussées en un sourire qui n'en était pas vraiment un. Mais cette fois, exceptionnellement, il souriait de bon cœur.

Lâchant le bras de Kenna, Lauren le salua dans les formes en lui offrant une courte révérence, même si elle portait une tunique qui rendait la chose un peu ridicule. Cormic lui répondit en inclinant légèrement la tête puis reporta son attention sur ceux qui se trouvaient derrière elle.

— Une forte troupe, commenta-t-il.

Elle n'aurait su dire s'il y avait de l'ironie dans sa voix.

— Si ce sont les Vikings qui volent ces moutons, répondit-elle, nous pourrons ainsi les surpasser en nombre. Il n'a été aperçu qu'un drakkar, récemment, et nous pensons que peu d'hommes ont réussi à se rendre à terre.

— Je l'espère, lass…

Sur ce, Cormic tourna les talons et se dirigea vers le village.

Kenna, qui avait noté la surprise de Lauren, commenta tout bas en se rapprochant d'elle :

— Il est inquiet. Il ne l'avouera jamais, mais il a peur que d'ici peu nous ayons d'autres pertes à déplorer. Et il n'aime pas du tout les Anglais, tu sais...

— Comme c'est surprenant ! commenta Lauren, pince-sans-rire.

Puis, par-dessus son épaule, elle lança à Fuller qui se trouvait non loin de là :

— Faites entrer vos hommes et leurs montures au village. Puisque la nuit est si proche, nous allons y dormir. Je vais laisser un groupe d'hommes pour faire le guet à l'extérieur.

Fuller lui signifia son accord d'un hochement de tête.

— Viens ! lança Kenna en entraînant Lauren par le bras. C'est l'heure du dîner. Ma petite famille a hâte de te voir. Et je veux tout entendre au sujet de ce mariage ! Si tu savais comme j'ai hâte d'y être...

Lauren avait à peine effectué quelques pas sur la pente herbeuse en direction du centre du village quand elle entendit derrière elle un concert de voix excitées mêlées à un lointain martèlement de sabots. En hâte, elle laissa sa cousine derrière elle et regagna la porte, où elle se joignit à la petite foule qui s'y amassait.

— Que se passe-t-il ? demanda-t-elle, incapable d'y voir quoi que ce soit.

Personne ne lui répondit. En jouant des coudes, elle gagna le premier rang où elle put comprendre pourquoi les hommes autour d'elle avaient l'air si remontés.

Un petit groupe de cavaliers traversait au galop la prairie la plus proche du village, et Lauren reconnut celui qui arrivait en tête.

Le comte De Morgan chevauchait son destrier couleur de nuit avec une grâce presque surnaturelle.

Ses longs cheveux noirs flottaient librement au vent. Les derniers rayons de soleil le nimbaient lui et ses compagnons d'une lueur sanglante. On aurait pu les prendre pour des guerriers surgis de l'enfer et venus livrer un dernier et fatal combat aux mortels de l'île de Shot.

Quand il fut suffisamment proche, Lauren distingua un étrange paquet de linge qui ballottait derrière lui. Mais bientôt, elle comprit qu'il s'agissait de tout autre chose : un agneau, mort et flasque, dont la dépouille avait été attachée à l'arrière de la selle du comte.

Lauren ne fut pas la seule à le reconnaître et à s'alarmer de sa présence. Tout autour d'elle, les hommes tiraient leur sabre du fourreau et se mettaient en marche d'un air menaçant vers les nouveaux venus.

— La famille du diable ! lança quelqu'un près d'elle.

Immédiatement, d'autres voix reprirent l'antienne, tandis que fusaient les cris de rage.

— Les enfants de Lucifer !
— Maudits Anglais !
— Voleurs !
— Démons !

— Non ! s'exclama Lauren en pressant le pas pour aller se placer face au groupe.

Personne ne faisait attention à elle. Tous les regards restaient rivés sur les cavaliers.

— Le diable n'a rien à voir là-dedans ! plaida-t-elle en désespoir de cause.

Alors, seulement, elle remarqua du coin de l'œil que Fuller et ses hommes s'étaient postés un peu en retrait de la foule excitée. Eux aussi avaient l'air menaçant. Eux aussi avaient dégainé leurs épées, mais c'était aux villageois qu'ils faisaient face.

— Ils sont nos alliés, à présent ! cria Lauren de plus belle. Vous ne devez pas leur faire de mal ! Vous ne devez pas les menacer ! Ils sont ici pour nous aider.

— C'est eux qui ont le mouton ! rétorqua une voix mâle. C'est eux qui l'ont volé, celui-là et tous les autres !

— C'était eux ! Depuis le début !

— Oui !

— Non ! cria Lauren en s'efforçant de dominer le brouhaha. Ce n'était pas eux ! Je sais qu'il doit y avoir une bonne explication à tout cela. Et je vous demande de garder la tête froide.

Elle entendait à présent les chevaux ralentir, renâcler et taper du sabot dans son dos, mais elle ne se retourna pas pour accueillir les nouveaux venus. Elle devait calmer les villageois.

— Que se passe-t-il, Lauren MacRae ? s'enquit derrière elle une voix dont chaque inflexion était une menace.

Les yeux rivés à ceux de Cormic, qui observait toute la scène en silence, Lauren répondit :

— Nous discutions de la perte de ce mouton, De Morgan. Je constate que vous avez retrouvé la trace de ces maudits Vikings ?

Lauren s'abîma dans une prière silencieuse pour qu'il comprenne, pour qu'il l'aide à détourner la colère collective sur ceux qui la méritaient vraiment.

Elle entendit le craquement du cuir malmené – celui de sa selle, peut-être ? –, puis quelque chose de lourd et de mou vint s'écraser à ses pieds. En tournant légèrement la tête, elle aperçut la patte fine d'un agneau repliée selon un angle étrange contre le sol.

— Nous avons trouvé ceci à une demi-heure d'ici, expliqua De Morgan. Vous remarquerez la netteté des entailles, faites sans aucun doute par une lame très affûtée.

— Une lame anglaise, marmonna l'un des Écossais.

— Je pencherai plutôt pour une lame viking, répliqua-t-il d'une voix dangereusement calme. Nous autres Anglais gardons nos lames sous la main en permanence. Nous avons suffisamment de bon sens pour nous protéger des voleurs !

Lauren se hâta de se tourner vers lui et de lui adresser la parole avant que quiconque ait pu le faire.

— Donc, vous avez trouvé leur refuge ?

Loin au-dessus d'elle, sur sa monture, il ne la quittait pas des yeux.

— Non, répondit-il au bout d'un moment. Nous n'avons trouvé que cette carcasse, abandonnée à l'orée d'un bois.

— Où était-ce ? demanda-t-elle.

— Si nous pouvions mettre pied à terre, répondit-il d'un ton distant, et prendre un peu de repos dans votre splendide village, peut-être pourrions-nous en discuter calmement, comme des alliés sont supposés le faire.

Il soutint son regard avec une calme indifférence, ses hommes formant derrière lui une garde rapprochée. En désespoir de cause, Lauren se retourna vers les siens, dont elle retrouva les visages fermés et les mines sombres.

— Nous vous souhaitons la bienvenue à Dunmar, De Morgan ! lança-t-elle à voix haute et claire.

Parmi les visages qui l'entouraient, elle retrouva celui de Cormic et se focalisa sur lui, dans l'espoir qu'il finisse par donner son approbation. Mais le vieil homme se contenta de dévisager Arion, une expression indéchiffrable sur le visage.

— C'est donc ainsi que vous accueillez vos hôtes ? fit mine de s'étonner le comte avec aigreur. Comme c'est étrange ! Dans mon pays, la bienvenue ne se souhaite pas l'épée à la main.

Lauren l'aurait maudit ! Manifestement, elle ne pouvait pas compter sur son aide… Quand elle reprit la parole, elle s'adressa directement au chef du village.

— Vous êtes le bienvenu ici, comte De Morgan, au nom de mon père Hebron MacRae et de mon cousin, Quinn MacRae. N'est-ce pas, Cormic ?

Les lèvres du vieil homme se tordirent en une grimace, comme s'il avalait une potion amère. D'abord, il se cantonna dans le silence. Lauren sentit la sueur perler à son front malgré la fraîcheur de la nuit. Renonçant à demander verbalement son soutien, elle se résigna à l'implorer du regard. Cormic ne pouvait tout de même pas être assez buté pour choisir de déclencher une guerre ; il ne le *devait* pas.

— Oui, concéda-t-il enfin. Soyez les bienvenus ici, comte De Morgan. Vous et vos hommes.

Il fit volte-face et s'éloigna avant qu'aucune autre parole ait pu être échangée. À son passage, les villageois se détendaient progressivement et rengainaient leurs épées. Lauren vit le groupe de Fuller faire de même. Alors seulement, elle s'autorisa à se tourner vers Arion.

Du haut de son cheval, il lui rendit son regard. Les dernières lueurs du couchant s'étaient éteintes. Les ténèbres nocturnes le dissimulaient à présent. Lauren songea que le Prince des ténèbres, seigneur de la tentation, n'aurait pu avoir plus fière allure. Avec ses longs cheveux noirs, ses yeux verts implacables, son visage aux traits sculptés et la virilité que témoignait la moindre de ses attitudes, le comte aurait pu en être la personnification.

— Et comment allez-vous, Lauren MacRae ? demanda-t-il d'une voix plus douce, à elle seule destinée.

— Bien, je vous remercie... parvint-elle à répondre.

Alors, seulement, il descendit de cheval. L'un après l'autre, ses hommes firent de même. Fuller les avait rejoints et s'inclinait devant son maître. Lauren le regarda faire, ébahie. Elle avait presque oublié le conflit qui venait d'être évité de justesse. Arion De Morgan avait décidément le don de lui faire oublier d'un seul regard, d'une seule parole, tout ce qui n'était pas lui.

Agacée, Lauren recula de quelques pas pour s'assurer que l'arrivée des nouveaux venus ne ferait surgir aucun autre conflit. Deux villageois étaient venus ramasser la carcasse de l'agneau pour la ramener au village. Les autres allaient et venaient en échangeant des regards et des paroles qu'elle était heureuse de ne pouvoir entendre. Seul Rhodric se tenait immobile, un peu à l'écart, les yeux fixés sur elle. Elle lui rendit son regard sans ciller, jusqu'à ce qu'il se détourne pour aller rejoindre ses camarades.

Soudain, Kenna apparut à côté d'elle, pâle et brave, son mari à ses côtés. De nouveau, elle lui offrit son bras. Lauren l'accepta puis s'adressa au comte.

— Un souper va être servi à la maison commune au sommet de cette colline, expliqua-t-elle. Les écuries se trouvent là, sur votre droite. Rejoignez-nous pour le repas quand vous serez prêt. Nous pourrons discuter de votre découverte après avoir mangé.

Arion lui répondit d'une courbette ironique et trop solennelle que Lauren décida d'ignorer. Tournant les talons, elle remonta au bras de Kenna le chemin menant au village.

— Et moi qui voulais te préparer un bon petit plat chez moi... murmura celle-ci.

— Je pense qu'il vaut mieux que je me joigne aux autres, lui répondit-elle tout bas.

— Tu ne perds pas au change, répondit Kenna avec un sourire entendu. La vue sera plus belle là-bas...

Le repas ne fut pas aussi pénible qu'il aurait pu l'être. Les villageois avaient déjà pris leur dîner, mais un certain nombre d'entre eux s'attardèrent à la maison commune pour garder un œil sur les Anglais et discuter par petits groupes en buvant quelques verres. Mis à part le fait que l'assemblée était nettement scindée en deux – les Anglais d'un côté, les Écossais de l'autre –, rien ne trahissait la tension qui régnait. Lauren avait noté que Rhodric n'était pas présent, mais elle ne savait si elle devait s'en réjouir ou s'en inquiéter.

Supposant à juste titre que les femmes éprouveraient quelques difficultés à approcher les étrangers sans y être encouragées, elle prit l'initiative de faire le service. Le premier bol de ragoût de mouton qui fut servi, elle alla le déposer devant le comte. Attablé en compagnie de Fuller et de quelques hommes, il ne l'avait plus quittée du regard dès qu'elle était entrée dans la salle. En se retournant pour poursuivre le service, Lauren trouva Kenna à côté d'elle, un bol fumant dans chaque main. Ensuite, d'autres vinrent se joindre à elles pour offrir en silence leur repas à leurs hôtes.

De l'avis de Lauren et à son grand amusement, ce furent les enfants qui sauvèrent la soirée. Les fils de Kenna, suffisamment âgés pour être malicieux mais encore assez jeunes pour être dévorés par la curiosité, entraînèrent leurs camarades dans la salle, qu'ils remplirent de leurs cris, de leurs jeux et de leur excitation enfantine.

Lauren finit par aller s'asseoir avec un groupe d'entre eux. Tout en mangeant, elle s'amusa de leurs facéties et s'efforça de répondre à leurs questions. Quel effet cela faisait-il de vivre à Keir ? Le château s'élevait-il réellement jusqu'aux nuages ? De la plus haute tour, parvenait-elle à s'adresser aux anges ? Était-elle capable, comme ici, de compter de sa fenêtre les phoques sur la plage ? Et qui étaient ces Anglais que le village devait accueillir ? Pourquoi avaient-ils l'air si étrange ? Pourquoi avaient-ils l'air si méchant ?

— Ils sont juste affamés, répondit-elle à cette dernière question. Comme vous et moi. D'ailleurs... qui m'a pris mon pain, bande de garnements ?

Au bout d'un moment, Lauren eut la satisfaction de constater que les gens commençaient à se détendre, même si pour rien au monde les deux groupes ne se seraient mélangés. Alors qu'elle tournait la tête pour répondre à un autre de ses jeunes sollicitateurs, elle aperçut à l'autre bout de la pièce le comte De Morgan. Leurs regards se croisèrent et le monde parut se figer autour d'eux.

Il ne mangeait pas. Il ne buvait pas, ne discutait pas avec ses compagnons de tablée. Les yeux rivés sur elle, il semblait plongé dans une profonde rêverie. Une onde de désir circulait entre eux, comme s'ils eussent été seuls l'un près de l'autre, peau contre peau.

Arion lui sourit et, par ce sourire, il lui signifiait non seulement qu'il n'ignorait rien de ce qu'elle ressentait, mais également qu'il était animé par les mêmes sentiments. Le savoir rendait ce lien qui les unissait plus périlleux encore : ce feu qui brûlait en elle le consumait lui aussi et ne demandait qu'à les embraser tous deux.

Elle se sentit tirée par la manche et cet instant suspendu parut se briser en mille morceaux. Lauren secoua la tête et cligna des yeux, s'efforçant de se rappeler où elle se trouvait et ce qu'elle faisait. Des voix d'enfants moqueuses lui reprochèrent sa distraction. Une nouvelle question lui fut adressée. Avec un sourire forcé, elle répondit mécaniquement. Ensuite, les enfants lui laissèrent suffisamment de répit pour qu'elle puisse fixer de nouveau son attention sur Arion. Il ne la regardait plus et son sourire avait disparu. Les yeux fixés sur son bol, il paraissait plongé dans de bien sombres pensées.

8

Lauren tentait de trouver le sommeil, allongée sur une paillasse dans la pièce principale du cottage de Kenna, entourée d'enfants endormis dont les souffles innocents – mêlés parfois de quelques ronflements enfantins – emplissaient la nuit.

Après le repas, au cours d'une réunion rassemblant quelques représentants des deux camps, elle avait discuté avec le comte des circonstances de la découverte de l'agneau volé. Elle s'était tenue d'un côté du cercle ainsi formé, et Arion de l'autre. Plus aucun regard insistant n'était passé entre eux. En fait, ils avaient l'un comme l'autre évité par-dessus tout de se regarder.

L'agneau avait été découvert à l'ouest de Dunmar, loin de tout troupeau. Partant de sa dépouille, un chemin d'herbes foulées avait été découvert qui conduisait à un bois. Sans doute l'arrivée inopinée du comte et de ses hommes avait-elle conduit les Vikings à se sauver en abandonnant sur place le fruit de leur larcin. Pour conclure, il avait été décidé qu'un groupe d'hommes irait fouiller le coin et tenter de suivre la piste dans les bois.

Lauren avait ensuite réparti le reste de ses hommes entre les diverses patrouilles qui devaient cette nuit-là monter la garde à l'entrée du village ou arpenter les alentours à la recherche de traces éventuelles des Vikings. Il fut décidé qu'elle se joindrait à la troisième et dernière d'entre elles, qui partirait un peu après l'aube.

Kenna et son mari lui avaient proposé de dormir dans leur propre lit, situé dans une alcôve séparée du reste du logis par une couverture. Lauren avait décliné leur offre, arguant du fait qu'elle avait déjà bien de la chance de partager leur confortable cottage alors que les autres dormaient dans la maison commune. Cela les avait fait rire, et ils s'étaient retirés en recommandant à leurs fils d'essayer de ne pas donner de coups de pied à leur invitée dans leur sommeil. Déjà à moitié endormis, les gamins avaient promis de faire de leur mieux.

Lauren, qui s'était imaginée fatiguée par cette épuisante journée, eut la surprise de rester éveillée bien longtemps après que le dernier de ses jeunes compagnons de chambrée se fut endormi. Il ne faisait pas tout à fait noir, dans la maison. La lune dispensait par la fenêtre obstruée d'un rideau au-dessus d'elle une clarté assez vive. En fait, les raisons ne manquaient pas pour expliquer son insomnie. Il faisait trop clair. La paillasse était trop dure, son corps trop perclus de courbatures.

L'un des garçons, dans son sommeil, lui donna un coup de pied.

Vaincue, Lauren se redressa et repoussa sa couverture le plus discrètement possible. Elle se félicitait d'être déjà habillée et de ne pas avoir à chercher ses vêtements dans le noir. Tout ce dont elle avait besoin pour combattre la fraîcheur nocturne, c'était de sa cape, qu'elle trouva pendue à un crochet près de la porte. Elle se glissa silencieusement hors du cottage.

À l'extérieur, le clair de lune éclairait presque comme en plein jour. Lauren n'eut aucun mal à distinguer les détails du paysage : les petites maisons du village, plongées dans l'obscurité ; les enclos où somnolaient les moutons serrés les uns contre les autres ; la ligne plus sombre et hérissée de pics de la palissade en bois, une tour de guet à l'entrée du village, et une autre à l'arrière. Sans se presser, elle se dirigea vers celle qui commandait l'entrée.

— Une bien douce nuit pour se promener, susurra soudain une voix derrière elle.

Lauren fit brusquement volte-face, une main sur le cœur. Arion avait réussi à l'approcher par surprise, sans un bruit. Il lui tendit une timbale en précisant :

— Un excellent whisky. Les vôtres semblent doués pour le distiller.

— Pourquoi ne dormez-vous pas ? lui demanda-t-elle.

— Et vous ? rétorqua-t-il.

Puisqu'elle n'avait aucune envie de répondre à cette question, Lauren se saisit de la timbale et la porta à ses lèvres. Elle inhala longuement l'odeur qui s'en élevait avant de n'en boire qu'une gorgée. C'était le whisky qui lui faisait tourner la tête, tenta-t-elle de se convaincre. Pas autre chose.

Mais la lumière de la lune ne faisait rien, bien au contraire, pour atténuer la séduction qui émanait de lui. En jouant sur ses traits, elle accentuait encore sa beauté. Sous ce ciel nocturne piqueté d'étoiles, ses yeux paraissaient plus sombres et plus profonds. Arion tendit lentement sa main libre vers le visage de Lauren. Instinctivement, elle se déroba en faisant un pas de côté. Les lèvres d'Arion esquissèrent un sourire désabusé qui ressemblait davantage à une grimace.

— Comment va votre tête ? s'enquit-il d'un ton léger.

— Je vous demande pardon ?

— Si ma mémoire est bonne, vous vous êtes fendu le front au point de saigner d'abondance...
— Oh ! Ma tête va bien.
Lauren se sentit rougir. Elle se reprocha sa stupidité et regretta d'avoir bu cette gorgée de whisky.
— Je peux regarder ? insista-t-il.
— Pourquoi ? demanda-t-elle.
Un nouveau sourire caustique apparut sur ses lèvres.
— Vous ne me faites toujours pas confiance ?
— Bon, d'accord ! lança-t-elle d'un air bravache. Allez-y, si vous y tenez.
Arion réduisit à presque rien l'espace qui les séparait. Une nouvelle fois, sa main s'éleva jusqu'à son front où elle écarta légèrement quelques mèches de cheveux. Au contact de ses doigts, elle eut la sensation que naissaient des étincelles sur sa peau... Les yeux plissés, il pencha la tête pour mieux l'observer.
Lauren s'efforçait de ne plus bouger, de ne plus respirer, de ne plus penser.
— Vous avez raison, finit par déclarer Arion d'une voix atone, presque blanche. Cela a l'air d'aller... beaucoup mieux.
Lauren ne put s'en empêcher : elle leva les yeux vers lui alors qu'il la regardait encore, la tête penchée sur le côté, les doigts toujours posés sur son front. Il était si proche, et la sensation que lui procurait cette proximité était si douce, qu'elle capitula et ferma les yeux. Plus rien ne comptait pour elle que la passion qu'il faisait naître en elle. Et pourtant...
Ils se trouvaient dehors, à Dunmar, où chacun pouvait les voir. Les sentinelles, Cormic, Rhodric... songea-t-elle vaguement. Puis, cette inquiétude-là disparut également. Plus rien ne comptait. Pour elle, il n'y avait plus que lui : Arion.

Ses doigts s'égaraient dans ses cheveux. Son souffle chaud, chargé de l'odeur du whisky des MacRae, lui caressait la peau. Elle le sentit sur sa joue, sur son menton, sur ses lèvres, de plus en plus proche, de plus en affolant. Et soudain… elle ne sentit plus rien du tout.

Lauren ouvrit les yeux. Arion s'était brusquement détourné d'elle. Le visage fermé, il scrutait les ténèbres. Avec le sentiment d'avoir été trahie, elle sentit un grand froid l'envahir, qui ne devait pas grand-chose à la fraîcheur nocturne. Brusquement dégrisée, elle ne parvenait pas à comprendre quelle folie s'était emparée d'elle, l'espace de quelques instants. Si quelqu'un – n'importe qui – était passé par là alors qu'elle s'offrait librement à lui…

Le cœur battant, Lauren scruta les alentours sans rien découvrir d'alarmant. Quand elle reporta son attention sur Arion, il n'avait pas changé d'attitude et demeurait aussi séduisant qu'inaccessible. À la frayeur de s'être mise en danger succéda la honte de s'être montrée aussi faible et d'avoir cédé à l'irrésistible attrait qu'il exerçait sur elle. N'était-elle pas Lauren MacRae ? Elle avait un destin à accomplir, un avenir à garantir à tout son clan. Ce fardeau était lourd à porter et suscitait en elle une profonde lassitude autant que de la frayeur et de la colère. Ce n'était pas juste, mais elle avait appris depuis longtemps que la justice n'était pas la chose la mieux partagée en ce monde.

Lauren entendit Arion pousser un long soupir trahissant l'agacement autant que la frustration. Enfin, il se retourna pour la regarder. Elle n'aurait pas demandé mieux que de tourner les talons pour lui échapper, mais elle se força à soutenir son regard.

— Que signifie votre épingle ? s'enquit-il.

Voyant qu'elle ne comprenait pas ce qu'il voulait dire, il désigna du regard le rameau de sorbier en argent épinglé à son épaule, que révélait sa cape rejetée en arrière.

— Votre broche, précisa-t-il. Elle est différente de celles que portent les membres de votre clan. Pourquoi ?

Lauren baissa les yeux sur le bijou.

— C'est… l'emblème des Murdoch, répondit-elle d'une voix sourde. Leur laird me l'a offerte.

— Vous portez donc sa marque en permanence, reprit-il.

— Et je m'honore de le faire.

— Astucieux… commenta-t-il d'une voix qui trahissait davantage le dédain que la colère. Il s'assure ainsi que vous vous rappellerez chaque jour vos obligations envers lui.

— Il en a le droit ! répliqua-t-elle, piquée au vif. Mais je ne m'attends pas à ce que vous le compreniez.

— Pourquoi ? Parce que je suis un De Morgan ? Vous m'avez traité de barbare, mais moi je ne forcerais jamais une femme à porter mon emblème !

Lauren émit un claquement de langue agacé et rectifia :

— Je ne suis pas obligée de le porter. C'est un choix.

— Ah oui ? répondit-il froidement. Eh bien, cela ne vous va pas du tout.

Il la rejoignit et donna une chiquenaude au bijou avant de conclure :

— Celui de votre clan vous irait beaucoup mieux.

La broche s'ouvrit d'un coup, libérant les plis du tartan qu'elle avait retenus. Lauren poussa un petit cri et tenta de maintenir le vêtement en place. Une douleur vive, aussitôt, lui transperça la paume : l'aiguille s'était profondément plantée dans sa chair.

Laissant le tartan retomber sur ses hanches, elle leva sa main et vit une goutte de sang perler, qu'elle porta à ses lèvres tout en regardant le comte. Le rameau de sorbier en argent, après s'être un instant accroché au tissu du tartan, tomba dans la poussière à ses pieds.

Arion la regardait suçoter sa plaie et, dans son regard, il ne restait rien du dédain qu'elle y avait découvert précédemment. Au fond de ses yeux, il n'y avait plus qu'un ardent désir qui lui parut on ne peut plus familier.

En toute hâte, Lauren retira sa main de sa bouche.

Il sortit de sa rêverie. Lentement, il s'accroupit et ramassa le bijou, qu'il lui tendit.

— Vous ne devriez pas compter sur ce rameau, Lauren MacRae. Il n'est pas assez fiable.

La réponse qui lui vint spontanément à l'esprit – *je sais...* – ne fut pas celle qu'elle lui donna.

— Il le serait, sans intervention extérieure.

— Quel dommage que je ne puisse vous prouver le contraire !

Puis, comme si cette conversation avait fini par le lasser, il se détourna d'elle.

En butte à son arrogance, Lauren sentit toute la tristesse qu'elle avait ressentie précédemment la quitter. À quoi avait-elle pensé, en se prenant d'affection pour cet homme qui n'était qu'un Anglais au cœur froid dont le principal plaisir consistait à la tourmenter ? Sans doute devait-elle avoir l'esprit dérangé pour s'être imaginé lui inspirer autre chose que le mépris qu'il lui témoignait à présent. En sirotant sa timbale de whisky, il se murait dans un silence hostile et lui tournait à moitié le dos. Lauren s'activa à remettre en place son tartan sans cesser de le dévisager. Telle qu'elle le découvrait, il avait tout d'un homme de glace.

Lauren chercha refuge dans la colère.

— Que faisiez-vous si près de Dunmar ? demanda-t-elle d'un ton accusateur. Vous avez pris un risque inconsidéré en vous montrant ici, sans vous annoncer.

Arion haussa les épaules.

— Voilà des jours que mes hommes et moi arpentons cette île, Lauren, pendant que vous passez votre temps à vous cacher dans votre château. Fuller m'a fait savoir que vous vous dirigiez aujourd'hui vers ce village et pour quelle raison.

— Je ne me cachais pas ! protesta-t-elle vivement.

— Oh ! Pardonnez-moi... Alors disons simplement que vous *retrouviez vos esprits* à Keir.

Son tartan était de nouveau en place, et la broche accrochée aussi solidement que possible. Lauren rabattit sa cape sous laquelle elle serra les bras contre elle pour se réchauffer.

— Cela ne me dit pas pourquoi vous vous trouviez de ce côté-ci de l'île, insista-t-elle.

— Je soupçonnais la présence de Vikings dans les parages, répondit-il sans se faire prier. Au moins une dizaine. Peut-être davantage. Nous nous efforcions de retrouver leur trace et de les traquer.

— *Comment ?*

La colère de Lauren s'était transformée en fureur et elle n'avait pu s'empêcher de crier, attirant l'attention de la sentinelle dans la tour de guet. Elle lui signifia d'un geste que tout allait bien, sans quitter le comte des yeux. Par un de ces revirements d'attitude dont il était coutumier, celui-ci paraissait à présent cordial et enjoué. Manifestement, il appréciait de la faire sortir de ses gonds si facilement.

— Vous saviez depuis une semaine qu'il pouvait y avoir des Vikings ici ! reprit-elle un ton plus bas. Et vous ne nous en avez rien dit !

— Eh bien... jusqu'à présent, il ne s'agissait que de conjectures. Je n'avais aucune raison de vous impliquer dans ces recherches tant que je n'avais pas de preuve.

— Que vous faut-il de plus ? Des moutons disparaissent dans, ce village depuis une semaine !

— C'est ce que j'ai appris aujourd'hui. Et c'est pourquoi me voilà.

Furieuse, Lauren le dévisagea en silence. Dans un enclos, un mouton lança une plainte lancinante, à laquelle répondit bientôt un autre.

— La première patrouille de la nuit est attendue incessamment, précisa-t-il comme si de rien n'était. Je me portais à leur rencontre. Voulez-vous venir avec moi ?

Lauren acquiesça d'un bref hochement de tête et se mit en marche sans l'attendre. Au bout d'un moment, elle entendit ses pas derrière elle, puis à côté d'elle, mais elle s'abstint de tourner la tête pour vérifier sa présence. Elle la *sentait* comme le corps sent la caresse du soleil, et cela continuait de la troubler, ce qui ne faisait que l'agacer davantage.

Cet homme était encore pire qu'elle l'avait d'abord imaginé, quand elle n'avait pour le détester que l'hostilité ancestrale qui dressait leurs camps respectifs l'un contre l'autre. Après tout, peut-être Rhodric avait-il raison à son sujet depuis le début...

Cela faisait *des jours* qu'il était au courant d'un danger et il n'en avait rien dit... C'était intolérable ! Le comte De Morgan avait choisi d'interpréter leur accord à sa façon, au mieux ses intérêts. Il avait agi derrière son dos, sans faire part de ses doutes ni à elle ni à son clan. Dans ces conditions, était-il si fou d'imaginer qu'il ne tiendrait à cette alliance que tant qu'elle servirait ses intérêts ? Lauren se trouvait vraiment idiote d'avoir imaginé qu'elle pouvait lui faire confiance.

Et le désir qu'il lui inspirait n'était qu'une autre expression de cette idiotie... Coûte que coûte, il lui fallait véritablement éviter d'y céder de nouveau.

La sentinelle ouvrit le portail devant eux juste à l'instant où la patrouille arrivait. Elle était composée d'autant de soldats des deux camps, et Lauren n'eut qu'à observer leurs visages pour comprendre qu'ils n'avaient pas retrouvé la trace de l'envahisseur. Elle ne savait si elle devait s'en réjouir ou non.

Las et fatigués, ils pénétrèrent dans l'enceinte du village sur leurs chevaux fourbus.

— Nous avons suivi la piste, expliqua l'un des soldats anglais au comte. Elle nous a menés dans les montagnes à l'endroit où ils avaient établi leur campement. Il était désert et les cendres du feu étaient froides. Ils sont partis et nous n'avons pu retrouver leur piste.

— Ils se cachent dans les montagnes, précisa l'un des Écossais. Nous aurons besoin de la lumière du jour pour les traquer efficacement.

Les hommes de la patrouille suivante commençaient à sortir des écuries, frais et dispos pour chevaucher jusqu'au bout de la nuit. Fuller et Rhodric en faisaient partie. Ils croisèrent les hommes de la première patrouille.

Arion se tourna vers son intendant et annonça :

— Attendez-moi ici, je vais me joindre à vous.

— Moi aussi ! ajouta Lauren sans hésiter.

Il lui lança un regard vindicatif, mais elle pointa fièrement le menton pour le mettre au défi de s'y opposer. Avec un haussement d'épaules, il se dirigea vers les écuries. Très dignement, Lauren lui emboîta le pas.

La monture de Lauren n'appréciait pas l'allure modérée à laquelle il leur fallait remonter les étroits sentiers. Elle devait mener contre le hongre une lutte de tous les instants pour l'empêcher de sortir de la piste étroite qu'ils suivaient. C'était un bel alezan à la crinière et à la queue noires, mais il était difficile de le garder sous contrôle et elle commençait à se demander si elle n'avait pas commis une erreur en se joignant à cette patrouille.

L'épuisement qui s'était refusé à elle auparavant lui tombait à présent dessus avec force, alourdissant ses paupières et tétanisant ses muscles. La lune avait disparu un moment auparavant. Dans quelques courtes heures, il ferait jour. L'absence de lumière rendait leur chevauchée plus incertaine encore. Dieu merci, elle n'avait pas pris la tête, préférant laisser le comte le faire en compagnie d'un des hommes de la première patrouille qui les guidait.

Leur recherche du camp viking abandonné les menait bien plus loin qu'elle ne l'avait imaginé. Déjà, Dunmar se trouvait à une bonne heure de route derrière eux. Elle ne se rappelait pas s'être jamais aventurée dans ce coin de l'île. Cela n'avait rien de surprenant puisqu'elle avait passé la majeure partie de son existence à Keir, n'allant visiter les villages alentour que deux fois par an en compagnie de son père. Il n'en demeurait pas moins qu'elle ne s'était pas attendue à ce sentiment d'étrangeté que lui procurait le paysage.

Ils remontaient une passe montagneuse, s'enfonçant plus profondément au cœur de l'unique massif de l'île de Shot, constitué de trois pics effilés. Ni les MacRae ni les De Morgan n'avaient jugé bon de s'établir dans cette région au sol ingrat. La couche de terre était trop mince pour pouvoir porter des récoltes. L'herbage était trop clairsemé pour pouvoir nourrir du bétail. Quantité d'arbres poussaient cependant sur ces terres escarpées, ce qui rendait plus épaisses et inquiétantes encore les ombres denses parmi lesquelles il leur fallait se frayer un chemin. Leurs racines défonçaient la sente et faisaient trébucher leurs chevaux. Leurs feuillages produisaient sous le vent d'inquiétants murmures qui rendaient nerveux le hongre qu'elle montait. Plus d'une fois, elle avait dû jouer de ses rênes pour le calmer.

C'était dans ce territoire sauvage qu'ils chevauchaient depuis des heures. Bien qu'il n'y eût aucune trace de neige autour d'eux, Lauren avait la sensation qu'ici l'hiver ne tarderait pas à arriver. Il lui suffisait d'observer les pics montagneux pour découvrir le manteau neigeux qui ne demanderait qu'à envahir les vallées quand le ciel se chargerait de lourds nuages noirs.

Lauren n'avait aucun mal à imaginer Arion au milieu d'un paysage hivernal. Toutes les saisons lui convenaient, de toute façon. Cet homme semblait se fondre parmi les arbres et les étoiles, mais au grand jour il pouvait tout aussi bien se fondre dans le vent. D'un rire, il était capable de tenir le froid à distance et de faire jaillir le soleil des nuages. Et d'un sourire, il lui faisait oublier toutes les duretés de l'existence…

Lauren émergea de son demi-sommeil en sursaut et se retint juste à temps pour ne pas tomber de selle. En faisant mine d'ajuster son tartan, elle tourna la tête pour voir si quelqu'un avait remarqué son moment de faiblesse. L'homme qui la suivait soutint son regard d'un air interrogateur. Après lui avoir répondu en secouant la tête, elle se retourna.

Dieu, ce qu'elle pouvait être fatiguée ! Quand finiraient-ils par arriver ? Il ne lui était plus possible de distinguer l'avant de leur colonne. Le chemin était trop sinueux et les épaulements rocheux couverts de végétation à chaque tournant lui bloquaient la vue. Dans le lointain, un couple de nocturnes s'appelait d'un arbre à l'autre. Mis à part ce chant un peu inquiétant, seuls les pas des chevaux et le cliquetis des armures se faisaient entendre. Lauren avait les doigts raidis par le froid et le cou si raide qu'il lui semblait de bois.

À l'heure qu'il était, elle aurait pu être tranquillement endormie dans la maison de Kenna, sous une chaude couverture. Mieux encore, elle aurait pu être en sécurité dans sa chambre à Keir, blottie dans son lit. Mais non : il lui avait fallu chevaucher en pleine nuit jusque dans cette contrée sauvage, pour ne pas laisser le comte De Morgan s'y rendre seul et garder toutes les informations pour lui. Elle s'était sentie obligée de lui prouver qu'elle ne se laisserait pas faire et qu'il ne lui serait pas facile de la duper.

Une petite voix tout au fond d'elle-même lui murmurait cependant que ce n'était pas la seule raison qui l'avait poussée à le suivre. Était-elle sûre, au fond, qu'il lui avait réellement caché quoi que ce soit ? Ne pouvait-elle le croire quand il affirmait avoir attendu d'avoir des preuves tangibles ? Pourquoi cette méfiance à son égard ? Parce qu'elle ne pouvait s'empêcher de penser à lui ? Parce qu'elle désirait par-dessus tout se blottir contre lui, même si elle devait se détester pour cela ?

En proie à une profonde lassitude, Lauren se passa une main sur le visage. Qu'était-elle en train de faire, au juste ? Pour la première fois depuis la mort de son père, elle se sentait égarée. Il lui semblait que sa place n'était pas au milieu de tous ces hommes aguerris. Elle n'en avait pas la force, et elle n'avait pas la légitimité nécessaire pour conduire son clan.

Les commérages qui se répandaient sur elle à Keir, après tout, ne devaient pas être sans fondement. Elle aurait mieux fait de rester au château, à attendre Murdoch, à penser à lui et au jour de leurs noces, au lieu de rêvasser à ce comte anglais qui ne faisait peut-être que se servir d'elle pour arriver à ses fins. Elle aurait dû se résigner à laisser un homme remplir auprès d'elle le rôle que son père ne pouvait plus jouer. Comment avait-elle pu imaginer s'imposer dans un monde où tout était fait pour favoriser les hommes ? Tout ceci n'était qu'une farce, dans laquelle elle tentait de se faire passer pour ce qu'elle n'était pas. Et elle était si fatiguée...

Lauren ferma les yeux pour empêcher les larmes de couler. Que lui arrivait-il, au juste ? Trop de conflits engendraient en elle l'indécision et le découragement. Son père n'aurait pas été fier de sa fille. Sans doute même, aurait-il eu honte de la voir se complaire dans un tel état de faiblesse.

Allons, elle devait se ressaisir. Elle se redressa sur sa selle. Elle devait se ressaisir. Son père ne lui avait-il pas appris à se conduire de manière honorable, à penser par elle-même, à conduire les hommes. C'était lui qui l'avait préparée à prendre les responsabilités qu'elle assumait. Il aurait approuvé qu'elle fasse de son mieux pour conduire le clan jusqu'à ce que Quinn se rétablisse, ou jusqu'à ce que la menace qui planait sur eux soit écartée.

Rassérénée par cette pensée, Lauren poursuivit sa chevauchée.

Arrivés dans une petite vallée, les cavaliers s'arrêtèrent.

— Il va nous falloir marcher à partir d'ici, expliqua l'un des Anglais.

Lauren mit pied à terre et attacha sa monture à un arbre. Puis, elle rejoignit un petit groupe, en prenant garde de rester à l'écart d'Arion.

Un de ses hommes indiqua un étroit sentier en lacet qui gravissait le flanc escarpé d'une montagne.

— C'est par là que nous allons devoir passer.

Le chemin, à peine tracé, serpentait entre les arbres, les buissons et les épaulements rocheux. Lauren comprenait pourquoi il était impossible de s'y engager à cheval.

Elle entendit Arion désigner quelques-uns de ses hommes pour rester en arrière et monter la garde près des chevaux. Elle fit donc de même en choisissant ceux des siens qui leur tiendraient compagnie.

Quand elle eut terminé, le comte la rejoignit d'un pas tranquille, comme s'il voulait se concerter avec elle sur la conduite à tenir. Il lui parla d'une voix douce, en fixant le sol.

— Je ne vous demanderai pas si vous vous sentez prête à affronter ce qui nous attend.

Il parlait si bas qu'elle dut se rapprocher pour l'entendre mieux. Avec la même discrétion, Arion poursuivit :

— C'est tout juste si vous êtes parvenue à chevaucher jusqu'ici. Ne me dites pas le contraire : je vous ai vue lutter contre le sommeil. Faites-nous une faveur à tous les deux. Attendez ici notre retour.

Lauren redressa la tête pour le regarder.

— Non, pas question.

Il ne parut pas surpris par cette réponse, mais ce fut d'une voix impatiente et irritée qu'il ajouta :

— Vous risquez de nous mettre en danger, si vous vous obstinez. Vous êtes fatiguée et vous le savez aussi bien que moi.

— Je monterai là-haut avec vous, De Morgan... dit-elle. Je me sens parfaitement bien.

Après s'être brièvement incliné devant elle, Arion tourna les talons et prit la tête de leur petite expédition. Promptement, les autres hommes lui emboîtèrent le pas. Bientôt, il ne resta plus avec elle que Fuller, qui lui sourit en lui proposant de passer devant lui. Ce que Lauren fit. Sa présence le rassurait et, si un assaillant parvenait à les surprendre, il serait de taille à y faire face.

Le chant d'un ruisseau se fit entendre. En contrebas, Lauren aperçut une eau couleur lavande qui s'écoulait en bondissant sur des rochers. Cela lui fit lever la tête pour observer, au-delà des montagnes, le ciel que pâlissaient à l'horizon les premières lueurs de l'aube. En soupirant de soulagement, elle songea qu'à n'en pas douter elle venait de vivre la nuit la plus longue de son existence.

Après bien des difficultés, le chemin se fit plus accessible en traversant une sorte de plateau, menant lui-même à une vaste prairie ronde cernée de forêts. Là, au beau milieu, un feu de camp éteint les attendait.

Les hommes s'en approchèrent précautionneusement, le sabre au clair. Lauren les imita et dégaina son propre sabre sans cesser d'observer les alentours. Elle n'aurait su dire quoi, mais quelque chose ici lui semblait ne pas tourner rond. Un sentiment indéfinissable de danger latent la poursuivait, trop flou pour qu'elle puisse se permettre de donner l'alerte. Aussi se contentait-elle de ne pas relâcher sa vigilance, tous les sens aux aguets.

La couleur du ciel changeait de minute en minute. Elle était à présent bien plus rose que pourpre, et sa luminosité rendait plus impénétrables encore les poches d'ombre où un ennemi tapi pouvait attendre son heure. Lauren s'avança dans la clairière jusqu'à l'endroit où Arion était en train d'observer le feu de camp. Parmi les cendres et les restes de bois noircis traînaient des os brisés et calcinés. Un mouton du clan MacRae était venu nourrir ici ses ennemis...

Arion s'accroupit et posa le dos de la main sur la cendre.

— Froide comme pierre, dit-il au guide qui se trouvait à côté de lui. Vous n'avez pas trouvé de trace qui pourrait nous conduire à eux ?

— Il faisait trop noir, répondit le soldat anglais. Mais à présent...

Arion se redressa et, plié en deux, se mit à inspecter le sol. L'arme à la main, ses hommes se déployèrent autour de lui en prenant garde de ne pas fouler de traces dans l'herbe haute.

Il n'y avait hélas rien à trouver. Du moins, rien que Lauren pût distinguer. Certes, elle n'était pas des plus douées pour retrouver une piste, mais elle en savait suffisamment pour deviner que retrouver la trace des Vikings ne serait pas une tâche aisée. Sans doute avaient-ils couvert intelligemment leur retraite : ni herbes foulées, ni brindilles brisées, ni pierres retournées. Pourtant, tandis que l'horizon devenait progressivement plus lumineux à l'est, Arion et ses hommes ne se décourageaient pas et continuaient à chercher.

Le mauvais pressentiment qui habitait Lauren ne s'atténuait pas, même si rien ne semblait devoir l'étayer. Les hommes avaient investi le moindre recoin de la prairie, et aucun ne signalait rien d'inquiétant. Quelques-uns allèrent jusqu'à s'aventurer dans les bois environnants, mais là encore, ils firent chou blanc. Arion refusa néanmoins d'en rester là. Il persistait à poursuivre les recherches et ses hommes lui obéissaient sans rechigner.

Certains hommes du clan MacRae observaient Lauren pour connaître sa réaction et attendre ses ordres. Elle pensait quant à elle que la piste était trop froide pour être suivie, mais elle acquiesça d'un signe de tête pour leur indiquer qu'elle se rangeait à l'avis du comte.

L'intuition d'un désastre imminent s'imposait à Lauren avec de plus en plus de force, de minute en minute. Par contraste, la quiétude de la nature qui s'éveillait autour d'eux n'en paraissait que plus saisissante. Le soleil entamait son ascension et réchauffait la couleur du ciel à défaut de la température ambiante. Un oiseau solitaire se lança dans une série de trilles rapides et suraigus.

— J'en ai plus qu'assez de cette farce ! s'exclama soudain Rhodric d'un air dégoûté.

Accroupi à l'autre bout de la prairie, à l'opposé de Lauren, il s'était tenu à l'écart de l'agitation ambiante. Il se redressa d'un bond, le visage tordu par une fureur noire, et poursuivit :

— Il n'y a pas l'ombre d'un Viking ici ! Peut-être même n'y en a-t-il jamais eu !

— Que voulez-vous dire par là ? s'enquit l'un des hommes du comte d'un ton suspicieux.

D'une voix haute et claire, Rhodric précisa en se tournant vers lui :

— Je veux dire, l'Anglais, que votre cher comte ici présent a inventé toute cette histoire pour maquiller ses propres crimes ! C'est lui qui a volé ces bêtes et qui a allumé ce feu pour nous attirer dans un traquenard et laisser notre village sans protection. Ici, nous sommes sur les terres des De Morgan. N'allez pas vous imaginer que je ne l'ai pas remarqué !

— Rhodric ! protesta Lauren en s'élançant vers lui.

D'un bond, il fit volte-face pour lui crier, hors de lui :

— Et toi, ne t'avise pas de le défendre ! Tu as pris son parti depuis le début et ça me rend malade, Lauren MacRae ! Ton père doit s'en retourner dans sa tombe !

Lauren se figea en plein soleil, tétanisée par la violence et l'injustice de son attaque.

— Assez ! lança Arion en s'approchant de Rhodric d'un pas décidé. Si tu veux me défier, mon garçon, adresse-toi à moi et laisse Lauren en dehors de tout ça !

Rhodric se tourna vers ses camarades et s'écria en brandissant son épée :

— Vous l'entendez ? Il est à tu et à toi avec elle ! Comme si elle était sa catin et non la fille de Hebron MacRae, qui l'aurait pourfendu pour moins que ça !

Un grondement inquiétant s'éleva des rangs des Écossais rassemblés autour de Rhodric. Lauren s'empressa de contourner les autres pour aller se planter devant lui.

— Rhodric ! s'écria-t-elle, furieuse. Que penses-tu donc être en train de faire ? Comment *oses-tu* dire des choses pareilles ?

— C'est à moi que tu demandes ça ? répliqua-t-il. Mais c'est à toi que tu devrais poser la question : comment *oses-tu*, Lauren MacRae ? Comment oses-tu te ranger du côté de nos ennemis ? Comment oses-tu faire fi de toute justice, de toute décence, de tout ce que ton père t'a appris pour soutenir ce De Morgan qui nous tuera sans un remords dès que nous lui en fournirons l'occasion ?

— Tu es fou ! lança-t-elle dans un souffle. Je ne vois pas d'autre explication. Tiens ta langue, avant de te rendre encore plus ridicule !

Le grondement qui s'élevait du groupe autour d'eux s'était mué en rumeur menaçante. Cris de colère et insultes devenaient perceptibles.

— Et toi, tu n'es qu'une femme faible et crédule ! répliqua-t-il avec un mépris cinglant. Tu ferais n'importe quoi pour te donner à ce diable, même s'il te fallait pour cela trahir tout ton clan !

Sur ce, il la repoussa pour se libérer le passage.

Il ne la poussa pas très fort, mais cela suffit à la prendre par surprise et à l'envoyer valser dans l'herbe, dans une vaine tentative pour s'accrocher à la fois à son sabre et à sa dignité. De manière étrange, sa chute lui parut durer une éternité. Elle eut tout le temps d'enregistrer ce qui se passait et de noter le brusque silence qui s'était fait autour d'elle. Enfin, elle heurta violemment le sol. Le choc lui fit lâcher son arme et vida ses poumons de tout l'air qu'ils contenaient. Sans pouvoir se retenir, elle partit en arrière et son crâne heurta une pierre. Des éclats de lumière colorée, aussitôt, dansèrent la sarabande en périphérie de son champ de vision.

Lauren ferma les yeux et lutta pour reprendre son souffle. Lorsqu'elle les rouvrit, le temps lui avait joué un mauvais tour. Tout, autour d'elle, s'était accéléré de manière dramatique. Arion, après avoir jeté son épée sur le sol, s'était précipité sur Rhodric. Tous deux roulaient au sol dans une mêlée de coups de poing retentissants et de jurons furieux. D'autres, qui luttaient également sans merci, vinrent s'interposer entre elle et eux. Une bataille générale s'était engagée dans laquelle s'exorcisaient toute la violence et toutes les tensions des semaines précédentes.

Difficilement, Lauren parvint à se redresser sur son séant. Sa respiration restait bloquée et le spectacle titanesque qu'elle découvrait autour d'elle ne l'aidait pas à retrouver son souffle. Elle échappa de justesse à deux hommes qui, dans leur hâte à se battre jusqu'au sang, faillirent lui tomber dessus. Un grondement sourd s'élevait de partout et de nulle part. Un vilain bruit de guerre qui ne pourrait laisser, après la bataille, que des morts sur le terrain. Mais au lieu du fracas des lames s'entrechoquant, c'était celui des poings percutant la chair qui montait. On aurait dit que, submergés par leur fureur, les hommes avaient laissé tomber leurs armes et leur intelligence pour recourir aux moyens les plus directs et les plus primitifs de s'entre-tuer.

Enfin, Lauren parvint en titubant à se remettre sur pied. Effarée, elle observa d'un regard panoramique la masse mouvante des combattants.

Un cri se fit entendre sur l'un des côtés de la prairie. Un cri effrayant qui la fit bondir aussitôt, à la recherche de son sabre. Elle connaissait ce cri et elle sut immédiatement quelle catastrophe était en train de s'abattre sur eux.

Des bois environnants se déversa soudain un flot de Vikings. En réponse à cette vision effrayante, Lauren se mit à crier à son tour afin de prévenir ceux qui l'entouraient et qui continuaient à se battre entre eux, inconscients de l'assaut qu'ils subissaient.

Dans les hautes herbes, Lauren finit avec soulagement par dénicher son sabre. En le brandissant, elle se mit à courir vers les envahisseurs, répondant à leur cri de guerre par un autre tout aussi retentissant. Quelques membres de son clan et quelques Anglais avaient fini par comprendre le danger. Ils s'étaient ressaisis et se précipitaient à sa suite, mais leur réaction était trop tardive. Déjà, les Vikings les encerclaient. Sans cesser de pousser leurs cris terrifiants, ils frappaient sans merci tous ceux qui avaient le malheur de se trouver sur leur chemin.

Lauren s'interposa, bloquant un coup qui allait s'abattre sur le dos d'un homme à terre. Le Viking, freiné dans son élan, reporta son attention sur elle. En la découvrant, ses yeux s'agrandirent puis se réduisirent à deux minces fentes. Il lui offrit un sourire grimaçant, qu'un alignement de chicots jaunâtres rendait plus répugnant encore. Puis, il brandit son épée et la laissa s'abattre de toutes ses forces sur elle. Lauren bloqua le coup une fois encore. La force de l'impact lui envoya des vibrations dans tout le corps, mais elle les sentit à peine. Elle se sentait légère et concentrée à la fois. Tout ce qui importait, c'était d'arrêter cet homme. Et elle comptait bien être celle qui y parviendrait.

Le Viking était plus grand et moins agile qu'elle, mais il était également plus fort et armé d'une épée plus lourde que la sienne. Chaque coup qu'il lui portait et qu'elle bloquait rendait ses mains et ses bras plus gourds et insensibles. Il lui fallait improviser pour intégrer la force de ses attaques aux parades qu'elle lui opposait, comme on lui avait appris à le faire. Profitant de sa maladresse, elle parvint à lui décocher un coup de sabre en biais qui l'atteignit aux côtes. Le Viking bondit en arrière, grognant sous l'effet de la douleur et de la colère. En clignant des yeux, il l'examina avec un intérêt renouvelé et non sans une certaine surprise. Lauren sentit ses lèvres se retrousser en un sourire féroce et vit le Viking repartir à l'assaut.

Autour d'eux, Anglais et Écossais avaient de nouveau uni leurs forces, mais Lauren était trop occupée à se défendre pour s'en réjouir. Le Viking la poussait vers les bois d'où il était venu, et dans l'impossibilité où elle se trouvait de repousser ses assauts, elle ne pouvait rien faire d'autre que reculer devant lui. Elle réussit presque à passer sa garde et à lui porter un coup de sabre, mais il parvint à esquiver et se fendit aussitôt pour contre-attaquer. Lauren eut juste le temps de sauter sur un petit rocher qui émergeait des ronces et entendit la lame venir faire chanter la pierre. Elle crut voir une ouverture et se précipita pour en profiter mais le Viking, qui avait anticipé sa réaction, se dégagea en riant.

Lauren dut sauter par-dessus une grosse racine pour échapper à son coup suivant, ce qui lui fit perdre l'équilibre et buter contre un arbre. Cela permit à son adversaire d'approcher suffisamment d'elle pour lacérer à la pointe de son épée son tartan, dont un long pan retomba sur sa ceinture.

Le Viking se figea, les yeux exorbités. Lauren réalisa alors qu'il avait également lacéré sa tunique, qui laissait voir par une large déchirure une éraflure où perlait le sang, juste sous son sein gauche. Leurs regards se croisèrent et Lauren devina ce qui se passait dans l'esprit de son ennemi à l'instant même où ses intentions la concernant changèrent. Elle le lut dans son regard lubrique et dans la méchanceté de son regard glacial.

Avec l'énergie du désespoir, elle bondit du tronc où elle était acculée et le força à reculer. Son coup d'épée n'avait pas abouti, mais elle n'en avait cure du moment qu'il s'éloignait d'elle et cessait de la dévisager d'un air concupiscent. Elle repartit de plus belle à l'assaut, se rapprochant de sa cible, et le Viking marmonna dans sa langue quelques mots indistincts en brandissant son épée.

Lauren entendit des voix crier son nom, mais elles étaient bien trop lointaines pour lui permettre d'espérer le moindre secours. L'homme qu'elle devait affronter ne tentait plus de la blesser ou de la tuer. Il se contentait de parer les coups qu'elle lui portait, calmement, presque facilement, tout en la poussant toujours plus profondément dans les bois.

Son sabre constituait à présent un fardeau insupportablement lourd au bout de son bras. Elle avait le souffle court et laborieux. Pourtant, elle ne faiblissait pas pour autant et se battait avec la dernière énergie. Elle savait qu'à la moindre défaillance il serait sur elle... et qu'alors tout serait fini.

Les bois, autour d'eux, se faisaient plus épais. S'y frayer un chemin entre les arbustes et les buissons devenait difficile. Lauren ne pouvait que lancer des regards furtifs et inquiets autour d'elle pour éviter les obstacles. Le Viking, lui, paraissait s'en moquer. Il semblait en pleine possession de ses moyens et rien n'aurait pu entraver sa marche en avant ni entamer son sourire vainqueur.

Derrière eux, les hommes continuaient de crier son nom. Lauren savait cependant, tout comme son adversaire, que même s'ils se rapprochaient, jamais ils ne les trouveraient à temps.

Elle fit une dernière tentative désespérée, visant l'estomac exposé du Viking quand celui-ci leva les bras. Elle s'aperçut trop tard qu'il s'agissait d'un piège, destiné à lui faire commettre l'erreur qu'elle venait de commettre. Elle s'était trop approchée de lui. Il n'eut qu'à jeter son épée au sol pour tendre les bras et s'emparer de ses poignets, qu'il serra impitoyablement entre ses mains, jusqu'à lui faire lâcher son sabre. Celui-ci tomba avec un bruit mat dans la terre du sous-bois.

Le Viking l'attira tout contre lui, lâchant une de ses mains pour empoigner ses cheveux à la base de la nuque. Lauren se servit de sa main libre pour lui donner un coup de poing, qui l'atteignit à la mâchoire juste sous le menton. Le coup avait manqué de force et n'avait réussi qu'à le faire vaciller. Sans lâcher prise, il récupéra bien vite en secouant la tête et en riant de plus belle. D'un ton amusé, il prononça quelques mots incompréhensibles. Son haleine chargée d'une odeur de poisson pourri, qu'il lui soufflait en pleine figure, fit grimacer Lauren. Il tenait son visage si près du sien que les poils de sa barbe caressaient sa joue, et il lui tirait si fort les cheveux qu'elle en avait les larmes aux yeux.

Le Viking tordit le bras qu'il n'avait pas lâché dans le dos de Lauren. Elle tenta de se débattre, mais il la plaqua contre lui et la souleva du sol sans effort. Elle n'avait plus aucun appui et la traction qu'il exerçait sur sa nuque lui renversait la tête en arrière, de sorte qu'elle ne voyait plus que la voûte végétale formée par les arbres au-dessus d'eux. Elle poussa un cri et parvint par un effort surhumain à desserrer brièvement l'étreinte du Viking. Mais aussitôt, celui-ci resserra ses bras autour d'elle comme un étau, l'empêchant de respirer.

Alors que le monde disparaissait peu à peu à ses yeux dans un brouillard opaque, il se passa quelque chose d'étrange en elle. Elle entendit des bruits confus, issus de sa mémoire, qui n'avaient aucun sens et qui roulaient sans fin comme des coups de tonnerre. Puis, la pression qui lui comprimait les poumons cessa. D'un coup, elle put prendre une longue inspiration sifflante et les bruits étranges cessèrent progressivement. Le monde redevint net à ses yeux et elle comprit que sa situation avait changé. Pendant qu'elle étouffait, le Viking lui avait fait faire volte-face entre ses bras. Désormais, il était plaqué dans son dos et maintenait quelque chose de froid et de tranchant contre sa gorge.

D'un bras solide entourant sa poitrine, il la maintenait contre lui. Et de l'autre, il plaquait la lame de son épée dans son cou. Contre son oreille, son souffle était rauque et précipité.

Devant elle, des hommes apparaissaient entre les arbres, qui se figeaient en l'apercevant. Tous la regardaient avec des yeux épouvantés. Si elle avait pu le faire, elle se serait réjouie de reconnaître les membres de son clan, l'épée au clair et dégouttant du sang des envahisseurs qu'ils venaient de combattre. Elle reconnaissait également ceux qui se mêlaient à eux. Ils avaient beau être anglais, leurs visages affichaient en la découvrant à la merci du Viking le même mélange de colère et de circonspection que ceux des MacRae. Un homme de haute stature, habillé de noir, aux cheveux et aux yeux sombres, s'avançait lentement vers elle. C'était lui qui prononçait son nom.

— Êtes-vous en état de me comprendre, Lauren ? demanda Arion d'une voix monocorde. Êtes-vous blessée ?

— Non, parvint-elle à murmurer.

Aussitôt l'étau qui lui comprimait la poitrine se resserra. Le Viking se mit à crier des paroles qui n'avaient de sens que pour lui. Mais au ton de sa voix, il paraissait clair qu'il avait conscience d'être à deux doigts de perdre la partie. Il fit un pas en arrière, puis un autre. Arion s'immobilisa et éleva ses mains paumes ouvertes devant lui, pour lui montrer qu'il n'était pas armé.

— Il faut le prendre de vitesse, suggéra quelqu'un.

Lauren s'aperçut qu'il s'agissait de Rhodric, couvert de sang et de poussière, le sabre brandi et prêt à entrer en action. Elle voulut lui crier de ne surtout pas faire ça, mais aucun son ne sortit de ses lèvres.

— Non, objecta le comte De Morgan sans cesser de fixer le Viking. Nous ne pouvons prendre ce risque. Il la tuerait avant que nous ayons pu faire quoi que ce soit.

— Et alors ? maugréa Rhodric en haussant les épaules. Il la tuera de toute façon si nous ne faisons rien.

— Reste en arrière !

L'ordre avait été si sèchement lancé par Arion que même Rhodric se le tint pour dit.

— Il l'entraîne vers la falaise...

Lauren avait cru reconnaître la voix de Fuller.

— Je sais, répondit le comte.

Les mains toujours brandies devant lui, il fit avec prudence un nouveau pas en direction de Lauren et du Viking. Elle entendit le souffle de celui-ci s'accélérer contre son oreille, mais il ne bougea pas d'un pouce.

— Tout ce que nous voulons, c'est elle... expliqua Arion d'une voix posée. Relâche-la et tu auras la vie sauve.

— Il ne vous comprend pas ! lança Rhodric entre ses dents serrées.

— Il ne comprend peut-être pas le sens exact de mes paroles, répliqua le comte avec calme. Mais il peut en saisir l'intention.

Ce disant, il avait risqué un nouveau pas en avant.

Le Viking, l'ayant vu faire, ânonna dans l'oreille de Lauren quelques phrases gutturales et recula de quatre grands pas. Immédiatement, Arion se figea, le visage parfaitement neutre et les yeux perçants.

— Par tous les sacrements ! s'exclama quelqu'un à mi-voix. Il va le faire... Regardez-le : il est prêt à sauter avec elle !

Lauren ne comprit pas ce que cela signifiait tant qu'elle n'eut pas, en tournant légèrement la tête sur le côté, aperçu le ciel directement sous elle. Bientôt, elle comprit qu'il ne s'agissait pas exactement du ciel mais de son reflet à la surface de la rivière dont elle avait précédemment entendu l'eau ruisseler le long de la paroi rocheuse. À force de reculer, ils étaient parvenus à l'extrême bord d'un canyon dominant le cours d'eau.

Si le Viking faisait un pas de plus en arrière, ils iraient tous deux au-devant d'une mort certaine, avant même d'avoir atteint le fond du ravin.

Affolée, Lauren tourna la tête et trouva les yeux d'Arion rivés aux siens.

— Ça va aller, assura-t-elle.

Elle en fut la première surprise, car à l'évidence seul un miracle pouvait encore la sauver. Mais en disant cela, elle avait surtout voulu effacer du visage d'Arion l'expression de panique à peine voilée qu'elle y avait découvert.

Lauren se décida à mettre à exécution le plan qui germait depuis quelques instants sous son crâne. Elle n'avait plus d'autre choix, et plus rien à perdre. Sa main libre s'était posée sur la poignée de sa dague, qu'elle serrait étroitement. Aussi précisément et avec autant d'élan que possible dans la position inconfortable qui était la sienne, elle la dégaina et la planta derrière elle, enfonçant la lame dans le ventre du Viking aussi loin qu'elle le put.

L'homme tressaillit, et elle sentit la lame de son épée entailler sa gorge en même temps qu'il poussait un rugissement de colère. Il avait cependant relâché suffisamment son étreinte pour que Lauren puisse en profiter. Après s'être retournée vivement entre ses bras et avoir repris pied au bord de la falaise, elle n'eut qu'à exercer une faible pression sur sa poitrine pour le faire basculer en arrière.

Les yeux du Viking fixés sur elle s'arrondirent sous l'effet d'une terreur viscérale. Il tenta de se raccrocher à elle mais manqua son coup et disparut d'un coup dans le canyon où son dernier cri n'éveilla qu'un bref écho.

Parfaitement immobile au bord du vide, les bras écartés pour garder l'équilibre, Lauren n'osait plus respirer ni risquer le moindre geste. Une joie sans borne l'habitait. Elle l'avait fait ! Elle était parvenue à rester en vie ! Elle tourna les yeux vers Arion pour partager avec lui ce miraculeux instant de victoire. De même que tous les autres, il restait figé sur place, les yeux écarquillés par l'horreur. L'angoisse, de nouveau, se lisait sur ses traits.

D'un bond de fauve, il se précipita vers elle mais il était trop tard. Lauren sentit le sol se dérober sous ses pieds.

9

Lauren rêvait de vastes étendues sous des cieux brûlants, dans lesquels dérivaient des nuages couleur perle. Les feuilles des arbres étaient ici d'émeraude scintillante. Des cygnes dérivaient sur des lacs lapis-lazuli, avec leurs yeux d'onyx et leurs becs d'or. Le soleil, cabochon arrondi de topaze, inondait de lumière cette scène idyllique.

Ici, Lauren se sentait bien et en sécurité, en dépit de l'étrangeté du paysage. Elle dormait sur une prairie d'herbe tendre et de bruyère et s'abreuvait de nectar directement au calice de fleurs perchées au sommet d'élégantes tiges. Arion se trouvait là, près d'elle. C'était lui qui lui offrait de boire ce nectar, en murmurant tendrement son nom, en lui caressant le visage, et en lui souriant chaque fois qu'elle levait les yeux sur lui.

Quel beau rêve c'était ! Le plus beau, sans doute, qu'elle eût jamais fait... Décidée à ne pas combattre l'agréable torpeur qui l'engourdissait, elle se pelotonna dans l'herbe tendre et odorante, sous le soleil complice, et laissa un bienfaisant sommeil l'engloutir.

Lauren s'éveilla. Elle ignorait combien de temps s'était écoulé depuis son précédent réveil. Suffisamment pour que le ciel au-dessus d'elle se soit transformé en simple ciel de lit, et pour que la prairie d'herbe tendre soit redevenue une couverture enveloppant son corps. De douces fourrures, sous sa tête, lui servaient d'oreiller.

Seuls le soleil, les cygnes, les nuages et les arbres demeuraient identiques à ceux de son rêve : topaze et onyx, perle et émeraudes. Cette brillante scène pastorale, artistement représentée sur une tapisserie accrochée à un mur non loin d'elle, trompait le regard et l'imagination par la richesse de ses détails.

Il devint progressivement évident pour Lauren qu'elle se trouvait allongée dans un lit qui n'était pas le sien, dans une chambre qui n'était pas plus sienne. Quand elle tourna la tête pour examiner les lieux, une déflagration de lumière l'aveugla et faillit la tuer. Simultanément, un raz-de-marée de douleur déferla dans tout son corps, qui la fit gémir.

— Ne bougez pas ! lui ordonna une voix, sur sa gauche. Vous avez besoin de rester tranquille, Lauren.

Lauren n'avait pas besoin de voir le visage de l'homme qui venait de s'adresser à elle pour savoir de qui il s'agissait. De nouveau, elle tenta de tourner la tête vers lui, et cette fois l'explosion de lumière et de douleur oblitéra tout le reste, lui faisant perdre conscience.

Il n'y eut plus de rêve pour la bercer. Juste cette alternance d'éveils brefs et de sommes profonds, qui lui fit perdre toute notion de l'existence et du temps.

Quand elle reprit conscience, le ciel de lit au-dessus d'elle n'avait pas changé. D'une couleur gris-bleu apaisante, il était tendu au sommet de longs pilastres en bois sculpté. Lauren tourna tout doucement la tête, redoutant l'explosion douloureuse qui allait s'ensuivre, mais la migraine qui lui pilonnait le crâne ne fit que connaître un nouveau pic. Elle explora du regard les ombres qui baignaient la pièce et en vit une plus dense se séparer des autres pour venir vers elle.

Arion la rejoignit et prit sa main dans la sienne pour la porter à ses lèvres. Sur sa peau, Lauren sentit le picotement d'un épais chaume de barbe.

— Vous avez une mine affreuse, dit-elle.

Mais sa voix était si ténue qu'elle l'entendit à peine. Sans lâcher sa main, Arion lui sourit et répliqua :

— Je peux vous retourner le compliment...

Lauren détourna prudemment les yeux pour examiner les alentours.

— Vous êtes à Elguire, expliqua-t-il sans lui laisser le temps de poser la question. Nous vous y avons amenée après votre chute.

— Ma chute ?

Arion garda le silence jusqu'à ce qu'elle se décide à le regarder de nouveau.

— Vous ne vous en souvenez pas ? Vous êtes tombée du haut d'une falaise. Nous avons eu bien du mal à vous tirer de là, je vous assure... Heureusement, des buissons avaient amorti votre chute.

Il s'adressait à elle d'un ton léger, mais il la dévisageait avec attention et non sans une certaine inquiétude.

— Quand est-ce arrivé ? s'enquit-elle.

— Hier.

— Mais...

Un détail de ce qu'il venait de lui révéler alarma soudain Lauren, qui demanda :

— Vous avez bien dit que je suis à Elguire ?

— Cet accident s'est produit sur mes terres, répondit-il. Il était plus rapide de vous conduire chez moi que chez vous.

La logique de cette réponse lui échappait totalement. Elguire n'était pour elle que le repaire de l'ennemi, le siège de la famille du diable... En apprenant qu'elle s'y trouvait, son clan allait prendre les armes et livrer bataille pour venir la libérer.

Elle fit une tentative pour se redresser, mais Arion l'en empêcha en la repoussant doucement aux épaules.

— Lâchez-moi ! protesta-t-elle.

Les sourcils froncés et le regard grave, Arion tenta de la raisonner.

— Lauren… Je vous assure que tenter de vous lever serait une très mauvaise idée. Vous n'êtes pas en état de faire le moindre effort et je serais dans l'obligation de vous en empêcher pour votre propre bien.

Tenter de lutter contre lui n'avait aucun sens. Il était plus fort qu'elle et les efforts qu'elle avait fournis avaient suffi à réveiller en elle une douleur atroce, qui obscurcissait sa vision. Il lui fallut fermer les yeux, pantelante, et se laisser aller contre sa literie pour lutter contre le vertige qui s'emparait d'elle.

Au bout d'un moment, elle sentit qu'il lui lâchait les épaules. Elle n'en profita cependant pas pour tenter de nouveau de se redresser. Rester consciente mobilisait toutes ses forces.

— Je dois retourner à Keir, dit-elle dès que cela lui fut possible. Il le faut.

— Cela serait très imprudent.

Elle ouvrit les yeux et le découvrit tout près d'elle. Le ciel de lit couleur ardoise, au-dessus de lui, ressemblait à un ciel d'orage.

— Suis-je votre prisonnière, De Morgan ?

Il lui adressa un sourire qui n'en était pas vraiment un, et ce fut sans la moindre trace d'humour qu'il répondit :

— Non.

Juste cela. Sans autre explication. Sans aucune tentative pour la rassurer. Lauren fit une nouvelle tentative.

— Je ne peux pas rester ici. Vous devez comprendre... Je dois rentrer chez moi.

— Non, répéta-t-il simplement.

Lauren entendait de temps à autre le vent gémir à l'extérieur contre les vitres des fenêtres. Aucun autre bruit ne se faisait entendre : ni chants d'oiseaux dans les arbres, ni bruits de passage dans les couloirs. Ils auraient tout aussi bien pu être seuls au monde. Cela lui inspirait une sensation étrange de familiarité qui la surprenait, comme si elle avait toujours su, au fond d'elle-même, qu'ils finiraient ainsi : ensemble et seuls, peut-être pour toujours.

Lauren secoua la tête pour en chasser cette pensée. Un brusque accès de douleur lui redonna le sens des réalités.

— Ma famille va s'inquiéter, dit-elle. Comment suis-je arrivée ici ?

Arion s'était assis au bord du lit, précautionneusement, pour faire bouger le moins possible le matelas de plume et pour qu'elle n'ait pas à se pousser.

— Vous ne vous rappelez de rien, n'est-ce pas ?

Dans sa bouche, c'était davantage un constat qu'une question. Lauren sentit une brusque inquiétude se faire jour en elle. Quelque chose de sombre et de déplaisant se tenait aux franges de sa mémoire, trop près d'elle pour qu'elle puisse l'ignorer et trop loin pour lui permettre de s'en saisir.

— Quoi donc ? s'étonna-t-elle. De quoi devrais-je me rappeler ?

— Laissez-moi vous poser une seule question, répondit-il. Quels sont vos derniers souvenirs ?

— Eh bien...

Lauren baissa les yeux sur sa couverture laineuse, de la même couleur que le ciel de lit, et se concentra.

— Nous étions... à Dunmar, poursuivit-elle. À la recherche de Vikings. *(... son visage, le dîner, leur échange de regards, la nuit glacée, le baiser qu'il avait failli lui donner près de la tour de guet...)* Nous nous sommes joints à la deuxième patrouille.

Lauren nota la finesse et la pâleur de ses mains sur le fond sombre de la couverture. Elles étaient abîmées, marquées de bleus et de griffures. Un bandage recouvrait intégralement son avant-bras gauche.

— Nous avons grimpé jusqu'à cette prairie, dans la montagne... poursuivit-elle d'un ton rêveur. Nous avons trouvé ce feu de camp, et puis Rhodric...

Elle dut s'arrêter, non pas parce qu'elle ne se rappelait pas ce qui s'était passé, mais parce qu'elle se le rappelait trop bien et que cela l'humiliait. Comment un membre de son clan avait-il osé la traiter ainsi devant tout le monde – et surtout devant le comte De Morgan ?

— Je sais, assura-t-il d'une voix neutre. Continuez.

— Il y a eu ce combat. Votre famille contre la mienne. Je pense que... tout le monde est devenu fou.

— Et ensuite ?

La chose menaçante et sombre qui rôdait en périphérie de sa conscience se fit plus présente. La porte était ouverte derrière laquelle elle pouvait découvrir de quoi il s'agissait. Mais Lauren n'avait pas envie de franchir ce seuil. Elle redoutait de rencontrer ce qui l'attendait de l'autre côté.

— Je ne sais pas, glissa-t-elle dans un souffle.

— Vous en êtes sûre ?

— Oui. Je l'ignore.

Arion ne répondit rien à cela. Il continua simplement de la dévisager, si proche qu'elle n'aurait eu qu'à tendre la main pour le toucher si elle l'avait voulu. Mais elle n'en fit rien. Au lieu de cela, elle tourna la tête pour ne plus le voir. À cette minute, elle aurait voulu se trouver n'importe où plutôt qu'à ses côtés.

Refuser de la voir ne suffisait pas à bannir la chose sombre et menaçante qui la hantait. Elle attendait son heure, dans un recoin de son esprit, sûre de gagner.

— Je veux rentrer chez moi, dit-elle d'une voix tendue. Les miens vont vous accuser de me retenir ici contre mon gré.

— Votre clan sait parfaitement où vous vous trouvez, Lauren. Ce sont vos hommes qui nous ont aidés à vous transporter ici. Ils ont reconnu qu'il valait mieux que vous soyez soignée à Elguire, pour le moment du moins. Nous avons ici un bon guérisseur et un plus grand choix de remèdes qu'à Dunmar. Aucun de vos os n'a été brisé au cours de votre chute – un miracle ! –, mais vous n'en avez pas moins été gravement blessée. Pour l'heure, vous êtes intransportable. Même cet imbécile de Rhodric en a convenu. Donc, vous resterez ici.

Lauren se sentait trahie, autant à cause de ce qu'il venait de lui dire que par cette sombre force qui exerçait au fond de son esprit une pression sans relâche pour s'imposer à sa conscience.

— Les Vikings... reprit Arion en fixant le sol, d'une voix qui trahissait autant la souffrance que la colère. Ils se cachaient dans les bois, autour de cette prairie. Sans doute devait-il s'agir de l'équipage de la chaloupe de la grotte. Nous pensons qu'ils avaient été envoyés en reconnaissance pour nous espionner, découvrir nos forces et nos faiblesses, avant d'être récupérés ultérieurement par un drakkar. Nous les avons surpris ce matin-là et ils nous ont attaqués. Ils nous surpassaient en nombre mais nous les avons vaincus. Hélas... un bon nombre des nôtres sont tombés quand nous étions encore en train de nous battre entre nous.

Lauren tourna la tête et demanda :

— Combien ?

Arion soupira.

— Douze, répondit-il d'une voix blanche. Cinq des vôtres et sept des miens.

(... le Viking était plus grand et moins agile qu'elle, mais il était également plus fort et armé d'une épée plus lourde que la sienne. Chaque coup qu'il lui portait et qu'elle bloquait rendait ses mains et ses bras plus gourds et insensibles...)

Tandis que des images terribles l'assaillaient, Lauren s'entendit raconter d'une voix lointaine :

— Ils ont surgi de la forêt. Ils s'y sont cachés pour endormir notre méfiance, et quand nous avons été... distraits par autre chose, ils ont attaqué. Ils étaient... si nombreux !

— Oui, répondit simplement Arion.

Lauren se sentait écartelée. Elle avait l'impression qu'une partie d'elle-même vivait de nouveau intensément ce qui s'était passé et qu'une autre observait tout cela à distance, d'un œil détaché.

Elle fit une nouvelle tentative pour se redresser, et cette fois Arion l'aida à prendre appui contre la massive tête de lit en bois. La couverture glissa jusqu'à ses hanches. Alors, une série de détails sans importance s'imposa à elle. Elle portait une ample chemise couleur lavande, brodée à l'encolure et aux manches de petites fleurs. Le lit, surélevé, se trouvait à une bonne distance du sol et au milieu d'un vaste tapis multicolore. Toutes les fenêtres étaient hermétiquement closes, protégeant la chambre des mugissements du vent qui à l'extérieur n'avait pas cessé. Le comte De Morgan la dévisageait. Ses yeux avaient pris la couleur de la mer lorsqu'une tempête la soulève.

— Vous aviez raison, déclara cette part d'elle-même qui restait distante et détachée. Je n'aurais pas dû me joindre à vous. J'ai mis en danger tout le monde en me laissant capturer par ce Viking.

Cet aveu parut surprendre Arion.

— Lauren... protesta-t-il. C'est vous qui les avez vus arriver avant tout le monde et qui nous avez alertés.

La chose affreuse et noire ne lui laissait aucun répit.

— Mais... murmura-t-elle. Je l'ai tué.

De la part de Lauren, ce n'était pas vraiment une question, mais pas un constat non plus. Elle baissa les yeux sur ses mains et constata avec étonnement qu'elles tremblaient.

— Oui, répondit-il de manière laconique.

— Je...

Le tremblement de ses mains était en train de gagner tout son corps. Lauren ne pouvait s'en empêcher et elle en était mortifiée.

— Nous étions tout au bord de la falaise, reprit-elle. J'ai dégainé ma dague... je suppose que je peux lui dire adieu.

Elle laissa fuser un petit rire, ironique et larmoyant à la fois. Puis, horrifiée, elle porta la main à sa bouche. Que lui arrivait-il, au juste ?

Arion était proche d'elle – trop proche. Autant que cela lui était possible, elle s'éloigna de lui, tremblante comme une feuille.

— Que se passe-t-il ? s'inquiéta-t-il sans rien faire pour se rapprocher. Lauren... Qu'est-ce qui ne va pas ?

— Cet homme, reprit-elle d'une voix aussi tremblante que ses membres. Il allait me tuer.

— Oui, répondit fermement Arion. Vous avez fait ce qu'il fallait pour l'en empêcher.

Lauren couvrit son visage de ses mains. Elle avait envie de rire et de pleurer à la fois, ce qui n'avait aucun sens. Elle sentit un bras ferme et chaud se poser sur ses épaules. Arion s'était rapproché et la serrait contre lui, une main caressant ses cheveux. Elle se laissa aller contre lui. Elle n'était plus en état de lutter. La terrible et sombre nuée qu'elle portait en elle se déchaînait, noire et huileuse, étouffante.

Elle s'efforça de reprendre son souffle et l'entendit avec terreur se transformer en sanglot. D'autres lui succédèrent bientôt, accompagnés de larmes de détresse qui trempaient ses joues. De toutes ses forces, elle s'accrocha à Arion, qui demeura ferme et solide à côté d'elle. Dans la tempête intime qui la secouait, il était le ferme rocher qui l'empêchait de sombrer tout à fait.

(... *le sang... la mer... le sable... la mort... et le visage de son père...*)

Arion lui murmurait à l'oreille de douces paroles de réconfort. Lauren reconnut à peine sa propre voix, déformée par le chagrin et la colère, quand elle s'écria :

— Je l'ai vu ! J'ai vu son visage, juste au moment de sa mort... Et c'était... *c'était le visage de mon père !*

— Non, protesta Arion tout bas. Non, Lauren... Il ne faut pas.

— Et l'autre ! renchérit-elle néanmoins. Le premier, sur la plage... Je l'ai tué aussi, parce que les siens avaient tué mon père et que je voulais le venger. Mais au dernier moment, son visage... j'ai aussi vu dans son visage le visage de mon père. *Et je l'ai tué !*

Arion la berçait doucement contre lui.

— Vous m'avez sauvé la vie, mon amour... murmura-t-il. Et la vôtre par la même occasion. Il ne faut pas vous en vouloir. Vous ne pouviez rien faire d'autre.

— Père... gémit Lauren en une lamentation déchirante entrecoupée de sanglots. Oh ! Père... Pourquoi ? *Pourquoi ?*

Arion passa ses deux bras autour de Lauren et l'attira plus près de lui encore, jusqu'à ce que sa tête repose sur son épaule. Elle paraissait glacée et bouillante à la fois. Les tremblements qui la secouaient étaient si violents qu'il craignait vraiment de ne pouvoir la tirer de cet abîme de souffrance dans lequel elle était plongée.

Il ne savait quoi faire d'autre que tenter de la réconforter du mieux qu'il pouvait. Il était évident qu'elle était encore sous le choc de tout ce qui s'était passé, et une phrase ou une initiative malencontreuse pouvait lui faire plus de mal encore. Aussi se contentait-il de la bercer contre lui, en lui caressant les cheveux et en lui murmurant des mots doux dont il espérait qu'ils passeraient la barrière de ses larmes. Il se sentait profondément ému de la sentir si désemparée et simultanément si abandonnée entre ses bras. Mais ce qui le bouleversait plus que tout encore, c'était ce poing qu'elle avait serré contre sa poitrine, telle une enfant inconsolable.

Sa crise de larmes dura très longtemps, mais finalement Arion la sentit se calmer et devenir plus lourde entre ses bras. Il se tut et cessa peu à peu de la caresser mais il ne la lâcha pas pour autant, incapable de l'abandonner.

Bientôt, il devina à la régularité de son souffle qu'elle s'était endormie. Cela n'avait rien pour le surprendre. Non seulement elle avait repris conscience pour se trouver confrontée à ses tourments cachés, mais en plus son corps devait encore se remettre du terrible traumatisme qu'il avait subi. Ses cheveux se répandaient comme des coulées de cuivre sur les bras d'Arion. Il eut la satisfaction de voir que ses joues avaient rosi et que son visage s'était détendu.

Avec un luxe de précautions, il desserra les doigts qui s'étaient crispés pour s'agripper à sa tunique. Puis, plus précautionneusement encore, il entreprit de la rallonger dans le lit. Quand il remonta sur elle la couverture, elle leva une main pour la poser sur sa poitrine mais ne se réveilla pas pour autant. Arion eut envie d'écarter de son visage quelques mèches de cheveux qui avaient glissé sur ses yeux mais s'en abstint pour ne pas troubler son sommeil.

À reculons, sans quitter des yeux le visage de Lauren, il gagna la porte et sortit.

La femme venue de Keir n'arriva pas aussi vite qu'Arion l'avait espéré. Quand elle finit par se présenter aux portes d'Elguire, le soleil était déjà haut dans le ciel et la deuxième journée du séjour de Lauren au château s'achevait.

L'âge de la nouvelle venue fut ce qui surprit Arion au premier abord. Il s'était attendu à trouver une jeune femme de l'âge de Lauren, alors que la nouvelle venue, digne et fière sur sa jument rouanne, aurait largement pu être sa mère. Elle n'avait pas voyagé seule et une escorte de huit hommes l'accompagnait.

Arion alla l'accueillir dans la cour intérieure et adressa de la tête quelques saluts aux Écossais de sa garde qu'il connaissait. Avec l'aide d'un de ses hommes, cette imposante femme aux brillants cheveux argentés et aux yeux de biche mit pied à terre. Il n'avait aucun mal à imaginer les ravages que sa beauté avait dû causer dans les rangs des hommes au temps de sa jeunesse. Il crut même discerner quelque chose du visage de Lauren sur ses traits. La rectitude de l'arête du nez, peut-être, ou la grâce altière de ses pommettes hautes. Mais sans doute n'était-ce de sa part qu'imagination, se dit-il. Tellement Lauren lui avait fait forte impression, il commençait à la voir partout...

— Ainsi donc, voici le comte De Morgan, dit-elle en le détaillant de la tête aux pieds.

D'un geste plein d'élégance, elle éleva une main vers lui, sur laquelle il se pencha, amusé malgré lui par son attitude.

— Madame... répondit-il, puisqu'il ignorait encore son nom.

Les MacRae avaient simplement fait savoir qu'un chaperon serait envoyé de Keir pour prendre soin de Lauren jusqu'à ce qu'elle soit en état de voyager.

Depuis cette fatale patrouille deux nuits plus tôt, Elguire abritait les Écossais qui en avaient fait partie et qui avaient refusé de laisser la future femme de Murdoch derrière eux. Nul ne serait plus heureux qu'Arion de les voir enfin s'en aller. La suspicion et la haine à peine masquée menaçaient en permanence de prendre un tour dangereux entre les deux camps. Non content d'avoir exigé de pouvoir rendre visite à leur blessée toutes les deux heures, les MacRae s'arrangeaient pour fomenter des troubles le reste du temps. Arion se doutait cependant que tous les incidents qu'on lui rapportait ne pouvaient être uniquement de leur fait.

Il avait dû se montrer convaincant – et même avoir recours à la menace – pour que les hommes de Lauren l'autorisent à l'emmener à Elguire. Alors qu'elle saignait, allongée sur le sol à ses pieds, inconsciente et couverte de multiples blessures, il se serait battu avec chacun d'eux, s'il l'avait fallu, pour les convaincre.

En la voyant disparaître dans le vide, en cet horrible instant où le bord de la falaise s'était désagrégé sous ses pieds, Arion avait vraiment cru la perdre à jamais. Il ne gardait qu'un souvenir confus des minutes qui avaient suivi. Il avait couru s'allonger tout au bord du canyon, au risque de basculer à son tour, certain qu'il allait découvrir au fond son corps disloqué. Mais par miracle, il l'avait découverte suspendue dans le vide aux branches d'un pin enraciné dans la paroi rocheuse. Son tartan, en s'y accrochant, l'avait sauvée.

Le sauvetage improvisé, au milieu des cris et des plans établis à la hâte, demeurait flou lui aussi dans son esprit. Ce dont il était sûr, c'est qu'il avait tenu à être celui qui descendrait la chercher. Il leur avait fallu une éternité – du moins lui semblait-il – pour la hisser au sommet. Ensuite, la dispute avait repris entre eux pour déterminer où il valait mieux la soigner. Une fois de plus, ils avaient failli en venir aux mains mais Arion avait fini par faire prévaloir son point de vue. Durant tout le trajet du retour, lui qui ne croyait plus en Dieu s'était abîmé en prières ferventes pour que Lauren survive. Et contrairement à ce qu'il avait imaginé, il fallait croire finalement que Dieu écoutait puisque en dépit de toute attente elle avait survécu.

— Où se trouve Lauren ? s'enquit le chaperon, tirant Arion de ses pensées.

— À l'intérieur, répondit-il. Puis-je vous montrer le chemin, madame…

— Hannah Elizabeth MacRae.

Délicatement, elle posa la main sur le bras qu'il lui présentait et lança aux hommes qui l'avaient escortée :

— Reposez-vous un peu et retournez à Keir dès que possible avec les autres.

Se tournant vers Arion, elle demanda :

— Les hommes de notre patrouille sont prêts à prendre la route, je suppose ?

— Sans aucun doute.

Il lui fut difficile de réprimer un sourire.

En s'éloignant, Arion résista à l'envie de se retourner pour surveiller les faits et gestes des nouveaux venus. Outre que cette femme semblait avoir sur eux un ascendant parfait, il avait remarqué que Fuller s'était chargé de venir les accueillir. Si le moindre problème devait survenir, il serait de taille à y faire face.

Hannah MacRae se laissa entraîner dans les corridors du château avec l'aisance et la noblesse d'une reine. Arion ne put qu'admirer la parfaite indifférence qu'elle affichait face à tous ces inconnus croisés en chemin qui la toisaient avec curiosité. Les teintes de bleu et de vert de son tartan la désignaient ici comme une étrangère, mais elle affichait une sérénité à toute épreuve. Il avait déjà vu Lauren se draper parfois dans cette attitude hautaine. À présent, il savait de qui elle la tenait.

— Comment va-t-elle ? s'enquit Hannah tout en marchant. Le dernier message indiquait qu'elle n'était pas grièvement blessée et qu'elle pourrait rentrer chez elle après quelques jours de repos.

Après avoir marqué un temps d'hésitation, Arion répondit :

— C'est vrai.

Elle lui jeta un regard inquisiteur et insista :

— Mais vous ne me dites pas tout, n'est-ce pas, Votre Seigneurie ?

Arion hésitait à parler à cette femme qu'il ne connaissait pas de ce que Lauren lui avait révélé au milieu de ses larmes. Après tout, peut-être était-elle pour elle une parfaite étrangère, ou pire encore : une espionne à la solde de son fiancé.

Comme si elle avait pu deviner le dilemme qui l'agitait, Hannah s'arrêta au beau milieu d'un hall et lui fit face pour lui déclarer sévèrement :

— S'il y a quelque chose de grave que je dois apprendre à son sujet, j'insiste pour que vous m'en fassiez part tout de suite. Ne m'épargnez pas, comte De Morgan. Dans ce monde, nulle n'est plus attachée que moi à Lauren. Dites-moi de quoi il retourne.

Arion perçut l'inquiétude derrière l'apparente sévérité de ses propos. Ce fut ce qui le décida à parler.

— Lauren... a éprouvé quelques difficultés à se rappeler ce qui s'est passé, expliqua-t-il en cherchant ses mots. Quand elle a fini par retrouver la mémoire, elle en a été... bouleversée.

— Ah ! dit simplement Hannah. De quelle manière ?

Arion jeta un coup d'œil aux deux extrémités du hall où des gens allaient et venaient en les observant avec curiosité. Il prit Hannah par le bras et l'entraîna dans la pièce la plus proche, fort opportunément déserte. Dès qu'il eut refermé la porte, une semi-pénombre se fit. Les volets intérieurs étaient clos et aucun feu ne brûlait dans l'âtre. Après s'être adossé au vantail, il poursuivit son récit.

— Le Viking qui s'était emparé d'elle s'apprêtait à la tuer. Elle s'est montrée si brave...

Hannah acquiesça d'un hochement de tête en observant la pièce déserte.

— Brave au point de tuer elle-même celui qui voulait la tuer, dit-elle. Je le sais déjà. C'est cela qui la tracasse ?

Arion laissa fuser un long soupir et s'efforça de chasser de sa mémoire cet instant terrifiant qui demeurait si vivace en lui. Soudain très fatigué, il passa une main lasse sur son visage avant d'expliquer d'un ton monocorde :

— Elle m'a dit qu'elle avait vu se substituer au visage de l'homme qu'elle était en train de tuer le visage de son père. Et elle a ajouté que le même phénomène s'était produit avec le Viking qu'elle a tué sur cette plage où elle m'a sauvé la vie.

— Ah ! lança une nouvelle fois Hannah.

Et avec un nouveau hochement de tête, elle ajouta :

— Je comprends.

Ils ne parlèrent ni l'un ni l'autre durant un bon moment, laissant le silence s'emparer de la pièce. Arion observa d'un œil vague le lourd mobilier qui encombrait celle-ci : une table entourée de chaises, un vaisselier aux étagères chargées d'assiettes et de pots. Le sol dallé était dépourvu de tout tapis.

— Lauren vous a-t-elle parlé de la mort de son père ? demanda enfin Hannah.

— Non.

Arion la vit aller s'asseoir avec un petit soupir. Après avoir arrangé ses jupons autour d'elle, elle reprit :

— Pardonnez-moi. Je dois m'asseoir pour raconter cette histoire-là.

Il demeura où il était, appuyé contre la porte, satisfait de laisser un peu de distance entre eux. Quelque chose, dans le ton de sa voix, lui disait qu'il n'allait pas aimer ce qu'elle avait à lui dire et il préférait qu'elle ne puisse observer ses réactions.

— Quand les premiers drakkars ont été signalés le long de nos côtes, raconta-t-elle d'une voix douce mais un peu triste, Hebron a tenu à commander lui-même les patrouilles de surveillance. Il était le laird de notre clan, et personne n'aurait osé s'opposer à lui. Hebron était aimé, mais personne n'était plus proche de lui que Lauren.

Comme pour rassembler ses idées, Hannah baissa la tête et observa ses mains jointes dans son giron. Quand elle reprit la parole, l'émotion faisait trembler sa voix.

— Vint le jour funeste où les Vikings décidèrent d'attaquer, prenant Hebron au dépourvu. Sur la plage où il les avait surpris, ce fut un terrible, terrible combat... Sans doute ces barbares l'avaient-ils identifié comme le chef de notre camp, car ils se liguèrent contre lui et le combattirent si durement qu'il en mourut. En brave, naturellement, mais il en mourut.

Sur ces derniers mots, sa voix avait flanché. Arion la vit de nouveau baisser la tête et lisser longuement ses jupons du plat de la main.

— Ils ne se sont pas contentés de le tuer, poursuivit-elle enfin. Ils l'ont massacré, torturé, mutilé. Et pour finir... ils lui ont tranché la tête. Personne n'a rien pu faire pour les arrêter ce jour-là. Nous avons perdu la bataille en même temps que notre laird. Il a fallu qu'une tempête se lève et que nos renforts arrivent pour mettre nos adversaires en déroute.

» Lauren était restée à Keir et attendait le retour de nos hommes. Quand ils ont été annoncés, c'est elle qui a foncé les rejoindre en premier. Je vous laisse imaginer ce qu'elle a découvert cette nuit-là, De Morgan... Tout comme vous pouvez imaginer le choc que cela a dû représenter pour elle de voir la dépouille de son père ramenée ainsi au château : dépecée, en morceaux.

Pour toute réponse, Arion ferma les yeux et hocha la tête lentement.

— Elle n'a jamais pleuré, conclut Hannah d'une voix presque pensive. Elle n'a pas pris le temps d'exprimer son chagrin. Elle a enterré son père, avec le reste de nos morts. Puis, elle a pris sa place pour tenter de faire survivre son esprit, ses espoirs, sa détermination à aider le clan. Mais je ne l'ai jamais vue pleurer.

Hannah laissa le silence retomber sur ces derniers mots. Le froid qui régnait dans la pièce en profita pour s'abattre sur Arion et le transpercer jusqu'aux os. Lauren MacRae – sa courageuse, magnifique et remarquable Lauren MacRae – avait déjà vécu tant de drames, subi tant de pertes et vu tant d'horreurs...

— Elle a pleuré, maintenant... constata-t-il en ouvrant les yeux pour observer la pointe de ses pieds bottés.

Il entendit Hannah soupirer, se lever et venir à lui. Puis, il sentit sa main se poser sur son avant-bras, fragile rempart contre le froid.

— Alors je suis heureuse, Arion De Morgan... conclut-elle. Il était temps.

Arion assista aux retrouvailles de Lauren et Hannah avec une certaine gêne. Il aurait voulu se trouver n'importe où sauf dans sa propre chambre, à les regarder s'embrasser et échanger des paroles de soulagement et de joie.

Pourtant, il ne fit rien pour s'en aller. Bien au contraire, il fit semblant de se rendre utile en allant ranimer le feu – qui en fait en avait réellement besoin. Quiconque l'aurait observé disposer les bûches avec minutie aurait bien ri du soin méticuleux qu'il y apportait, mais les deux femmes, elles, semblèrent ne rien remarquer.

Si Lauren était toujours angoissée, elle n'en montra aucun signe. Elle sourit à son amie, et il lui arriva même de rire un peu, balayant d'un revers de main le sujet de ses blessures pour prendre plutôt des nouvelles de Keir et de tout son clan.

Quand Arion se retourna, sa tâche enfin terminée, il les trouva assises l'une à côté de l'autre et se serrant les mains comme de veilles amies.

— J'ai de bonnes nouvelles pour toi..., annonça l'aînée, perchée au bord du lit. Quinn a repris conscience, et il a toute sa tête !

— Vraiment ?

Lauren avait encore la voix un peu enrouée, mais le bonheur que lui procurait cette nouvelle ne faisait aucun doute.

— Oui ! répondit Hannah. Elias dit qu'il pourra se lever dans quelques jours, si tout se passe bien.

— C'est merveilleux !

— Nous lui avons raconté tout ce qui s'est passé depuis qu'il a été blessé : la mort de ton père, ce qui est arrivé sur la plage, dans la grotte, ainsi qu'à Dunmar.

— Oh !

Arion avait nettement perçu une nuance de dépit dans sa réponse.

— James l'a mis au courant de l'alliance avec les Anglais, poursuivit Hannah en jetant un bref coup d'œil à Arion. Quinn dit qu'il souhaite te parler.

— Oh... répéta Lauren.

Et cette fois, elle ne put dissimuler son abattement.

Quelques coups furent frappés contre la porte. Les deux femmes tournèrent la tête vers Arion, confortablement installé devant la cheminée. Il alla ouvrir et trouva Fuller sur le seuil.

— Veuillez me pardonner, milord...

— Oui ? répondit Arion sans le faire entrer.

— J'ai pensé que vous aimeriez savoir que la quatrième patrouille sera bientôt de retour. Au cas où vous voudriez entendre son rapport.

Déconcerté, Arion le dévisagea sans rien dire. Fuller savait qu'il voyait systématiquement les patrouilles à leur retour. Mais il savait également, comme lui, que la prochaine n'était pas attendue avant plus d'une heure.

À mi-voix, il demanda en se rapprochant de lui :

— Quelque chose ne va pas ?

— Non, milord. Pas que je sache.

L'intendant paraissait nerveux. Il ne parvenait pas à soutenir son regard et ses yeux s'égaraient sans arrêt, par-dessus l'épaule d'Arion, sur ce qui se passait dans la pièce.

— Fuller Morgan ! s'exclama soudain Hannah.

Arion se retourna. Hannah s'était levée et traversait la pièce. Arion s'effaça sur le seuil et Fuller la rejoignit à mi-parcours.

— Hannah MacRae... dit-il simplement.

Il prit entre les siennes la main qu'elle tendait vers lui et la fixa intensément, le regard grave.

Arion reporta son attention sur Lauren et découvrit sur son visage l'expression de surprise intense qu'il devait arborer lui-même. Comme lui, elle observait sans comprendre la scène étrange qui se déroulait sous leurs yeux.

— Cela fait tant d'années... murmura Hannah au bout d'un moment.

— Oui, approuva Fuller sans lui lâcher la main.

— Hannah ?

Lauren était parvenue à sortir de sa torpeur avant Arion. Hannah se tourna vers elle et entraîna Fuller jusqu'au lit.

— Ma chérie... dit-elle. As-tu fait la connaissance de l'intendant du comte ?

— Oui, répondit Lauren. Mais j'étais loin de me douter que tu le connaissais aussi.

— En fait... nous ne sommes rien d'autre que de vieux amis. N'est-ce pas ?

Hannah s'adressait à Fuller, qui hocha la tête en un geste lent et délibéré. Ils demeurèrent ainsi, à se regarder, si manifestement absorbés l'un par l'autre que cette fois Arion se sentit réellement de trop.

— Quel merveilleux hasard ! fit-il mine de se réjouir.

En franchissant les quelques pas qui le séparaient d'eux, il s'efforça de jauger la situation. Lauren paraissait songeuse. Hannah n'avait rien perdu de sa superbe. Quant à Fuller, il avait tout de l'homme qui vient de trouver une pépite que pour rien au monde il ne lâcherait. Arion était bien placé pour le comprendre, et il n'avait pas l'intention de priver de cette joie le seul homme qui lui avait témoigné un peu d'amitié depuis qu'il avait hérité de son titre.

— Fuller... dit-il. Vous pourriez peut-être montrer à notre invitée nos...

Arion marqua une pause, à la recherche d'une idée appropriée. Son intendant n'attendit pas qu'il termine sa phrase. Il acquiesça d'un hochement de tête et glissa sous son bras celui de sa « vieille amie ».

— Oui, milord... dit-il en l'entraînant vers la porte.

Mais sur le seuil, Hannah s'arrêta et lança à Lauren un regard interrogateur.

Arion vit Lauren, adossée à ses oreillers, hocher la tête en signe d'acquiescement et sourire à son amie. Hannah se retourna vers Fuller et tous deux, sans échanger une parole, disparurent dans le couloir.

Lauren contemplait toujours l'encadrement de porte vide quand Arion posa de nouveau les yeux sur elle. Plus aucun sourire ne s'attardait sur ses lèvres. Au bout d'un moment, elle baissa les yeux et les fixa sur sa couverture. Puis, lentement, elle les releva sur lui. L'or de ses prunelles ne lui avait jamais paru si clair et lumineux. Son visage ne gardait plus aucune trace des larmes qu'elle avait versées ce matin-là, mais elle avait un air soucieux qui lui donna l'envie d'aller la réconforter, même s'il savait qu'elle ne l'aurait pas accepté.

— Comment allez-vous ? demanda-t-il pour briser la glace.

Lauren détourna le visage. Ses joues s'empourprèrent délicatement. Elle pencha la tête de manière à cacher ses traits sous le rideau de ses cheveux.

— Bien, répondit-elle tout bas.
— Tant mieux.

Incapable de supporter une seconde de plus la gêne qui s'était installée entre eux, Arion alla s'asseoir au bord du lit, comme il l'avait fait lorsqu'elle s'était endormie entre ses bras. Lauren ne releva pas la tête mais ne protesta pas non plus en le voyant faire.

— Lauren... dit-il gravement. Je voulais vous dire à quel point je suis désolé de ce qui est arrivé à votre père. Je n'avais pas réalisé...

Elle lui coupa la parole en haussant le ton pour couvrir sa voix.

— Vous m'avez dit ce matin que des hommes sont tombés sous les coups des Vikings, dans cette prairie. Lesquels ?

Arion ne lui répondit pas tout de suite. Puisqu'elle ne daignait pas relever la tête pour le regarder, il contemplait le flot lustré de sa chevelure.

— Je ne connais pas les noms de ceux des vôtres qui sont tombés, reconnut-il. Votre amie, Hannah, doit les connaître. Voulez-vous que je la fasse venir ?

— Non.

Enfin, elle redressa le menton. Arion put constater que ses joues demeuraient empourprées.

— Laissez-la, reprit-elle. Ne gâchons pas ses retrouvailles avec Fuller.

En songeant au mystère que représentait ce couple étrange et si inattendu, Arion acquiesça d'un signe de tête.

— Et vos hommes ? s'enquit Lauren d'une voix radoucie. Qui étaient-ils, ceux qui sont morts ?

Le regard d'Arion se porta sur une fenêtre, dont l'encadrement de pierre ne montrait qu'un ciel vide.

— Des braves, répondit-il de manière laconique. Je ne connais pas non plus leurs noms. Des hommes de Shot, qui sont morts en défendant leurs foyers. Je devrais au moins connaître leurs noms...

— Cela ne fait pas longtemps que vous êtes ici, objecta-t-elle. Il faut du temps pour connaître les gens.

Arion fut surpris de l'entendre prendre sa défense. Et plus surpris encore de sentir sa main venir se poser sur la sienne. Elle ne dit rien d'autre, laissant simplement ce geste parler pour elle. Le contact de sa paume sur le dos de sa main lui parut brûlant. Incapable de le supporter une seconde de plus, il se leva pour y échapper. Afin de mettre entre eux le plus de distance possible, il alla se planter devant la fenêtre, les bras croisés derrière le dos. Il ne pouvait se permettre de laisser Lauren MacRae lui engourdir les sens et lui embrumer l'esprit avec ce qui n'était même pas une caresse mais un simple témoignage de pitié.

— Votre quinzaine prendra fin bientôt, MacRae ! lança-t-il sans se retourner. Demain, en fait.

Il attendit quelques instants avant d'ajouter :

— Vous ne pourrez partir d'ici avant cette date.

Il l'entendit s'agiter dans son lit, mais elle ne lui répondit pas. Quant à lui, il se garda bien de se retourner pour lui faire face quand il ajouta :

— À votre avis, quelle sera la réaction de votre clan lorsque la trêve aura expiré et que vous ne serez pas rentrée à Keir ? Se battront-ils pour vous récupérer ?

— Auront-ils besoin de le faire ? répliqua-t-elle.

Arion haussa les épaules. L'amertume l'emportait en lui. Il avait abordé le sujet uniquement pour dissimuler son trouble en relançant une de leurs joutes verbales, mais ce petit jeu avait tourné court. Il se demanda un instant si Ryder avait ressenti la même chose : cet emportement viscéral contre tout et n'importe quoi, cette perpétuelle douleur intime qui vous donnait l'envie d'infliger aux autres une douleur équivalente. Après tout, il était le neveu de son oncle, et il pouvait tirer avantage de laisser un peu de cet héritage dominer en lui...

Il désirait éperdument ce qui ne pouvait être à lui. L'honneur lui dictait d'y renoncer et de se faire une raison, pour le bien de tous. Mais il était le comte De Morgan, un noble disposant de la considérable autorité attachée à ce titre. Il possédait de vastes terres. Il avait sous ses ordres une armée. Il avait l'affection d'un roi prêt à lui accorder les faveurs qu'il lui demanderait, pour peu qu'il se montre persuasif. Mieux encore, sur l'île de Shot il était fondé à parler et agir au nom de ce roi, ce qui accroissait encore sa puissance.

Pour la première fois, Arion goûtait aux délices glacées du pouvoir et se faisait une idée claire de ce que celui-ci pouvait lui permettre. Grâce à lui, il pouvait envisager de céder à l'attrait interdit qui le poussait vers une femme destinée à lui échapper. Du moins, jusqu'à ce que son clan vienne le tuer pour la récupérer... La tentation qui se faisait jour en lui exerçait un attrait irrésistible.

Aucune autre chance ne lui serait offerte de la capturer avant qu'elle retourne se fondre parmi les siens. Ensuite, elle porterait le nom d'un autre et quitterait cette île pour disparaître à jamais. Cette évidence ne lui était pas encore apparue jusque-là. Bientôt, Lauren partirait, emportant avec elle toute cette lumière qui émanait d'elle, et cette présence qui comblait son cœur. Alors, il n'aurait plus qu'à laisser le vide se réinstaller en lui. La vacuité de son existence recommencerait à le grignoter peu à peu. Sa vie n'aurait plus aucun sens et la mort pourrait l'emporter sans qu'il y trouve rien à redire, à supposer qu'il n'en hâte pas lui-même l'échéance.

Arion secoua la tête pour chasser ces sinistres pensées et parvint au prix d'un effort surhumain à se retourner.

— Naturellement, dit-il en s'adossant à la fenêtre, je préférerais la paix.

Dans la pénombre du lit à baldaquin, Lauren paraissait fragile et menue contre ses oreillers. Une certaine tension paraissait l'habiter, que trahissaient ses poings serrés dans son giron, mais ce fut d'une voix égale qu'elle répondit :

— Nous voulons tous la paix. Nous n'avons aucune raison de nous battre.

— Certes, admit-il sèchement. Mais je ne peux vous laisser quitter Elguire tant que votre état de santé ne vous permettra pas de voyager. Vous êtes ici sur mes terres et je suis responsable de la sécurité de ceux qui s'y trouvent – vous y compris.

— Il me semble qu'un jour ou deux suffiront à me remettre définitivement sur pied.

— J'en doute. Vous avez été sérieusement blessée. En fait, je suis surpris que vous soyez toujours en vie. Cela pourrait prendre... des semaines avant que vous soyez complètement rétablie. Voire davantage.

— Je suis certaine qu'un arrangement pourra être trouvé, assura-t-elle d'une voix plus tendue.

— Oui, approuva-t-il d'un air songeur. Un arrangement.

Dans les profondeurs luxueuses de son lit, Arion la vit brusquement pâlir. Les yeux agrandis par l'inquiétude, elle était plus adorable encore.

Il lui adressa un sourire dont il savait qu'il ne ferait rien pour la rassurer, mais il ne put s'en empêcher. L'amertume, la souffrance et le désir le rendaient intraitable.

Avec une sombre jubilation qui lui fit honte, Arion gagna la porte d'un pas décidé. Plutôt que de continuer à la faire souffrir, il préférait s'en aller.

— Reposez-vous bien ! lança-t-il par-dessus son épaule. Nous discuterons demain de cet... arrangement.

Sans attendre de réponse, il sortit.

10

Lauren connut un instant de panique en s'éveillant dans une chambre qui n'était pas la sienne. Mais bien vite, tout lui revint en mémoire : le comte De Morgan, le réconfort qu'il lui avait offert, puis l'arrivée d'Hannah et l'étrange attitude de son hôte quand il avait évoqué la fin de la trêve.

Pleinement réveillée, elle se redressa contre ses oreillers et grimaça lorsque les douleurs dont son corps était perclus se réveillèrent elles aussi. Dans le coin le plus éloigné de la pièce, elle vit quelqu'un se lever et retint son souffle. Puis, elle constata qu'il s'agissait de Hannah et se détendit.

— Bonjour, ma chérie… lui dit son amie en venant vers elle. Comment te sens-tu ?

Lauren se frotta les yeux et bâilla à s'en décrocher la mâchoire. Saisie par le doute, elle se figea et fouilla la chambre du regard pour s'assurer qu'Arion ne s'y trouvait pas, observateur silencieux de son réveil.

En la voyant faire, Hannah la rassura d'un air amusé.

— Il n'est pas ici… Ce ne serait pas correct.

Avec une moue boudeuse, Lauren haussa les épaules pour mieux signifier à quel point le sujet lui était indifférent.

— Penses-tu être assez en forme pour sortir du lit ? reprit Hannah en scrutant son visage. Je ne voudrais pas te presser, mais il va nous falloir rentrer à Keir sans trop tarder. Tout le monde attend notre retour, là-bas.

Lauren posa la main sur son avant-bras et la fixa au fond des yeux pour demander :

— Hannah... C'est bien aujourd'hui que s'achève la trêve, n'est-ce pas ?

— Vraiment ? s'étonna-t-elle sans paraître s'en émouvoir. Oui, tu as sans doute raison.

— Dis-moi... Quelle était l'ambiance, à Keir, quand tu es partie ? Notre alliance avec les De Morgan sera-t-elle reconduite ?

Hannah garda le silence, mais Lauren lut sa réponse au fond de ses yeux.

— Oh, non ! s'exclama-t-elle en posant une main sur son front.

La sourde appréhension qu'elle ressentait depuis son réveil se mua en un effroi qui la laissa muette quelques instants.

— Le comte De Morgan t'a fait porter une robe, reprit Hannah comme si de rien n'était. Tu ne veux pas la voir ? Tu ne peux pas rentrer avec ce que tu portes sur le dos, et nous n'avons plus ton tartan.

— Ils sont fous... murmura Lauren amèrement. Je ne peux pas croire qu'ils veulent la fin de notre accord.

— Si tu veux mon avis, intervint doucement Hannah, ce n'est pas la seule chose dont ils veulent la fin.

— Quoi d'autre ?

De nouveau, ce fut dans ses yeux que Lauren obtint la réponse à sa question. Et ce qu'elle y découvrit lui glaça le cœur.

Rhodric avait gagné. Il avait fait part au conseil de ce qu'il avait découvert – des sentiments qu'Arion éveillait en elle –, et même si les membres du conseil ne l'avaient pas tout à fait cru, Lauren savait que le venin du doute ne pouvait que faire son effet. Et à cause de ce doute, plus aucune alliance n'était envisageable avec leurs ennemis ancestraux.

Hannah, qui avait comme de coutume vu clair en elle, expliqua d'une voix empreinte de tristesse :

— J'ai dû beaucoup insister pour être la seule à venir te chercher. Ils n'ont accepté que parce qu'ils me font confiance et parce qu'ils savaient que tu préférerais cette solution. Ils t'aiment beaucoup, Lauren. Ils ne veulent pour toi que ce qu'il y a de mieux.

Tout en l'écoutant, Lauren poursuivait ses propres réflexions. Arion avait dû se douter de ce qui se passait. Cela expliquait la teneur de ses propos, la veille, et la colère froide dont ils avaient témoigné. La trêve était terminée, et avec elle l'alliance de leurs deux familles. Ils n'allaient plus pouvoir se voir, à moins...

À moins qu'elle n'ait correctement interprété son attitude étrange. À moins qu'elle n'ait perçu en lui ce qu'elle redoutait même de considérer : ce désespoir, au fond de ses yeux verts, susceptible de le pousser à toutes les extrémités.

— Allez... insista gentiment Hannah. Viens voir cette robe. Laisse-moi t'aider à t'habiller.

La robe en question avait été taillée à la mode anglaise dans un lourd tissu dont Lauren ignorait le nom. Elle était composée d'un vêtement extérieur à longues manches fendues et dont le jupon s'ornait de crevés à l'avant et à l'arrière ; un autre, plus sobre, se portait apparemment dessous. Après quelques difficultés et de nombreuses interrogations, Lauren parvint à enfiler la chose et découvrit qu'elle lui allait parfaitement.

Hannah en resta sans voix. Appuyée à l'un des pilastres du lit, Lauren s'efforça de paraître plus vaillante qu'elle ne l'était en réalité. Quand le vertige qui s'était emparé d'elle cessa, elle baissa le regard pour examiner sa mise. La robe, à l'extérieur, avait la couleur de l'ambre – une teinte proche de celle de ses yeux. Celle du dessous, que laissaient deviner les crevés, le décolleté plongeant et les manches fendues, était taillée dans un riche tissu brillant de couleur bleu roi.

Manifestement, songea Lauren, ce vêtement avait été conçu pour une femme d'un statut bien plus élevé que le sien : une princesse anglaise, peut-être. Sur elle, une telle robe paraissait déplacée. Le contraste était tellement saisissant avec les vêtements bien plus simples et confortables qui faisaient son ordinaire qu'elle se sentait dans ces atours gauche et engoncée.

— Eh bien... murmura Hannah sans cesser de l'admirer de pied en cap.

Leurs regards se rencontrèrent. Le sourire qui naquit simultanément sur leurs lèvres les amena bientôt à rire toutes deux de bon cœur.

Lauren agita les bras pour secouer ses manches.

— Qui pourrait travailler là-dedans ? s'amusa-t-elle.

Hannah en rit de plus belle, puis secoua la tête et se rembrunit. Leur moment d'hilarité avait fait long feu. Lauren risqua un pas. Le vêtement, raide et empesé, froufrouta bruyamment autour d'elle.

Hannah marcha jusqu'à l'une des tables et en revint porteuse d'un miroir. L'image assombrie qu'y découvrit Lauren l'étonna et la fascina à la fois. Elle ne parvenait pas à se reconnaître en cette femme au visage pâle et aux cheveux roux emmêlés, habillée à l'anglaise. Plus troublante encore était l'impression de s'être glissée dans la peau de l'ennemi et d'avoir changé de camp.

Sans cesser de maintenir le miroir devant Lauren et de contempler d'un œil rêveur la vision qu'elle lui offrait, Hannah commença à raconter :

— J'ai rencontré Fuller il y a trente-cinq ans de cela, par un pur hasard, alors que nous nous étions tous deux égarés dans les bois. Une soudaine tempête m'avait surprise. Je m'étais réfugiée sous un arbre, terrifiée par les éclairs et le tonnerre. Je n'avais que quatorze ans. Soudain, j'ai vu débouler devant moi cet Anglais trempé de la tête aux pieds. J'étais trop effrayée pour esquisser le moindre geste, mais il a su se montrer patient et gentil avec moi. Après m'avoir longuement parlé, il m'a souri, m'a pris la main, et c'est ainsi qu'il a réussi à m'apprivoiser. Depuis, je n'ai plus jamais eu peur de l'orage.

Figée sur place, Lauren écoutait. L'étrangère qui lui faisait face dans le miroir paraissait elle aussi captivée.

— Au cours de l'année suivante, nous nous sommes arrangés pour nous voir une douzaine de fois, poursuivit Hannah. Chacune de nos rencontres me semblait plus précieuse que la précédente, et plus magique. Je ne voulais pas penser à l'avenir. Je ne le pouvais pas. Je ne pensais qu'à lui, et à ce qui aurait pu être entre nous.

Lentement, le miroir s'abaissa. La princesse anglaise disparut peu à peu aux yeux de Lauren.

— Que s'est-il passé ensuite ? s'enquit-elle.

Avec un sourire complice, Hannah baissa brièvement le regard.

— Seulement ce que tu peux imaginer, répondit-elle mystérieusement. J'étais déjà fiancée, et bien sûr j'ai fini par épouser l'homme que mon père avait choisi pour moi. Je ne pouvais rien faire d'autre sans jeter l'opprobre sur ma famille. Fuller l'a parfaitement compris. En fait, dans l'année qui a suivi, il s'est lui aussi marié. Le temps a passé. Je suis restée de mon côté de l'île et lui du sien. Même après la mort de mon époux, il y a des années de cela, je ne suis jamais retournée à cet endroit où nous avions coutume de nous retrouver quand j'étais jeune fille.

Lauren hésita un instant avant de poser la question qui lui brûlait les lèvres.

— As-tu jamais... regretté ton choix ?

— Non, répondit Hannah sans hésiter. Jamais.

Lauren se détourna et marcha lentement jusqu'au lit, en s'efforçant d'ignorer les larmes qui lui brûlaient les yeux. Elle entendit Hannah venir la rejoindre et se placer à côté d'elle. Puis, elle glissa un doigt sous son menton pour l'obliger à la regarder.

— Jusqu'à hier, conclut-elle. Quand je l'ai vu, au seuil de cette pièce, j'ai réalisé ce qui m'avait manqué toute ma vie.

Une larme unique roula sur la joue de Lauren, qu'elle s'empressa d'essuyer du dos de la main.

— Tu es la fille de Hebron MacRae, reprit Hannah à mi-voix. Et la promise de Murdoch. Je ne peux m'empêcher d'avoir peur pour toi, ma chère enfant. J'ai peur de ce que l'avenir te réserve, de ce qu'il peut te forcer à devenir. Tu es aussi chère à mon cœur que l'enfant que j'aurais pu avoir. Je ne veux pas te voir détruite.

Incapable de retenir ses larmes plus longtemps, Lauren se jeta dans ses bras. Elles demeurèrent longtemps serrées l'une contre l'autre, en pleurs toutes les deux.

— Que dois-je faire ? demanda enfin Lauren, en s'essuyant les yeux.

— Je n'en sais rien, avoua Hannah d'un ton lugubre. Je ne sais que te dire. Je ne peux te conseiller de faire une folie qui ruinera le reste de ton existence. Je peux lire au fond de ton cœur, ma chérie. Et je sais la puissance de tes sentiments.

Elle se pencha en arrière, de manière à pouvoir regarder Lauren dans les yeux, et ajouta :

— Mais je ne pense pas que tu supporterais de vivre en ayant fait du tort à ton clan. Avec ton père, tu es la personne la plus loyale que j'aie jamais rencontrée.

Lauren sentit un grand calme se faire en elle tandis que les paroles de son amie imprégnaient son esprit. Il avait fallu qu'Hannah le lui souligne pour qu'elle prenne conscience de ce qu'elle avait toujours su. Jamais elle ne serait capable de tourner le dos aux siens pour privilégier son seul bien-être. Son père avait tracé le chemin pour elle. Il lui fallait continuer à le suivre.

Peut-être pour la première fois depuis qu'elle avait vu en Arion De Morgan autre chose qu'un ennemi, elle se sentait en paix avec elle-même. L'esprit clair et détaché, elle sortit des bras d'Hannah et observa la chambre, comprenant pourquoi elle lui semblait si étrangère, et pourquoi il fallait qu'il en reste ainsi. Hannah la regarda faire, l'air inquiet. Lauren lui sourit et l'embrassa sur les deux joues pour la rassurer.

— Il me semble que tu devrais aller rejoindre Fuller, lui dit-elle. Tu as déjà attendu toute une vie, et le jour est bien avancé.

Mais Hannah ne bougea pas d'un pouce.

— Va ! insista Lauren en lui souriant plus largement encore. Je vais bien. Tu es la voix de ma conscience, mais à présent j'ai besoin d'être seule. Va le retrouver. Je suis sûre qu'il t'attend, où qu'il puisse être.

Une longue minute plus tard, Hannah se décida enfin, après avoir serré avec affection les mains de Lauren entre les siennes. Sur le seuil, elle se retourna une dernière fois.

— Repose-toi tant que c'est encore possible, conseilla-t-elle. Il nous faudra partir bientôt.

— Je sais, répondit Lauren.

Enfin, Hannah se décida à sortir.

Un soleil capricieux jouait à cache-cache avec des nuages argentés. Assise sur un siège capitonné dans l'embrasure d'une fenêtre ouverte de la chambre d'Arion, sa tête penchée reposant sur la pierre taillée, Lauren profitait du spectacle.

Ses mains abandonnées reposaient dans son giron, très pâles sur le fond saphir et ambre de sa robe d'emprunt. La vue qu'elle avait sous les yeux lui semblait tout aussi étrange et mystérieuse que ce vêtement. Tout, ici, était si différent de la partie de l'île qu'elle connaissait qu'elle aurait pu douter de se trouver encore sur Shot. Au lieu de la rudesse farouche du paysage auquel elle était habituée se déroulait sous ses yeux le moutonnement infini des collines couvertes de prairies, parfois plantées d'un arbre solitaire comme une sentinelle. On voyait également la plage, de son poste d'observation, vaste étendue de sable baignée de flots tranquilles ourlés d'écume sage.

Puisqu'elle attendait la venue d'Arion, le bruit de la porte s'ouvrant derrière elle ne la surprit pas. Lauren ne put pourtant s'empêcher de prendre une profonde inspiration pour se donner le courage de faire ce qui lui restait à faire.

— Vous vivez ici dans un environnement si paisible... dit-elle sans se retourner.

Elle l'entendit traverser la chambre, fouler l'épais tapis et s'arrêter derrière elle, à distance respectueuse.

— Pourriez-vous envisager de vivre dans un tel environnement, Lauren ?

Prise de court, elle retint son souffle mais parvint à répondre d'un ton léger :

— Quelle question vous me posez là ! Je suis certaine que l'on doit trouver le même genre de paysage sur les terres de Payton Murdoch...

Elle attendit, comptant mentalement les secondes, avant de se tourner vers lui pour le regarder. Elle le regretta aussitôt. Ce qu'elle découvrit sur ses traits, ce fut un désir aussi vital et impérieux que celui qu'elle ressentait elle-même. Les yeux verts du comte la perçaient à jour. Ils la dépouillaient de sa feinte indifférence pour la laisser à nu, faible et exposée. Rougissante, Lauren baissa les yeux sur ses mains jointes.

— Une robe originale que vous m'avez offerte là... dit-elle pour faire diversion. Mais étrange et inconfortable, j'en ai peur. J'aimerais récupérer mon tartan, s'il vous plaît.

— Je ne peux pas vous le rendre.

Lauren affecta d'être contrariée.

— Vous prétendez me priver de mes propres vêtements, maintenant ? Dans quel but ?

Arion haussa les épaules.

— Votre tartan a été rendu inutilisable au cours de la bataille et de votre chute du haut de la falaise, expliqua-t-il. Il n'est même plus en ma possession. Je l'ai renvoyé à Keir avec vos hommes.

Lauren pinça sa manche entre le pouce et l'index. Le tissu en était tellement épais et rigide qu'il garda la forme qu'elle lui avait imprimée.

— Est-ce à votre sœur ? demanda-t-elle.

— Non.

— Tant mieux. Cela m'aurait fait un drôle d'effet de devoir porter les vêtements d'une femme qui voulait me voir morte.

— Je suppose que les vêtements de Nora sont restés à Morgan, maugréa-t-il.

Lauren prit le risque d'un nouveau coup d'œil dans sa direction, s'évertuant à singer la nonchalance.

— Elle ne vient jamais ici ?

— Non. Nora repose dans la crypte familiale, à Morgan.

Lauren ne put dissimuler le choc que cette nouvelle lui causa. Elle sentit sa souffrance se communiquer à elle. Elle communiait avec lui dans sa douleur, même si Nora avait cherché à la tuer.

— Je suis sincèrement désolée... dit-elle. Je ne savais pas.

Les yeux d'Arion se troublèrent. En hâte, il détourna le regard et conclut :

— C'est arrivé il y a des années.

Lauren sentait la bravoure qui l'avait habitée partir en lambeaux. Sa résolution vacillait. Cela s'avérait beaucoup plus difficile qu'elle l'avait imaginé. Pourtant, son plan lui avait semblé sans faille. C'était la seule solution possible, le seul moyen de leur éviter de commettre l'irréparable. Elle devait lui faire savoir, dans les termes les plus nets et sans la moindre ambiguïté possible, qu'elle ne voulait pas de lui, qu'elle ne pouvait être pour lui qu'une rencontre de passage que le hasard avait jetée sur sa route. Elle devait convaincre Arion De Morgan qu'il n'était rien pour elle, que son cœur et ses pensées n'appartenaient qu'à l'homme qu'elle épouserait bientôt.

Quelle nigaude elle avait été d'imaginer qu'il serait si simple de se jouer de lui !

— Si cela peut être de quelque importance, reprit-il d'une voix soigneusement contrôlée, je ne pense pas qu'elle ait jamais cherché à vous tuer. Nora était davantage prédisposée aux songeries et aux visions qu'au meurtre. Elle répondait à des voix qu'elle entendait dans sa tête. Je pense que vous avez dû devenir pour elle bien autre chose que ce que vous étiez en réalité. Elle était l'être le plus gentil et le plus doux que j'aie jamais connu. Elle aurait été incapable de vous faire le moindre mal sans les égarements de sa maladie. Elle ne pouvait même pas supporter de tuer une souris...

— Oui... approuva Lauren, plongée dans ses souvenirs. Elle m'en a parlé. Elle avait une souris dans sa chambre...

— ... qu'elle avait appelée Simon.

Arion laissa fuser un rire sans joie et poursuivit :

— Elle les appelait toutes ainsi. Elle ne supportait pas que l'on pose des pièges.

Il secoua la tête et baissa les yeux vers le sol. À cette minute, Lauren avait l'impression de revoir le jeune garçon qui était entré dans sa cellule, à la suite de son oncle, perdu et troublé par ce à quoi il assistait.

— En définitive, conclut-il d'une voix blanche, elle n'a réussi à causer du tort qu'à elle-même. Elle a mis fin à ses jours, peu de temps après votre départ de Morgan. Elle s'est pendue à l'un des montants de son lit, avec une de ses robes.

D'un geste vague, il désigna celle que portait Lauren et ajouta :

— Rassurez-vous, elle n'avait rien à voir avec celle-ci.

Lauren dut se détourner vivement de lui. Il ne devait pas voir son visage. Il ne devait pas y lire la tristesse, la détresse et la compassion que ses paroles avaient éveillées en elle.

Rien ne se passait entre eux comme elle l'avait souhaité. En lui faisant suffisamment confiance pour lui raconter le drame de la mort de sa sœur, c'était une confession intime qu'il lui faisait. Il implorait pour celle qui n'était plus son pardon, sa miséricorde ou sa pitié, elle n'aurait su le dire. Un tel traumatisme expliquait en tout cas cette ombre qui transparaissait parfois dans son attitude, et qui était le signe des inguérissables douleurs. Mais Lauren ne voulait rien partager de tout cela avec lui, ni maintenant, ni jamais. C'était ce qui risquait de provoquer sa perte.

Repoussant sa chaise, elle s'éloigna en hâte. Même si la tête lui tournait un peu, elle s'efforça de marcher d'un pas ferme.

— Donc, à qui appartient cette robe, si ce n'est à votre sœur ? demanda-t-elle avec un entrain forcé. À une amie, peut-être ?

Elle lui jeta un regard par-dessus son épaule, qu'il lui rendit sans ciller, le visage figé.

— Peut-être à votre *bonne amie* ? ajouta-t-elle, caustique.

— Non, répondit-il entre ses dents serrées. Je ne sais pas à qui elle est. J'ai demandé à une servante de vous trouver quelque chose, c'est tout.

— Je ne peux pas rentrer chez moi accoutrée ainsi, décréta-t-elle sèchement. Il va falloir me trouver autre chose.

— Est-ce tout ce que vous avez en tête ? demanda-t-il sans lui répondre. Rentrer chez vous ?

— Naturellement ! Notre alliance a pris fin, De Morgan. J'en suis désolée, mais c'est un fait. Je dois retourner à Keir, à mon clan, et préparer mon mariage. Mon époux arrivera bientôt.

— Votre époux ! railla-t-il en avançant d'un pas vers elle. Pas encore, Lauren. Vous n'êtes pas encore mariée à lui.

— Je le suis et vous le savez. Dans l'esprit de tous ceux qui comptent pour moi, je le suis déjà.

— D'après les seules lois qui comptent pour moi, vous ne l'êtes pas ! Vous semblez oublier quelque chose : vous n'êtes plus sur vos terres mais sur les miennes. C'est moi qui gouverne ici... Et je ne suis pas du tout convaincu que vous êtes en état de voyager.

— Je vais bien, assura-t-elle en se forçant à soutenir son regard. Je vous remercie de l'aide que vous m'avez apportée, De Morgan. Et je suis sûre que Payton Murdoch aura à cœur de vous remercier lui aussi. Mais plus rien ne justifie que je reste ici. J'arrive à me lever, à marcher, comme vous pouvez le constater. Par conséquent, je dois rentrer chez moi. Vos coutumes anglaises me déplaisent. Je n'aime ni vos logis ni la façon dont on s'habille chez vous. Rien de ce qui m'entoure ici ne me convient. Rester un jour de plus chez vous me serait... insupportable.

Arion accueillit cette sortie sans broncher, mais Lauren perçut sa colère comme une onde qui émanait de lui, noire et menaçante. La gorge serrée, elle eut soudain conscience d'être allée trop loin. Ses paroles avaient dépassé sa pensée et l'avaient blessé d'une manière qu'elle n'avait pas souhaitée. À présent, il était trop tard pour les retirer.

— Insupportable ? répéta-t-il d'une voix trop douce. Vraiment ?

Lauren ne trouva rien à lui répondre. En proie à une panique soudaine, elle laissa la peur la submerger.

— Il est donc insupportable, selon vous, d'accueillir chez soi une femme blessée ? reprit-il, implacable.

Il est insupportable de la réconforter quand elle pleure dans vos bras ?

Arion fit un nouveau pas vers elle. Lauren restait figée, incapable du moindre geste. La frayeur lui faisait des jambes de plomb.

— Tout cela vous paraît-il insupportable ? insista-t-il d'une voix dangereusement calme. Parce que en ce qui me concerne, Lauren, je vois les choses d'un autre œil. Quand je pense à ce qui s'est passé ici entre nous, c'est tout autre chose que j'ai en tête...

Il fit un nouveau pas vers elle, puis un autre encore, jusqu'à se retrouver si proche qu'elle dut lever la tête pour garder le contact avec ses yeux. Car même si ce qu'elle y découvrait lui faisait une peur bleue, il lui paraissait plus dangereux encore de détourner le regard.

— Si ma présence vous est insupportable, conclut-il, vous m'avez déjà condamné et je n'ai plus aucune raison de ne pas me rendre encore plus odieux.

Lauren secoua faiblement la tête pour protester, mais il était trop tard. Il la saisit par les épaules et l'attira contre lui, en une étreinte sauvage qui ne lui laissait aucune chance de lui échapper. Sur sa peau, ses lèvres étaient brûlantes. Elle tenta de le repousser mais il ne la laissa pas faire, l'emprisonnant entre ses bras et lui interdisant tout mouvement. Puis, ses lèvres prirent possession des siennes avec une urgence rageuse.

Bien qu'il n'y eût rien de tendre dans ce baiser, Lauren sentit s'éveiller le désir en elle. Son corps, plaqué contre le sien, commença à s'alanguir. Ses bras, comme d'eux-mêmes, allèrent se refermer dans le dos d'Arion. Submergé par la colère, emporté par la puissance d'un désir trop grand pour lui, il paraissait ne pas se rassasier de ses lèvres.

— Et maintenant ? murmura-t-il quand il mit enfin un terme à ce baiser. Vous suis-je toujours insupportable, Lauren ?

Arion laissa une de ses mains glisser le long du dos de Lauren pour se poser contre ses fesses. Rudement, il l'attira à lui et plaqua son bassin contre le sien, ne lui laissant rien ignorer de son érection. Sans lui laisser le temps de répondre, il reprit possession de sa bouche. Et lorsqu'elle sentit sa langue s'introduire en elle, tout son corps fut secoué par un frisson de volupté.

Lauren sentit le sol se dérober sous ses pieds et la pièce glisser autour d'elle. Un instant plus tard, elle se retrouva à terre, allongée sur le tapis. Le souffle coupé, elle voulut se redresser, mais le corps d'Arion l'en empêcha. Allongé sur elle de tout son long, il se pressait contre elle, entre ses cuisses, avec l'urgence de la passion. Lauren entendit un gémissement sourd monter de ses lèvres – de protestation ou de plaisir, elle n'aurait su le dire. Un feu nouveau brûlait dans son ventre. La tentation était trop forte. Elle ne pouvait y résister. C'était Arion, l'homme dont elle rêvait depuis des semaines, qui l'entraînait dans le brasier où elle ne pouvait que se consumer avec lui.

Ainsi Lauren lui rendit-elle baiser pour baiser, caresse pour caresse, soupir pour soupir. Sans doute cette soudaine complaisance de sa part dut-elle le surprendre, car elle le sentit soudain s'immobiliser et se redresser sur les coudes, le corps rigide et tremblant au-dessus d'elle.

— Vous ne pouvez pas partir, dit-il en la fixant au fond des yeux. Je ne le permettrai pas.

— Suis-je donc devenue votre prisonnière ? répéta-t-elle dans un souffle.

— C'est ce que vous voulez ? demanda-t-il, inflexible. C'est donc ce que vous attendez de moi ?

Oui ! cria une voix imprudente et folle au fond d'elle-même. Mais Lauren parvint à garder les lèvres closes pour ne pas lui permettre de s'exprimer.

Pourtant, contre sa volonté, sa main s'éleva et alla se perdre dans l'ébène des cheveux d'Arion. Leur douceur sous ses doigts était irrésistible. Ce fut également sa main, sans qu'elle le lui ait ordonné, qui pesa sur sa nuque pour amener ses lèvres au contact des siennes. Arion résista un instant, puis céda avec une sorte de fatalisme désespéré.

Tendre et insupportablement doux, ce baiser n'eut rien à voir avec le précédent. Il fit se lever dans le corps de Lauren un nouvel appétit, une exigence nouvelle, plus terrible et effrayante encore. Ce désir impérieux la laissait livrée, sans défense, offerte et affamée de ses caresses. Insatiable, la bouche d'Arion courait sur la sienne. De nouveau, sa langue vint s'introduire entre ses lèvres. Il immobilisait son visage entre ses mains pour mieux la soumettre à ses baisers, et chacun d'eux nourrissait ce feu intense qu'elle sentait grandir au plus secret d'elle-même.

— C'est ce que vous voulez ? demanda-t-il de nouveau, le souffle court.

Sa bouche abandonna les lèvres de Lauren. Elle la sentit couvrir sa gorge de baisers. Puis, plus bas encore, elle s'aventura dans le triangle de chair révélé par le décolleté de sa robe. Arion tira sur l'ourlet autant qu'il le put. Il embrassait, léchait et mordillait la peau que découvraient ses doigts. Lauren crut devenir folle mais ce n'était qu'un début. Sa main vint caresser son sein. Puis, à travers le tissu, du bout des dents il titilla la pointe dressée.

Sous le coup de l'excitation, Lauren poussa un petit cri qu'Arion fit taire en posant une main sur sa bouche. Et quand il fit subir à son autre sein le même traitement, elle ferma les yeux, éperdue de plaisir, et s'efforça de ne pas crier. Bientôt, la bouche d'Arion prit le relais de sa main, qui alla caresser sous ses jupes ses jambes nues, jusqu'à trouver la douceur de ses cuisses.

Rapidement, Arion se redressa et s'activa au-dessus d'elle. Quand il se rallongea, la robe était remontée jusqu'aux hanches de Lauren. Il n'y avait plus, pour séparer leurs corps pressés l'un contre l'autre, que le tissu de ses chausses qui lui parut effroyablement fin. Stupéfaite, elle écarquillait les yeux, la bouche ouverte sur un cri de protestation qui ne voulait pas sortir. Luttant contre la fébrilité qui s'était emparée d'elle, Arion la maintenait fermement au sol. Puis, il recommença à se mouvoir entre ses jambes, au même rythme que précédemment, et le feu qui couvait en elle se communiqua à tout son être.

— Est-ce ce que vous voulez ? répéta-t-il, pantelant, tout contre son oreille.

Sa main s'insinua entre eux et commença à la caresser à l'endroit le plus intime de son corps.

— C'est ça ? insista-t-il. Dites-le moi...

Lauren poussa un nouveau petit cri, qu'il fit taire sous ses baisers, attisant encore l'incendie qui embrasait ses sens.

— Dites-le moi ! la pressa-t-il. Dites-le !

— Oui ! s'écria-t-elle, vaincue par le plaisir qu'il lui offrait et incapable de retenir cet aveu plus longtemps. Oh, oui ! S'il vous plaît...

— Voilà... dit-il, triomphant. Vous êtes à moi !

Lauren le sentit se presser encore plus étroitement contre elle. Ses doigts titillaient sans relâche cette faille, au bas de son ventre, gorgée de sang, de sève et de désir, dont il avait si bien su trouver l'accès. Elle sut alors qu'elle aurait donné n'importe quoi, qu'elle aurait renoncé à tout, pour que cette folie puisse aller à son terme. Car dans le cas contraire, elle était à peu près sûre de ne pouvoir y survivre.

L'acmé de son plaisir s'abattit sur elle avec la force d'une vague se brisant sur un rocher. Tout son être se dissocia en une infinité de fragments balayés par une tempête de lumières et de sons. Elle se sentit emportée, ballottée, submergée par un océan de sensations. Elle s'y noya avec volupté, sacrifiant tout ce qu'elle avait été jusqu'alors, juste pour lui – juste pour Arion.

Quand elle reprit conscience de ce qui se passait autour d'elle, elle eut la surprise de découvrir son visage trempé de larmes. Elle pleurait en silence. C'était la seule façon pour elle d'exprimer ce qui venait de lui arriver : la perte de tout ce qui jusqu'à présent avait assuré sa sécurité, de tout ce qui avait constitué son monde.

Au-dessus d'elle, Arion demeurait immobile. Lauren comprit qu'il luttait pour dominer son propre désir, alors qu'elle restait là, étendue sous lui, offerte, ouverte comme une fleur.

Quand cela lui fut possible, elle leva les yeux vers lui. Un muscle jouait sur sa mâchoire crispée. Il avait le visage fermé et le regard lointain, inaccessible. Avec souplesse, il se redressa et se détourna pour rajuster sa tunique et ses chausses.

Lauren s'assit et rabattit vivement ses jupes, à présent irrémédiablement froissées. Les jambes faibles, elle parvint difficilement à se lever mais il lui fallut aller s'asseoir sur le lit, loin de lui. Depuis qu'ils s'étaient séparés, il ne lui avait plus adressé un regard.

— Oserez-vous encore aller vers lui ? demanda-t-il enfin d'une voix tremblante. L'oserez-vous, Lauren MacRae ?

Lauren porta une main à ses lèvres. Elle les sentit sous ses doigts irritées par ses baisers. Elle prit une ample inspiration et son odeur, irrésistible, lui emplit les narines.

Il n'existait pas de mots pour apaiser sa colère, aucune vérité qu'elle aurait pu lui dire sans rouvrir ses plaies ou les siennes. Il n'y avait aucune solution indolore au problème accablant que constituait désormais son existence.

En désespoir de cause, elle ne put que murmurer :
— Mon clan... Les miens...

Cela signifiait énormément pour elle, mais elle savait que cela ne voulait presque rien dire pour lui. Aussi, elle se tourna vers lui pour qu'il puisse voir son visage, et qu'elle puisse distinguer le sien, afin qu'il comprenne bien quel sacrifice il lui demandait.

— *Ma famille*... ajouta-t-elle, luttant contre ses larmes qui menaçaient de couler de plus belle.

Il la fixait durement, avec un rictus amer. Lauren comprit qu'il ne céderait pas. Sa fierté et son orgueil exigeaient qu'elle aille jusqu'au bout de son aveu.

— Ils ont besoin de moi. S'il vous plaît... Comprenez-moi. Je dois tenir mes engagements.

À l'extérieur, un nuage vint obscurcir le soleil, éteignant la belle lumière dorée qui avait baigné la pièce. Arion se retrouva d'un coup plongé dans une obscurité qui déroba au regard de Lauren la tempête d'émotions, de colère et de souffrance qui faisait rage en lui.

Un coup frappé contre la porte la fit sursauter. Ils ne répondirent ni l'un ni l'autre et ne bougèrent pas pour aller ouvrir. On frappa de nouveau, puis la porte s'ouvrit sur Hannah, qui pénétra dans la chambre, enregistrant la scène qui s'offrait à elle d'un seul regard vif. Ses yeux se portèrent sur Lauren, sur sa robe froissée, puis sur le comte. Sans se départir de sa sérénité habituelle, elle marcha jusqu'au lit et annonça :

— Une tempête approche, comte De Morgan. Je souhaite que Lauren et moi puissions prendre la route avant qu'elle se déchaîne.

Pendant ce qui parut durer une éternité, Arion, toujours tapi dans la pénombre, ne réagit pas.

— Oui, dit-il enfin. Il serait plus avisé pour vous de partir avant que la tempête se déchaîne. Vos montures seront prêtes dans quelques minutes. Je vais demander à une escorte de vous accompagner jusqu'à Keir. Ne tardez pas, ou vous serez obligées de rester ici.

Hannah acquiesça d'un hochement de tête. Lauren préféra fermer les yeux pour ne pas le voir sortir de la chambre, et de sa vie.

11

En définitive, Lauren rentra chez elle vêtue de sa robe dorée. Le temps leur avait manqué pour qu'elle puisse se changer, et elle avait jugé plus prudent de ne pas ignorer la menace à peine voilée formulée par le comte. Ils étaient partis aussi vite que cela leur avait été possible – elle, Hannah, et quelques soldats anglais pour les accompagner. Arion n'avait pas jugé bon de les rejoindre dans la cour intérieure d'Elguire pour leur faire ses adieux. Elle ne l'avait pas revu. Et selon toute vraisemblance, elle ne le reverrait jamais.

En chemin, Lauren eut l'impression d'avoir le cœur aussi dur et froid que l'acier. Son âme lui sembla aussi lourde que les nuages qui se pressaient à l'horizon, annonciateurs de l'hiver. Mais elle parvint à garder le dos droit, sur sa monture, et à ne plus pleurer.

L'approche de leur petit groupe causa quelque agitation aux portes de Keir. Une escorte anglaise accompagnant une vieille femme en tartan et une autre, plus jeune, vêtue d'une brillante robe or et saphir, avait de quoi attirer l'attention. Les hommes d'Arion stoppèrent bien avant d'arriver au château, comme cela avait été préalablement convenu. À présent que la trêve était achevée, ils n'auraient pas été les bienvenus parmi les Écossais. Lauren effectua seule avec Hannah la dernière partie du trajet.

Dès qu'elle eut passé le pont-levis, on s'attroupa autour d'elle. Des mains se tendirent pour l'aider à descendre de cheval. Lauren se fraya un chemin dans la cohue en s'efforçant de sourire et de répondre de son mieux aux questions qu'on lui adressait. Il y avait des visages joyeux, dans la foule, mais également d'autres plus renfrognés. Les commentaires allaient bon train. Hommes et femmes avaient une opinion à exprimer sur ce qui lui était arrivé à Dunmar et sur les raisons de son absence ces derniers jours.

Lauren tenta de ne pas oublier qu'ils ne voulaient que son bien. Comme Hannah le lui avait rappelé, tous ces gens l'aimaient. Et comme elle l'avait affirmé à Arion, ils avaient besoin d'elle. Mais pour la première fois de son existence, elle se surprit à éprouver quelques doutes, à examiner soigneusement ceux qui l'entouraient, et à remarquer certaines choses qu'elle n'aurait pas notées auparavant.

Elle remarqua que des regards entendus s'échangeaient par-dessus sa tête, que le ton montait dès qu'elle avait le dos tourné, que le moindre de ses gestes était épié. Lauren réalisa, en se laissant entraîner vers le château, qu'elle n'avait plus totalement la confiance de tous. Depuis que les Vikings étaient arrivés, que son père était mort, qu'elle avait fait la connaissance d'Arion, il s'était passé tant de choses qu'elle craignait d'être devenue une étrangère au sein de son propre clan. Allait-elle devenir une femme écartelée entre deux mondes, sans véritable foyer, dont l'esprit et le cœur resteraient irrémédiablement partagés ?

À la lumière du jour, cela paraissait risible. Il était inconcevable pour elle que les siens, ceux qui lui étaient chers, en compagnie de qui elle avait grandi, puissent ne plus lui faire confiance. Mais dès que la pénombre qui régnait à l'intérieur se fut refermée sur elle, que se firent plus inquiétants les visages et plus insistants les murmures, une telle perspective n'eut plus rien d'invraisemblable.

Elle prit des nouvelles de Quinn. Il lui fut répondu qu'il se reposait et qu'il allait mieux, mais rien de plus.

Lauren avait remarqué que nombreux étaient les membres de son clan à considérer la robe qu'elle portait d'un œil hostile. Ce fut James, finalement, qui se décida à crever l'abcès.

— Quelle est cette chose que tu portes, lass ? Dans cet accoutrement, tu ne ressembles pas à une MacRae.

Hannah vint saisir Lauren par le coude et annonça à la cantonade :

— C'était juste pour le voyage. Nous allons monter, pour qu'elle puisse se changer.

Lauren retrouva avec joie le refuge silencieux de sa chambre. Pas de regards suspicieux, ici, ni de remarques acerbes. Il n'y avait que Hannah, occupée à disposer sur son lit ses vêtements habituels et le carré de lainage bleu, vert et émeraude de son tartan.

— Tu ferais mieux de te déshabiller, suggéra-t-elle quand elle vit que Lauren demeurait immobile.

— Je sais.

Pourtant, elle ne bougea pas d'un pouce, tant et si bien que Hannah annonça :

— Je vais t'aider.

Après l'avoir rejointe, elle commença à défaire les lacets du vêtement anglais. Lauren se laissa dépouiller de cette robe qui lui venait d'Arion, puis de celle qui se trouvait dessous. Elle resta sur le dallage froid à grelotter, uniquement vêtue de ses bandages. Bien vite, son amie l'enveloppa dans la douceur de ce qu'elle portait depuis toujours et qu'elle porterait toute sa vie : de bons vêtements écossais solides, utilitaires et bien taillés, convenables et sobres. De nouveau, le rameau de sorbier en argent était solidement fixé à son épaule.

Satisfaite du résultat de ses efforts, Hannah se pencha pour récupérer sur le lit la robe de princesse anglaise froissée.

— Non ! s'écria Lauren en l'arrêtant d'un geste. Je vais le faire. Tu dois être fatiguée par le voyage. Va te reposer.

— Tu es sûre que tu ne veux pas que je m'en occupe ? demanda son amie, indécise.

Lauren acquiesça d'un hochement de tête.

— Oui. On se verra au dîner, à tout à l'heure...

— Comme tu voudras.

Hannah la serra entre ses bras, puis lui caressa la joue en lui souriant.

— C'est bon d'être de retour chez soi, n'est-ce pas ?

— Oui.

Lauren reporta son attention sur le vêtement anglais dès que son amie fut sortie. Malgré son piteux état, la robe, toute brillante et dorée, demeurait splendide. Sans réfléchir à ce qu'elle faisait, elle alla verrouiller sa porte et glissa machinalement la main à sa ceinture, où elle ne rencontra que le vide. Sa dague, elle l'avait perdue dans ce canyon où le Viking avait failli l'entraîner dans la mort avec lui.

Dans sa boîte à bijoux, elle alla en chercher une autre, un peu plus fine et un peu plus longue que la sienne. C'était la dague de sa mère, dont la lame, après vérification, lui parut convenablement affûtée. Assise sur son lit, Lauren posa le bord de la robe à plat sur ses genoux, puis le retourna et examina soigneusement l'ourlet jusqu'à trouver l'endroit qu'elle cherchait. La dague, quoique ancienne, remplit parfaitement son rôle. Un instant plus tard, Lauren eut prélevé dans l'ourlet une bande de tissu suffisamment discrète pour que son absence ne soit pas remarquée.

Tout d'abord, elle pensa la dissimuler au fond de son coffret à bijoux. Mais en constatant qu'elle demeurait ainsi trop visible, elle préféra pratiquer dans la couture du doublage en velours de celui-ci une incision dans laquelle elle put aisément la cacher.

Après avoir soigneusement refermé et rangé le coffret, Lauren remplaça à sa ceinture son ancienne dague par celle héritée de sa mère.

La boîte à bijoux serait dans ses bagages quand elle irait vivre sa nouvelle vie au sein du clan Murdoch. Elle la garderait toujours près d'elle et y rangerait bijoux et babioles que son époux voudrait bien lui offrir. Mais elle seule saurait qu'elle contenait également une relique : une bande d'étoffe prélevée sur une robe de princesse anglaise. Personne d'autre qu'elle ne saurait non plus qu'elle avait porté cette robe en l'honneur d'un chevalier anglais, qui avait su réveiller son cœur avant de le réduire en cendres. Et en conservant précieusement ce bout de tissu, c'était de ce chevalier qu'elle garderait à jamais le souvenir.

Le dîner lui parut interminable mais Lauren le supporta bravement. Depuis qu'elle arborait de nouveau le tartan du clan, on se montrait plus chaleureux et attentionné avec elle. Sans doute, également, inspirait-elle un peu la pitié. Elle se sentait rompue, épuisée, et cela devait se voir. Aussi l'encouragea-t-on à se retirer pour se reposer sans attendre la fin du repas.

Lauren retrouva avec soulagement la solitude de sa chambre, où elle dormit comme une masse toute la nuit.

Au petit matin, à son réveil, elle crut sentir dans l'air ambiant les premiers frimas de l'hiver. Mais en courant le vérifier à sa fenêtre, elle découvrit le même plafond nuageux bas et gris que la veille.

Lauren ne s'attarda pas à admirer le paysage. Elle savait que le conseil devait se réunir ce matin-là, et elle tenait à y participer. Peut-être lui serait-il encore possible de combattre l'influence de Rhodric et de faire prévaloir son point de vue. Elle devait coûte que coûte convaincre les aînés que l'alliance avec les De Morgan n'était pas un accident de parcours mais une nécessité vitale pour Shot. Peut-être, avant de quitter l'île pour toujours, parviendrait-elle à faire cet ultime cadeau à Arion…

Après s'être habillée en un temps record, Lauren dévala quatre à quatre les escaliers. À la couleur du ciel, elle savait qu'elle n'aurait qu'un retard raisonnable et qu'il lui serait encore possible de se joindre à la réunion. En déboulant dans la grande salle, essoufflée, elle stoppa net pour observer la scène qui s'offrait à ses yeux.

La pièce était pleine de gens – bien plus qu'en temps ordinaire pour un conseil. Les aînés discutaient entre eux, quelques-uns hochant la tête, d'autres la secouant avec vigueur. L'écho de leurs voix sonores se répercutait au plafond. La solennité et le sérieux de cette assemblée n'étaient pas pour la surprendre. Ce qui avait surpris Lauren, c'est que le fauteuil de son père n'était plus vide : son cousin Quinn y était installé.

Il l'avait repérée dès son entrée dans la grande salle, et d'un geste il lui fit signe d'approcher. Machinalement, Lauren lui obéit, avec l'impression de se mouvoir comme dans un rêve. Oui, c'était bien Quinn – beaucoup plus pâle qu'auparavant, et bien plus maigre, mais c'était bien lui qui présidait la séance, héritier désigné de Hebron MacRae.

Quinn occupait le fauteuil du laird. Elle ne pourrait plus s'y asseoir. Il ne lui serait plus possible de faire part au conseil de son opinion, de faire entendre la voix de la raison, et de faire écho par ses actes à ceux de son père.

Quinn était leur nouveau laird, et il était sorti de l'inconscience dans laquelle il était resté plongé plusieurs semaines.

Lauren comprit immédiatement ce que cela signifiait. De nouveau, elle n'était plus qu'une femme parmi les autres femmes, la promise de Murdoch, la clé d'une tout autre alliance que celle qu'elle avait espéré conclure.

Elle en trouva la confirmation sur les visages de ceux qui la regardaient, et qui reflétaient à différents degrés la satisfaction, une certaine pitié ou une indifférence tranquille.

— Lauren… se réjouit Quinn.

Lui seul, dans toute l'assemblée, lui adressait un sourire de bienvenue. Il se leva difficilement et contourna la table d'une démarche raide. Lauren s'empressa de le rejoindre pour se jeter dans ses bras et enfouir son visage contre sa poitrine.

— Comment vas-tu ? s'enquit-elle en s'écartant de lui.

Un nouveau sourire illumina son visage. Lauren eut l'impression, l'espace d'un instant, de retrouver son père dans ce sourire franc et ces yeux plissés témoignant du même humour, du même esprit.

— Il paraît que je suis tiré d'affaire, répondit-il d'un air dubitatif. Mais si on me montre encore une sangsue, je crois que je n'y survivrai pas…

Sa mine se rembrunit soudain et il se pencha vers elle pour lui murmurer, en la fixant gravement :

— Ton père...

Incapable de conclure, il secoua longuement la tête.

— Je sais, répondit-elle en serrant ses mains entre les siennes. Il aurait été si fier de te voir là...

Tous deux se turent. Lauren prit conscience du silence impatient des aînés attablés derrière eux. Certains les observaient discrètement, d'autres s'agitaient sur leurs chaises, ou faisaient mine de boire.

— Bien, bien ! lança Quinn à voix haute, avec le charme nonchalant que Lauren avait si souvent vu à l'œuvre chez son père. Tu nous surprends en pleine réunion, lass... Il est un peu tôt pour le breakfast, mais avec un peu de chance tu parviendras peut-être à convaincre le cuisinier de te donner quelque chose.

— Je suis venue assister à la réunion, répondit-elle avec fermeté.

Au lieu de la résistance à laquelle elle s'était attendue, Quinn se contenta de regagner sa place en haussant les épaules. Lauren ne fut pas dupe. Dès son arrivée, il avait compris pourquoi elle était là. En réagissant de la sorte, il montrait qu'il n'était pas encore prêt à la bannir des séances du conseil.

Les aînés, quant à eux, ne se montrèrent pas aussi complaisants. Ils lancèrent dans sa direction des regards courroucés en la voyant se joindre à l'assemblée. Lauren alla s'asseoir sur un banc aussi éloigné d'eux que possible, préférant la compagnie de jeunes guerriers qu'elle avait eu l'occasion de côtoyer lors des patrouilles. Elle prit patience tandis que des questions sans importance étaient portées à l'ordre du jour : conditions de pêche, réparations à effectuer sur certains bateaux, quantité de laine à stocker pour le tissage, date des noces à venir...

Tirée de la torpeur dans laquelle elle avait sombré, le coude sur la table et le menton au creux de la main, Lauren redressa la tête pour constater qu'en dépit du sujet dont il était question personne ne lui prêtait attention. Ils parlaient tous de Murdoch comme s'il était déjà arrivé. À les entendre, on aurait pu croire que son mariage avec lui avait déjà eu lieu. Mais pas un ne prenait la peine de demander l'avis de la principale intéressée.

Plus que déconcertant, c'était vexant.

Quand le conseil eut terminé de discuter des détails de la célébration qui comptaient pour lui – avait-on engraissé suffisamment de porcs et brassé suffisamment de bière ? –, ses membres commencèrent à repousser leurs chaises pour se lever, signifiant ainsi la fin des discussions.

D'un bond, Lauren se dressa sur ses pieds.

Quinn lui passa la parole d'un signe de tête, forçant les autres hommes à se rasseoir.

— Qu'en est-il de l'alliance avec les De Morgan ? demanda-t-elle. Vous n'en avez pas discuté.

— Nous l'avons fait, répondit Quinn. Quand tu étais encore à Elguire.

Après avoir marqué un temps d'hésitation, il ajouta :

— Je suis désolé, Lauren.

— Mais...

— C'est terminé, lass ! l'interrompit-il d'un ton plus ferme. Cela a pu fonctionner pendant quelque temps, mais cette époque est révolue.

— Vous oubliez ce qui s'est passé dans les montagnes ! insista-t-elle néanmoins. Ces Vikings, nous les avons combattus tous ensemble. Et nous ne les avons vaincus que parce que nous étions unis...

— Nous n'aurions pas eu à les combattre sans ton alliance ! protesta James. Ces Vikings se trouvaient en territoire De Morgan. Ils auraient dû les combattre seuls.

— Mais ils volaient *nos* moutons ! répliqua Lauren. Dans *notre* village !

— Et ce sont *nos* hommes qui en sont morts ! intervint sèchement Ranulf. En territoire anglais !

Lauren contourna la table pour faire face au groupe des aînés, afin de mieux plaider sa cause.

— Vous ne pouvez pas en rester là ! Vous n'avez pas le droit de vous montrer si obtus alors que le danger menace encore !

— « Pas le droit » !

La seule voix qu'elle avait redouté d'entendre – celle de Rhodric – venait de s'élever à l'autre bout de la pièce. Il se leva de son banc et répéta avec une ironie cinglante :

— *Pas le droit !* Tu ne peux pas dicter au conseil ce qu'il a le droit de faire ou non, Lauren. Laisse les hommes s'occuper de ce qui les regarde.

Ses paroles suscitèrent dans la salle des hochements de tête et des commentaires approbateurs que Rhodric enregistra d'un air satisfait.

— Tiens-toi à ta place ! conseilla-t-il en la toisant d'un air supérieur. Ce n'est pas ton rôle de contester les décisions prises par ce conseil.

Lauren ne se laissa pas intimider et s'écria :

— Je suis membre de ce clan ! C'est mon rôle de les questionner si je pense qu'elles ne sont que folie ! Nous avons *besoin* des De Morgan. Sans eux, c'est encore plus d'hommes que nous allons perdre !

— C'était un essai, Lauren ! s'impatienta James, qui la foudroyait du regard. C'était convenu ainsi depuis le début. N'essaie pas de relancer la polémique pour influencer le laird !

— Le laird...

Réalisant soudain ce qu'elle avait été sur le point de dire, Lauren s'arrêta en plein élan.

Le laird aurait voulu ceci. Le laird aurait voulu que sa fille montre au clan le chemin de la paix et de l'unité.

Apparemment, songea-t-elle amèrement, pas ce laird-là.

Un lourd silence était retombé dans la grande salle. Tous faisaient front contre elle et Lauren comprit l'inutilité de ses efforts. Tous les visages qui l'entouraient étaient fermés et distants, quand ils ne lui témoignaient pas une franche hostilité. Personne ne voulait l'écouter. De nouveau, elle se sentit seule, une étrangère parmi ces hommes et ces femmes qu'elle connaissait pourtant depuis toujours. Tous se détournaient d'elle. Même Quinn.

Blessée et désemparée, Lauren secoua la tête et quitta la grande salle en courant. Personne ne tenta de la retenir.

Elle se retrouva à errer au hasard dans les entrailles de la forteresse, perdue dans son affliction, irrémédiablement coupée de tout ce qui avait jusqu'alors donné un sens à sa vie : le clan MacRae.

C'était une journée sombre et froide, et il en allait de même à l'intérieur du château. Les torches et les lampes disséminées çà et là ne donnaient que peu de lumière. Lauren n'avait pas besoin d'y voir clair pour se diriger. Elle connaissait par cœur chaque pièce, chaque couloir, chaque tourelle de Keir. Elle savait quelle vue on avait de quelle fenêtre, et dans quelle aile il valait mieux résider en hiver ou en été. Elle avait passé toutes les saisons de son existence ici, entre ces murs, à rire, à aimer et à grandir.

Ce jour marquait la fin de cette époque bénie. Aujourd'hui, elle était devenue étrangère à tout cela. Mais pire encore – Dieu ait pitié d'elle ! –, elle éprouvait la sensation d'être devenue étrangère à elle-même.

Sauve-toi ! murmurait une voix tentatrice tout au fond d'elle-même. *Cours le rejoindre... Reste auprès de lui – rien que lui – et soyez heureux ensemble !*

Au bord de la panique, à deux doigts de céder à ce besoin égoïste, Lauren s'adossa à un mur, pantelante, et posa les mains sur ses yeux.

— Lauren ?

Vanora l'avait rejointe et la dévisageait, la mine inquiète et la main sur l'épaule :

— Que se passe-t-il ? reprit-elle. Tu es malade ?

— Non !

Au prix d'un gros effort, Lauren parvint à se redresser et à faire bonne figure. Vanora la dévisagea encore un instant avant d'expliquer, rassurée :

— Je suis heureuse de t'avoir trouvée. Nous étions sur le point de nous lancer à ta recherche. Ta robe est prête.

— Ma robe ?

La seule robe qu'elle avait à l'esprit était celle couleur or et saphir qu'elle avait laissée pliée sur sa malle, dans sa chambre, prête à être retournée à Elguire.

— Ta robe de mariée, lass... précisa patiemment Vanora. Tu dois venir l'essayer. Nous sommes toutes impatientes de voir à quoi elle ressemblera sur toi.

D'un geste, elle désigna une porte ouverte, au bout du couloir, devant laquelle Lauren était passée sans la voir. Un flot de lumière et de voix féminines excitées en sortait.

Lauren se laissa pousser dans la pièce sans rechigner. Les femmes l'entourèrent et la congratulèrent. Elles la débarrassèrent de ses vêtements et lui passèrent la robe de Murdoch. D'un œil impassible, elle l'examina sans rien dire, insensible au tombereau de louanges qui se déversait autour d'elle.

Le vêtement, retouché à ses mensurations, tombait mieux. Il ferait, disait-on, parfaitement l'affaire. La robe, fut-il décidé, était simple sans être quelconque. Et avec le tartan des Murdoch par-dessus, Lauren aurait fière allure.

Pour mieux s'en convaincre, on s'activa à draper autour d'elle le carré de lainage brun et fauve, quadrillé de fines lignes bleues. Puis, quelqu'un alla chercher un miroir pour le brandir devant Lauren.

Une Écossaise, pâle et le visage fermé, lui renvoyait durement son regard. Elle portait un tartan dont les plis paraissaient trop rigides, et une robe dont la couleur rendait son teint plus livide encore. La femme du miroir paraissait la vivante incarnation du Devoir et de l'Honneur, de la Vertu et de la Raison. Elle était aussi éloignée d'une princesse anglaise qu'on peut l'être, et jamais, sous aucun prétexte, il ne lui viendrait l'idée de nourrir de douces pensées pour un chevalier du roi Henry.

— ... serait bien mieux. Qu'en penses-tu, Lauren ?

Brusquement tirée de ses pensées, elle détourna le regard de la pâle mariée du miroir.

— Pardon ? s'excusa-t-elle.

— Du porc, ou du cygne ?

En réponse à son regard stupéfait, l'une des femmes émit un claquement de langue agacé.

— Porc de lait rôti, ou cygne farci paré de ses plumes ? Pour le premier plat du repas de noces !

Lauren retint à grand-peine un soupir.

— Je ne sais pas, répondit-elle sans entrain. Cela n'a pas d'importance.

— Mais bien sûr que si, ça en a ! s'écria Michal, indignée. Nous ne pouvons faire insulte aux Murdoch en leur servant un plat qui ne sorte pas de l'ordinaire... Clara, je sais que tu tiens à ton porc de lait rôti. Mais imagine l'effet que produiront de grands cygnes amenés sur les tables, reconstitués et parés de leur plumage éclatant ! Nous avons déjà tenté le coup, et tout a parfaitement fonctionné. Ça devait être au mariage d'Enid, je pense.

— Non, pas du tout... corrigea sa voisine. C'était pour le repas de noces d'Arlene...

Lauren laissa son regard s'égarer par la fenêtre. La masse sombre des nuages bas soulignait les formes squelettiques des arbres dépouillées de leurs feuilles aux alentours du château. Il allait neiger sans tarder. Ce serait la première neige de la saison, qui recouvrirait toute l'île d'un doux manteau blanc. Petite fille, elle avait toujours attendu impatiemment ce moment. Mais aujourd'hui, cette perspective lui paraissait tout bonnement insupportable.

— ... cygne, donc. Nous sommes toutes d'accord. Et naturellement, du porc de lait pour suivre. Clara pourra préparer également son vin chaud épicé, et Judith ses tourtes à la mouette...

— Je dois y aller ! décréta soudain Lauren en s'activant maladroitement pour se débarrasser de sa tenue.

— Qu'est-ce que tu fais, lass ? s'étrangla la couturière en donnant de petites tapes sur ses mains. Arrête ! Arrête, je te dis ! Tu vas tout saccager en t'y prenant ainsi.

— Où dois-tu aller, Lauren ? demanda innocemment Vanora.

— Je dois partir en patrouille, improvisa-t-elle. J'ai dit que je les accompagnais ce matin. Je suis en retard.

De nouveau se produisit autour d'elle un échange de regards entendus. Lauren sentit ses doigts devenir glacés. Elle fit comme si elle n'avait rien remarqué, se mit à l'écart et reprit ses efforts pour se débarrasser du tartan.

Quelqu'un vint délibérément se placer devant elle, lui bloquant le passage. Redressant la tête, elle découvrit le regard furieux de Michal fixé sur elle.

— Tu dois rester à Keir pour que ton fiancé t'y trouve quand il arrivera ! décréta-t-elle d'un ton de défi. Tu ne peux plus continuer à galoper à ta guise à travers toute l'île et te battre au côté des hommes comme une païenne. Murdoch sera là d'un jour à l'autre. Devrons-nous lui expliquer que tu n'es pas là pour l'accueillir comme il se doit parce que tu es partie pour quelque course folle ?

— Expliquez-lui que sa fiancée est partie défendre son île ! répliqua-t-elle d'un ton acerbe. S'il s'attend à trouver une vierge minaudante, j'ai bien peur de devoir le décevoir cruellement !

— Et voilà ! triompha Michal. C'est bien ce que je craignais ! Murdoch sera furieux de trouver une sauvageonne en guise de promise ! N'importe quel homme, à sa place, le serait.

Cela suffit à faire perdre toute patience à Lauren.

— Il n'a qu'à épouser quelqu'un d'autre !

Un silence stupéfait se fit autour d'elle. Plus personne ne bougeait. Toutes les femmes, épouvantées, la dévisageaient avec horreur.

— Lauren ! parvint enfin à murmurer l'une d'elles. Tu ne le penses pas vraiment...

Elle n'avait aucune envie de répondre à cette question. Mais elle y était obligée.

— Non, maugréa-t-elle à contrecœur. Bien sûr que non !

Elle prit une profonde inspiration et expira longuement avant d'ajouter :

— Mais je dois y aller, à présent. La patrouille m'attend.

Un nouveau silence se fit, lourd de sous-entendus qui ne lui étaient pas destinés.

— En as-tu parlé à quelqu'un ? demanda Vanora, soucieuse.

— Oui, mentit Lauren.

— Nous pensions que tu passerais plus de temps ici... déplora Clara en regardant Michal. Que tu t'intéresserais davantage à tes noces.

Un autre mensonge lui vint tout naturellement aux lèvres.

— Mais je m'y intéresse... Simplement, on a besoin de moi pour partir en patrouille.

— James n'est pas de cet avis !

Les bras croisés, la tête penchée sur le côté, Michal ajouta victorieusement :

— Il a dit clairement que tu ne devais plus participer à aucune patrouille.

— Il a dit qu'à partir de maintenant seuls les hommes partiraient en patrouille, précisa Clara. Tu dois rester à Keir jusqu'à ce que Murdoch arrive et préparer tes noces avec nous. C'est ce qu'il a déclaré. Le conseil et le laird ont donné leur accord.

Lauren n'avait plus aucun mensonge à proférer pour se tirer d'affaire. Elle était piégée, et elle le savait.

Très loin d'elle, elle entendit quelqu'un s'exclamer :

— Oh, mon Dieu ! Elle va s'évanouir...

Lauren ravala sa salive et combattit le vertige qui s'était emparé d'elle.

— Je vais bien ! s'exclama-t-elle. Juste un peu fatiguée, rien de plus.

— On le serait à moins... approuva Vanora en la guidant vers une chaise. Nous allons t'enlever cette robe et tu pourras retourner dans ta chambre pour une bonne et longue sieste. Toute cette excitation peut être tellement épuisante. Sans compter que tu n'es pas encore tout à fait remise de ce qui t'est arrivé. Je suis sûre que...

Lauren les laissa de nouveau s'activer autour d'elle. Les yeux fixés sur la chape grise qui était tombée comme un couvercle sur le monde, elle s'efforça de rester calme et de les ignorer.

Lauren portait une vieille cape, grise comme tout ce qui l'entourait désormais, épaisse mais élimée à l'ourlet. Peut-être parce que c'était un cadeau de son père – ou simplement parce qu'elle était confortable et chaude –, elle l'avait portée en permanence jusqu'à ce qu'elle se décide à la mettre de côté il y avait quelques saisons de cela. Désormais, elle avait retrouvé pour elle tout son attrait, non seulement parce qu'elle la protégeait du temps gris et froid mais aussi parce que sa grande capuche lui permettait de passer inaperçue.

Non pas qu'elle se cachât... Elle n'avait aucune raison de le faire. De toute façon, l'aurait-elle voulu qu'elle n'y serait pas parvenue. Il lui fallut se montrer, aux écuries, pour demander une monture. Un lad l'aida à seller une jument gris pommelé, sans décrocher une parole mais en lui jetant à la dérobée de longs regards curieux. Après l'avoir remercié un peu trop sèchement, elle se mit en selle et trotta en direction du pont-levis.

La sentinelle en faction aux portes du château la salua d'un hochement de tête et donna l'ordre qu'on la laisse passer. Lauren retint un soupir de soulagement. Elle avait craint, confusément, qu'on refuse de la laisser sortir. Elle avait redouté qu'on ait décidé de faire d'elle, contre son gré, une recluse choyée dans une cage dorée.

Mais le garde en faction se contenta de lui demander en la regardant passer :

— Où vas-tu, lass ?

— Noire Plage, répondit-elle.

Ce qui était la vérité. Elle n'était pas en train de s'enfuir. Elle avait juste besoin de sentir le vent du large fouetter son visage et d'avoir une fois encore sur la langue le goût de l'océan. Elle avait besoin d'être aussi seule que possible, un long moment, pour faire le tri dans le tumulte de ses pensées, mais elle comptait bien revenir.

— Ne tarde pas trop, lui recommanda la sentinelle. La neige arrive et les jours sont courts.

— Oui, répondit-elle en éperonnant sa monture du talon.

Noire Plage portait bien son nom. Le sable y était de la même couleur dorée que partout ailleurs sur Shot, mais une quantité de rochers y affleuraient, la parsemant d'étranges formes noires qui la rendaient difficile d'accès – voire dangereuse – pour les chevaux.

Lauren mit donc pied à terre pour conduire sa jument par la bride et redressa la tête afin que le vent défasse sa capuche. D'un regard panoramique, elle admira le paysage, rendu plus enchanteur encore par la lumière plombée. À quelque distance, derrière les arbres, Keir se découpait, ombre magnifique sur le ciel gris.

Au milieu des affleurements rocheux qui émaillaient cette vaste plage, il était difficile de se frayer un chemin. Sa monture éprouvant plus de difficultés qu'elle encore, Lauren décida d'aller l'attacher aux branches d'un arbuste, en prenant garde qu'elle soit convenablement abritée du vent. Ceci fait, elle retourna se promener.

Il y avait effectivement de la tempête dans l'air. Elle en apercevait les prémices dans ces nuages noirs qui étaient en train d'obscurcir le ciel. Ils galopaient à une vitesse effarante sur l'océan et fondaient sur Shot. En s'approchant du rivage, Lauren comprit que ce serait une tempête glaciale. Elle le sentait dans la morsure de l'air sur sa peau. Elle l'entendait dans les hululements du vent et dans le fracas des vagues venant se briser sur la plage. Une telle ambiance convenait parfaitement à son humeur. N'ayant aucun désir de retourner tout de suite à Keir, elle poursuivit sa promenade.

Dans son jeune âge, elle avait joué un nombre incalculable de fois parmi ces rochers noirs avec les autres enfants du clan. Ils constituaient un terrain de jeu idéal. Les plus grands et les plus remarquables avaient été baptisés de noms comiques : « Vieux noiraud », « Gueule de Charbon », « Fiona la Veuve », « Tête de Géant »...

Un paquet d'embruns s'abattit sur Lauren, la tirant brutalement de ses souvenirs. Poussée par le vent, la marée montait rapidement. Un instant plus tard, une vague ourlée d'écume partit à l'assaut de ses pieds. D'un bond, elle tenta de lui échapper, soulevant sa cape et sa robe pour leur éviter d'être trempées. Mais faute d'avoir été assez rapide, elle sentit l'eau glacée doucher ses jambes avant de refluer.

Il aurait été grand temps de rentrer, mais Lauren n'en avait nullement envie. Déjà transie, elle se retrouvait de plus trempée. Pourtant, elle ne parvenait pas à se décider à rejoindre sa monture. Elle éprouvait la sensation étrange de se trouver à un de ces tournants cruciaux de l'existence, où il est possible d'embrasser du regard le chemin parcouru et de tenter de percer les brumes de l'avenir. Sur cette plage austère où elle était venue sur un coup de tête, bravant le mauvais temps et la nuit tombante, elle comprit soudain qu'elle disait adieu à tout ce qui avait jusqu'alors fait son existence : son clan, son île... Arion.

La neige commença à tomber, légère et aérienne en dépit du vent. L'anthracite du ciel et le noir des rochers soulignaient sa blancheur immaculée.

Lauren s'engagea dans un passage couvert constitué par deux énormes roches penchées l'une vers l'autre. Sur cette plage de forme convexe, il permettait l'accès à la deuxième moitié du croissant qu'elle dessinait sur le rivage. Ces deux rochers formaient une arche un peu plus haute qu'un homme de grande taille et deux fois plus longue.

Pendant quelques secondes, à l'abri des murs de pierre, le vent cessa de souffler et la neige de tomber. Un profond silence se fit autour de Lauren. Marquant une pause, elle ferma les yeux, soulagée de pouvoir au moins pour un court laps de temps se cacher et échapper au reste du monde, même aux éléments. Mais lorsque à l'issue du passage elle les rouvrit, ce fut en plein chaos qu'elle émergea.

Des hommes venus de la mer avançaient difficilement dans le sable, luttant contre le vent et la neige. D'abord, elle n'en vit que quelques-uns. Puis, son regard embrasa l'étendue et elle en aperçut beaucoup plus. Des dizaines d'hommes armés – des centaines peut-être – pataugeaient dans les vagues et prenaient la plage d'assaut, bardés de sabres, de haches, de masses d'armes, d'arcs et de carquois. Difficilement, ils tiraient leurs chaloupes au sec.

Une saute de vent amena aux oreilles de Lauren les appels étouffés qu'ils échangeaient dans un charabia étranger et guttural. Au large, les drakkars qui les avaient amenés s'alignaient en une longue file contre le ciel noir, voilés par un rideau de neige. Et soudain, avant même d'avoir pu penser à s'enfuir pour donner l'alerte, Lauren fut repérée.

L'un des Vikings pointa le doigt vers elle et lança un cri. Elle n'attendit pas que les autres la repèrent aussi. Elle fit volte-face et fonça dans le sable, repoussant les parois du tunnel avec les mains dans sa hâte à en sortir. Sur l'autre moitié de la plage, elle courut si vite que les affleurements rocheux la mirent en danger de se blesser à tout instant. Pourtant, il lui fallait prendre ce risque. Elle devait au plus vite rentrer à Keir pour prévenir du danger qui menaçait.

Aveuglée par la neige qui n'en finissait plus de tomber, Lauren buta du pied contre un rocher et s'étala dans le sable. Quand elle parvint à se redresser et qu'elle se remit à courir, elle entendit derrière elle les pas pesants de son poursuivant. Par-dessus son épaule, elle risqua un regard dans sa direction et le découvrit bien plus proche qu'elle ne l'avait pensé. Dans un visage mangé par une barbe hirsute, une grimace affreuse découvrait ses dents carnassières.

La monture de Lauren, alertée de la voir courir vers elle, s'agita au bout de sa longe, les yeux fous. Lauren comprit au premier coup d'œil qu'elle ne pourrait défaire les nœuds resserrés par la traction exercée sur eux. Sans hésiter, elle tira sa dague de sa ceinture et libéra la jument en tranchant la lanière en cuir à l'instant même où le Viking la rejoignait.

Le cheval partit au galop. Lauren, déstabilisée par son assaillant, alla valser dans le sable et la dague lui échappa des mains. D'instinct, elle amena ses bras devant elle pour se défendre, mais son adversaire, presque deux fois plus massif qu'elle, l'écrasa pratiquement sous son poids. Le coup de poing qu'elle parvint à lui assener dans le cou suffit à peine à le faire tousser. Rendu furieux, d'une seule main il immobilisa les deux poignets de Lauren au-dessus de sa tête tandis que de l'autre il la frappait au visage.

Bien plus qu'une grande douleur, elle fut surprise de ne ressentir qu'un engourdissement de tous ses sens. Elle eut l'impression qu'un éclair bleuté l'aveuglait, puis, soudain, le poids qui l'écrasait disparut et le vent s'empara de sa cape et hurla à ses oreilles. Que s'était-il passé ? S'était-elle évanouie ? Était-elle déjà morte ? Ou n'avait-elle fait que rêver tout ce qui venait de se passer ?

Lauren se redressa en entendant quelqu'un crier son nom. Non loin de l'endroit où elle se trouvait, elle vit Arion aux prises avec le Viking qui l'avait rattrapée. Il y avait du sang sur leurs deux visages et le sable volait autour d'eux tandis qu'ils luttaient au corps à corps.

Arion cria de nouveau son nom et Lauren s'agenouilla sur la plage, désorientée. Elle vit qu'il tournait la tête vers elle au moment où elle se redressait. Cela parut décupler sa fureur. Il bondit de plus belle sur le Viking, dont il écrasa le visage sous ses deux poings, avec une force que rien n'aurait pu arrêter.

L'autre homme, le visage rougi par le sang, les paupières et les lèvres gonflées, s'affaiblissait notablement et ne lui opposait plus qu'une résistance symbolique. Quelques instants plus tard, il retomba d'une masse sur le sable, mort ou simplement inconscient.

Aussitôt, Arion bondit sur ses pieds et se précipita vers elle. Il la prit par les bras et l'attira contre lui d'une brusque traction. Lauren se blottit contre lui et leva la tête pour le regarder, avec l'impression curieuse d'avoir attendu ce moment toute sa vie.

Il lui donna un rapide baiser fiévreux, au goût de sel, de sang et de sable. Puis, il se pencha en arrière et lui embrassa le front. Lauren le serrait aussi fort contre elle qu'il la serrait contre lui.

— Vous a-t-il blessée ? s'enquit-il, le souffle court.

Partagée entre la joie et la frayeur, elle secoua négativement la tête.

— Vous devez partir d'ici ! reprit-il, le visage sévère. Courez aussi vite que vous le pourrez jusqu'à Keir !

Sachant qu'il avait raison, Lauren répondit néanmoins :

— Non. Je ne vous abandonnerai pas.

— Partez ! insista-t-il en la poussant vers les bois. Nous ne sommes pas assez nombreux ici pour gagner cette bataille ! Nous allons avoir besoin de votre aide ! Vous devez rentrer à Keir et donner l'alarme !

Lauren aurait voulu argumenter, le convaincre de venir avec elle, mais elle savait que ce désir de le mettre à l'abri n'était pas légitime.

— Partez… répéta-t-il plus gentiment, en la fixant au fond des yeux. Je vous en prie, Lauren. J'ai besoin de vous savoir en sécurité.

Ses yeux se portèrent sur les rochers qui faisaient la jonction entre les deux parties de la plage et Lauren le vit blêmir.

— Trop tard… l'entendit-elle murmurer.

Alors, elle tourna elle aussi la tête et vit ce qui l'avait alertée. Les Vikings franchissaient en masse le tunnel de pierre noire et se précipitaient vers eux.

12

Seul le hasard avait mené Arion et ses hommes sur cette plage. La patrouille qu'il conduisait avait sur ses ordres longé la frontière, par un caprice qui l'avait poussé à se rapprocher autant que possible de Lauren MacRae sans engager une nouvelle guerre entre les deux camps.

Mais au lieu de tomber nez à nez avec Lauren en train de patrouiller elle aussi, comme il l'avait secrètement espéré, ils avaient fini par repérer au large une longue file de drakkars qui fondaient sur Shot en même temps que la tempête.

Arion avait paré au plus pressé. Il avait envoyé à Elguire le plus rapide de ses hommes pour y rassembler son armée. Ensuite, avec le reste de la patrouille, il avait suivi la flotte viking dans sa progression vers l'île, même s'il leur avait fallu faire parfois quelques incursions en territoire MacRae pour ne pas la perdre de vue.

Il avait tout de suite compris que le rapport de force ne jouait pas en leur faveur. Il y avait tant d'hommes sur ces navires, prêts à tout pour débarquer, qu'il aurait été suicidaire de tenter de les arrêter sans attendre de renforts. Cependant, il avait également compris qu'il ne pourrait leur laisser gagner trop de terrain sans réagir. L'issue de la bataille qui s'annonçait dépendrait de la rapidité avec laquelle ses troupes répondraient à son appel. Et du fait de savoir si l'invasion était passée inaperçue du clan MacRae ou non...

Sachant cela tout comme lui, aucun de ses hommes n'avait flanché ni suggéré d'attendre que les renforts arrivent. Sur chaque visage, Arion avait lu la même détermination stoïque que celle qui l'animait. Lorsque les Vikings débarqueraient, ils engageraient le combat jusqu'à ce qu'il ne reste plus aucun d'eux vivant ou que l'aide attendue finisse par arriver.

Ils avaient donc observé la progression des envahisseurs sans se montrer, s'efforçant de déterminer à quel endroit ils allaient toucher terre. Rapidement, il était apparu que ce serait sur cette plage parsemée d'étranges rochers noirs – précisément parce que aucun marin sain d'esprit n'aurait cherché à y débarquer. Celle-ci offrait l'avantage d'être bien abritée et de n'être visible ni d'Elguire ni de Keir, mais les récifs noirs aux pointes acérées qui la longeaient en rendaient l'approche plus que périlleuse.

Et comme prévu, c'était vers cette plage difficile d'accès que les chaloupes vikings s'étaient dirigées. Arion s'était efforcé de compter les envahisseurs avant qu'ils ne quittent leurs embarcations. Arrivé à deux cents, il avait renoncé à continuer. Et pour ne rien arranger, il s'était mis à neiger...

Arion était en train d'envisager sérieusement de surseoir à leur attaque suicide lorsque Fuller lui avait posé la main sur l'avant-bras en désignant un endroit de la plage du doigt. Ce qu'il y avait découvert lui avait mis le cœur au bord des lèvres. Enveloppée d'une cape, ses cheveux dansant comme une flamme rouge sur le noir du rocher, Lauren se tenait debout à l'entrée de la plage où les Vikings débarquaient en force. L'un d'eux avait lancé un cri en l'apercevant.

Enfin consciente du danger, Lauren s'était ruée dans le tunnel.

Sans avoir eu besoin d'y réfléchir, Arion s'était mis à courir. Le guerrier en lui avait pris le dessus. Dans sa tentative désespérée pour sauver Lauren, il avait eu le réflexe de rester à couvert et de ne pas se faire repérer par les Vikings. Il avait cru réussir à la tirer de là, mais à présent, il comprenait qu'il n'avait pu que différer leur mort. Car il ne faisait pas l'ombre d'un doute pour lui que la troupe de guerriers vociférants qui se précipitaient vers eux à présent ne leur laisserait aucune chance.

Arion alla ramasser en hâte son bouclier et son épée, qu'il avait laissés choir lors de son combat à mains nues contre le Viking. Sans quitter l'ennemi des yeux, il vit Lauren partir frénétiquement à la recherche de quelque chose dans le sable. Il ne comprit de quoi il s'agissait qu'en la voyant revenir se camper à ses côtés, une dague brandie devant elle pour unique défense.

Au moins, songea-t-il avec fatalisme, il avait eu le temps de l'embrasser une dernière fois...

— Je vous aime !

L'aveu avait jailli spontanément sur ses lèvres. Du coin de l'œil, il la vit sursauter et tourner la tête vers lui pour s'étonner :

— Qu'avez-vous... qu'avez-vous dit ?

Il n'avait plus le temps de lui répondre. Le premier de leurs assaillants les avait rejoints. Arion brandit son épée pour l'accueillir.

La guerre était pour lui un monstre familier. Il en connaissait par cœur tous les codes, toutes les règles, toutes les ruses. Son corps les avait depuis longtemps intégrés et c'était sans même avoir à y réfléchir, avec l'instinct d'un tueur, qu'il se battait.

Bientôt, il se retrouva à combattre trois Vikings à la fois, puis quatre, puis cinq. Et tout en combinant habilement l'attaque et la retraite, il parvint à faire en sorte d'assurer autant que possible la défense de Lauren. Une part de lui-même avait noté qu'elle se tenait prête, la dague au poing, à repousser tout assaut. Mais c'était la bataille en cours qui monopolisait tous ses sens désormais.

Un coup de sabre l'atteignit au bras, qu'il sentit à peine. Des cris et des paroles qui n'avaient aucun sens pour lui l'assourdissaient. De nouveau, il fut touché, à l'épaule cette fois, et immédiatement après au côté. Lauren avait dû elle aussi entrer dans la danse. En dépit des efforts d'Arion pour la protéger, un Viking avait réussi à la rejoindre. Elle se défendait comme une diablesse, maniant sa dague avec tant de dextérité qu'elle parvenait à mettre son adversaire en difficulté.

Pourtant, Arion savait que ce n'était qu'une question de temps avant qu'ils succombent sous le nombre.

À l'orée du bois retentit un nouveau cri qu'il connaissait bien : celui des hommes de sa patrouille arrivant à la rescousse et attirant sur eux l'attention des Vikings pour faire diversion.

Deux des cinq adversaires d'Arion finirent par succomber sous ses coups. Un autre fut victime d'un de ses hommes. Il n'en restait plus qu'un contre lequel il devait résister pied à pied, et celui que combattait Lauren. Soudain, elle poussa un cri. Il la sentit flancher contre lui. Elle avait été blessée, et il ressentit sa douleur comme si cette blessure avait été infligée à sa propre chair. Galvanisé de la savoir en danger, il parvint dans un ultime cri rageur à venir à bout du Viking qu'il affrontait. Puis, d'un bond, il acheva celui qui venait de blesser Lauren en lui portant un coup mortel qu'il eut à peine conscience de lui donner. L'homme s'écroula d'une masse dans le sable, avec un cri étranglé.

Arion se retourna vers elle et la soutint en la serrant contre lui. Au bout de son bras, son épée gouttait encore du sang qu'il venait de verser.

— Où est-ce ? demanda-t-il en criant pour dominer le vacarme de la bataille. Où vous a-t-il blessée ?

Rapidement, il s'aperçut que le bras de Lauren saignait, presque au même endroit que le sien. Mais sur elle, cette blessure lui parut plus grave et plus insupportable.

— Tout à l'heure... cria-t-elle en serrant dans sa main son bras blessé. Qu'avez-vous dit ?

Percuté de plein fouet par un Viking, Arion ne put lui répondre. Dans la lutte qui s'ensuivit, il perdit son bouclier mais parvint à se débarrasser du nouvel assaillant aussi vite que possible, conscient que Lauren avait besoin de lui. Quand il put reporter son attention sur elle, elle combattait un nouvel adversaire en effectuant des moulinets avec une hache ramassée sur le sol. L'homme qui lui faisait face esquivait de son mieux et tentait de lui prendre son arme. Elle parvint à l'atteindre au bras, sans pour autant se débarrasser de lui. Coriace et déterminé, le Viking revenait à la charge, encore et encore, guettant la première occasion qu'elle lui fournirait de la désarmer et de la tuer.

Arion se remit sur pied et fut immédiatement assailli par un autre homme, puis un autre encore. Aveuglé par le sable, la neige et le sang, il finit par perdre Lauren de vue. Son bras gauche était quasiment insensible. Il ne prit pas la peine de vérifier ce qui lui était arrivé. Il pouvait toujours brandir son épée, et c'était tout ce qui comptait. Il avait affaire à des adversaires farouches et tenaces, mais il avait un avantage sur eux. Alors qu'ils ne se battaient que pour conquérir l'île de Shot, lui aurait donné sa vie pour sauver celle de Lauren. Cela faisait toute la différence.

Cette certitude lui donna la force de tuer coup sur coup les deux Vikings contre lesquels il se battait. Ce fut ensuite grâce à sa chevelure, bannière de feu dans un monde de glace, qu'il retrouva Lauren. Contre toute attente, elle était parvenue à venir à bout du Viking. Arion le vit tomber à genoux sur le sol, les mains serrées autour de la hache plantée dans son ventre. Après les avoir rejoints, il acheva d'un coup de pied de le faire tomber à terre, puis il attira Lauren contre lui, cherchant désespérément à lui faire un bouclier de son corps.

Elle leva les yeux vers lui et il vit qu'en l'embrassant il lui avait maculé le visage de sang.

— Qu'avez-vous dit tout à l'heure ? insista-t-elle.

Sans lui répondre, Arion évalua la situation d'un rapide coup d'œil. Ses hommes étaient en train de perdre pied et il ne semblait plus y avoir moyen de tirer Lauren saine et sauve du piège qui s'était refermé sur eux. Il ne cessait d'arriver de toutes parts de nouveaux renforts vikings. Outre qu'ils étaient surpassés en nombre, ils se retrouvaient également cernés. Un profond désespoir s'empara d'Arion à l'idée que, malgré tous ses efforts, il n'allait pas pouvoir la tirer de là.

— Qu'avez-vous… commença de nouveau Lauren.

Mais un nouveau cri de guerre venait de retentir, qui ne lui permit pas d'achever sa phrase. Un cri vengeur, repris par des dizaines de guerriers armés et vêtus de tartans, qui surgissaient des bois pour se mêler à la bataille.

Arion repoussa lentement Lauren jusqu'à ce qu'ils se retrouvent tous deux acculés contre un gros rocher.

— Restez ici ! lui ordonna-t-il en lui saisissant les épaules. Adossez-vous à ce rocher et ne bougez pas !

Lauren s'agrippa à sa cotte de mailles, refusant de le laisser partir.

— Non ! protesta-t-elle. Que faites-vous ? Il vaut mieux attendre ici que...

Mais déjà, Arion s'était libéré et fonçait dans la tourmente de fer et de neige qui continuait de sévir autour d'eux.

— Ne bougez pas ! répéta-t-il une dernière fois en s'éloignant.

De nouveau, ce fut presque sans effort qu'Arion parvint à contenir tous ceux qui prétendaient violer le refuge qu'il venait d'offrir à Lauren. Et tout en se battant comme un beau diable, il scruta les alentours, jusqu'à ce que lui apparaisse non loin de là où il se trouvait un visage qu'il connaissait. Sans cesser de combattre, il cria :

— Hé ! MacRae ! Par ici !

Rhodric, l'impétueux jeune guerrier contre lequel il s'était battu, lui lança un regard noir tout en se battant contre deux adversaires à la fois. Dès qu'il le put, Arion manœuvra pour le rejoindre. À eux deux, ils eurent tôt fait de se débarrasser des adversaires de l'Écossais. Puis, sans lui laisser le temps de se ruer vers un autre ennemi, Arion le prit par le bras et lui cria :

— Lauren est là-bas ! Tu dois m'aider à la sortir de là !

De la pointe de son épée, il désignait le rocher contre lequel il l'avait laissée. Livide contre la pierre noire, elle surveillait les alentours, l'un de ses bras saignant abondamment, l'autre brandissant la dague prête à servir.

À la grande surprise d'Arion, Rhodric ne tenta pas d'argumenter et ne parut nullement surpris de la découvrir au milieu de tout ce chaos. Après avoir brièvement hoché la tête, il s'élança en direction de Lauren et Arion lui emboîta le pas. En la flanquant chacun d'un côté, ils entreprirent l'impossible mission de lui faire traverser la masse grouillante de guerriers des deux camps occupés à se détruire mutuellement.

Arion comprit bientôt que l'abondante perte de sang qu'il avait subie finissait par l'affecter. Il se sentait un peu trop déconnecté de ce qui se passait autour de lui. Il perdait peu à peu son énergie, même s'il parvenait encore à se battre férocement. Il avait un peu trop tendance à se soucier du sort de Lauren plus que des ennemis qu'ils rencontraient. À un moment donné, leurs regards se croisèrent et il n'en fallut pas plus pour qu'Arion perde toute sa concentration. Il sut alors que ses yeux n'avaient jamais, de toute son existence, regardé rien de plus beau qu'elle à cet instant.

Sa distraction lui fut fatale. D'un coup d'épaule, un assaillant le fit tomber à la renverse. Soudain, dans son champ de vision, le visage de Lauren fut remplacé par le ciel gris, puis par la face grimaçante du Viking qui venait de bondir sur lui. Mais l'homme écarquilla bientôt les yeux, le visage figé sur une expression de surprise. Sa bouche s'entrouvrit, libérant un flot de sang et un râle prolongé. De nouveau, Arion n'eut plus que le ciel au-dessus de lui. Puis, le visage de Lauren revint planer devant ses yeux, vision céleste de beauté suprême. Après avoir retiré sa dague du dos du Viking, elle se pencha sur Arion pour l'aider à se remettre sur pied.

— Laisse-le ! ordonna Rhodric.

Il vit la main du jeune homme se poser sur l'épaule de Lauren, mais elle se libéra d'un mouvement brusque et s'agrippa de toutes ses forces à lui en criant :

— Arion ! Arion !

Elle n'avait pas renoncé à tenter de l'aider à se relever. Arion secoua la torpeur qui l'envahissait et fit de son mieux pour lui faire plaisir. Titubant sur ses jambes, il parvint difficilement à se remettre debout. Quand il y fut parvenu, il trouva une épaule solide pour le soutenir et l'empêcher de retomber.

— Allez-y ! ordonna Fuller en s'adressant à Rhodric. Allez la mettre à l'abri. Il y a un passage dans les bois, là derrière.

— Oui, approuva Arion d'une voix empâtée. Allez...

Lauren commença à lutter contre Rhodric, qui la tenait à présent fermement contre lui, mais Arion savait que le jeune Écossais était plus fort qu'elle, comme il se chargea illico de le lui prouver. Sans trop d'efforts, il l'entraîna vers les arbres, bientôt rejoint par un autre homme du clan MacRae qui lui prêta main-forte. Ensemble, ils parvinrent à la maîtriser et ce fut avec soulagement qu'Arion les vit disparaître à l'orée du bois.

Enfin, il put fermer les yeux, mais les ténèbres elles-mêmes semblaient danser une sarabande endiablée, aussi les rouvrit-il aussitôt.

— Là-bas... dit-il à Fuller en désignant un des rochers.

Son intendant l'aida à s'asseoir dans le sable et à s'adosser à la pierre. La neige recouvrait les innombrables cadavres qui parsemaient la plage, entre les plaques de roches noires, composant un paysage spectral digne des Enfers.

— Vous êtes blessé à la poitrine, annonça Fuller après l'avoir examiné rapidement. Et au bras.

Arion le regarda confusément, à travers le brouillard blanc qui gagnait peu à peu sa vision. Lui aussi avait l'air mal en point. Une vilaine plaie lui barrait la joue, dont le sang avait déjà eu le temps de sécher.

D'une voix faible, qu'il ne reconnut pas, Arion demanda :

— Encore combien de temps ?

Fuller, dont les mains s'agitaient près de la blessure qui pulsait sourdement au bras d'Arion, comprit immédiatement de quoi il voulait parler.

— Plus beaucoup, répondit-il. Nos renforts sont arrivés il y a une demi-heure, peu de temps après les Écossais, mais il arrive toujours plus de Vikings. Ils nous surpassent en nombre plus que jamais.

— Qu'ils aillent tous rôtir en enfer !

— Oui… approuva Fuller sans cesser de le soigner.

— Laisse ça ! ordonna Arion. Rentre à Elguire. Barricadez-vous et préparez-vous à…

De nouveau, le fil de sa pensée lui échappa. Arion se surprit à regarder les flocons de neige tomber devant lui avec une étrange euphorie.

— Elguire est prêt à supporter un siège, assura Fuller. On ne peut rien faire de plus.

D'un geste sec, il serra quelque chose qui réveilla dans le bras d'Arion une douleur atroce, le tirant de sa léthargie.

— Retourne à…

— Nay ! l'interrompit fermement son intendant.

Sa tâche achevée, il se recula. Arion vit que ses mains, posées sur ses cuisses, étaient rouges et dégouttaient de son sang. Pour une raison qui lui échappait, cela lui donna envie de rire.

Après avoir récupéré son épée et son bouclier, Fuller se releva et lui tourna le dos. Arion se demanda vaguement où étaient ses propres armes. Crispant le poing, il fut surpris de découvrir la poignée de son épée entre ses doigts. Cela le rassura. S'il avait trouvé le moyen de ne pas lâcher son arme, cela devait être bon signe.

Il y eut soudain une baisse d'intensité dans le bruit constant de la bataille. Aussitôt après, un cri de joie retentit, suivi de bien d'autres, aussi inattendus que bienvenus. Intrigué, Arion puisa dans ses dernières ressources pour se redresser contre le rocher. Mais il eut beau scruter le champ de bataille, il ne vit rien pour justifier ce revirement.

Fuller s'était éloigné de quelques pas. La main en visière, il observait l'océan.

— D'autres bateaux ! s'exclama-t-il.

Arion grinça des dents et s'efforça de garder la tête droite. La fin allait donc s'avérer plus proche encore. Il convenait de l'affronter avec dignité.

— Ce ne sont pas des drakkars ! poursuivit Fuller, très excité. Ils arborent le drapeau écossais, milord ! Ils vont tailler en pièces la flotte ennemie !

Arion tituba jusqu'à lui. Il lui fallait voir cela par lui-même.

Sur l'océan noir et soulevé de vagues, derrière la tempête qui ne donnait plus que de la neige fondue, un groupe d'imposants navires de guerre enfonçait le flanc de la flotte viking, qui commença en hâte à se disperser. Quelques-uns de ces nouveaux vaisseaux, laissant la bataille navale derrière eux, mirent le cap sur Shot.

L'issue probable des combats s'en trouva bouleversée. En butte au courage renaissant des Écossais et des Anglais, les Vikings qui avaient débarqué commençaient à douter.

Mais Arion ne put en voir davantage. Soudain, il se retrouva assis sur le sable, tout étourdi. Fuller, accroupi près de lui, lui soutenait le dos et tentait de l'inciter à s'allonger.

— Non ! protesta Arion. Je dois aller me battre. Il faut que...

Le reste de sa phrase mourut sur ses lèvres. Les yeux au ciel, il regarda les derniers flocons virevolter jusqu'à son visage, puis se fondre dans une grisaille opaque, qui l'engloutit lui aussi.

Lauren faillit fausser compagnie à Rhodric et à l'autre homme qui l'entraînait lorsqu'un groupe de quatre Vikings s'en prit à eux. Faisant fi de son bras blessé, elle se servit de sa dague pour émerger de la mêlée. Pourtant, après s'être éloignée, elle comprit que tourner le dos à des membres de son clan en danger lui était insupportable.

Elle se retourna donc... pour constater que le combat avait déjà cessé et que leurs ennemis gisaient au sol.

— Lauren, reviens ! lui cria Rhodric.

Elle s'était déjà rapprochée de la plage. Elle n'allait sûrement pas renoncer à y rejoindre Arion... Elle reprit donc sa course entravée par le sable, mais Rhodric eut tôt fait de la rattraper et de la maîtriser.

— Laisse-moi ! s'écria-t-elle en se débattant.

Puis, ses yeux se posèrent sur l'océan, et ce qu'elle découvrit la laissa pantoise. Surpris par ce changement d'attitude, Rhodric tourna la tête pour voir ce qu'elle regardait. Plusieurs drakkars étaient en feu, d'autres déjà en train de couler. De puissants navires de guerre écossais donnaient la chasse au reste de la flotte ennemie en déroute.

— Dieu soit loué ! s'exclama l'autre homme du clan, qui venait de les rejoindre.

Rhodric laissa fuser un cri de victoire vers le ciel. Après avoir lâché Lauren, il la prit dans ses bras pour manifester sa joie mais elle le repoussa sans ménagement.

— Ils détalent ! railla-t-il en riant aux éclats. Regarde-les détaler comme des lapins !

Effectivement, sur la plage, la bataille semblait terminée. Les Vikings, jugeant leur cause perdue, fuyaient en désordre vers leurs embarcations. Anglais et Écossais leur donnaient la chasse, rejoints par les hommes de cette nouvelle armée qui venait de changer la donne. Bien peu nombreux, au final, seraient ceux qui pourraient reprendre la mer…

— Allons-y ! décréta Lauren.

Sans attendre de savoir si ses deux compagnons la suivaient, elle s'élança d'un pas décidé.

— Lauren ! protesta Rhodric, hâtant le pas pour la rejoindre. Tu dois rentrer à Keir.

— Il n'y a plus aucun danger là-bas, répondit-elle sans ralentir l'allure.

— Tu es blessée ! Tu as besoin de…

Lauren stoppa brusquement et se tourna vers lui.

— Tu n'as qu'à retourner à Keir si ça te chante ! s'emporta-t-elle. Moi, je compte bien assister à la déroute complète de ces Vikings. Ne me dis pas que tu n'as pas envie de voir ça, toi aussi…

Rhodric hésita, manifestement partagé entre son sens du devoir et son envie de rester au cœur de l'action. Lauren en profita pour se remettre en route.

Arrivée sur la plage, elle fit mine de se diriger vers l'endroit où avait débarqué l'armée de secours, mais quand elle vit Rhodric et son compagnon la dépasser, elle obliqua vers le secteur où elle avait vu Arion pour la dernière fois.

Des corps jonchaient le sable. Certains n'étaient pas encore morts et le vent emportait leurs râles de douleur ou d'agonie. C'était ce que Lauren redoutait le plus : qu'Arion pût être vivant et éveillé, mais souffrant mille morts. La neige fondue se mêlait à la chaleur de ses larmes sur ses joues. À chaque nouveau mètre qu'elle parcourait, à chaque nouveau visage figé par la mort qu'elle scrutait, l'angoisse que lui inspirait le sort d'Arion De Morgan grandissait en elle.

Seigneur ! Où pouvait-il être passé ? Tout, autour d'elle, n'était que sang et corps démembrés. Elle n'était pas la seule à errer dans ce champ de mort. D'autres, comme elle, – De Morgan aussi bien que MacRae –, recherchaient les blessés les moins atteints pour leur administrer les premiers soins. Mais où était passé Arion ?

Elle le découvrit près des gros rochers noirs qui s'élevaient en bordure de plage, le bras entouré d'un bandage de fortune déjà trempé de sang. Fuller se trouvait non loin de là, occupé à héler quelqu'un, mais Lauren le remarqua à peine.

Elle s'agenouilla près de lui et tenta de son mieux d'arrêter l'hémorragie. Bien que donnant l'impression d'être plus mort que vif, Arion respirait encore. Lauren le constata immédiatement avec un profond soulagement mêlé d'un sentiment de gratitude.

— Arion ?

Lentement, il ouvrit les yeux. La neige avait gelé ses sourcils. Le reste de son visage avait bien plus l'apparence du marbre que celle de la chair. Elle tendit la main pour caresser sa joue et en chasser les flocons qui s'y attardaient.

— Lauren... murmura-t-il d'une voix à peine audible.

Prenant sa tête au creux de ses mains, elle lui sourit et répondit :

— Oui, je suis là.

— Vous êtes... vivante.

Elle souriait, incapable de s'en empêcher, même si elle n'aurait su dire si c'était de joie ou d'anxiété.

— Ça va aller pour vous aussi… assura-t-elle, espérant paraître plus convaincante qu'elle n'était convaincue. Ça va aller, vous verrez.

— Lauren…

Elle se pencha plus près de lui encore, autant pour mieux l'entendre que pour le protéger des éléments.

— Je suis là, murmura-t-elle tout près de son oreille.

Il lui rendit son sourire – un sourire tremblant et ensanglanté. La neige s'était remise à tomber à gros flocons autour d'eux. Lauren l'entendit à peine ajouter dans un souffle :

— Mon… amour.

Puis, le regard d'Arion dériva lentement du visage de Lauren à un point situé au-dessus d'elle. Dans son dos, elle entendit quelqu'un l'appeler :

— Lauren MacRae…

Lauren ne connaissait pas cette voix, mais elle lui coupa le souffle et fit courir un frisson le long de son échine. Avec lenteur, elle se détourna d'Arion et tourna la tête. Un homme qu'elle ne connaissait pas la dominait de toute sa hauteur. Il portait un tartan brun et fauve, quadrillé de fines lignes bleues. La broche en argent qui le retenait à l'épaule ressemblait à un rameau de sorbier.

Dressé au-dessus d'elle, il lui tendit une main que Lauren fixa sans broncher.

— Prends ma main, lui ordonna-t-il.

Et comme une marionnette, elle s'exécuta et le laissa la hisser sur ses jambes. Lauren eut l'impression, ce faisant, de se vider de tout ce qui faisait qu'elle était elle-même. Il lui sembla que son essence intime la quittait, pour aller abreuver le sol sur lequel reposait Arion, la laissant aussi vide et creuse qu'un coquillage.

L'étranger amena sa main à sa bouche et y posa ses lèvres, sans cesser de la regarder. Les poils de sa barbe gelée lui irritèrent la peau. Un rassemblement s'était formé autour d'eux, dans la nuit tombante.

— Je suis Payton Murdoch, laird du clan Murdoch, annonça-t-il, comme s'il était encore besoin de le lui préciser.

Lauren ne trouva rien à lui répondre, aussi se contenta-t-elle de le dévisager. Il avait des cheveux châtain clair, des yeux d'un bleu glacial, et le teint mat. Il ne daigna pas jeter un regard à l'homme qui était peut-être en train de mourir à leurs pieds.

— Nous vous souhaitons la bienvenue, Murdoch ! s'exclama James en s'avançant à sa rencontre. Et nous vous offrons notre gratitude.

Payton Murdoch n'avait pas lâché la main de Lauren. Elle baissa les yeux pour contempler ses doigts forts fermement refermés sur les siens, maculés de sang.

— Elle est blessée ! lança-t-il, suscitant une vague de murmures inquiets autour d'eux.

Lauren laissa ses yeux dériver, au-delà de leurs mains jointes, jusqu'au visage d'Arion en contrebas. Quelques-uns de ses hommes s'activaient autour de lui. Une ombre obscurcissait ses yeux verts. Il la dévisageait sans ciller avec un regard vide, comme devait l'être le sien.

— Suis-moi... reprit le laird d'une voix radoucie. Tu as besoin de te faire soigner.

Lâchant la main de Lauren, il passa un bras autour de ses épaules. Rien de familier ni de réconfortant dans cette étreinte...

À regret, Lauren quitta des yeux le visage d'Arion et reporta son attention sur l'écume qui ourlait les vagues de l'océan. Il ne lui restait plus qu'à aspirer à la fin de ce cauchemar, même si l'issue en paraissait certaine.

13

« Je vous aime. »

Arion le lui avait dit. Lauren l'avait parfaitement entendu. Le comte De Morgan lui avait dit qu'il l'aimait, et à présent elle allait devoir vivre avec cette certitude douce-amère pour le reste de ses jours.

Qui plus est, il lui avait fait cet aveu alors qu'il se vidait de son sang et que l'ombre de la mort planait sur lui, à l'heure où un homme revoit défiler son existence et peut en tirer les leçons. Arion De Morgan était un homme important, riche d'une histoire que Lauren pouvait à peine deviner. Pourtant, au moment suprême, tout cela n'avait paru que de peu d'importance à ses yeux, et il avait préféré lui dire qu'il l'aimait...

Lauren espérait que personne à part elle ne l'avait entendu, et surtout pas Payton Murdoch. Elle ne pensait pas que c'était le cas, car il n'était pas le genre d'homme à laisser en toute impunité un autre homme – pire encore : un Anglais ! – dire ce genre de chose à sa promise.

Ce Murdoch était de toute évidence imbu de lui-même et d'une fierté qui confinait à l'orgueil. Elle le devinait à son port de tête, à sa façon de carrer ses épaules, au pli qui se formait entre ses sourcils et y demeurait même quand il ne se donnait pas de grands airs.

Elle avait découvert cet aspect de sa personnalité la veille, quand il s'était penché sur elle, les yeux rivés à la broche en argent qu'elle arborait à l'épaule.

— Tu ne la portes pas correctement... lui avait-il reproché, en présence de tout son clan. Je vais te montrer.

Joignant le geste à la parole, il avait replacé le bijou d'une manière à laquelle Lauren n'aurait jamais pensé tant elle lui paraissait étrange et peu élégante.

Non, conclut-elle pour elle-même. Murdoch n'avait pas entendu Arion lui faire sa confidence deux nuits plus tôt. Personne d'autre qu'elle ne l'avait recueillie. Il en valait mieux ainsi. C'était un autre secret qu'il lui faudrait garder jalousement ; une autre sourde douleur pour lui poignarder le cœur.

Depuis cette fameuse nuit, personne ne mentionnait devant elle la bataille de Noire Plage, ce qui la surprenait. Lauren finit par aborder le sujet avec Elias, qui lui refaisait ses bandages, en se demandant tout haut comment le clan avait eu connaissance des combats qui s'y déroulaient.

Son cheval, lui expliqua-t-il au terme d'un long silence gêné, était revenu à Keir. La sentinelle, en découvrant la longe tranchée, avait donné l'alerte et une patrouille s'était lancée à sa recherche. C'était ainsi que le débarquement des Vikings avait pu être découvert. La proximité de Keir avait permis que des renforts soient rapidement dépêchés.

On ne lui avait rien dit d'autre. Lauren pensait que cette réticence à parler de ce qui s'était passé pouvait être liée au fait que tout le conseil s'était trompé et qu'elle avait eu raison : les Vikings étaient bien repassés à l'attaque, et de quelle manière... Les aînés de son clan étaient dans leur majorité des vieillards ancrés dans leurs habitudes. Qu'une femme ait pu leur en remontrer devait être une douleur cuisante pour eux. Peut-être leur attitude distante à son égard s'expliquait-elle ainsi.

Car lorsqu'elle avait de nouveau tenté d'aborder le sujet, cette fois devant Quinn et quelques membres du conseil, on lui avait adressé des regards noirs et suggéré d'aller se reposer dans sa chambre. Elle paraissait trop pâle, avait-on ajouté, et trop maigre. Il était évident qu'elle avait besoin de prendre des forces en vue du mariage, surtout depuis que Murdoch avait parlé d'avancer la date de celui-ci à la semaine suivante.

Assis à côté d'elle à la table du dîner, la veille au soir, celui-ci avait demandé, s'adressant à tout son clan :

— Pourquoi attendre, puisque nous sommes là ? Naturellement, j'ai amené mon propre prêtre. Il est d'accord avec moi pour considérer qu'au plus tôt la cérémonie aura lieu, au mieux ce sera.

— Pour quelle raison ? n'avait pu s'empêcher de demander Lauren.

— Pour quelle raison ? avait répété Murdoch en posant enfin ses yeux de glace sur elle. Mais... peut-être parce que j'ai hâte d'épouser la plus jolie femme de toute l'Écosse, Lauren.

La réplique avait été saluée par des rires et des sifflets enthousiastes, ponctués du tintement des timbales entrechoquées. Il semblait bien que personne d'autre qu'elle n'avait remarqué la froide détermination de l'homme qu'elle s'apprêtait à épouser. Personne, non plus, ne semblait s'inquiéter de son regard qui ne restait jamais au repos, ni de sa voix trop douce et lénifiante, si peu en rapport avec sa carrure et la largeur de ses mains.

Lauren tentait de se convaincre qu'elle se trompait et qu'elle laissait les véritables élans de son cœur l'influencer. Après tout, Payton Murdoch était venu à point nommé à la rescousse du clan MacRae, exactement comme tout le monde l'avait espéré. Il avait contribué de manière décisive à sauver l'île de Shot, ce qui constituait une preuve indiscutable de sa valeur en tant qu'allié.

Quand les rires étaient retombés, il avait serré la main de Lauren sous la table. Fort. Très fort. Elle avait tourné la tête vers lui pour le regarder, furieuse mais s'efforçant de n'en rien montrer. Il avait soutenu son regard un instant avant de finalement desserrer les doigts et de la libérer.

Puis, le plus sèchement du monde, il avait lancé à la cantonade :

— J'ai été fort surpris de trouver des Anglais sur votre plage !

Un grand silence s'était fait dans la salle. Sur le coup, personne n'avait trouvé quoi que ce soit à répondre. D'une table à l'autre, les membres du conseil avaient échangé des regards sombres. Nombre d'hommes avaient secoué la tête d'un air dépité.

Murdoch avait bu nonchalamment une gorgée de vin et avait repris, d'un ton presque indifférent :

— Après tout, vous saviez que je devais arriver. Il me paraît un peu... étrange que vous vous soyez tournés vers nos ennemis, même pour contenir l'avancée des Vikings.

Le visage crispé, James avait précisé :

— Nous ne les avons pas invités sur cette plage. Ils y sont arrivés avant nous. Et il y avait beaucoup de Vikings.

Absorbé par la contemplation de son vin dans sa timbale, comme s'il avait pu y découvrir la solution d'un mystère qui le fascinait, Murdoch n'avait pas répondu tout de suite. Quand il avait relevé les yeux, il avait eu un petit rire narquois pour ajouter :

— Il n'y en a plus tant que ça, désormais ?

Une salve de rires forcés avait fait écho à ses paroles. Lauren s'était tournée vers Hannah, qui demeurait immobile et n'avait comme elle quasiment pas touché à son assiette. Toute son attitude trahissait une prudence et une inquiétude comparables aux siennes.

Mais le malaise déclenché par les paroles du laird s'était peu à peu dissipé, et le repas avait pu reprendre dans une ambiance festive bien peu en rapport avec l'humeur de Lauren. Un peu avant la fin, quand elle s'était levée pour se retirer, Murdoch l'avait imitée et avait pris sa main pour l'attirer contre lui. Sans se départir de ce sourire faux qu'elle commençait à bien lui connaître, il lui avait susurré, d'une voix douce et posée :

— Ne m'interroge plus jamais en public, Lauren.

Elle s'était écartée de lui pour le dévisager, certaine d'avoir mal entendu, mais il s'était détourné pour s'adresser à Quinn sans lui permettre de le vérifier.

Lauren avait donc regagné sa chambre en se demandant en quoi consisterait sa vie de femme mariée à un homme autoritaire, vaniteux et pétri de certitudes. Un homme qui semblait décidé à lui interdire de le contredire en quoi que ce soit, même de manière marginale. Un homme qui ne paraissait pas rechigner à employer la force pour se faire obéir, comme en témoignait la douleur sourde à la main gauche qu'il lui avait laissée en souvenir. Serait-elle capable de s'habituer à une telle existence, encadrée par tant d'interdits et de limitations ?

De retour dans sa chambre, Lauren s'allongea sur son lit et s'absorba dans la contemplation des étoiles dont les milliers de points lumineux s'encadraient dans sa fenêtre. Elle s'efforça de se changer les idées en cherchant dans leur apparent désordre un ordre caché, mais bientôt ses pensées revinrent se fixer sur un sujet familier.

Arion devait être en vie. Bien sûr, personne n'était venu le lui confirmer et elle n'avait quant à elle pas osé poser la question. Mais en laissant traîner une oreille ici ou là, elle n'avait entendu aucune rumeur concernant sa mort. Il n'était question que de la bataille et de la glorieuse victoire des Écossais. Rien sur le comte De Morgan qui l'avait en partie permise.

Même Hannah n'avait pu la rassurer, lorsque Lauren avait fini par lui murmurer la question à l'oreille, profitant d'un moment où elles étaient seules. Son amie ne lui aurait pas menti en affirmant qu'elle ne savait rien. Si elle avait entendu parler de la mort du comte anglais, elle le lui aurait dit.

Mais plus que tout cela encore, ce qui la convainquait qu'Arion n'était pas mort, c'était qu'elle ne l'avait pas senti mourir. Cela paraissait ridicule d'aller imaginer une telle chose possible, pourtant elle sentait dans tout son être qu'il était encore en vie, sur l'île de Shot, sans doute à Elguire. Son âme n'était pas allée rejoindre ces milliers d'astres lointains qui dans le ciel semblaient cligner malicieusement de l'œil à son intention.

« *Je vous aime* », lui avait-il déclaré, après l'avoir défendue au péril de sa vie.

Par la pensée, Lauren lui répondit en s'adressant aux étoiles, à jamais complices et silencieuses.

« *Je vous aime aussi...* »

— Ah ! Lauren... lança Payton Murdoch, sans daigner lever les yeux des documents qu'il était en train d'étudier, assis à table. Referme cette porte et viens t'asseoir.

Lauren hésita au seuil de la chambre qu'il occupait, mal à l'aise en dépit de la formalité de l'instant.

On l'avait informée ce matin-là que Murdoch voulait la voir dans sa chambre à midi précisément. Puisque c'était l'heure à laquelle tout le monde mangeait, elle avait présumé qu'il voulait partager un repas en privé avec elle, peut-être pour parler de la noce à venir ou de ses futurs devoirs en tant qu'épouse.

Cette perspective n'avait pas été pour lui sourire, loin de là. Mais en ouvrant sa boîte à bijoux pour passer à son doigt l'anneau qu'il lui avait offert, elle avait laissé ses doigts caresser sa vieille broche de famille en or, ce qui lui avait remis en mémoire ce qu'elle devait à son clan. Puis, elle s'était autorisée à sortir de sa cachette le ruban de tissu ambre, ce qui lui avait donné du courage.

Elle découvrait à présent qu'elle s'était trompée quant aux raisons de cette convocation. Aucun repas n'avait été servi, ni aucune table dressée. Dans la chambre, il n'y avait que son fiancé, occupé à travailler, une timbale en argent posée devant lui. Ses longs cheveux châtains étaient tirés en arrière en un catogan dont pas un cheveu ne dépassait.

Murdoch finit par lever les yeux sur elle, manifestement contrarié.

— Tu es sourde, lass ? Je t'ai dit de t'asseoir !

Lauren réprima la réplique cinglante qui lui était montée aux lèvres. Après avoir refermé la porte, elle alla s'asseoir sur une chaise aussi éloignée de lui que possible. Murdoch se remit au travail. En observant sa mine revêche, elle se rappela un cheval qu'elle avait monté autrefois, que des coliques incessantes avaient rendu sournois.

La comparaison la fit sourire, et il lui fallut pencher la tête pour ne pas le montrer. Ce fut cet instant que son futur époux choisit pour rompre le silence.

— À l'avenir, j'attends de toi que tu m'obéisses sans délai !

Lauren redressa la tête, piquée au vif.

— Je préfère mettre les choses au point tout de suite, reprit-il en s'adossant à son siège. Afin qu'il ne puisse subsister entre nous aucun malentendu.

— Vous *obéir* ? répéta-t-elle d'un ton dubitatif.

Consternée, Lauren s'aperçut que le sourire moqueur était revenu sur ses lèvres, et qu'un rire étranglé restait coincé dans sa gorge.

— Oui, répondit-il sèchement. Quand je te dis de t'asseoir, tu t'assieds. Si je te dis de te lever, tu te lèves. C'est une loi très simple, d'usage courant entre mari et femme.

— Quelle loi est-ce là ? parvint-elle à demander.

— Rien que la loi de Dieu et des hommes. Le mari mène sa femme d'une main ferme. La femme se soumet à lui.

— Mais...

Lauren se mordit la lèvre, ravalant une protestation indignée. Elle vit qu'il la dévisageait attentivement.

— Tu te soumettras à moi, répéta-t-il sur le même ton qu'il avait employé quand il lui avait écrasé la main. C'est bien compris ?

Lauren inspira profondément, ne sachant que répondre à une telle absurdité. Elle n'avait jamais rencontré d'homme qui suive aussi aveuglément les préceptes de l'Église et qui prenne la parole de Dieu au pied de la lettre. Bien sûr, les maris fanfaronnaient à ce sujet, et les prêtres en faisaient des sermons. La supposée faiblesse des femmes était censée être compensée par la ferme autorité d'un époux, d'un père, voire même d'un fils adulte, mais rares étaient ceux qui prenaient la chose autant au sérieux.

— Je t'ai demandé si tu m'avais bien compris, Lauren.

À peine eut-il prononcé cette phrase que Murdoch se dressa d'un bond et la rejoignit. Sans lui laisser le temps de réagir, il la tira de sa chaise avec violence, serrant son bras blessé dans une main et de l'autre lui pinçant le menton pour l'obliger à le regarder.

Furieuse, Lauren soutint son regard, sans oser essayer de lui échapper.

— À l'avenir, dit-il sur le même ton comminatoire que précédemment, ne m'oblige plus jamais à répéter un ordre.

Sur ce, il s'empara de ses lèvres avec rudesse et avidité. Lauren eut alors un clair aperçu de ce que dissimulaient ses manières trop affables pour être honnêtes : rage et mépris, complaisance à faire souffrir. Ce fut davantage une punition qu'un baiser. Il n'y mit fin que lorsqu'elle fut sur le point de suffoquer.

Murdoch retourna tranquillement s'asseoir. Lauren avait les lèvres tuméfiées et le menton douloureux. Après avoir bu une gorgée de la timbale qui se trouvait devant lui, il la reposa avec un soin méticuleux et ordonna :

— Assise !

Lauren lui obéit.

Murdoch exprima sa satisfaction d'un simple hochement de tête et ajouta :

— J'ai bien des choses à te dire, ma tendre épouse.

Lauren trouva Hannah dans sa chambre, occupée à broder un ouvrage imposant et élaboré qui couvrait ses genoux de replis roses, verts et dorés.

— Oh ! Tu m'as percée à jour ! s'exclama-t-elle en riant.

Surprise, Lauren scruta la pièce sans rien remarquer. D'un regard, Hannah désigna ce à quoi elle était en train de travailler.

— C'est pour toi... expliqua-t-elle, tout sourire. Ou plus exactement, pour tes enfants.

Lauren s'approcha lentement et comprit que Hannah fabriquait une couverture, douce et jolie, ornée de formes en tissus colorés dessinant des images : un mouton et des oiseaux, un château au bord de l'océan, des étoiles de mer et des dauphins.

— Je tiens à ce qu'elle soit finie pour ton départ, expliqua son amie. Un petit cadeau pour t'accompagner dans ta nouvelle vie.

Lauren s'arracha à la contemplation de la couverture et de tout ce qu'elle symbolisait.

— Hannah... reprit-elle d'un ton hésitant. J'ai quelque chose à te demander. C'est très important.

— De quoi s'agit-il, ma chérie ?

— De cette missive...

Lauren lui tendit un billet soigneusement replié et clos par un sceau en cire. Hannah l'étudia un instant avant de tendre la main pour s'en saisir de mauvaise grâce.

— Je sais que tu peux le lui faire parvenir, reprit Lauren.

— Non, Lauren. Ce n'est...

— Écoute-moi !

Lauren dut marquer une pause pour combattre la peur panique qui ne la quittait plus et qui ne demandait qu'à s'exprimer.

— C'est... ce n'est qu'un... balbutia-t-elle. Je veux juste pouvoir lui dire adieu. Parce que je n'ai pas pu le faire. Voilà tout ce que je veux.

— Est-ce que tu te sens bien ? s'inquiéta Hannah en la dévisageant avec inquiétude. Tu parais fiévreuse... Que sont ces marques, sur ton visage ? Mais... on dirait des bleus !

— Souvenir de la bataille ! mentit-elle, concentrée sur son but. Pourras-tu faire en sorte que ce billet lui soit remis ? J'ai besoin qu'il le reçoive aujourd'hui, si tu peux.

— Je ne pense vraiment pas que ce soit indiqué... protesta faiblement Hannah en secouant la tête. Je sais que c'est difficile, mais parfois il vaut mieux laisser les choses se faire sans chercher à en changer le cours.

— Et toi ? demanda Lauren. N'as-tu pas été faire tes adieux à Fuller Morgan, il y a des années de cela ?

Hannah baissa les yeux sur la couverture, visiblement troublée.

— La situation n'était pas comparable, maugréa-t-elle.

— Mais tu lui as quand même fait tes adieux ! Je sais que tu l'as fait. Et même si tu dis qu'il ne t'a jamais manqué durant tout ce temps, imagine ce qui se serait passé pour toi, pour lui – si vous aviez été privés de cette dernière rencontre.

Les yeux rivés à la missive qu'elle tenait toujours entre ses doigts, sur son giron, Hannah fronçait les sourcils. Lauren s'agenouilla devant elle et prit ses mains entre les siennes. Sans pouvoir s'empêcher de supplier, elle insista :

— Je demande juste à pouvoir lui dire adieu. Je t'en prie, accorde-moi cette dernière faveur.

Enfin, Hannah soupira et releva les yeux, lâchant la lettre et la couverture pour serrer Lauren contre elle avec effusion.

— Je vais le faire, annonça-t-elle enfin à mi-voix. Il la recevra aujourd'hui, si cela peut t'aider à mieux supporter de ne plus le revoir.

Lauren parvint à quitter Keir avec une étonnante facilité. Cela lui fut plus facile encore qu'elle n'avait osé l'espérer.

« *Tu viendras à moi chaque fois que je l'ordonnerai.* »

Elle sortit par la porte principale, en compagnie d'un groupe de bergers avec leurs moutons, revêtue de sa vieille cape grise à la capuche baissée, sans jamais relever la tête. Elle avait pris soin de se munir d'une houlette et se tenait en périphérie du troupeau, attentive à passer inaperçue. Les chiens couraient partout autour d'elle, aboyant pour faire avancer les bêtes. L'agitation qu'ils entretenaient avait suffi à faire d'elle une autre bergère en route pour les prés. Les premiers frimas de l'hiver ne s'étaient pas atténués, et elle n'était pas la seule à être couverte de la tête aux pieds.

À l'extérieur des murailles du château, Lauren suivit le troupeau jusque dans les bois, en se laissant peu à peu distancer. Quand elle se retrouva seule en queue du cortège, elle se cacha derrière un bouquet d'arbres et attendit que le bruit des sabots foulant les feuilles mortes et les aboiements de chiens aient disparu dans le lointain.

« *Tu feras exactement ce que je te dirai.* »

Son plan avait parfaitement fonctionné, mais il la privait de monture. Après avoir jeté sa houlette derrière un buisson, elle entama courageusement sa longue marche, encore trop fatiguée pour se mettre à courir, même si le sentiment d'urgence qui l'animait la poussait à hâter le pas.

« *Tu resteras debout tant que je ne t'aurai pas autorisée à t'asseoir.* »

Le ciel était menaçant, mais la neige ne menaçait pas. Il n'avait pas neigé depuis la bataille, mais le temps ne s'était pas pour autant réchauffé. Il restait encore quelques taches blanches, sur le sol, incrustées dans le fauve des feuilles mortes. Lauren faisait en sorte de les éviter, pour ne pas laisser d'empreintes qui pourraient être suivies.

« Tu ne parleras que quand je t'en donnerai l'autorisation. »

La nuit arrivait vite. Elle rendait le ciel encombré de nuages plus sombre encore, entravant sa progression. Pourtant, Lauren ne ralentissait pas l'allure. Elle ne pouvait se le permettre, ne sachant pas de combien de temps elle disposait.

« Tu ne croiseras pas le regard des autres hommes. »

Elle avait annoncé à tout le monde qu'elle ne se sentait pas bien, qu'elle voulait dormir, que ce n'était pas la peine de faire porter son dîner dans sa chambre ni de la déranger d'aucune manière. Elle avait tenté se montrer suffisamment convaincante mais sans paraître malade pour autant, afin que personne ne s'avise de venir vérifier qu'elle allait bien. Au cas où quelqu'un s'y serait tout de même risqué, elle avait pris la peine de dessiner sous les couvertures la forme d'un corps avec ses oreillers. Une vieille ruse enfantine, mais qui devrait faire l'affaire.

« Tu ne te laisseras pas aller au commérage avec les autres femmes. »

S'ils voulaient réellement s'assurer qu'elle allait bien, sa ruse serait vite éventée. C'était pour cette raison qu'elle devait ne pas perdre de temps. Même si elle avait déjà le souffle court, il lui fallait encore accélérer l'allure. Le crépuscule était sur le point de s'achever. Les premiers oiseaux de nuit lançaient leur cri.

« Tu te plieras à ma volonté corps et âme. »

Cela paraissait tellement plus loin qu'elle se le rappelait… Sans doute son anxiété lui jouait-elle des tours. Ne venait-elle pas d'entendre des voix, derrière elle ? Lauren se figea et tendit l'oreille, le cœur battant. Non. C'était impossible. Ils ne pouvaient pas l'avoir déjà rattrapée... Serrant les plis de sa cape autour d'elle, elle se remit en route en courant presque, incapable de s'en empêcher.

« *Tu porteras mes fils.* »

Le rameau de sorbier en argent était resté à Keir, à côté de l'anneau serti de rubis, dans son coffret à bijoux. Si quelqu'un avait la curiosité d'y aller voir, il constaterait que la broche en or de son clan ne s'y trouvait plus. Mais personne ne remarquerait qu'elle avait emporté le petit fragment de tissu ambre également.

« *Tu ne te plaindras jamais, tu ne chercheras aucune excuse pour justifier tes faiblesses, tu ne me trahiras pas.* »

Lauren en avait fait une boucle à sa ceinture, sous sa cape, là où personne d'autre qu'elle ne pouvait la voir.

« *Tu n'écouteras que moi. Tu ne te laisseras guider que par moi.* »

Elle avait si froid... Elle était en train de geler sur pied, mais elle se sentait également fiévreuse. Une curieuse combinaison qui sapait son moral et ses forces et rendait son souffle plus court encore tandis qu'elle courait. Elle y était presque... Et quand elle y serait, sa liberté lui serait rendue et tout serait terminé.

« *Viens à moi, maintenant, femme !* »

La prairie était vide.

Lauren s'arrêta juste à l'orée du bois pour la fouiller du regard. Elle respirait par la bouche, pour faire le moins de bruit possible. En se déplaçant à pas de loup, elle chercha un endroit où s'embusquer et s'y tapit. De là où elle se trouvait, son regard embrassait toute la prairie, qui lui apparaissait comme un gigantesque damier de neige blanche et de terre noire.

Le chêne de pierre se dressait au milieu, une calotte de neige posée à son sommet. Lauren serra ses jambes repliées entre ses bras et s'emmitoufla dans sa cape pour attendre.

Arion regardait sans la voir la table en bois à laquelle il était assis. Il ne supportait pas de rester couché dans ce lit où Lauren avait dormi.

Son corps était encore faible et douloureux, ses gestes ralentis et mal coordonnés. Chaque inspiration qu'il prenait lui rappelait la violence de la bataille à laquelle il avait réchappé. Il se sentait vieux. Il se sentait anéanti. Et bien plus près de sombrer dans ce vide intérieur qui ne demandait qu'à l'engloutir qu'il ne l'avait jamais été.

Pourquoi résister ? La vacuité de son existence allait de nouveau s'imposer à lui, et avec elle la tentation lancinante d'en hâter le terme. Peut-être aurait-il la chance de mourir accidentellement sans trop attendre. Il suffirait de pas grand-chose – une autre bataille où il aurait moins de chance, le naufrage d'un navire, un plat avarié.

Sa Lauren, cette vivante flamme, continuerait son existence aux côtés d'un autre homme. Elle partagerait la richesse de son intelligence vive avec son mari. Elle se donnerait à lui, et à leurs enfants, avec tout l'amour et la joie de vivre dont elle était capable. Elle donnerait à ce bâtard d'Écossais toutes les raisons de vivre, pendant que lui, Arion, n'aurait plus rien – ne *serait* plus rien.

Lauren !

Elle était pour lui la beauté, la lumière, et l'espoir d'une nouvelle vie. Elle était son rêve incarné, la personnification d'une essence spirituelle toute particulière dont son âme avait besoin pour vivre.

Il se sentait si vide, sans elle.

Les coudes posés sur la table, Arion enfouit son visage dans ses mains et ferma les yeux. Il avait été parfaitement illusoire, de sa part, de se laisser séduire par Lauren MacRae. Autant vouloir étreindre le vent.

Plongé dans les abîmes du désespoir, Arion perdit la notion du temps.

À un moment donné, il prit conscience que quelqu'un d'autre se trouvait dans la pièce. Il ne sortit pas pour autant de sa prostration pour voir qui c'était.

— Milord ?

Fuller s'agita à côté de lui. Arion se décida enfin à laisser son visage émerger de ses mains. Il prit une ample inspiration qui suffit à réveiller la douleur à son côté et à le sortir de sa torpeur.

— Que veux-tu ?

Son intendant lui tendit une missive et lui dit :

— C'est pour vous, milord.

— Dépose ça là et va-t'en, maugréa Arion en reportant son attention sur la table en bois. Je veux être seul.

— Je me suis dit que vous pourriez...

— J'ai dit : pose ça là et va-t'en !

Du coin de l'œil, il vit son intendant se figer, puis déposer soigneusement le pli au bord de la table, où il pourrait facilement l'atteindre. Après s'être légèrement incliné, il marcha à reculons vers la porte.

— Notez bien le sceau, milord... ajouta-t-il avant de sortir.

Arion ferma les yeux. Il se concentra pour ne pas inspirer trop profondément, car la douleur n'était plus la bienvenue. Il voulait la torpeur, le vide, l'engourdissement. Pourquoi chercher à y échapper, désormais ?

Notez bien le sceau.

Que diable Fuller avait-il voulu dire par là ?

Arion rouvrit les yeux et observa avec méfiance le pli. Un sceau de cire d'un vert profond le fermait. Il plissa les paupières pour en examiner le dessin – une série de lignes aux motifs complexes –, qui lui rappelait vaguement quelque chose tout en ne ressemblant pas aux étoiles, couronnes, lions et autres griffons qui ornaient habituellement les sceaux.

Le souvenir d'une broche en or émergea soudain du fond de sa mémoire. *L'emblème des MacRae !*

En quelques gestes rapides, il eut décacheté le message, sans se soucier des douleurs qu'il réveillait dans tout son corps. La note écrite ne comportait que quelques mots. Il ne reconnut pas l'écriture, mais il n'en avait pas besoin. Des lettres fermes, élégamment penchées, qui ne s'embarrassaient d'aucune fioriture inutile.

Chêne de pierre, était-il écrit. *Ce soir*.

Il n'y avait pas de signature, mais là encore c'était inutile. Arion se leva difficilement de sa chaise, la note fermement serrée dans sa main. Il traversa la pièce, galvanisé par un brusque regain d'énergie, puis il s'arrêta pour relire encore une fois les quelques mots et s'assurer de n'avoir pas rêvé. Mais non... Le message était clair et n'était en rien le produit de son fervent besoin de revoir Lauren.

Arion marcha jusqu'à la cheminée et jeta la missive dans l'âtre. Après l'avoir regardée flamber, il tourna les yeux vers la fenêtre, derrière laquelle la nuit commençait à tomber. Ensuite, il se mit à la recherche de ses bottes.

Arion chevaucha trop rudement pour son propre bien. Il sentit que ses blessures étaient sur le point de se rouvrir, que son sang ne demandait de nouveau qu'à se répandre, mais il avait trop peur de rater son rendez-vous nocturne pour penser à se ménager. Il avait déjà perdu trop de temps à s'habiller, à ordonner qu'on selle une monture, à attendre que celle-ci le soit. L'incompétence du lad qui s'en était occupé n'avait pas arrangé les choses, pas plus que l'arrivée inopinée de Fuller qui avait à toute force tenté de le faire renoncer à son projet, ou à défaut d'accepter une escorte.

Arion avait formellement interdit que quiconque le suive, tout en se mettant en selle sans gêne apparente, même si cela lui avait coûté de nouvelles douleurs. Puis, il avait quitté Elguire sans même un regard en arrière. Il n'avait pas besoin de le vérifier pour savoir qu'il n'était pas suivi et qu'il ne le serait pas. Nul dans sa maison n'était prêt à passer outre à un ordre aussi formel. Peut-être restait-il encore trop de Ryder en lui pour que quiconque puisse prendre ce risque...

En arrivant au lieu de rendez-vous, il eut la déception de constater que la prairie semblait vide. Arion combattit son désappointement et descendit de cheval pour mener son étalon par la bride sans sortir du couvert des bois. Il eut beau scruter les lieux attentivement, il lui apparut rapidement que personne ne l'attendait, ni au pied du chêne de pierre ni dans ses environs. Il faisait tout à fait nuit, à présent. Un plafond de nuages bas masquait la lune, le privant de lumière, mais il ne remarquait rien d'anormal : aucune trace de pas dans la neige, aucun mouvement anormal ni aucun bruit.

Il arrivait trop tôt, songea-t-il pour se rassurer. Ou trop tard... À moins que Lauren n'ait pu venir.

Son esprit se rebella contre une telle éventualité. Elle allait venir. Elle *devait* venir. Tout ce qu'il était – ou espérait devenir – en dépendait.

Tous les sens aux aguets, Arion attendit, attentif au moindre signe autour de lui. Et progressivement, il commença à réaliser qu'il y avait quelque chose de différent, là-bas, de l'autre côté de la prairie, directement face à lui. Une forme sombre qui ne s'insérait pas dans le paysage. Une silhouette qui venait de se dresser et se découpait nettement à l'orée du bois.

Arion la vit s'engager dans la prairie. Lâchant la bride de son cheval sans même chercher à l'attacher, il se mit en route lui aussi, marchant de plus en plus vite, uniquement focalisé sur Lauren qui venait vers lui. Elle avait baissé sa capuche et ses cheveux flottaient librement. Les yeux rivés aux siens, une expression de joie intense sur le visage, elle se mit à courir.

Par un heureux hasard, ils se rejoignirent juste au pied du chêne de pierre. Enfin, Arion put serrer Lauren dans ses bras. Déjà, ses lèvres s'emparaient des siennes avec passion. Ses soupirs entremêlés de gémissements sourds lui retournèrent les sens, décuplant le désir féroce et la joie sauvage qui s'étaient emparés de lui.

Elle se livrait à leur étreinte avec la même passion. Sa peau était glacée, mais son souffle brûlant. Arion sentit les doigts de Lauren se mêler à ses cheveux pour prolonger leur baiser. Poussant une plainte rauque, il la serra plus fort contre lui encore, même s'il craignait déjà de lui rompre les os.

Dès que leurs lèvres se séparaient brièvement, Arion susurrait son nom, sans pouvoir s'en empêcher. Il recula peu à peu, l'entraînant avec lui, jusqu'à se retrouver adossé au chêne de pierre. Il lui semblait que plus jamais il ne pourrait la lâcher. Et pourtant, ce n'était pas assez. Il était insatiable et il lui fallait toujours plus de ses soupirs, de ses caresses, de ses baisers. Toujours plus de cette lumière qui se dégageait d'elle et dont il ne pouvait se passer.

Lauren sentit les mains d'Arion se glisser sous le lourd tissu de sa cape et se porter jusqu'à ses seins, qu'il caressa sous ses paumes. Il n'en fallut pas plus pour faire courir dans tout son corps cette onde de chaleur que lui seul savait provoquer, et qui chassa instantanément toute sensation de froid en elle. Les yeux fermés, la gorge serrée, elle s'arcbouta pour mieux s'offrir à ses caresses. Contre sa joue, elle sentit les lèvres d'Arion s'incurver et son souffle devenir court. Elle rouvrit les paupières et le dévisagea longuement, troublée par la volupté que trahissaient ses yeux verts autant que par son sourire réjoui.

Lentement, sans la quitter des yeux ni se séparer d'elle, il se laissa glisser vers le sol, toujours adossé au chêne de pierre. Lauren suivit le mouvement et bientôt, ils furent agenouillés dans l'herbe face à face. D'une main impatiente, Arion repoussa leurs deux capes par-dessus leurs épaules. Contre le sien, elle sentit se presser de nouveau son corps raidi par le désir, inébranlable. Ses mains avaient repris leurs affolantes caresses sur sa poitrine, son dos, ses fesses, ses cuisses, comme s'il lui avait été impossible de choisir.

— Lauren... gémit-il contre son cou, faisant sonner son nom comme une supplique. Lauren... Lauren... Pourquoi êtes-vous venue ici ?

La réponse parut lui être indifférente, car il repartit aussitôt à l'assaut de sa bouche, puis de sa joue, de son menton, de son cou, ravivant l'incendie qui embrasait son corps. Il en revint ensuite à ses lèvres et les siennes se firent douces, pour un baiser qui n'était plus que tendresse et sensualité languide, dévotion et révérence.

Lauren s'était conformée à son désir, jusqu'alors. L'intensité et la brusquerie de celui-ci ne lui avaient pas laissé le choix. Mais à présent, elle sentait se fortifier son propre appétit sensuel, ravageur, impérieux. Soudain consciente du pouvoir qu'elle pouvait exercer sur lui elle aussi, elle le caressa comme il la caressait, explorant sous sa tunique les formes explicites de son corps d'homme, tout en lignes dures et en muscles solides. Sans se laisser impressionner par la nouveauté et la hardiesse de ses caresses, elle sut exactement où porter ses efforts pour que s'échappe des lèvres d'Arion un long râle de plaisir.

Encouragée par sa réaction, elle se fit plus insistante, plus précise encore, moulant sous ses doigts la forme oblongue et dure qui trahissait sous ses chausses l'urgence de son désir pour elle.

— Lauren... reprit-il d'une voix brisée par l'émotion. Que faisons-nous là, dehors, en pleine...

Elle le fit taire de la seule façon possible : en lui donnant un long baiser exigeant, séducteur, qui lui permit de sentir fondre rapidement toute réticence en lui.

— S'il vous plaît... murmura-t-elle, contre ses lèvres et le long de sa joue, quand elle fut sûre de l'avoir à sa merci. Arion, je vous en supplie...

Il réagit si rapidement qu'un instant plus tard elle eut la surprise de se retrouver allongée dans l'herbe. Arion s'était allongé au-dessus d'elle, et le chêne de pierre, derrière lui, se dressait vers le ciel tel un doigt désignant les étoiles, que l'on distinguait à présent entre les nuages chassés par le vent.

Il s'installa entre ses jambes et elle le laissa faire. Elle écarta les genoux et leva les pieds pour mieux l'accueillir. Pour plus de sûreté, elle referma ses bras autour de son cou. Le feu qui avait couvé en elle s'était transformé en un gigantesque incendie qui ravageait tout. La cape formait sous sa tête une sorte d'oreiller et la protégeait du contact de l'herbe humide, mais elle aurait pu être allongée nue sur un sol glacé que cela n'aurait eu aucune importance. Arion était là, près d'elle, avec elle. Il se frottait lentement contre elle, attisant l'incendie qu'il avait provoqué. Il bouleversait son monde. Il écartait la nuit.

Sa tunique et son tartan glissaient sur ses jambes. Lauren l'aida à les remonter plus haut encore. Silencieusement, le souffle court, plongés dans les yeux l'un de l'autre, ils demeurèrent ainsi, figés l'un contre l'autre, au bord du précipice et le sachant tous deux. Puis, un déclic parut se faire dans le regard d'Arion. Il se redressa brusquement et elle l'entendit fourrager dans ses vêtements. Quand il revint s'installer entre ses jambes, Lauren comprit qu'il s'était dénudé lui aussi. Ils étaient chair contre chair. Plus rien ne s'opposait à l'union de leurs corps.

La surprise la fit se figer. La réalité rejoignait le rêve et plus aucun retour en arrière n'allait être possible. Enfin, elle allait s'unir à Arion De Morgan, l'ennemi pour lequel elle aurait donné sa vie. Lauren s'était imaginé qu'elle était prête à cela. Elle avait pensé savoir ce que cela signifiait de s'offrir ainsi à lui et de devenir sienne.

Mais à présent qu'Arion était allongé sur elle, qu'ils partageaient le même air, que leurs corps étaient si intimement mêlés, elle sentit la portée *réelle* de ce qui allait se passer se faire lentement jour en elle. Elle allait devenir sienne. En lui offrant sa virginité, elle lui donnait aussi son cœur et son âme – tout ce qui faisait qu'elle était elle. C'était risqué. C'était terrifiant... Et c'était fou. Pourtant, de toute son existence, elle n'avait jamais rien désiré avec autant d'ardeur.

Arion prit son visage en coupe entre ses mains. Il avait les traits tirés, comme si ce qu'il ressentait à cette minute avait bien plus à voir avec la souffrance qu'avec le plaisir. La part la plus virile, la plus douce et la plus brûlante de son anatomie tressautait contre la cuisse de Lauren, immobilisée par le poids de son corps.

Je vous aime, songea-t-elle. *Je veux être à vous*.

Lauren bougea la jambe – juste un peu –, ce qui le fit glisser contre elle. Elle le sentit résister de son mieux à cette glissade et elle l'entendit murmurer :

— Que sommes-nous en train de faire ?

Pour toute réponse, elle éleva la jambe davantage, accentuant leur intimité un peu plus encore.

— Non ! souffla Arion en fermant les yeux, le visage tourmenté. Attendez...

Lauren souleva son autre jambe et cette fois, elle sentit son sexe dressé venir se loger contre le sien. Sans même l'avoir décidé, elle s'arc-bouta sur le sol. Arion émit un long gémissement étouffé et s'enfonça très lentement en elle, comme s'il sombrait.

Lauren se laissa submerger par la sensation brûlante et unique que lui procurait cette lente pénétration. Le souffle coupé, elle attendit avec impatience ce qui allait suivre, sachant qu'ils n'étaient encore qu'aux prémices de leur union. Il s'en fallait encore de beaucoup pour qu'Arion et elle ne fassent plus qu'un. Elle y aspirait de tout son cœur, mais soudain...

Arion s'immobilisa. Elle savait, elle sentait que ce n'était pas ainsi qu'il devait en être, que leur étreinte était en l'état aussi insatisfaisante qu'incomplète.

— Que sommes-nous... commença Arion.

Sans achever sa phrase, il laissa fuser son souffle entre ses dents serrées. Il avait les yeux vagues, éperdus. D'une main tremblante, il chassa une mèche de cheveux du visage de Lauren.

— Cette prairie, reprit-il d'une voix blanche. La neige. La nuit... Ce n'est pas correct. Ce n'est pas ainsi que les choses devraient se passer.

— Bien sûr que si ! répliqua-t-elle d'un ton farouche.

Parfaitement immobile, Arion la fixait intensément. Ils étaient si proches qu'elle avait l'impression de sentir son cœur battre tout contre le sien, au même rythme endiablé. Au creux de son ventre, c'était un flot de lave en fusion qui coulait désormais. De nouveau, elle s'arc-bouta, mais cette fois sans aucun effet sur lui. Appuyé sur les avant-bras, il se soutenait au-dessus d'elle, le corps tremblant.

Un brusque changement s'opéra en lui. Elle le sentit autant qu'elle en vit les effets sur son visage. Son regard se fit plus aiguisé, son expression plus déterminée.

— Je ne peux pas, lâcha-t-il enfin en secouant la tête. Pas comme ça.

Et pour la plus grande frustration de Lauren, il se redressa et la laissa là sur le sol, abandonnée et tremblante. Elle l'entendit s'éloigner de quelques pas et se rajuster dans le noir.

Lentement, Lauren roula sur le côté et se força à se redresser sur son séant. Sa tunique et son tartan retombèrent. Elle libéra sa cape de ses épaules et se drapa dedans, autant pour se prémunir du froid que pour voiler ce corps dont Arion ne voulait pas.

— Il en aurait résulté une guerre, l'entendit-elle déclarer d'une voix sourde, le dos tourné, comme s'il s'adressait aux arbres.

Lauren ne lui répondit pas.

— Cela vous aurait coupée de votre clan, reprit-il après une courte pause. De votre pays. De tout ce qui vous est cher. Cela aurait causé votre ruine.

— Je m'en moque... maugréa-t-elle sans lever les yeux sur lui.

D'un bond, il fit volte-face et la fusilla du regard.

— C'est faux ! protesta-t-il. Ne me mentez pas, Lauren.

— *Je m'en moque !* répéta-t-elle, en criant et en lui rendant cette fois son regard implacable.

— Moi pas ! répliqua-t-il. Je dois vous protéger, Lauren. Contre vous-même s'il le faut.

Il revint s'accroupir près d'elle et tendit le bras pour lui caresser la joue.

— Pourquoi avez-vous fait cela ? demanda-t-il, troublé. Pourquoi m'avoir envoyé ce billet ?

Lauren refusa de lui répondre. Sa fierté déjà malmenée l'en empêchait. À la place, elle s'entendit supplier :

— Ramenez-moi avec vous à Elguire !

Arion soupira longuement.

— Lauren... répondit-il d'un ton las. Quel que soit le sentiment que vous ressentez pour moi, je vous assure qu'il passera avec le temps. Pour le moment, vous avez encore l'esprit troublé par tout ce qui s'est passé entre nous dans le tumulte de la bataille. Mais quand vous serez mariée, que vous aurez fondé une famille, toutes ces choses vous sembleront de plus en plus lointaines.

— Vous m'avez dit que vous m'aimez !

Une souffrance poignante se peignit sur ses traits. Il se reprit rapidement, mais Lauren était certaine de l'avoir perçue.

— Était-ce un mensonge ? demanda-t-elle.

Arion se redressa, le visage fermé, et leva la tête pour regarder les étoiles.

— En était-ce un ? insista-t-elle, implacable.
— Non ! admit-il d'un ton hargneux. Ce n'en était pas un.

Lauren se leva à son tour, souple et vive, et conclut :

— Alors laissez-moi venir avec vous à Elguire ! Laissez-moi rester près de vous. Ou emmenez-moi à Morgan, comme il vous plaira – ou même à Londres. Je vous suivrai où que vous alliez.

— Lauren… Vous ne savez pas ce que vous dites.

— Je le sais parfaitement ! Je veux partager votre vie, Arion De Morgan. Et je me fiche de savoir si c'est bien, si c'est mal, ou même si c'est légal. Je me fiche de savoir si vous m'épouserez ou non, mais emmenez-moi avec vous, laissez-moi vivre près de vous…

Les yeux rivés sur le sol à ses pieds, Arion ne lui répondit pas. Lauren lui posa la main sur l'avant-bras et ajouta :

— Je veux partager votre vie. Peu m'importent les conséquences !

À la lueur des étoiles, elle vit un muscle tressaillir sur sa mâchoire.

— Je ne peux pas, répéta-t-il enfin en secouant la tête.

— Dans ce cas vous mentiez en disant m'aimer !

Lauren avait lancé cette accusation d'une voix glaciale.

— Bon sang, non ! s'emporta-t-il.

Sans lui laisser le temps de réaliser ce qui lui arrivait, Arion la prit dans ses bras. Il la tint fermement contre lui, faisant fi de la résistance qu'elle lui opposait. Au bout d'un moment, Lauren sentit ses lèvres se poser sur sa tempe. Ce fut d'une voix très douce qu'il lui murmura à l'oreille :

— Dieu m'en soit témoin, je n'ai jamais dit plus grande vérité : je vous aime, Lauren MacRae.
— Alors...
— Et c'est pour cette raison que je me refuse à vous suivre dans cette folie. Je ne serai pas celui qui causera votre perte. Jamais je ne ferai une chose pareille. Votre vie m'est trop précieuse.

Le courage qui avait permis à Lauren de faire front jusque-là commença à lui faire défaut. Elle laissa ses bras, qui encerclaient la taille d'Arion, retomber contre ses flancs. La tête lourde, elle posa la joue contre son épaule. Sa décision était irrévocable. Elle l'avait compris au ton de sa voix. Décidée à ne pas pleurer, elle laissa cette certitude s'ancrer peu à peu en elle.

— Mon oncle était un homme sans pitié, reprit Arion d'une voix lointaine. Rien d'autre n'avait d'importance à ses yeux que son bon plaisir. Il a amené sa propre nièce à se supprimer. Ses sarcasmes l'accablaient en permanence, quand ce n'étaient pas ses punitions, au moindre faux pas. Après que je vous ai libérée... il a perdu tout contrôle. Il est quasiment devenu fou. Si nombreux ont été ceux à en souffrir...

Perdu dans ses sombres souvenirs, Arion se tut un instant. La joue posée contre son épaule, Lauren partageait si bien son tourment qu'elle se sentait incapable de lui apporter le moindre réconfort.

Au bout d'un moment, Arion reprit, d'une voix plus ferme :

— Je n'ai rien pu faire pour sauver ma sœur. Mais il est en mon pouvoir de vous sauver. Je ne me conduirai pas comme Ryder. Je ne ferai pas passer mon bien-être avant celui de tous les autres – et surtout pas avant le vôtre. Je ne vous exposerai pas à la réprobation générale et à la culpabilité parce que vous vous sentez redevable envers moi en raison de ce que je ressens pour vous. Je ne vous ferai jamais vivre cette vie-là. Je connais votre cœur, mon aimée. Vous ne voulez pas la guerre. Vous ne supporteriez pas que des innocents meurent à cause de vous. Vous êtes trop bonne, trop juste pour cela.

Lauren pleurait. Elle s'en voulait, mais elle n'avait pu s'en empêcher. Pour retenir les paroles qui ne demandaient qu'à sortir, elle posa la main sur sa bouche. *Par pitié, ne me faites pas ça ! Ne m'abandonnez pas ! Ne me renvoyez pas vers lui...*

— Rien n'est plus cher à mon cœur que vous, conclut-il gravement. C'est pour cela que je dois vous laisser. Rentrez chez vous, Lauren. Retournez à Keir...

Arion desserra l'étreinte de ses bras et s'éloigna lentement, en boitant légèrement. Les ténèbres l'engloutirent si vite que Lauren eut rapidement du mal à distinguer sa présence dans le noir. Pourtant, elle ne se décida à entamer la longue marche glaciale qui devait la ramener à Keir que lorsqu'elle entendit le galop de sa monture s'éloigner dans le lointain.

14

Lauren réalisa ensuite qu'il lui aurait été très simple de convaincre Arion.

Lors des multiples repas auxquels il lui fallut assister, morne et silencieuse au côté de Murdoch, entourée de son clan survolté, elle eut tout le temps d'y penser. Il lui aurait suffi de quelques mots pour que le comte De Morgan fasse fi de ses nobles intentions. *Il m'a fait mal. Il le refera encore.* Il l'aurait emmenée avec lui et cachée à Elguire, dans sa chambre confortable où trônait un lit somptueux, entouré de tapisseries éclatantes de couleur.

Mais Lauren était également consciente qu'en faisant cela, son vertueux chevalier anglais se serait condamné... à une mort certaine. Il ne faisait aucun doute pour elle que Payton Murdoch et le clan MacRae seraient entrés en guerre contre les Anglais pour la récupérer. Ils auraient fait tout ce qui était en leur pouvoir pour le détruire. Il était donc préférable que les choses se soient passées ainsi. Elle préférait encore se condamner elle-même plutôt que de faire courir le moindre risque à l'homme qu'elle aimait.

Par une ironie grinçante, à présent que Murdoch était là, plus personne ne faisait attention à elle... Aux yeux de tous, seul comptait le mariage, dont elle n'était plus qu'un rouage quelconque. Nul ne semblait remarquer son manque d'entrain et sa morosité. On ne la questionnait pas à propos des bleus qui apparaissaient jour après jour sur ses joues, ses bras, son cou : partout où les mains de Murdoch se posaient pour prendre possession d'elle et la contrôler.

Seule Hannah aurait pu remarquer quelque chose, aussi Lauren faisait-elle de son mieux pour l'éviter. Elle n'aurait pas supporté de lire sur le visage de son amie qu'elle avait compris, ni de devoir supporter sa pitié. Elle faisait donc en sorte d'arranger son tartan de manière à ce qu'il masque le plus gros des traces de violence. C'était plus simple que de devoir inventer des mensonges pour les expliquer.

Murdoch avait l'habileté de ne jamais aller trop loin. Avec lui, le péril était bien plus latent, suggéré, qu'effectif. Lauren imaginait sans peine la réaction du conseil si elle était allée se confier à lui pour l'implorer de la libérer de ses obligations. *Il me rudoie. Il me menace constamment du regard. Ses baisers ont un goût de cendre et de poussière. Il me déteste.* On l'aurait priée de retourner dans sa chambre et de se reposer. Comme d'habitude. Ce mariage avait trop d'importance à leurs yeux. Ils en attendaient trop de bénéfices pour prendre le risque de se faire un ennemi de l'homme avec qui ils voulaient faire alliance. Tous leurs rêves et tous leurs espoirs reposaient sur cette union. Alors, elle gardait ses plaintes pour elle. Elle obéissait à son fiancé, à la volonté de son clan, et elle se sentait mourir chaque jour un peu plus.

Devoir rester seule avec Murdoch était ce qu'il y avait de pire. Lauren avait fini par comprendre qu'il valait mieux, dans ces moments-là, ne pas chercher à lui résister. Il aurait été ravi de la voir se rebeller, pour pouvoir lui imposer sa loi avec plus de force encore. Derrière sa voix mielleuse et ses yeux fureteurs se cachait l'appétit d'un chasseur en quête de proies. Elle demeurait donc en sa compagnie effacée et inerte. Elle ne lui opposait aucune résistance et supportait sa présence, son contact, ses baisers, en se mettant à distance, comme si une autre qu'elle devait les endurer.

Personne ne remarquait rien. Une joie sans mélange animait tout le clan. Il n'était question que de mariage, de fête, de ripailles, de danses et de célébration. Et derrière tout cela, de la puissance des MacRae sur le point d'être doublée.

Payton Murdoch, invité de marque, riait et s'amusait avec ses hôtes, parfaitement à l'aise. Ses soldats buvaient le whisky des MacRae, mangeaient la nourriture des MacRae et flirtaient avec tant de jeunes femmes que la perspective de nouvelles unions était unanimement saluée.

Lauren portait à présent en permanence le rameau de sorbier en argent et l'anneau serti de rubis. Une prisonnière, songeait-elle avec amertume, pouvait-elle rêver fers plus luxueux ? Elle pensait à son père et se demandait ce qu'il aurait pu lui conseiller. Mais peut-être parce que son désespoir était trop grand, ses conseils de sagesse ne lui étaient plus accessibles.

Honneur et grandeur d'âme étaient pour Arion de piètres compagnons. Il avait tenu à prendre son dernier repas sur Shot dans sa chambre, à cette même table où quelques jours auparavant il avait sombré dans des abîmes de désespoir, avant de se laisser aller à un espoir démesuré.

Ce soir, une morne résignation l'habitait tandis qu'il contemplait ses bagages alignés contre un mur, son armement emballé à part. Avec ses hommes, il prendrait la mer le lendemain, avec la marée, si le temps le permettait. Il se sentait enfin prêt à quitter Shot, corps et âme ; il ne lui restait plus qu'à convaincre son cœur.

Arion essayait encore de se convaincre qu'il avait fait le bon choix, au pied du chêne de pierre, avec le ciel étoilé pour seul témoin. À cette occasion, il avait découvert une facette de lui-même dont il avait ignoré l'existence : une noblesse confinant au sublime, qui l'avait poussé à se sacrifier pour sauver celle qu'il aimait. Il avait quitté Lauren pour qu'elle puisse avoir un avenir digne d'elle, en suivant la route qu'on lui avait tracée. Elle allait devenir Lauren Murdoch, et lui ne serait pour elle dans quelques années qu'un lointain souvenir, pâle et effacé, au fond de sa mémoire.

Renversant la tête en arrière, Arion fixa le plafond avec un sourire amer. Aucune chance qu'il puisse un jour connaître l'apaisement dans un tel oubli. C'était pour lui une certitude absolue : Lauren MacRae ne quitterait jamais ses pensées. L'amour qu'il lui portait la garderait proche de son cœur pour le reste de ses jours. Mais demeurer ici, sur cette île, en la sachant si proche, rendait sa souffrance intolérable.

La décision de partir et de rentrer à Morgan s'était imposée à lui. Après tout, les Vikings, défaits, s'étaient enfuis. Il semblait douteux qu'ils puissent être assez téméraires pour revenir de sitôt. Et s'ils le faisaient... il reviendrait, ou il enverrait un homme de confiance prendre le commandement des opérations pour lui. Aucune obligation ne le poussait à revenir en personne sur l'île de Shot. Aucune.

Un bruit infime attira soudain son attention dans un coin de la pièce obscurcie. Machinalement, il tourna la tête pour voir de quoi il s'agissait.

Dans la pénombre, deux minuscules yeux noirs reflétaient la lumière et l'observaient. Arion s'immobilisa, retint son souffle, et bientôt une petite souris brune, aux oreilles rondes repliées et aux moustaches exagérément longues, alla chercher refuge contre la malle la plus proche d'elle, qu'éclairait le feu dans l'âtre.

La souris de Nora... songea-t-il, étrangement ému. *Simon.*

L'animal, parfaitement immobile, semblait l'observer avec une fascination comparable à la sienne. Seules ses moustaches frémissaient, comme s'il avait été occupé à flairer son odeur.

Arion n'avait pas été capable de sauver Nora. Tout ce qu'il avait pu faire pour elle dans sa jeunesse n'avait pas suffi à la retenir. Elle avait succombé au désespoir en dépit de l'amour qu'il n'avait cessé de lui témoigner. Mais avec Lauren, il en irait tout autrement. Avec Lauren, cela avait fonctionné. Il l'avait d'ores et déjà sauvée. C'était un fait.

Le feu dans l'âtre projetait sur ses malles rassemblées une lueur d'incendie. Il vit la souris se dresser sur ses pattes arrière et commencer à faire sa toilette. Son esprit ressassait les mêmes arguments imparables.

Il fallait qu'elle épouse Murdoch. C'était auprès de lui que sa vie devait se poursuivre. Aucune autre solution possible.

Il revit le visage de Lauren, baigné par la lumière des étoiles, au pied du chêne de pierre. Il revit ses yeux sombres et emplis d'une muette supplique. Elle s'était laissée aller dans ses bras comme si elle avait voulu y disparaître. Elle s'était accrochée à lui, pâle et déterminée.

Elle est forte. Elle s'habituera à Murdoch.

La souris avait achevé sa toilette. Après avoir secoué la tête, elle retomba sur ses pattes et le fixa de nouveau de ses petits yeux noirs aux reflets liquides.

Elle s'habituera...

— Mais c'est *moi*, qu'elle désire.

Arion ne réalisa qu'il avait pensé tout haut qu'en voyant la souris détaler. Un brusque tournoiement, une queue qui file, et soudain il n'y eut plus qu'une dalle de pierre froide et déserte à l'endroit où elle s'était tenue un instant plus tôt.

Sa décision était prise. Si Lauren pourrait peut-être s'habituer à son mariage, lui ne s'y habituerait pas.

En cette veille de noces, Murdoch avait annoncé à tout le monde qu'il souhaitait partager dans sa chambre un dîner frugal avec sa future épouse, avant de la laisser dormir tôt et prendre des forces pour la nouvelle vie qui les attendait.

Comme d'habitude, Lauren avait acquiescé à ce souhait d'apparence tellement romantique. Tout le monde, dans la grande salle, s'était attendri de la voir s'éloigner, la main posée sur le bras de son futur époux, après l'avoir encore une fois félicitée et lui avoir souhaité bonne nuit.

Ils mangèrent dans un parfait silence. Lauren s'employa sans même y penser à couper la tourte à la viande, à leur en servir une part à chacun, puis un verre de vin, en n'en versant qu'une faible quantité dans le sien – elle n'avait pas envie de boire.

Ce faisant, elle garda le regard baissé, la tête penchée en avant, ne regardant que ses mains travailler. Elle s'émerveillait de constater qu'elles ne tremblaient pas et qu'elle gardait le geste sûr, en dépit de la peur panique qui ne la quittait plus.

Murdoch parlait, mais Lauren l'écoutait à peine. Elle avait découvert qu'il se complaisait à réciter tout haut des listes de choses à faire, qu'il dressait sans arrêt sous son crâne. Elle supposait que c'était un moyen pour lui de les mémoriser – à moins qu'il n'ait simplement éprouvé une joie secrète à s'écouter parler. Il les débitait d'une voix égale, dont le ton hypnotique, traînant et superficiel, ne variait jamais.

La cérémonie. La robe de Lauren. Où se tenir. Que dire. Quand le dire.

Pas de fleurs. Impossible en cette saison. Peut-être quelques roses trémières. Ou quelques branches de houx.

La nourriture. Abondante. Quelques mets rares et délicats. Du vin. De la bière. Du whisky. En quantité suffisante pour satisfaire tous les hommes présents.

Les bateaux. Armés. Prêts à appareiller et à faire feu.

Des forces terrestres, reposées et prêtes au combat. Des chevaux de réserve. Les blessés évacués du terrain pour laisser place à la seconde offensive.

— Qu'avez-vous dit ? s'étonna Lauren, alertée, en dressant subitement la tête.

Le visage de marbre, Payton Murdoch la dévisagea un instant avant de répondre :

— Pour laisser place à la seconde offensive. Ne m'interrompez pas, Lauren.

Elle ne tint pas compte de l'avertissement implicite. La panique avait rompu ses digues et se répandait à une vitesse effrayante en elle

— Quelle offensive ? s'enquit-elle d'une voix sourde.

Le visage assombri par une colère qu'il maîtrisait à peine, Murdoch darda sur elle un œil noir qui n'annonçait rien de bon. Toute la brutalité qu'il renfermait en lui ne demandait qu'à exploser, mais Lauren était trop paniquée pour faire marche arrière et demander son pardon.

Peut-être avait-il senti qu'il était parvenu à ses fins en faisant en sorte qu'elle se laisse dominer par la peur, car ce fut avec une sombre délectation qu'il lui répondit :

— Mais… sur Elguire, naturellement.

Le sourire carnassier qui ponctua cette réplique confirma ses doutes. L'instinct du chasseur était éveillé en lui. Il était le chat, et elle était la souris.

— Notre bon roi William n'a pas caché récemment le déplaisir que lui cause l'attitude du roi anglais, reprit-il. Chacun sait qu'Henry demande beaucoup et fait peu de concessions. J'ai entendu dire que notre roi avait accusé d'avarice et de perfidie les ambassadeurs anglais. William ne sera pas mécontent, je pense, d'apprendre que l'intégralité de l'île de Shot se place désormais sous son autorité. À l'heure qu'il est, nos forces surpassent celles des De Morgan. La conquête sera sans doute sanglante, mais elle est faisable.

Figée sur sa chaise, Lauren demeurait muette de stupéfaction, partagée entre l'impulsion de courir avertir les membres de son clan et celle de tenter de le raisonner.

— Vous ne pouvez pas faire ça.

Elle ne put rien dire d'autre.

Murdoch arqua un sourcil.

— Pourquoi cela ? s'étonna-t-il. Ce ne sera pas très difficile. Le comte De Morgan est un homme solitaire, sans héritier pour réclamer vengeance. Nous ferons d'Elguire notre résidence sur Shot. Je me suis dit que cela devrait vous plaire. J'en ferai peut-être mon cadeau de mariage. Vous pourrez me remercier plus tard.

Un sourire ouvertement malicieux jouait sur ses lèvres. Il ne prenait plus la peine de cacher le plaisir qu'il prenait à observer ses réactions épouvantées. Outrée, Lauren trouva la force de se dresser d'un bond.

— Nous avions conclu un accord avec eux ! s'écria-t-elle. Nous ne pouvons leur faire ça ! Ils ont été nos alliés ! Ils ont combattu à nos côtés ! Ils nous ont défendus !

— Je ne vous ai pas ordonné de vous lever, constata-t-il d'une voix dangereusement calme.

D'un seul mouvement rapide, il se leva de sa chaise et la gifla, la prenant par surprise, même si elle aurait dû se méfier. Elle tomba sur la table, puis au sol, secouée et étourdie. Il la rejoignit et se pencha pour murmurer tout contre son oreille :

— Un autre présent pour vous, chère épouse : j'épargnerai autant de femmes et d'enfants qu'il me sera possible de le faire, et je les expédierai par bateaux en Angleterre. Je ne tuerai que le comte, et tous les hommes avec lui.

— Je ne vous laisserai pas faire ! Je...

Une autre gifle la fit taire, plus retentissante encore, qui fit passer un voile noir devant ses yeux.

— Cela suffit, reprit-il d'un air songeur. Je ne voudrais pas que vous vous présentiez défigurée devant l'autel... Le temps est venu de vous retirer, Lauren.

— Mon clan ne vous donnera jamais son accord ! assura-t-elle tandis qu'il la remettait brutalement sur pied.

— Oh, je pense que si... Quand je leur aurai tout expliqué, qu'ils sauront que nous aurons l'accord implicite du roi, ils sauteront sur l'occasion. Nous savons tous les deux à quel point les MacRae détestent les Anglais. Je crois qu'ils ont l'intelligence nécessaire pour reconnaître celle de mon plan, quand je le leur aurai exposé au moment adéquat – un peu plus tard dans la soirée, peut-être, quand l'alcool aura échauffé les esprits.

— Ce qu'ils reconnaîtront, c'est votre folie !

La main de Murdoch enserrait son avant-bras dans un étau de fer, mais ce fut à peine si son visage se rembrunit.

— Vous commencez à me déplaire, femme. Vous vous montrez avec moi agressive et désobéissante. J'ai bien peur que votre père vous ait gâtée inconsidérément. J'ai toujours suspecté qu'il en était ainsi.

— Lâchez-moi ! ordonna-t-elle en s'efforçant de libérer son bras.

Loin de s'exécuter, il la saisit à deux mains et la plaqua contre lui en poursuivant :

— Je sens que la perspective de nos noces vous angoisse et que vos nerfs n'y ont pas résisté.

Il la poussa, la forçant à reculer, jusqu'à ce que ses jambes viennent buter contre le lit, sur lequel elle bascula.

— Il est préférable que vous restiez ici, reprit-il en la dominant de toute sa hauteur. Je n'aimerais pas que vous alliez faire part de mon plan à votre cousin avant moi. Vous vous reposerez mieux dans mon lit, et moi je serai plus serein de savoir que mes hommes montent la garde à l'extérieur. J'irai dormir ailleurs. Ils vous escorteront jusqu'à la chapelle demain matin.

— Vous ne pouvez tout de même pas croire que mon clan va vous autoriser à me séquestrer dans cette chambre ! protesta-t-elle. Ils vont...

— Vous pourriez avoir besoin d'une potion pour dormir, dit-il comme s'il réfléchissait à haute voix. Sans quoi, vous pourriez avoir du mal à trouver le sommeil. Oui : je vois bien que vous avez besoin de vous calmer.

Son sourire était de retour sur ses lèvres, éclatant.

— Il serait maladroit de votre part de refuser de la boire, Lauren. Ne me forcez pas à avoir recours à des extrémités désagréables.

Il restait là, debout devant elle, les poings sur les hanches, à se repaître de la savoir à sa merci et à comploter sa perte. Lauren assistait à la transformation d'un homme qu'elle avait simplement imaginé dur et impitoyable en véritable monstre.

— Comment ? fit-il mine de s'étonner. Pas de larmes ? Auriez-vous peur que vos trucs de femme ne marchent pas sur moi ? Essayez quand même, Lauren... Je pourrais changer d'avis, si vous me le demandiez gentiment en m'abreuvant de vos pleurs.

— J'ai pleuré pour des hommes bien meilleurs que vous, dit-elle d'un ton glacial. Je ne gaspillerai pas mes larmes.

Son sourire se fana quelque peu. Puis, il eut un haussement d'épaules et se détourna d'elle.

— En définitive, ce que vous pensez importe peu... conclut-il. Vous n'êtes rien, Lauren. Demain, vous ne serez toujours rien, sauf un moyen pour moi de mettre la main sur Shot et toutes ses richesses. Quand j'aurai remporté la bataille qui me rendra maître de cette île, nous partirons. Et je vous assure qu'une fois chez nous, vous comprendrez ce que cela signifie de vivre uniquement pour moi.

Après avoir gagné la porte, il se retourna et ajouta :
— Pour l'instant, je vous ménage. Vous resterez ici, docile et calme, et vous accepterez de boire la potion que je vais vous faire parvenir. Autrement, mes hommes me le feront savoir, et je vous promets que vous n'aimerez pas ce qui s'ensuivra.

Lauren s'assit sur le lit, échevelée, et serra les bras contre elle. Elle fit de son mieux pour lui cacher la peur et l'angoisse qu'elle ressentait. Il la dévisagea un long moment encore, puis il hocha la tête et sortit. Elle l'entendit avoir dans le couloir une conversation à mi-voix avec les hommes qui s'y trouvaient. Puis, il ferma la porte sans la verrouiller, puisque celle-ci ne le permettait pas. Mais elle savait que les trois sentinelles qui la gardaient constituaient le plus formidable et le plus sûr des verrous.

Ce qui ne lui laissait pas le choix. Elle courut jusqu'à la seule fenêtre de la pièce, heureusement assez large pour pouvoir s'y glisser. Le bois de l'huisserie avait gonflé et lui opposa une forte résistance quand elle tenta de l'ouvrir. Avec un grincement sonore, elle céda enfin. Le cœur battant, Lauren jeta un coup d'œil anxieux pardessus son épaule, craignant d'avoir été entendue. Les rires d'hommes qui s'élevaient dans le couloir la rassurèrent sur ce point. Mais de combien de temps disposait-elle avant que l'on vienne lui porter la potion que Murdoch lui avait promise ? Elle l'ignorait, mais il lui fallait ne pas perdre une seconde.

Penchée par la fenêtre, elle regarda le sol, deux étages plus bas. Une fois encore, elle n'avait pas le choix. Il lui faudrait entamer sa descente en s'agrippant aux pierres le plus longtemps possible, et si elle finissait par tomber avant d'avoir atteint la pelouse, elle saurait comment se réceptionner. Comment aurait-elle pu s'imaginer que son enfance turbulente dans les bois en compagnie des garçons lui serait aussi utile un jour ?

Rapidement, il s'avéra que les prises pour ses mains et ses pieds n'étaient pas aussi nombreuses qu'elle l'avait estimé. À peine avait-elle descendu la hauteur d'un étage qu'il lui fallut se laisser choir. Elle atterrit rudement dans l'herbe, sur le dos, protégeant sa tête dans un ultime réflexe. Une explosion de taches colorées couvrit ses paupières closes. L'air contenu dans ses poumons se vida d'un coup. Une vague de douleur parcourut tout son corps, réveillant les blessures des dernières semaines à peine endormies.

Il fallut un long moment à Lauren pour pouvoir se dresser sur les coudes et reprendre difficilement son souffle. Elle eut vite fait de vérifier que par un coup de chance inestimable elle n'avait rien de cassé. Lentement, elle se remit sur pied en observant les alentours.

Elle avait réussi à sortir du château, mais le plus dur restait à faire puisqu'elle n'avait pas encore quitté l'enceinte de la forteresse. Pire encore : elle n'avait aucun manteau, aucune cape pour l'aider à dissimuler son apparence. Au moins, le jardin dans lequel elle avait atterri restait-il dans la pénombre. Mais même à cette distance de la porte principale, elle entendait les voix des membres de son clan venus des villages environnants qui affluaient pour les réjouissances qui se dérouleraient jusqu'à l'aube.

L'atelier de tissage constituait son plus proche point de chute. Elle le trouva fort heureusement désert. Après s'être faufilée à l'intérieur, Lauren referma soigneusement derrière elle et chercha son chemin dans le noir. Elle ne pensait pas avoir été repérée par quiconque. Sa robe était sombre et son tartan de la même couleur que ceux de tous les autres. De plus, personne n'avait poussé de hauts cris sur son passage.

Une rangée de crochets, près de l'unique cheminée, servait à y accrocher capes et manteaux humides par temps de pluie. Il y pendait toujours quelques vêtements oubliés par leurs propriétaires pressées de gagner les cuisines pour préparer le repas ou d'aller chercher leurs enfants à la nursery. La chance lui sourit. Elle eut rapidement trouvé ce qu'elle cherchait et, en tâtonnant, elle s'arrangea pour enfiler sa trouvaille dans le noir. Elle constata en sortant de l'atelier que la cape sur laquelle elle avait mis la main était un peu trop grande pour elle, ce qui faisait retomber la capuche bien bas sur ses yeux et facilitait ses desseins.

Lauren redressa les épaules, inspira à fond et se dirigea d'un pas décidé vers la cour intérieure. Il lui fallait trouver coûte que coûte un moyen de sortir. L'heure était passée du départ des troupeaux de moutons et de leurs bergers. Elle ne pouvait compter que sur un retour de chasse ou sur l'arrivée de groupes de villageois venus pour les noces. À moins, songea-t-elle soudain avec espoir, que l'accès à la forteresse ait été laissé libre en cette grande occasion.

Mais ce n'était pas le cas. En s'approchant des remparts, Lauren put constater que même si les massives portes en bois demeuraient ouvertes, la herse quant à elle restait baissée. Ne sachant que faire d'autre, elle fit semblant de se mêler à la foule qui se trouvait autour d'elle.

Des gens se hélaient, échangeaient de sonores bonjours et s'apostrophaient joyeusement. Une poignée d'hommes en armes, MacRae et Murdoch confondus, montaient la garde par groupes de trois ou quatre, tout autour de la cour. Lauren eut l'impression que l'un d'eux la fixait. Sans se presser, elle se mit en marche vers un groupe d'hommes et de femmes de son clan, comme pour se joindre à leur conversation, avant d'y renoncer au dernier moment.

L'agitation incessante et la joyeuse cohue qui régnaient l'aidaient à passer inaperçue. Quelqu'un la bouscula et s'excusa. En se détournant, Lauren se contenta de répondre d'un hochement de tête. Elle risqua un coup d'œil anxieux en direction de la herse, qui demeurait baissée. Un autre homme, qui empestait le whisky, lui rentra dedans, plus violemment cette fois. Il la retint de justesse par le coude pour l'empêcher de tomber. Et lorsqu'il lui demanda d'une voix avinée si elle s'était fait mal, elle lui répondit par la négative d'un signe de tête.

La situation devenait critique, songea-t-elle en le regardant s'éloigner. Il lui fallait sortir ou elle allait finir par attirer l'attention. Enfin, l'ordre de lever la herse se fit entendre. Elle tourna la tête vers la porte en même temps que tous les autres, pressés de voir qui arrivait. Un groupe d'une cinquantaine de personnes, hommes et femmes confondus, à pied ou montés à cheval, passa le pont-levis et se présenta à l'entrée de la cour, sous les cris de bienvenue de tous ceux qui entouraient Lauren. Elle suivit le mouvement, non pour aller accueillir les nouveaux venus mais dans l'espoir d'arriver à temps pour s'échapper.

Elle frôla l'un des chevaux juste à l'instant où une femme en descendait, aidée par un homme. Leurs épaules faillirent se cogner mais Lauren parvint à faire à temps un pas de côté en reconnaissant avec un coup au cœur la voix joyeuse qui s'exprimait.

— N'est-ce pas merveilleux ? J'ai tellement hâte que Lauren voie le bébé !

— Oui, mon amour... répondit l'homme qui se trouvait à côté d'elle. C'est merveilleux.

Au mépris de toute prudence, Lauren se retourna à demi pour les regarder. Ce n'était plus la panique qui l'habitait mais le chagrin et le remords. Le bras de son mari amoureusement passé autour de sa taille, Kenna tenait dans ses bras son nouvel enfant. Lauren n'avait pas été mise au courant qu'il était né. Elle ne savait pas si sa cousine avait fini par avoir cette fille tant espérée, et sans doute ne le saurait-elle jamais.

Le cœur lourd, Lauren se retourna vers la porte et commença à se frayer un chemin parmi le groupe de villageois qui continuait d'arriver. Remonter le flot sans trop se faire remarquer se révéla plus ardu qu'elle ne l'avait imaginé. Un homme habillé d'une ample cape la bouscula sans même s'excuser. Outrée par son attitude, elle le regarda s'éloigner, penché en avant et boitant légèrement, la tête entièrement dissimulée sous sa capuche baissée.

Ce boitillement discret attira tout de suite son attention. L'homme qu'elle avait vu marcher ainsi la dernière fois qu'elle l'avait aperçu ne risquait pas de sortir de sa mémoire... Aussitôt, elle se raisonna et se convainquit qu'il ne pouvait s'agir de lui. Elle n'avait pas de temps à perdre en de telles gamineries. La herse était toujours levée mais ne le resterait pas éternellement. L'homme, boitant toujours, errait à travers la cour, comme s'il ne savait où aller.

En se maudissant en son for intérieur, Lauren fit demi-tour et se lança vers lui à travers la foule qui encombrait la cour. C'était complètement fou de se lancer à la poursuite d'un inconnu, au risque de gâcher sa seule chance de quitter Keir, simplement parce qu'il lui faisait penser à Arion. Pourtant, elle ne pouvait s'en empêcher...

Elle le perdit de vue un instant, un groupe d'hommes chahuteurs brandissant des chopes de bière s'étant interposé entre eux. Et lorsqu'elle l'aperçut de nouveau, après avoir fouillé la cour du regard en montrant aussi peu son visage que possible, elle vit qu'il s'apprêtait à entrer dans le château. Près de la porte, il marquait un temps d'arrêt, apparemment aussi soucieux qu'elle de laisser sa capuche dissimuler son visage. Mais lorsqu'il tourna la tête un instant vers elle, elle eut un aperçu de sa mâchoire carrée et de ses lèvres pincées formant une mince ligne droite.

Cette fois, le doute n'était plus permis. Pressant le pas, le cœur battant à tout rompre, Lauren tenta de le rejoindre. Il était déjà près de la porte d'accès au château et il attendait qu'un groupe de femmes y ait pénétré pour s'y engager lui aussi. Lauren prit le risque de franchir en courant les derniers pas qui le séparaient de lui. Elle ne pouvait le suivre jusque dans la grande salle sans courir l'énorme risque d'être reconnue par les siens.

Elle parvint à agripper un pli de sa cape à l'instant où il s'apprêtait à entrer. Instinctivement, il se retourna. Lauren écarta légèrement sa capuche de la main pour lui montrer son visage. Incrédule, Arion écarquilla les yeux en la reconnaissant.

Sans un mot, elle tira de nouveau sur sa cape pour l'attirer à l'extérieur. Sans doute dut-il saisir sur ses traits les raisons de son inquiétude, car il lui emboîta le pas sans rechigner. Tous deux avaient de nouveau leur capuche baissée jusqu'aux yeux, tous deux marchaient un peu trop vite et à contre-courant de la foule, mais le temps n'était plus à l'excès de prudence. Les derniers villageois étaient en train de franchir le pont-levis. Bientôt, il leur serait impossible de sortir et peut-être n'auraient-ils plus d'occasion de le faire.

Lauren entendit la sentinelle de garde crier un ordre. La lourde herse commença à se baisser, dans un cliquetis métallique de chaîne déroulée qui fit courir un frisson le long de son échine. Ils n'allaient pas pouvoir arriver à temps. Ils allaient tous deux se retrouver prisonniers dans la cour intérieure, cernés par tout son clan, sans parler de Murdoch et de ses hommes. Elle savait que ce n'était qu'une question de temps avant que son évasion soit découverte. Aussitôt l'alerte donnée, des recherches intensives seraient lancées, auxquelles ils ne pourraient échapper longtemps. Comment pourrait-elle, alors, justifier le fait qu'elle avait cherché à quitter Keir en catimini en compagnie du comte De Morgan ?

Lauren et Arion stoppèrent ensemble devant la lourde structure de bois et de fer de la herse qui achevait de se mettre en place, empêchant quiconque d'entrer ou de sortir. Après l'avoir contemplée un moment, ils se regardèrent l'un l'autre. Lauren lut sur le visage d'Arion qu'il se résignait à leur malchance, mais elle perçut dans ses yeux verts une profonde détermination.

Ils commencèrent à scruter les environs, à la recherche d'une solution. Un groupe de soldats chahuteurs se dirigeait vers eux. Lauren prit la main d'Arion et l'entraîna dans un coin d'ombre, au pied de la muraille. Ils y restèrent tapis, regardant la cour se vider peu à peu au fur et à mesure que les convives gagnaient la grande salle.

Avec un coup au cœur, Lauren vit alors Payton Murdoch sortir du château. À grands pas, il se dirigea vers le groupe de ses soldats occupés à de joyeuses libations qui s'était constitué non loin d'eux. Pour les rejoindre, il lui faudrait obligatoirement passer devant l'étrange couple qu'ils formaient tous deux au pied de la muraille.

Saisie par une brusque inspiration, Lauren prit le visage d'Arion entre ses mains et l'abaissa vivement au contact du sien pour un baiser. L'instant de surprise initiale passé, il passa ses bras autour d'elle, l'attira tout contre lui et se prêta de bonne grâce au baiser. En dépit du danger qu'ils couraient, Lauren se surprit à se détendre entre ses bras. Oubliant toute considération extérieure, elle se livra tout entière à ce moment de plaisir volé, au bonheur de sentir Arion tout contre elle et de pouvoir encore une fois goûter à ses lèvres.

Quand leurs lèvres se séparèrent, elle l'entendit demander dans un souffle :

— C'était lui ?

Toujours serrée contre lui, Lauren acquiesça d'un hochement de tête et s'autorisa à jeter un discret coup d'œil derrière elle, là où les hommes de Murdoch s'étaient tenus.

Ils n'y étaient plus. Sans doute, songea-t-elle, avaient-ils suivi leur laird venu les chercher, à n'en pas douter, pour quelque basse besogne. Rassurée, elle quitta à regret les bras d'Arion et se retourna pour observer la cour.

Il n'y restait presque plus personne et Murdoch et ses hommes n'étaient nulle part en vue. De petits groupes s'attardaient encore ici ou là. De la musique, mêlée au bruit des conversations, se faisait entendre à l'intérieur, par la porte du château restée ouverte. La herse demeurait solidement en place.

Lauren leva les yeux vers Arion, s'efforçant de trouver une idée pour les sauver tous les deux, ou à défaut pour réussir à le faire sortir avant qu'elle n'ait elle-même été rattrapée.

— Écoutez-moi, murmura-t-elle. Nous allons devoir nous séparer, mais j'ai quelque chose à vous dire avant que...

Il la fit taire d'un nouveau baiser, celui-ci plus exigeant et passionné. Lauren fit une tentative pour y mettre un terme, afin de pouvoir le mettre en garde, mais il ne se laissa pas faire. Sans avoir besoin de trop se forcer, elle renonça à sa lutte inutile et se coula entre ses bras.

— Nous ne nous séparerons pas, annonça Arion avec le plus grand calme quand leurs lèvres se séparèrent. Dites-moi ce que vous faites là dehors...

— Allez-vous m'écouter ? s'impatienta-t-elle tout bas. Vous êtes en danger ! Il ne faut pas qu'on vous trouve avec moi.

Trois hommes sortirent du château, balayèrent la cour du regard un moment, puis se dirigèrent vers eux. En hâte, Arion la prit de nouveau dans ses bras et l'embrassa. Lauren entendit les trois hommes passer près d'eux, occupés par une conversation qui avait l'air animée mais dont elle ne put saisir les détails. Dès que le silence revint, elle se hissa sur la pointe des pieds et murmura à l'oreille d'Arion, en souriant pour donner le change aux hommes qui les observaient peut-être :

— Vous devez rentrer d'urgence à Elguire. Murdoch a prévu de vous attaquer demain. Il faut vous préparer.

Arion tressaillit et s'éloigna légèrement d'elle pour observer son visage.

— Vous en êtes certaine ?

Lauren hocha la tête, laissant son sourire de façade se faner sur ses lèvres.

— C'est pour aller vous prévenir que je me suis enfuie, précisa-t-elle.

Arion inspira profondément et laissa fuser son souffle entre ses dents, les yeux clos. Lauren remarqua alors la fatigue que trahissaient ses traits tirés, et que jusqu'alors elle n'avait pas notée.

— Ils vont bientôt s'apercevoir que j'ai disparu, reprit-elle avec urgence. Il ne faut pas qu'ils vous trouvent avec moi. Ils n'ont aucune raison de se douter que vous êtes ici.

Arion ouvrit les yeux. En s'immergeant une fois encore dans leurs profondeurs marines, Lauren sentit un immense chagrin lui étreindre le cœur. Malgré tous ses efforts et tous les choix risqués qu'elle avait faits, c'était donc ainsi qu'ils allaient devoir se séparer. Le fait qu'elle ait pu le prévenir malgré tout du danger qu'il courait lui était une mince consolation.

Un autre groupe d'hommes sortit du château, puis un autre, et un autre encore. Tous étaient des soldats, MacRae et Murdoch mélangés. Une certaine agitation semblait les avoir gagnés. La mine sombre, ils échangèrent quelques phrases sèches et menaçantes, avant de s'éparpiller par groupes de trois dans toutes les directions.

En les voyant faire, Lauren eut la confirmation de ce qu'elle craignait depuis un moment déjà. Sa disparition avait été signalée. On se mettait intensivement à sa recherche, avec suffisamment de discrétion cependant pour ne pas alarmer les convives. Bientôt, il n'y aurait plus pour elle aucun endroit de la place forte où trouver refuge.

L'urgence était de trouver un endroit où cacher Arion. Ils n'allaient pas tarder, tous les deux, à attirer de nouveau l'attention.

La sentinelle de garde cria un ordre bref. Lauren sentit une allégresse mêlée d'un profond soulagement se faire jour en elle. À peine eut-elle le temps de se tourner vers la herse que celle-ci commença à se lever. Jamais un bruit de chaîne n'avait retenti de manière aussi joyeuse à ses oreilles... À l'extérieur de l'enceinte, un nouveau groupe de visiteurs attendait de pouvoir entrer.

Elle n'eut pas besoin d'entraîner Arion vers la porte. Déjà, il se mettait en marche à côté d'elle, la capuche rabattue sur son visage. Elle avait laissé la sienne retomber si bas qu'elle ne distinguait plus que le sol empierré que ses pieds foulaient. Plus rien ne comptait pour elle que la fuite et la liberté qui se trouvait au bout. Elle avait l'impression d'en sentir sur sa langue le goût tonifiant et savoureux.

Avec l'impétuosité d'un flot qui s'écoule, la foule des nouveaux venus se précipita vers eux, lançant de joyeuses apostrophes aux convives déjà arrivés qui se précipitaient hors du château pour les accueillir. Les quelques soldats qui surveillaient la porte se retrouvèrent bientôt noyés dans la masse, incapables de distinguer quoi que ce soit. Arion prit Lauren par la main et la guida de son mieux au milieu de cette cohue.

Lauren vit apparaître dans son champ de vision les creux dans la pierre de seuil où venaient se loger les pics de la herse. Elle franchit ses premiers pas hors de Keir, sur le pont-levis, avec la sensation de marcher sur un nuage. Sur le chemin qui y menait patientaient ceux qui s'apprêtaient à entrer.

Accompagnée d'Arion, elle remonta cette colonne sans se presser, s'arrêtant de temps à autre, comme s'ils cherchaient un visage familier dans la foule des nouveaux arrivants. Dans l'agitation ambiante, ils se fondaient dans le décor qu'éclairaient faiblement quelques torches disposées sur les remparts.

Enfin, Lauren sentit avec soulagement ses pieds fouler l'herbe du bas-côté. Ils n'accélèrent pas pour autant l'allure après être sortis du chemin. Personne ne leur cria d'arrêter ni ne se sépara du groupe pour les suivre.

Pour la première fois depuis que la herse avait commencé à se lever, Lauren osa lever la tête afin d'examiner les alentours. Ils avaient pénétré dans le sous-bois. Les troncs des arbres s'élevaient dans le noir autour d'eux, rassurants et familiers. Plus rassurante encore était dans sa main celle de l'homme qui l'accompagnait.

Dans la pénombre, Lauren vit Arion tourner la tête vers elle et lui sourire. Puis, par-dessus son épaule, il jeta un coup d'œil derrière eux. Elle l'imita et put constater que les derniers visiteurs franchissaient le pont-levis, attirés comme des phalènes par la promesse de lumière et de réjouissances que leur offrait Keir pour l'heure. Main dans la main, ils entamèrent quant à eux un tout autre périple à travers les bois obscurs, jusqu'à un étalon couleur de nuit, et jusqu'à Elguire au-delà.

15

Arion conduisit Lauren jusqu'à une chambre plus petite et plus féminine que la sienne. Le bois de lit y était en frêne, non en chêne, et le baldaquin bleu pâle et blanc.

Elguire demeurait un mystère pour elle. Le dédale des pièces, des corridors et des halls lui restait étranger, tout comme les gens qui s'y étaient pressés autour d'eux, observant avec curiosité et un peu d'appréhension leur laird et son invitée. Arion ne leur avait rien expliqué. Il s'était contenté de demander qu'on aille réveiller son intendant, avant de la conduire jusqu'à cette chambre en serrant fermement sa main dans la sienne.

Avant de la quitter, il s'était contenté de quelques mots rapides pour lui recommander de se reposer. Lauren savait qu'il avait besoin de parler à Fuller au plus vite, pour l'informer de la traîtrise de Murdoch. Il n'y avait pas une minute à perdre pour parer à l'imminence de l'attaque. Elle comprenait qu'il ait dû retourner au plus vite auprès des siens pour les préparer à la perspective de la bataille qui fondrait certainement sur eux dès l'aube venue.

En chemin, elle lui avait raconté tout ce que Murdoch avait bien voulu lui révéler de ses plans. Arion l'avait écoutée attentivement, avant de poser quelques questions précises. Elle s'était bien gardée de lui faire part des violences que son fiancé lui avait fait subir. Et pris par l'urgence de la situation, il ne lui avait rien demandé. Ce qui valait sans doute mieux.

Après son départ, Lauren fit de son mieux pour lutter contre le remords qui l'assaillait. Résolument, elle tenta de se convaincre qu'elle avait agi au mieux, qu'il était juste de prévenir les Anglais d'une attaque traîtresse, que son père aurait approuvé son attitude, tout comme toute personne de bon sens.

Pourtant, dans cette chambre étrangère, avec son lit douillet et son décor raffiné, sa liberté avait un goût de traîtrise qui ne voulait pas passer. En proie à un tourment qu'elle ne comprenait pas entièrement, Lauren alla s'asseoir au bord de l'âtre et entreprit d'ôter ses bottes boueuses. Elle ne pouvait rien faire de plus sensé, et elle se raccrochait à tout ce qui pouvait lui apporter un semblant de normalité.

Elle laissa le feu réchauffer ses orteils glacés jusqu'à ce que la morsure de la chaleur devienne intolérable. Puis, le menton posé sur ses genoux, les bras entourant ses jambes repliées, elle s'absorba dans la contemplation des flammes tout en laissant de sombres pensées la gagner.

Elle ne pouvait se cacher plus longtemps qu'elle venait de franchir le dernier pas. La rupture entre elle et son clan était à présent irrémédiable. Elle s'était enfuie de Keir. Elle avait abandonné Payton Murdoch. Elle avait brisé une alliance qui depuis qu'elle était toute petite donnait un sens à son existence. Elle avait trahi les espoirs placés en elle par ceux qu'elle aimait pour se jeter dans les bras d'un homme que les siens avaient appris à haïr, et qu'elle aurait dû considérer comme un ennemi.

Les paupières alourdies par le sommeil, Lauren tenta en vain de retenir ses larmes. Demain, par sa faute, la mort pourrait frapper à sa guise dans les deux camps... il y aurait donc une guerre, malgré tout... mais au moins... elle avait fait en sorte d'éviter l'embuscade...

Lauren dut glisser dans le sommeil sans même s'en rendre compte. Quand elle rouvrit les yeux, elle se retrouva allongée en chien de fusil sur le sol, le dos au feu. Accroupi à côté d'elle, Arion l'observait. Le visage grave, il tendit la main pour lui caresser la joue, suivant son contour du bout des doigts jusqu'à son menton.

— Ça va ? s'enquit-il d'une voix un peu rauque.

Lauren lui répondit en hochant faiblement la tête. Arion retira sa main. Elle se redressa et s'assit sur le sol, envahie par une étrange sensation de manque.

— Que s'est-il passé ? demanda-t-elle. Comment ont-ils réagi ?

— Elguire est prêt à subir une attaque, répondit-il. Cela fait même des semaines que nous nous y préparons. Mais je ne tiens pas à ce que nous devions en arriver là. Je ne veux pas faire courir de risques inutiles aux femmes et aux enfants qui se trouvent ici. Nous avons des vigies postées à travers toute l'île. Une chaîne de surveillance qui nous préviendra rapidement en cas d'attaque. Nous irons à la rencontre de ces damnés Écossais pour les affronter loin d'ici. Et s'ils espèrent enfoncer nos lignes, il leur faudra déchanter !

— Que faites-vous de moi ? demanda Lauren avec aigreur. Il y a déjà une damnée Écossaise dans la place... Ne craignez-vous pas que je vous trahisse et que j'ouvre la route à mes compatriotes ?

À sa grande surprise, il ne céda pas à la provocation, préférant s'asseoir près d'elle face à la cheminée. En le voyant grimacer pour s'installer, Lauren se rappela les multiples blessures dont il avait dû se remettre en si peu de temps et dans quelles circonstances elles lui avaient été infligées. Elle se sentit coupable de s'être laissé dominer par l'orgueil et de s'être montrée si dure avec lui, alors qu'il n'avait cessé de chercher à la protéger au péril de sa propre vie, encore et encore.

— Non, répondit-il en fixant les flammes. De vous, je ne craindrai jamais une chose pareille. Je vous connais bien, Lauren. Quoi qu'il puisse vous en coûter, vous ne ferez jamais rien qui soit contraire à votre sens de l'honneur.

Lauren baissa la tête, confuse. Du coin de l'œil, elle vit Arion tendre la main vers la sienne, sur le sol. Elle l'imita et entre eux leurs doigts s'entrelacèrent étroitement.

Le silence retomba entre eux, troublé seulement par les craquements du bois dans l'âtre, jusqu'à ce qu'un autre mystère s'impose à l'esprit de Lauren.

— Que faisiez-vous là, au fait ? Qu'étiez-vous venu faire à Keir ?

Arion ne répondit pas immédiatement. Il tourna la tête, regarda leurs mains unies, puis ses yeux rencontrèrent les siens et lui lancèrent un regard brûlant d'intensité.

— J'étais venu pour vous, répondit-il enfin. Pour avoir une dernière chance de vous approcher, avant le mariage.

Il eut un petit rire bref et ajouta :

— Ce qui était de ma part une folie, je suppose.

— Oui, approuva-t-elle sévèrement. Une folie qui aurait pu vous coûter cher.

— Mais qui aurait pu également me rapporter beaucoup. J'étais venu à Keir dans l'intention de vous enlever, Lauren MacRae. Je voulais arriver jusqu'à vous avant que vous n'ayez prononcé vos vœux, pour vous convaincre de me suivre... je ne sais même pas où. N'importe où, je suppose, où nous aurions pu vivre ensemble sans nuire à notre entourage. J'ai commis une erreur, voyez-vous... Une risible et incompréhensible erreur. Cette nuit-là, près du chêne de pierre, je vous ai laissée m'échapper.

— Oh ! s'exclama simplement Lauren, ne sachant que répondre.

— J'étais venu seul, au cas où vous refuseriez, reprit Arion avec un petit sourire douloureux. Je ne voulais pas prendre le risque de déclencher une guerre, mais je ne pouvais rester sans rien faire non plus. Je me refusais à vous laisser l'épouser. Pas avant d'avoir eu une dernière chance de vous parler, de vous voir. D'abord, j'avais tenté de me convaincre qu'il s'agissait pour moi de vérifier que j'avais fait le bon choix, que vous ne deviez pas, que vous ne *pouviez* pas être à moi. Mais c'était pur mensonge de ma part.

Arion reporta son attention sur les flammes et soupira longuement avant de conclure :

— La vérité, c'est que je voulais vous convaincre de revenir vers moi, de repartir avec moi.

— C'est pourtant vous qui m'avez renvoyée !

Lauren n'avait pu retenir ces mots, prononcés avec une pointe d'amertume. La blessure était toujours cuisante, même si leurs retrouvailles en atténuaient la morsure.

— Je me trompais, avoua-t-il tristement. Je me trompais complètement.

Arion se tourna vers elle et la saisit aux épaules pour l'inciter doucement à se coucher sur le sol. Allongé sur le flanc à ses côtés, appuyé sur un coude, il se pencha sur elle et poursuivit :

— Je voulais tant me montrer noble et généreux, digne de vous. J'essayais d'être tout ce que mon oncle n'a jamais été : un homme juste et bon. Il m'a fallu du temps pour réaliser que rien de tout cela ne comptait vraiment. L'honneur, la vertu, le désintéressement – et même mon titre, mes terres, ma charge de chevalier. Rien de tout cela n'a d'importance sans vous à mes côtés, Lauren. Je suis décidé à vous garder, à présent, quelles que puissent être les conséquences. Et si je dois devenir pour cela un réprouvé, peu m'importe !

— Peu m'importe d'en devenir une aussi ! renchérit Lauren avec la même intensité.

Arion se pencha pour l'embrasser avec fougue. Son corps vint à la rencontre du sien, et Lauren l'accueillit avec sa propre ferveur, ses propres baisers, ses propres caresses. Tournant la tête sur le côté, elle sentit le chaume de sa barbe lui érafler la joue. Cette infime douleur se conjugua pour ses sens enfiévrés à l'odeur affolante qui émanait de lui, et au goût délicieux de sa peau sur sa langue. Sous le mince tissu de la tunique qu'il portait, elle caressait les muscles de son dos qui jouaient fermement sous sa peau.

Une pensée parasite vint tempérer ses ardeurs. *Demain, il sera peut-être mort...*

Vaillamment, Lauren repoussa cette lugubre perspective. Elle appartenait à un lointain avenir dont la femme qu'elle était ne voulait pour l'heure pas se soucier. À cette minute, il n'y avait qu'Arion qui comptait pour elle, amoureux et bien vivant.

Maladroitement, ils se redressèrent tous deux sur les genoux, l'un en face de l'autre, sans cesser de s'embrasser. La broche de Lauren, qu'Arion venait de défaire, chuta sur le sol. Sitôt après, ce fut son tartan qui retomba jusqu'à ses hanches. Sa ceinture ne tarda pas à suivre, elle non plus. Le tartan glissa entièrement de son corps et alla se répandre comme une flaque de tissu entre eux. Il l'attira tout contre lui. Lauren nicha son visage au creux de son cou. Les mains d'Arion, insatiables, semblaient être partout sur son corps à la fois. Sans même réfléchir à ce qu'elle faisait, Lauren n'était pas en reste.

Peu importait qu'elle n'eût aucune expérience, que ses caresses fussent maladroites, ou qu'elle ne sût pas où les lui prodiguer dans sa hâte à tout découvrir de lui. Tout ce qu'elle faisait semblait lui plaire. Il le lui faisait savoir avec ses mains redoublant de caresses, ses jambes aux muscles durcis pressées contre les siennes, sa bouche et sa langue rivalisant d'audace. Sa tunique, déboutonnée dans le dos, glissa le long de ses épaules, offrant à Arion une large plage de peau dénudée.

Lauren le sentit hésiter. Elle comprit qu'il devait avoir découvert les bleus qui enlaidissaient la naissance de son cou, mais il était trop tard pour tenter de les cacher. Alors, elle repartit à l'assaut de son corps avec sa bouche et ses caresses, ce qui suffit à le ramener à elle. Arion fit glisser sa tunique le long de ses bras, explorant du bout des lèvres sa nudité. Elle rejeta la tête en arrière et laissa fuser un long soupir de plaisir. Les mains d'Arion se firent plus précises, plus impatientes. La tunique glissa le long de ses flancs, puis de ses hanches.

Enfin, elle fut nue devant lui, vêtue seulement par les lueurs d'incendie que faisait naître le feu sur sa peau. Arion recula légèrement pour mieux l'admirer et se figea en murmurant d'une voix tremblante :

— Lauren...

Une soudaine timidité, aussi vive qu'inattendue, lui fit baisser la tête et chercher refuge derrière l'écran de ses cheveux. Gentiment, Arion lui souleva le menton pour l'inciter à redresser la tête et lui donna un baiser.

— Lauren, répéta-t-il tout bas. Vous êtes magnifique, mon aimée.

Puis, il se leva devant elle, l'incitant à faire de même. L'instant d'après, elle se sentit soulevée dans ses bras jusqu'au lit blanc et bleu. Il la déposa doucement sur les couvertures et les fourrures, qu'elle découvrit fraîches et douces sous sa peau. Sans lui laisser le temps de l'attirer sur le lit avec elle, Arion se redressa pour se débarrasser lui-même de ses vêtements. Quand il fut nu lui aussi, Lauren laissa ses yeux courir sur son corps de guerrier aguerri, musclé et couturé de cicatrices, encore couvert de bandages par endroits. Ainsi livré à ses regards, il se révélait plus magnifique que tout ce qu'elle avait pu rêver. Plus grand, plus puissant, plus souple que dans ses rêves, il était une quintessence d'homme tout spécialement incarnée pour elle, irrésistible et envoûtant avec ses cheveux noirs comme la nuit et ses yeux couleur d'océan.

Elle n'eut pas le temps d'admirer plus longuement ce corps si différent du sien et si séduisant. Arion la rejoignit sur le lit. Tout en force en en souplesse à côté d'elle, il l'attira à lui, la caressa, embrassa ses seins, son ventre, ses hanches. Lauren sentit s'envoler toute appréhension sous la caresse magique de ses mains et de ses lèvres. Puis, penché au-dessus d'elle, il se figea, ses mains brûlantes plaquées de part et d'autre de ses joues. Ils restèrent un long moment ainsi, plongés dans les yeux l'un de l'autre, comme prisonniers d'un charme qu'ils avaient eux-mêmes lancé, et qui n'avait d'effet que sur eux.

Arion y mit un terme en venant s'allonger au-dessus d'elle, avec une telle grâce et une telle aisance que rien n'aurait pu paraître plus agréable et naturel aux yeux de Lauren. Tout contre son ventre, elle sentit battre son sexe dressé, exigeant, qui alla se loger plus bas encore, en cet endroit intime de son corps où brûlait son désir pour lui.

Lauren savait à quoi s'attendre, désormais, et ce fut sans la moindre appréhension qu'elle le sentit s'introduire en elle. C'était bien mieux qu'au pied du chêne de pierre, en pleine nuit et dans la prairie glacée. C'était exactement ce qu'elle avait anticipé dans ses rêves les plus secrets. Au-dessus du sien, elle découvrait le visage d'Arion, concentré, les yeux mi-clos. Il la retenait par les épaules et tout le corps de Lauren s'épanouissait au contact du sien, qui l'épousait de si merveilleuse manière. Cela faisait bien sûr un peu mal, cette présence massive qui ne demandait qu'à se frayer un chemin en elle, mais comparativement à l'impatience et à l'excitation qu'elle ressentait, cette douleur était quasiment négligeable.

Arion ne s'arrêta pas en chemin, comme elle avait un peu redouté qu'il le fasse au dernier moment. Il poursuivit son effort et la douleur se fit un peu plus présente. Lauren se figea, saisie par une sourde appréhension.

Il ouvrit les paupières. Ses yeux étincelaient au-dessus d'elle comme deux émeraudes.

— Je t'aime, Lauren ! glissa-t-il dans un souffle.

Puis, d'un puissant coup de reins, il acheva de pénétrer en elle. Une douleur lancinante, au creux de son ventre, arracha à Lauren un petit cri de surprise et de protestation. Elle eut la sensation qu'il venait de lui donner un coup de dague au plus intime de son être.

— Désolé, désolé... s'excusait-il tout bas en couvrant de baisers sa bouche, sa joue, ses cheveux. Oh, comme je vous aime, Lauren !

Elle eut la surprise de constater que la douleur s'estompait progressivement pour devenir plus tolérable. En appui sur les coudes, Arion demeurait immobile au-dessus d'elle. Il parut lire au fond de ses pensées qu'elle s'était accoutumée à cette invasion pacifique, et qu'elle se sentait prête à prendre le risque de bouger de nouveau. Lentement, très lentement, avec une extrême prudence, il commença à se mouvoir en elle.

Lauren décrispa ses doigts, qui s'étaient refermés comme des serres dans le dos d'Arion. Il ne se retirait que pour revenir à l'assaut, encore et encore, avec l'obstination des vagues sur la plage. Lauren se laissait envahir par une sensation nouvelle, étrange et merveilleuse, comme elle n'en avait jamais connu de semblable. Dans son cou, elle sentit le souffle brûlant d'Arion s'accélérer. Il commença à se mouvoir un peu plus rapidement entre ses jambes. D'instinct, elle s'arc-bouta pour mieux se prêter à cette étreinte, encerclant sa taille de ses jambes. Elle tourna la tête pour goûter contre son cou le sel de sa peau. Elle sentit battre son pouls, puissant, obstiné, comme en écho à ce rythme immémorial qu'ils imprimaient à leur union.

Même si ce qu'elle ressentait était déjà merveilleux, Lauren se doutait qu'il devait y avoir à cette union une apothéose qui restait à venir. Il y manquait encore quelque chose de primordial, d'essentiel. Elle n'aurait su dire quoi et il lui tardait d'en découvrir le secret. Et quand celui-ci finit par s'offrir à ses sens bouleversés, en une explosion de plaisir jaillie de nulle part, elle rejeta la tête en arrière et laissa libre cours à l'extase qui jaillissait comme l'eau d'une fontaine dans tout son être. Confusément, elle entendit Arion lui faire écho tandis qu'il se vidait en elle.

— Je t'aime, Arion... murmura-t-elle quand il lui fut de nouveau possible de parler.

Au fond de ses yeux, elle lut le plaisir et l'émotion que lui procurait cet aveu qu'elle avait trop tardé à lui faire. Il l'embrassa tendrement, et en répondant de tout son cœur à ce baiser, Lauren s'abîma dans une fervente prière intérieure. *Seigneur, je vous en prie... faites qu'il ne meure pas.*

Lauren eut l'impression de ne pas dormir de la nuit.
Cela ne fut pas pour la surprendre. Comment lui aurait-il été possible de céder au sommeil après tout ce qui s'était passé la veille, et tout ce qui risquait de se passer ce jour-là ? Mais lorsqu'elle ouvrit les yeux pour découvrir que le feu dans l'âtre n'était plus que braises rougeoyantes, il lui fallut bien admettre qu'elle avait dû fermer l'œil un peu. Le jour n'était pas levé, cependant ; un coup d'œil à la fenêtre encore obscurcie lui permit de le vérifier.
En tournant la tête, elle vit qu'Arion, à côté d'elle, l'observait dans la pénombre qui régnait sous le ciel de lit.
— C'est pour bientôt, dit-elle.
— Je sais... répondit-il, avec un temps de retard.
— Je viens avec toi.
— Non !
Sa réponse avait fusé, instantanée, irrévocable.
— Il faut que je vienne, insista-t-elle. Je le dois.
— Non, répéta-t-il avec la même fermeté.
— Arion, tu ne comprends pas...
— Non, Lauren ! C'est toi qui ne comprends pas.
Il se redressa sur un coude et se pencha sur elle dans le même mouvement, avec une aisance et une grâce toutes masculines.
— Je ne t'entraînerai pas dans une autre bataille, reprit-il. Tu resteras ici, à Elguire. Tu y seras aussi en sécurité que possible.
— Mais tu auras *besoin* de moi là-bas ! Je pourrai peut-être leur parler, leur faire comprendre que...
— Stop ! s'écria-t-il en secouant catégoriquement la tête. Tu crois que j'accepterai de te voir blessée

encore une fois ? Tu crois que je supporterai de te voir mourir, ou rendue à *lui* ? Ne me fais pas ça, Lauren...

Le monde autour d'eux était parfaitement silencieux. D'une voix aussi tranquille que l'était la nuit autour d'eux, Lauren demanda :

— Me fais-tu confiance, De Morgan ?

Elle crut d'abord qu'il ne lui répondrait pas, mais il se décida finalement à le faire, d'une voix qui tremblait de colère.

— Oui !

Lauren roula sur le côté pour lui faire face et conclut :

— Dans ce cas, tu dois me laisser venir avec toi.

— Cela n'a rien à voir avec la confiance que j'ai en toi.

— Tu dois me faire confiance ! insista-t-elle sans tenir compte de l'objection. Tu dois te persuader que je sais ce que je fais, et que je ferai ce qui est le mieux pour moi – et je l'espère pour nous. Je ne veux pas mourir, Arion. Mais si je dois mourir...

Avant de poursuivre, elle posa la main sur son avant-bras.

— Alors je veux mourir à tes côtés. Pas ici, coincée dans cette forteresse. Pas à petit feu, en étant mariée à Payton Murdoch. Je veux me tenir à tes côtés, pour que les membres de mon clan puissent voir de leurs propres yeux ce que leur haine a forgé.

Arion se rapprocha d'elle et la prit dans ses bras. Sentir leurs corps de nouveau réuni arracha un soupir à Lauren, qui blottit son visage contre sa poitrine.

— Je ne pourrai pas le supporter, confessa-t-il tout bas. Te voir blessée en sachant que la faute m'en incombe...

— Elle ne t'en incomberait en rien ! protesta-t-elle en redressant la tête. La responsabilité en incomberait à Quinn, au conseil, à Murdoch et à son armée, pas à toi.

Arion soupira et la serra plus fort contre lui mais se garda de lui répondre.

— Laisse-moi venir avec toi ! le supplia-t-elle de plus belle. Nous avons scellé notre alliance il y a des semaines de cela, Arion De Morgan. Si elle doit s'interrompre aujourd'hui, faisons en sorte d'être ensemble.

Lauren comprit qu'elle avait partie gagné en le voyant poser son front contre le sien et la fixer au fond des yeux avec un nouveau soupir.

— Peut-être parviendrai-je à les faire changer d'avis, reprit-elle avec espoir. Peut-être voudront-ils m'écouter et réaliseront-ils leur erreur...

Elle entendit Arion conclure à mi-voix, avec fatalisme :

— Dieu nous vienne en aide !

L'aube n'en était qu'à son tout début, quand le jour n'est encore qu'une fine tranche de pâle lumière rose et vert à l'horizon de l'est. Il restait peu d'étoiles dans le ciel, non parce que la lumière naissante les avait chassées, mais à cause d'un plafond de nuages bas et noirs qui les masquait. Ainsi la nature avait-elle choisi, peut-être, de livrer son augure pour la bataille qui s'annonçait.

Le message était arrivé que les clans unis des MacRae et des Murdoch avaient lancé sur Elguire une grande armée de cavaliers, d'archers et d'hommes à pied. Ces hommes, Lauren connaissait sans doute leurs noms, leur place dans le clan, ainsi que leurs femmes et leurs enfants...

Par une ironie grinçante, ce jour de guerre aurait dû être le jour de ses noces. Mais au lieu de se préparer à rejoindre son fiancé devant l'autel, elle l'attendait sur un cheval, à l'autre extrémité de cette vallée dans laquelle les deux camps allaient s'affronter. Et dans son cœur, il n'y avait pour lui que le plus grand mépris et une colère noire.

— Trois contre un, annonça Fuller d'un ton neutre.

L'intendant se tenait à la gauche d'Arion, et Lauren à sa droite.

— Oui, répondit simplement celui-ci.

Elle ne s'était pas attendue à être aussi impressionnée, peut-être parce qu'elle n'avait jamais eu l'occasion de se trouver dans la situation délicate de devoir affronter son propre clan. Les voir tous alignés devant elle, si farouches, armés de pied en cap, suffisait à faire courir un frisson d'effroi sur son échine. Leur masse sombre s'étendait aussi loin que portait le regard.

À côté d'elle, Arion les observait lui aussi, vêtu de sa cotte de mailles, paré de son bouclier et de toutes ses armes. Tournant la tête vers elle, il posa les yeux sur la tunique qu'elle avait revêtue et sur le tartan qui la couvrait. Une broche en or garnie d'une émeraude – il avait expliqué en la lui offrant qu'elle avait appartenu à sa mère – retenait le tartan à l'épaule. Celle en forme de branche de sorbier, elle la tenait à la main, avec l'anneau serti de rubis. Et quant à elle, elle ne portait aucune arme.

Lauren se savait incapable de lever une arme contre quelqu'un de son propre clan. Devoir tuer l'un des siens lui donnerait l'impression de se tuer elle-même. Aujourd'hui, elle espérait n'avoir à recourir à aucune de ces deux extrémités. Il restait une chance – assez mince mais elle existait – dont elle devait se saisir.

Naturellement, Arion n'avait pas vu son refus d'être armée d'un bon œil. Il avait argumenté, il l'avait menacée, puis cajolée, puis suppliée, mais elle était restée ferme sur ses positions.

Après avoir jeté un dernier coup d'œil aux forces anglaises alignées dans son dos, Lauren éperonna sa monture avec les talons et s'avança au fond de la vallée, flanquée par Fuller d'un côté et par Arion de l'autre. Elle n'était pas parvenue à le convaincre de la laisser aller seule, aussi avait-elle dû transiger en faveur de ce compromis.

Elle se doutait qu'Arion envisageait d'être à ses côtés le bras armé pour la défendre, fût-ce contre son propre clan. Elle pouvait le comprendre et n'avait pas jugé utile de s'en offusquer. Si les rôles avaient été inversés, sans doute aurait-elle réagi de la même façon.

Trois hommes à cheval, côté écossais, se séparèrent de la masse des guerriers et vinrent à leur rencontre. Lauren reconnut rapidement son cousin Quinn, Payton Murdoch et James. Ils vinrent s'arrêter juste devant elle, et dès qu'elle eut à leur faire face, elle se sentit étrangement déconnectée de la situation, comme si elle n'en était qu'une spectatrice l'observant à distance.

Elle remarqua, pour la première fois, la bannière de sa famille qui flottait parmi les cavaliers, à côté d'une autre qu'elle ne connaissait pas mais dont elle se doutait à qui elle appartenait. Elle n'avait pas vu de bannière, côté anglais, quand ils avaient quitté Elguire alors qu'il faisait encore nuit. Peut-être les Anglais n'utilisaient-ils pas de bannières. Ou alors, peut-être en utilisaient-ils mais Arion n'en avait-il pas lui-même.

Lauren soutint le regard méprisant de Murdoch sans ciller. Elle n'avait pas peur de lui. Si elle avait quelque chose à redouter, c'était de son propre clan.

— Rentre avec nous à Keir, Lauren... lui lança Quinn d'un ton égal.

— Non, répondit-elle fermement.

— Trahison ! s'exclama James avec outrance.

— Si trahison il y a, ce n'est pas de moi qu'elle vient ! s'insurgea-t-elle. Je ne trahirai jamais notre clan ni notre honneur ! Je n'irai jamais rôder comme un chien pour attaquer un allié dans le dos... La trahison, si vous tenez à en trouver, c'est dans votre cœur qu'il faut la chercher !

— Ce n'est pas *lui*, notre allié ! reprit James en jetant un regard moqueur à Arion.

— Il a été bien plus votre ami que celui qui se trouve à vos côtés ! répliqua-t-elle. Le comte De Morgan s'est conduit avec loyauté envers vous, il vous a défendus, il s'est battu pour vous, pour moi et pour tout notre clan. Il a presque donné sa vie pour sauver Shot, et vous l'en remerciez en complotant sa mort !

Sans laisser à James le temps d'intervenir, Quinn dressa une main devant lui et s'étonna :

— De quel complot parles-tu, Lauren ?

Elle hésita un instant et reporta son attention sur Murdoch, dont le visage calme et serein ne reflétait aucune émotion.

— Du sien ! répondit-elle en le fixant longuement. Du plan de Payton Murdoch pour attaquer Elguire et s'emparer de Shot. N'essayez pas de me prendre pour une idiote !

Quinn la regarda fixement sans paraître comprendre. Lauren le connaissait si bien qu'elle sut immédiatement à quoi s'en tenir : il ignorait tout de ce qui était en train de se passer. Murdoch ne lui avait rien révélé de ses véritables intentions.

— Elle n'a pas toute sa tête, c'est l'évidence... susurra celui-ci de sa voix lénifiante. Cette faiblesse de son esprit est bien embêtante.

— Je ne dis que la vérité ! assura Lauren en s'efforçant de rester calme. Tu sais que je ne mens pas. Tu le sais !

— Pauvre enfant... renchérit Payton Murdoch. Que t'a-t-il donc fait ?

— Elle a perdu l'esprit... marmonna James.

Du coin de l'œil, Lauren vit Arion s'agiter sur sa selle. La main posée sur la poignée de son épée, il arrivait encore à se contenir mais paraissait sur le point d'exploser d'une colère vengeresse. Elle s'adressa à son cousin pour lui expliquer :

— La nuit dernière, Payton Murdoch m'a révélé qu'il avait l'intention de prendre le contrôle de toute l'île de Shot, qu'il voulait unir nos deux clans tout de suite après les noces pour lancer sur les Anglais une attaque surprise dont ils ne se remettraient pas.

Quinn, déstabilisé, observa brièvement Murdoch, qui lui dit d'un ton moqueur :

— Vous ne m'aviez pas dit, MacRae, que ma future femme était sujette à des telles bouffées délirantes...

— Lauren... protesta Quinn en secouant la tête d'un air sévère. Qu'est-ce que tu racontes ? Cela n'a pas de sens.

— C'est la vérité ! Toutes ces choses, il me les a dites ! Il déteste les Anglais, et il veut mettre la main sur Shot. Quand j'ai protesté, il m'a dit que nous nous installerions à Elguire, qu'il en ferait un cadeau de mariage pour moi !

Lauren se rendit compte qu'elle s'était exprimée de manière trop vindicative, pas assez convaincante.

— Pourquoi mentirais-je ? reprit-elle d'une voix plus posée. Pourquoi aurais-je pris de tels risques pour quitter Keir et aller avertir les Anglais ? Pourquoi prendrais-je le risque de bafouer l'honneur de mon père si ce n'est par crainte de voir mon propre clan lui tourner le dos en prêtant son concours à cette infamie ?

Personne ne lui répondit, pas même Murdoch. Les chevaux commencèrent à s'agiter. L'un d'eux lança un long hennissement nerveux. Derrière les trois hommes, Lauren vit les bannières se colorer des premiers feux du soleil levant.

En se tournant vers Arion, elle vit qu'il se tenait toujours sur ses gardes. Les yeux plissés, il ne cessait de surveiller Murdoch, prêt à tout, la main sur la poignée de son épée. À tout moment, la situation pouvait dégénérer et une guerre éclater.

— En dépit de sa faiblesse d'esprit, je l'épouserai... annonça Murdoch à la cantonade. Oublions ce qui vient de se passer, MacRae. Je le lui pardonne. Mais finissons-en ! Reviens vers moi, Lauren. Aucun de nous ne veut verser le sang.

Lauren avait du mal à en croire ses oreilles. Il paraissait si normal qu'on aurait pu le prendre pour un amoureux soucieux de récupérer sa belle. Il s'adressait à elle comme à une enfant coupable d'un menu larcin et qui mérite d'être légèrement réprimandée.

— Personne n'a besoin d'une nouvelle guerre, reprit-il en lui souriant d'un air engageant. Reprends tes esprits, Lauren. Tu seras heureuse, avec moi. Je te le promets.

Il était en train de tous les convaincre, songea-t-elle rageusement. Si elle ne faisait rien, il allait gagner. Comment se faisait-il qu'elle était la seule à ne pas se laisser berner par ses dehors débonnaires ?

— Regardez ce que votre cher Murdoch m'a fait ! s'écria-t-elle.

D'un geste, elle défit l'agrafe de sa cape, qui glissa de ses épaules sur le dos de son cheval et jusqu'au sol. Lauren se dressa sur sa selle et tira d'un coup sec sur le col de sa tunique, autant qu'elle le put.

— Regardez ! cria-t-elle, renversant la tête en arrière pour exposer son cou.

Tous pouvaient voir ce qu'elle avait soigneusement caché jusque-là. Tel un sinistre collier, un cercle de bleus profondément marqués dans sa chair lui enserrait la base du cou. Telle était la marque qu'avaient laissée les mains de Murdoch en se posant jour après jour sur elle, au même endroit, pour la faire suffoquer. C'était devenu un petit jeu pour lui, une routine, afin de la faire enrager peut-être, ou pour mieux la soumettre. Elle n'en savait rien, mais elle savait l'effet que produirait cette preuve sur les siens.

Quinn en fut horrifié. Même James parut choqué. Arion, les yeux étincelants de fureur, fit avancer son destrier d'un pas en direction de Murdoch.

— C'est l'Anglais qui lui a fait ça ! lança celui-ci, sur la défensive, en faisant reculer sa monture.

Lauren relâcha sa tunique mais resta debout sur ses étriers et s'insurgea, le doigt pointé vers lui :

— C'est *toi* ! C'est toi qui as fait ça ! Toi et ta méchanceté. Tu nous abuses, depuis que tu es arrivé ici – et même avant ! Tu as trompé mon père avec tes mensonges. Tu es parvenu à duper le conseil et mon clan. Mais je ne te laisserai pas détruire ma famille avec cette bataille dans laquelle tu l'entraînes – pas avant de lui avoir montré qui tu es réellement !

Arion dégaina son épée.

— Je vais te tuer, espèce de salaud ! annonça-t-il avec un sourire sinistre et la plus parfaite conviction.

— Je vous dis que c'est *lui* qui a fait ça ! s'emporta Murdoch en s'adressant à Quinn et James.

Sa façade de sereine affabilité commençait à se fissurer.

— Ne l'écoutez pas ! s'exclama-t-il de plus belle. Ce n'est qu'une femme, et elle est folle !

— Mes hommes sont-ils prêts ? demanda Arion à Fuller.

— Oui, milord... répondit celui-ci.

— Je suis la fille de Hebron MacRae, déclara Lauren avec dignité. Je ne suis pas folle, ni faible d'esprit, et je ne suis pas une menteuse. Je ne dis que la vérité. Si quelqu'un le sait, c'est bien toi, Quinn. Je ne pactiserai jamais avec l'ennemi. Voilà pourquoi je refuse de me ranger sous la bannière de Payton Murdoch. Alors tuez-moi si cela vous chante ! Mais je ne me joindrai jamais à vous, ni à lui, dans cette bataille. J'ai choisi le comte De Morgan, qui s'est toujours conduit avec nous de manière honnête et franche. J'ai choisi l'honneur !

Sur ce, elle jeta sur le sol, devant le cheval de Murdoch, la broche en argent et l'anneau serti de rubis. Après avoir brièvement lui au soleil, ils tombèrent dans l'herbe avec un bruit mat. Un grand silence s'ensuivit. Ce fut Quinn, en se tournant vers Murdoch, qui le brisa.

— Il semble que les fiançailles soient rompues, dit-il.

Un sentiment d'allégresse, dans lequel entrait une bonne part de soulagement et de triomphe, souleva Lauren.

Murdoch parut stupéfait, puis furieux, d'entendre cela.

— Vous ne pouvez pas me faire ça ! protesta-t-il avec véhémence. Vous ne pouvez pas la croire ! Qu'avez-vous fait de votre bon sens ? Allez la récupérer, et que la bataille commence !

— Faites donc, je vous en prie... susurra Arion, l'épée brandie devant lui et pointée en direction de Murdoch. Laissez-moi vous montrer comment je vous tuerai avec franchise et honnêteté !

— C'est votre chance, saisissez-la ! cria Murdoch à l'intention de James et Quinn autant qu'à celle des hommes qui patientaient derrière eux. C'est le bon endroit et le bon moment ! Nous les surpassons en nombre ! Nous allons les écraser ! Alors, Shot sera toute à nous !

— À nous ? répéta Quinn d'un ton suspicieux.

Sur sa lancée, Murdoch n'y prêta pas attention et poursuivit :

— Imaginez un peu cela, MacRae : toute l'île de Shot réunifiée sous la protection de la couronne écossaise, pour notre plus grande gloire ! Vous haïssez autant que moi ces Anglais. Vous connaissez leur malice, leur fourberie. Nous unirons nos clans par le mariage *et* par la guerre ! Nous gagnerons cette bataille et tout sera terminé, pour toujours ! Balayons-les ! Montrons-leur que nous ne les tolérons pas un instant de plus ici ! Tuons-les tous, et que leur sang répandu soit pour leur roi la preuve que *nous* sommes les maîtres ici !

— Tuons-les tous... répéta James.

Mais il y avait dans le ton de sa voix une méfiance à laquelle Murdoch ne prit pas garde.

— Je vois que vous au moins vous me comprenez ! triompha-t-il. Vous savez, comme moi, que Shot et ses richesses peuvent être nôtres, que nous seuls sommes destinés à régner sur cette île !

Troublé, James regarda longuement Quinn, puis Lauren.

— Nous as-tu dit la stricte vérité, lass ? demanda-t-il.

— Oui, répondit-elle en soutenant son regard.

— Non ! s'insurgea Murdoch. Elle n'est qu'une catin intrigante et menteuse !

Arion fit de nouveau avancer son cheval, mais Quinn le prit de vitesse. Dégainant son épée, il en pointa l'extrémité en direction de Murdoch. Par ce geste, Lauren reconnut Hebron MacRae en lui.

— La cause est entendue, déclara-t-il fermement. Rassemblez vos hommes et quittez cette île. Les fiançailles sont rompues. Notre alliance également.

— Vous ne pouvez pas me faire ça... protesta Murdoch, les yeux exorbités, en secouant la tête. Espèce d'idiot ! Vous ne pouvez pas me priver au dernier moment de ce que j'ai mis si longtemps à obtenir !

— Shot n'est pas à vous, répliqua Quinn. Et ne le sera jamais. Il n'a jamais été question de cela.

— Qu'en savez-vous ? railla Murdoch avec un rictus méprisant.

Il fit reculer sa monture pour se mettre à l'abri des épées pointées vers lui avant d'ajouter :

— Voilà trop longtemps que j'attends ce jour. Seigneur ! Dire que j'ai dû me résoudre à épouser cette sorcière pour pouvoir mettre un pied ici... Je n'ai même pas besoin de vous, MacRae ! Je peux remporter seul cette bataille. Mes hommes sont entraînés. Ils m'obéissent au doigt et à l'œil. Si vous êtes trop faible et trop borné pour régner sur cette terre correctement, alors je prendrai volontiers votre place ! Voilà des années que Shot aurait dû me revenir. Le clan Murdoch devrait occuper cette île – toute cette île – depuis toujours. Elle fait partie intégrante de notre territoire.

— Blasphème ! hurla James en dégainant son sabre à son tour.

Lauren entendit, derrière lui, un millier d'hommes se mettre à gronder, à s'interpeller, à lancer des insultes, brisant la parfaite immobilité dans laquelle ils se cantonnaient depuis le début de l'affrontement.

— Vous ne gagneriez pas, fit tranquillement observer Quinn. Mais je préfère ne pas avoir à vous le prouver. Faites retraite tant qu'il en est encore temps, Murdoch. Je vous fais cette offre en toute loyauté, en souvenir des liens qu'ont partagés nos clans jusqu'à ce jour. Quittez Shot au plus vite. Et n'y revenez jamais.

Murdoch ne réagit pas à cette offre. Lauren le vit estimer ses chances de succès en jaugeant l'importance des troupes anglaises derrière elle, puis ses propres hommes mêlés aux forces du clan MacRae à l'autre extrémité de la vallée. Sa monture, agitée, recula de quelques pas en secouant la tête.

— Il semble bien, commenta Arion d'une voix menaçante, que c'est *nous* qui vous surpassons en nombre à présent.

Payton Murdoch fit faire demi-tour à son cheval et se lança au galop vers les lignes écossaises en criant, l'épée au clair :

— À l'attaque ! À l'attaque !

Ses hommes dévalèrent les coteaux herbeux en poussant des cris de guerre. Lauren vit Quinn faire lui aussi demi-tour et tenter de rattraper Murdoch en hurlant ses propres ordres, couverts par le bruit de la bataille. La plus grande confusion régnait dans les rangs écossais, désorganisés. Ceux du clan MacRae, suivant les ordres de leur laird, tentaient de se regrouper. Ceux du clan Murdoch tentaient de les contourner pour se ruer vers les Anglais.

— Va te mettre à l'abri ! cria Arion à Lauren, en essayant de s'emparer de ses rênes. Va te mettre à l'abri derrière mes hommes !

Elle était toujours désarmée. Le bruit et l'agitation rendaient son étalon nerveux. Il poussa un long hennissement et se cabra, la prenant par surprise, mais elle parvint à le calmer et à lui faire faire demi-tour en direction des lignes anglaises, qui faisaient mouvement elles aussi.

Lauren, le cœur lourd, ne savait que faire ni penser. Sa chance était passée. La journée tournait au cauchemar, au désastre. Les Écossais allaient tuer les Anglais, qui allaient eux-mêmes tuer des Écossais. Murdoch pouvait encore l'emporter. En profitant de la confusion ambiante, il pouvait…

Quelque chose vint la heurter de plein fouet par le côté, lui infligeant une douleur cuisante à l'épaule. Déstabilisée, Lauren tomba de cheval et alla rouler dans l'herbe encore émaillée de plaques de neige, aveuglée et le souffle coupé.

Au loin, il lui sembla entendre quelqu'un crier son nom. Cette voix familière parvenait à se faire entendre d'elle par-dessus le fracas de la bataille. Quand il lui fut de nouveau possible de distinguer quelque chose, Lauren leva les yeux et vit la silhouette noire d'un homme à cheval qui la dominait, sur un fond de ciel pourpre.

Murdoch mit pied à terre devant elle.

— Tu crois avoir gagné, garce ! lança-t-il avec une haine qu'il ne cherchait plus, désormais, à enrober de paroles mielleuses. C'est toi qui as ruiné tous mes plans si soigneusement établis, et de si longue date !

De nouveau, Lauren entendit la même voix crier son nom, mais plus proche d'elle cette fois.

Murdoch se pencha dans son dos et lui empoigna les cheveux pour la hisser vers lui. En grimaçant de douleur, elle s'agrippa à sa main.

— Mais je vais quand même gagner ! cria-t-il en se baissant pour se faire entendre d'elle malgré le tumulte ambiant. Tu n'auras pas réussi ton coup. Quel dommage que le poison pour lequel j'ai payé ne t'ait pas tuée, il y a des années de cela, quand tu te trouvais à la merci d'un comte anglais plus digne d'intérêt que celui-ci. Sans toi, ton père n'aurait eu aucun moyen de négocier une alliance. Hélas, il m'a fallu promettre de t'épouser pour espérer parvenir à mes fins. Tu es une plaie pour moi, Lauren MacRae, et tu l'as été toute ta vie. Je vais pouvoir enfin me débarrasser définitivement de toi !

Avec un rire de dément, il dégaina son épée et la pointa vers la poitrine de Lauren. Elle tenta de crier mais ne parvint qu'à pousser un faible couinement. Elle s'agrippait toujours à la main qu'il avait crochetée dans ses cheveux, pour ne pas crier de douleur. Mais il lui fallut bien le lâcher pour tenter de lui donner un coup de poing. Sans qu'elle l'ait véritablement voulu, celui-ci l'atteignit à l'entrejambe. Murdoch se plia en deux en poussant un rugissement de souffrance. Lauren ne perdit pas une seconde. Elle fit volte-face et profita de son moment de faiblesse pour s'emparer de son épée.

Les rôles étaient inversés et c'était elle à présent qui menaçait de transpercer la poitrine de son agresseur. Murdoch avait lâché son arme, mais pas les cheveux de Lauren. Agenouillés dans la boue, les yeux dans les yeux, ils s'affrontaient du regard.

— Rappelle tes hommes ! ordonna-t-elle en accentuant la pression de l'épée sur sa poitrine.

Derrière lui, elle pouvait voir une mêlée d'hommes qui se battaient, leurs tartans volant autour d'eux, mais il lui était impossible de déterminer qui se battait contre qui. La propre bataille qu'elle avait à mener l'occupait trop.

Les yeux de Murdoch luisaient d'une lueur meurtrière. Ils lui faisaient penser à ceux de ces requins que les pêcheurs ramenaient parfois à terre.

— Tu n'y arriveras pas, Lauren ! lança-t-il d'une voix grinçante. Tu n'en auras pas le courage. Jette cette épée, femme, et laisse-moi conclure cette journée comme il se doit !

D'un coup sec, il tira plus fort sur ses cheveux. Lauren en fut déstabilisée mais parvint à garder son équilibre et à ne pas lâcher son arme. Elle lui offrit son propre sourire carnassier et lui lança, pleine de mépris et de morgue :

— Tu ne me connais pas, petit homme. La mort d'un traître ne signifie rien pour moi.

Pour bien le lui prouver, elle leva le coude et enfonça la pointe de l'épée dans sa poitrine. Sur sa tunique, une fleur rouge commença à s'épanouir.

— Rappelle tes hommes ! répéta-t-elle d'une voix glaciale. Tout de suite !

Le visage de Murdoch avait blêmi. Tout son corps s'était figé.

Du coin de l'œil, Lauren crut voir les combattants autour d'eux cesser de se battre et commencer à se séparer. Était-ce réellement ce qui était en train de se produire ? La bataille pouvait-elle s'arrêter sans qu'il en ait donné l'ordre ?

Soudain, profitant de sa distraction, Murdoch lui fit une prise vicieuse qui les envoya tous deux à terre. Elle sentit l'épée s'aplatir entre leurs corps plaqués l'un contre l'autre. Ils firent dans l'herbe et la boue quelques tonneaux, à l'issue desquels Murdoch réussit à lui subtiliser l'épée, dont il pointa l'extrémité contre sa gorge.

Un cri terrifiant, semblable à celui d'un démon, retentit tandis qu'une ombre tombait sur eux. Celle-ci fondit sur Murdoch et se saisit de lui à bras-le-corps, l'entraînant en roulant sur le sol loin de Lauren.

Quand ils s'immobilisèrent, elle vit que l'ombre-démon n'était autre qu'Arion. Les deux hommes se toisaient, chacun bloquant l'épée de l'autre avec la sienne. Lauren se redressa et s'approcha d'eux en silence. À la ceinture de Murdoch, elle eut tôt fait de s'emparer de la dague qu'elle cherchait. Furieux, celui-ci tourna la tête vers elle en s'apercevant de ce qu'elle faisait. La dague précieusement serrée dans son poing, Lauren se dégagea et cria à Arion :

— C'est lui qui a payé pour m'empoissonner !

Murdoch tira immédiatement avantage du regard troublé qu'Arion adressa à Lauren. De sa main libre, il assena à son adversaire un coup de poing au menton. Les deux hommes s'empoignèrent de plus belle et basculèrent de nouveau à terre. Une épée tomba avec un bruit mat dans l'herbe. À présent, c'était Murdoch qui avait le dessus. Arion avait perdu son arme.

Lauren se dirigea vers lui, la dague brandie, prête à le poignarder dans le dos, mais une main ferme lui retint le bras.

— Non, lass… dit une voix qu'elle connaissait bien. Laisse-nous faire.

Pendant que James la retenait, Quinn était allé rejoindre les deux combattants. En menaçant Murdoch de la pointe de son épée posée contre son cou, il lui ordonna :

— Relève-toi. Tu as perdu.

Lauren vit alors qu'autour d'eux des hommes se rassemblaient, MacRae et Anglais mélangés. Aucun d'eux ne se battait plus et tous observaient gravement l'affrontement des deux lairds et du comte.

Un peu plus loin dans la vallée, elle vit que les hommes de Murdoch avaient été rassemblés. Eux aussi observaient avec effarement ou une franche hostilité ces MacRae, hier alliés, qui les retenaient prisonniers. Les soldats anglais avaient pour la plupart regagné leur côté de la vallée, Fuller à leur tête. L'épée au clair, il surveillait le combat des chefs, prêt à intervenir en cas de besoin.

— C'est lui qui a essayé de m'empoisonner ! lança Lauren d'une voix tremblante et un peu trop aiguë. Quand j'étais prisonnière de Snyder De Morgan… C'est Payton Murdoch qui a soudoyé un sbire pour m'assassiner.

— C'est vrai, intervint Quinn. J'étais suffisamment proche d'eux pour l'entendre le lui avouer, mais je crois que De Morgan l'était davantage encore.

Après avoir fait pivoter la pointe de son épée contre le cou de Murdoch, il ajouta sèchement :

— J'ai dit : debout !

Murdoch s'exécuta lentement. Son épée, qu'il n'avait pas lâchée, pendait mollement au bout de son bras. Quinn continuait de menacer de lui trancher la gorge.

Lauren se libéra de la poigne de James et courut rejoindre Arion pour l'aider à se relever. Dès qu'il fut sur pied, il l'entoura de ses bras. Tous deux étaient couverts de sang et de boue, mais vivants. À cause du froid qui engourdissait ses doigts ou de l'émotion qui l'étreignait, elle sentit la dague lui échapper. Arion, qui s'en était aperçu, l'en débarrassa.

Un silence surnaturel était retombé sur le champ de bataille, comme si les oiseaux et le vent eux-mêmes avaient décidé de faire une pause pour observer la scène.

Lauren, encore sous le choc de la révélation qu'il venait de lui faire, lança à Murdoch d'une voix grondante de colère :

— Vous avez voulu m'empoisonner... alors que je n'étais encore qu'une petite fille... vous, l'allié de notre clan...

— Sans ce domestique anglais, nous n'en serions pas là aujourd'hui ! railla-t-il d'un air narquois. Imagine ce qui se serait passé s'il avait réussi à te faire avaler ce potage lui-même, comme il était censé le faire... J'aurais conquis cette île il y a des années, sans avoir à attendre que ton père se décide à me donner la main de sa précieuse fille.

— Un domestique anglais... répéta Arion, comme dans un rêve éveillé.

Murdoch se rembrunit. Ignorant superbement Arion et Lauren, il fit face à Quinn et lui dit :

— Tuez-moi, MacRae, si vous l'osez. Tuez-moi et apprêtez-vous à subir la colère de notre roi et de tous les patriotes écossais.

— Vous nous avez bien déçus, Murdoch... Je vous l'accorde. Mais regardez autour de vous.

D'un signe de tête, Quinn désigna les hommes regroupés sous bonne garde dans la vallée et reprit :

— Vous êtes fichu. La plupart de vos hommes ont refusé de se battre pour une cause qu'ils savaient perdue d'avance. Eux pourront au moins quitter cette île sans y avoir perdu leur liberté. Mais vous... Je vous garantis que vous passerez en procès pour répondre de cette forfaiture.

— Ce n'était pas Nora... murmura Lauren, s'adressant à Murdoch. Ce n'était pas sa faute. Vous avez soudoyé un domestique des cuisines, n'est-ce pas ? Vous l'avez payé pour verser le poison dans la soupe qu'elle avait préparé pour moi... Nora n'était pas du tout au courant !

Les lèvres pincées en un sourire caustique, Murdoch garda le silence. Lauren tourna la tête vers Arion et ajouta :

— Elle ne savait pas... Il l'a utilisée, mais elle n'était au courant de rien !

En périphérie de son champ de vision, elle vit alors quelque chose fondre sur elle à la vitesse de l'éclair. Elle reconnut l'éclat létal d'une lame d'épée, mais trop surprise par l'irruption de cette mort silencieuse, elle n'eut pas le réflexe de chercher à lui échapper.

L'instant d'après, d'un brusque coup d'épaule, Arion l'envoya bouler au sol. Lauren parvint à se recevoir sur ses mains tendues devant elle, sans pouvoir empêcher sa tempe d'aller heurter violemment la terre. Groggy, elle ferma les yeux et secoua la tête pour récupérer ses esprits. Et quand elle les rouvrit, elle vit Arion à califourchon sur le corps de Murdoch. Face contre terre, celui-ci avait encore à la main l'épée qui avait failli la tuer. De son dos dépassait la poignée de sa propre dague, qu'elle lui avait volée.

— Je t'avais dit que je te tuerais... maugréa Arion.

Puis, il se releva d'un bond et alla aider Lauren à se remettre sur pied. Après avoir refermé ses bras autour d'elle, il la serra si fort qu'elle en eut le souffle coupé. La tête penchée vers elle, il lui embrassa tendrement le front. Elle seule put ainsi percevoir le tremblement qui s'était emparé de lui.

— Je vais aller annoncer au roi que Payton Murdoch a été tué au cours de la bataille qu'il a lui-même provoquée, proclama Quinn d'une voix haute et claire. Dans le tumulte des combats, personne n'a pu voir qui l'a tué.

Surpris, Arion redressa la tête.

— C'était le prix à payer pour que justice soit faite, poursuivit Quinn en le fixant au fond des yeux. Il a eu ce qu'il méritait, pour l'injustice qu'il a provoquée, pour le complot qu'il a ourdi, et pour la trahison du clan MacRae.

Dans l'assistance, nombreux furent ceux qui l'approuvèrent à mi-voix.

— Les Anglais se sont battus bravement et loyalement à nos côtés, ajouta Quinn en se tournant vers ses hommes. Cela aussi, je le dirai à notre roi.

Puis, se tournant vers James :

— Fais en sorte que ses hommes quittent notre île au plus vite. Renvoie-les chez eux porteurs d'un avertissement : nous ne tolérerons aucune autre trahison de ce genre. Le clan MacRae s'est découvert sur son île un nouvel allié.

Après avoir salué Arion d'un bref hochement de tête, il conclut :

— Shot ne tombera aux mains d'aucun envahisseur, qu'il soit viking ou écossais.

James acquiesça d'un hochement de tête et s'éloigna en aboyant des ordres à ses hommes autour de lui.

Au-dessus de leurs têtes, le soleil avait entamé son ascension et prodiguait sa chaleur bienfaisante, illuminant le ciel et les derniers nuages de ses rayons glorieux.

— Viens, mon aimée... murmura Arion à l'oreille de Lauren.

Sa main ferme s'était refermée sur son épaule. Elle le suivit sans hésiter.

— Lauren ? appela Quinn, avant qu'ils aient pu faire trois pas.

Sans se soustraire à l'étreinte rassurante d'Arion, elle tourna la tête vers son cousin.

— Oui ?

— Reviendras-tu chez toi, lass ? demanda-t-il d'une voix tendue.

— Mais je suis chez moi, répondit-elle d'une voix égale.

Puis, confiante et sereine, elle se laissa entraîner par l'homme qu'elle aimait vers l'avenir qui les attendait.

Épilogue

C'était une belle journée, claire et lumineuse. Une douce brise soufflait du large sur les invités, agitant par intermittence robes, tuniques et tartans.

Le mariage se déroulait au beau milieu de la plage qui marquait la séparation entre les deux moitiés de l'île. Lauren avait fait en sorte de s'en assurer en demandant à Arion de partir d'un bout de celle-ci, tandis qu'elle-même démarrait de l'autre. Ils avaient marché du même pas, et au point où ils s'étaient rencontrés, Lauren avait planté une branche de chêne dans le sable en décrétant :

— Ce sera ici !

Arion et Hannah avaient ri d'elle. Rapidement, elle s'était jointe à eux. Après avoir enfoncé plus profondément la branche, Arion avait renchéri :

— Aye ! Ici ce sera !

Et c'était bien là, effectivement, que le clan MacRae avait rejoint les De Morgan en ce jour de noces, face à l'océan qui roulait sans fin ses vagues vertes et bleues, couronnées d'écume blanche.

Debout à côté de Lauren, Arion lui avait pris la main pour que l'on puisse nouer autour de leurs poignets le ruban traditionnel symbolisant leur union. Ce faisant, il nota une fois encore la beauté de son poignet fin et la splendeur de ses cheveux couleur de cuivre dansant au vent.

Il n'avait pas oublié qu'il n'y avait pas si longtemps, il avait failli mourir sur cette plage, en ce jour où, allongé sur le sable, il avait regardé, subjugué, un feu follet habillé d'un tartan lui sauver la vie.

À bien y repenser, il avait l'impression d'avoir vécu en quelques semaines en compagnie de Lauren toute une vie. Et ce faisant, il avait gagné avec elle une part d'éternité. Son existence, qui avait été sur le point de s'achever de toutes les manières possibles, avait été régénérée et fécondée en un laps de temps très court par la femme qui se trouvait à ses côtés. Arion avait vu un miracle se produire sur cette plage. Il n'y avait donc rien de plus naturel que leur union y soit célébrée.

D'un regard en biais, il observa la réaction de Lauren tandis que le prêtre célébrait le rituel. Elle avait l'air si grave, si concentrée... Ses longs cils recourbés déposaient une ombre sur ses yeux couleur ambre. Ils étaient si troublants qu'ils lui donnaient un coup au cœur chaque fois qu'ils se posaient sur lui.

Arion ne put s'empêcher de laisser son regard s'aventurer plus bas, jusqu'au décolleté généreux de sa robe, que son tartan ne parvenait pas à cacher. Sa peau d'albâtre et de rose semblait rayonner. Le souffle léger, la voix claire, elle répéta les vœux que le prêtre lui dictait.

Quand elle eut terminé, elle prit prétexte de rajuster un pli de sa robe pour lui couler un regard en biais, plein de malice. La distraction de son futur époux ne lui avait pas échappé. Arion lui rendit son sourire, comme il le faisait chaque fois. C'était un autre miracle qu'elle avait su accomplir : réveiller en lui la joie et la légèreté du cœur qu'il n'aurait jamais imaginé pouvoir y trouver.

C'était fait. Elle était désormais Lauren, comtesse De Morgan. Arion serra la main de sa femme très fort dans la sienne et regarda l'extrémité du ruban violet qui ceignait leurs poignets flotter gaiement au vent.

La célébration du mariage dura toute la journée et une bonne partie de la nuit, d'abord à Keir, puis à Elguire, les deux familles allant librement d'un château à l'autre. Les vœux de bonheur d'abord un peu guindés dans certaines bouches cédèrent la place à des, réjouissances bien plus spontanées au fur et à mesure que l'heure avançait. Au creux de la nuit, il n'y eut plus qu'une seule communauté à se réjouir : celle des gens de Shot.

Tout sourire, Lauren glissait parmi les convives des deux bords avec un mot pour chacun. Le vieux chef du village de Dunmar eut droit à un baiser, mais c'est sa cousine Kenna, berçant dans ses bras son petit dernier, qu'elle retrouva avec le plus d'enthousiasme. Chaque fois que sa femme passait près de lui, Arion faisait en sorte de l'intercepter, de l'embrasser tout son soûl et de ne la relâcher qu'avec grande réticence.

Et dès qu'elle s'éloignait, il ne manquait pas de noter dans l'assemblée quelques petits détails porteurs d'espoir. Rhodric était assis à côté d'une charmante jeune femme, qui monopolisait toute son attention depuis le début de la soirée, mais celle-ci portait une robe indéniablement anglaise. Fuller et Hannah, assis l'un près de l'autre, sereins et plus amoureux que jamais, semblaient être les parfaits ambassadeurs de cette ère nouvelle qu'il voulait voir se lever sur Shot.

Deux jours auparavant, Arion avait annoncé à Lauren :

— Je veux une vie tranquille.

Surprise, elle avait levé les yeux du plan sur lequel elle prévoyait avec une précision toute militaire l'emplacement de chacune des deux familles lors de la cérémonie.

— Ça, c'est quelque chose que je ne peux tout à fait te promettre, avait-elle répondu, l'œil brillant.

— Plus de guerres ! avait-il insisté en repoussant le plan pour attirer Lauren à lui. Plus de batailles ni de sang. J'ai assez de cicatrices comme ça.

— Plus de batailles, avait-elle consenti en le repoussant pour en revenir à son plan. Mais une vie ne peut jamais être tout à fait *tranquille*. Du moins, pas parfaitement.

— La nôtre le sera.

Les réticences de Lauren n'avaient servi à rien. Il avait réussi à la prendre dans ses bras et l'avait embrassée si passionnément que les jeunes femmes présentes dans la pièce s'étaient couvert la bouche et avaient rosi en écarquillant les yeux.

Au moins pour ce premier jour de leur vie commune, constata Arion avec satisfaction, le pari était gagné : il n'y avait pas eu de bataille rangée entre les deux camps, ni même de tensions. Ce jour de leurs noces semblait un parfait moment de bonheur suspendu, comme dans un rêve. Ou plus exactement, corrigea-t-il en son for intérieur, comme par magie. Les rêves s'effacent quand vient le jour, alors qu'il avait juré à Lauren une dévotion constante et éternelle.

Il le lui prouva, cette nuit-là, en l'enlevant pour la cacher en haut d'une tour qu'il avait spécialement aménagée. Là, personne ne pourrait venir les harceler comme l'exigeait la tradition de la nuit de noces.

Arion fit l'amour à sa femme sur des coussins recouverts de fourrures, à la lumière de chandelles qui répandaient de suaves parfums dans la pièce.

Une fenêtre ronde, au-dessus d'eux, leur garantissait le grand air et la complicité de la lune et des étoiles.

— À quoi pensais-tu, au cours de ce repas ? s'enquit Lauren d'une voix rêveuse, quand ils se furent rassasiés du corps l'un de l'autre.

Ses cheveux répandaient leur voile d'un rouge cuivré sur la blancheur de ses épaules nues.

— Au cours du repas ? répéta Arion en glissant ses doigts entre les mèches soyeuses de sa chevelure. Je pensais à ce que nous allions faire au sommet de cette tour. Je songeais à ton sourire lorsque tu es contente... comme à cet instant.

Lauren cacha sous sa main un petit rire mutin et le repoussa gentiment dans les fourrures et les coussins qu'ils avaient dispersés dans le feu de la passion.

— Je ne parlais pas du repas de ce soir, corrigea-t-elle.

Son sourire était *réellement* un délice pour lui. Et l'or de ses yeux un trésor. Reprenant son sérieux, elle précisa :

— À Dunmar, la nuit où tu es arrivé avec tes hommes et que tu as mangé avec nous dans la maison commune. Tu n'as pas touché à la nourriture et tu as passé ton temps à me regarder d'une manière...

Sa voix se perdit dans un murmure, d'une manière qui suggérait la provocation et la timidité à la fois.

— Oh ! Cette nuit-là ! fit-il mine de s'étonner.

Arion se réinstalla confortablement dans leur petit paradis improvisé et attira Lauren au creux de ses bras, avant de tirer sur eux la plus chaude des couvertures.

— Je pensais à toi, ma belle Lauren... répondit-il. Et je me demandais à quoi ressembleraient tes enfants. Ce qui m'intriguait le plus, c'était de savoir s'ils auraient tes yeux.

Blottie contre lui, Lauren demeura songeuse un long moment. Puis, dubitative, elle demanda :

— Vraiment ?

— Bien sûr ! s'exclama-t-il, indigné. Vraiment...

Sous la couverture, Lauren se glissa souplement au-dessus de lui, jusqu'à ce que son corps recouvre complètement le sien et que ses cheveux retombent autour de son visage, les isolant du reste du monde.

— Il serait peut-être temps de le vérifier, suggéra-t-elle avec un sérieux que démentaient les coins de sa bouche retroussés.

— Oui, répondit-il en refermant ses bras autour d'elle. Ce serait une bonne idée.

— Suis-je ta prisonnière, De Morgan ?

— Non, mon amour, répondit-il tendrement. Il me semble plutôt que c'est moi, ton prisonnier.

Sans attendre, Arion se fit un devoir de le lui prouver en la couvrant de baisers. Par ses caresses, il lui démontra qu'à elle seule appartenaient son cœur, son corps, son esprit et tout ce qu'il y avait de bon en lui.

Comme pour rendre un culte à la femme qui avait comblé son cœur, il l'aima avec toute la passion et toute la gratitude dont son âme était capable. Pour que demeure dans sa vie et au creux de ses bras tout ce que le monde avait à offrir de grâce, de générosité et de beauté, il était prêt à se résigner avec joie à une éternelle captivité.

AVENTURES & PASSIONS

5 avril

Anne Warren Tracy
Libertinage à Cavendish Square - Si libre, si conquise
Inédit

Lorsque lady Esme Byron découvre un homme nu endormi au bord d'un lac, elle ne résiste pas à l'envie de le croquer sur le papier. Mais son très inconvenant dessin est malencontreusement révélé aux yeux de tous lors d'une réception, ruinant sa réputation. Ses six frères furieux forcent l'innocent modèle à épouser leur sœur. Lord Northcote, bon vivant et jouisseur cynique, se retrouve ainsi marié sans l'avoir souhaité.

✦

Julia Quinn
Les deux ducs de Wyndham - Le brigand
Inédit

Depuis demoiselle de compagnie auprès de la duchesse de Wyndham, Grace rêvait d'une autre vie. Un jour, des voleurs attaquent la voiture où elles voyagent toutes les deux. Alors que la jeune fille n'est pas insensible au charme du chef des brigands, la douairière croit reconnaître en lui son petit-fils, disparu des années plus tôt. Si la filiation est avérée, Jack devrait hériter du duché. Mais celui-ci refuse catégoriquement cette responsabilité, qui l'empêcherait notamment d'épouser Grace, de condition trop modeste.

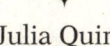

Laura Lee Gurhke
Les trésors de Daphné

Dès qu'elle en a l'occasion, Daphné s'adonne en secret à un plaisir indécent : contempler le duc de Tremore, torse nu, sur son chantier de fouilles. Passionné d'archéologie, il a découvert les vestiges d'une villa romaine. Depuis, ce qui n'était pour lui qu'un simple hobby s'est transformé en véritable frénésie. Naturellement, il n'a pas remarqué Daphné. Elle n'est d'ailleurs a priori que l'une de ses nombreuses employées...

26 avril

Madeline Hunter
Les séducteurs - Une si jolie fleur
Inédit

Lancelot Hemingford a hérité de son titre de duc après la mort de son frère aîné, Perceval. Malgré l'absence de preuves tangibles, il est soupçonné de l'avoir empoisonné et son penchant connu pour la débauche n'arrange guère sa situation. Le juge accepte de clôre le dossier à une seule condition : Lancelot doit épouser sa nièce, Marianne Radley, jeune femme indépendante. Or ni l'un ni l'autre ne veut de ce mariage.

◆

K.C. Bateman
Secrets et mystères - Cette étrange intruse
Inédit

Marianne Elizabeth de Beauvais cache ses origines nobles sous le faux nom de Marianne de Bonnard. Elle gagne sa vie grâce à ses talents d'acrobate, d'équilibriste et de lanceuse de poignards et sert aussi d'espionne à son terrible cousin Duval jusqu'au jour où celui-ci décide de la vendre. Heureusement, l'acheteur, Nicolas Valette, est un véritable aristocrate. Si Marianne accepte la mission périlleuse qu'il lui propose, il lui rendra sa liberté.

◆

Eloisa James
Les duchesses - Ma duchesse américaine
Inédit

Merry Pelford, jeune Américaine venue à Londres pour la saison mondaine, a bien du mal à s'habituer aux codes de la haute société anglaise. Lors d'un bal, lord Cedric Allardyce lui glisse un diamant au doigt. Or, le même soir, elle rencontre Trent, un homme ténébreux et séduisant. Merry va alors se débattre dans une situation inextricable. Irrésistiblement attirée par le duc, elle refuse de rompre ses fiançailles.

Monica McCarty
La loi du Highlander - Les MacLeods

1601. Sur ordre du roi Jacques, Isabel MacDonald se rend sur l'île de Skye pour épouser Rory MacLeod, son ennemi juré. Le roi veut mettre fin à la querelle qui oppose les deux clans. Mais les MacDonald ont un plan : Isabel dérobera un précieux talisman, puis dénoncera l'alliance. De son côté, Rory projette de la répudier au bout d'un an. Peut-être l'amour va-t-il bouleverser leurs plans ?

Passion intense

---
5 avril

Bella Andre
Les Sullivan - Un souffle sur ta peau
Inédit

Après avoir perdu sa femme, Grayson Tyler a renoncé à sa vie new-yorkaise pour s'installer en Californie. Il a fini par se convaincre que tout ce dont il avait besoin se trouvait dans le bleu du ciel, étendue infinie des pâturages et les vagues tumultueuses de l'océan. Mais le jour où Lori Sullivan débarque dans sa vie, ses habitudes et ses désirs de solitude sont bouleversés. Comment résister au charme de l'ancienne danseuse ?

PROMESSES

26 avril

Lea Nolan
Une si jolie surprise
Inédit

Une nuit de folie a bouleversé la calme existence de Gwen. Et quand, lors des obsèques de Ben Anderson, la famille du soldat mort au combat découvre qu'elle est enceinte de lui, Gwen est suffoquée par la violence de la réaction insultante du frère de Ben. Car, apparemment, les Anderson sont riches à millions et Carter la prend pour une croqueuse de diamants ! Outrée, Gwen s'en va la tête haute. Elle n'est pas venue mendier. Un incendie va changer la donne. Pressée d'accepter l'hospitalité offerte par Judith, la future grand-mère, dans la somptueuse demeure des Anderson, elle y est accueillie à bras ouverts par celle-ci. Mais ouvertement méprisée par le beau Carter…

CRÉPUSCULE

26 avril

Ilona Andrews
Dynasties - Entre les flammes
Inédit

Nevada Baylor s'apprête à affronter le challenge le plus ardu de sa carrière de détective. Missionnée par la famille d'un certain Adam, elle doit le retrouver et le leur ramener vivant. Mais Nevada se fait kidnapper en chemin par Mad Rogan, un milliardaire qui possède de grands pouvoirs. Entre le désir de fuir et celui de s'abandonner à son ténébreux ravisseur, Nevada hésite. Mais les événements ne vont guère lui laisser le choix…

LOVE *ADDICTION*

5 avril

Shayla Black & Lexi Blake
Washington Scandals - Le prestige
Inédit

Lorsque la publication d'un article anonyme révèle un scandale terrible, Connor Sparks se jure de tout faire pour neutraliser l'auteur. Y compris se faire passer pour son garde du corps. La tâche est d'autant plus facile que sa cible, Lara, s'est mis à dos tout le gratin politique de Washington. Bientôt, elle tombe sous le charme de Connor, son mystérieux protecteur. Et si, pensant trouver refuge dans ses bras, elle se jetait en fait dans la gueule du loup ?

J'ai Lu pour Elle

Achetez vos livres préférés livrés directement chez vous, ou téléchargez-les en un clic sur **www.jailupourelle.com**

Profitez de nombreux avantages!

- Précommandez les **futures parutions**
- **Donnez votre avis** sur vos lectures
- **Accédez à un service client** à votre écoute
- **Recevez des cadeaux** en édition limitée
- **Rencontrez** des auteurs et des éditeurs...

À très vite sur www.jailupourelle.com!

9408

Composition
FACOMPO

*Achevé d'imprimer en Italie
Par GRAFICA VENETA
Le 1er février 2017*

Dépôt légal : mars 2017
EAN 9782290134979
L21EPSN001608N001

ÉDITIONS J'AI LU
87, quai Panhard-et-Levassor, 75013 Paris

Diffusion France et étranger : Flammarion